« Saj smo res kot mornarke, me, Aleksandrinke. Bauli gor, bauli dol. »

« C'est vrai, nous les Alexandrines, on est comme les marins. On fait nos malles, on les défait. »

Les Alexandrines

Financé par l'Union européenne.
Les points de vue et avis exprimés n'engagent toutefois que leur(s) auteur(s) et ne reflètent pas nécessairement ceux de l'Union européenne ou de l'Agence exécutive européenne pour l'éducation et la culture (EACEA). Ni l'Union européenne ni l'EACEA ne sauraient en être tenues pour responsables.

Cofinancé par l'Union européenne

*

La traduction a été publiée avec le soutien de l'Agence slovène du livre.

JAK SLOVENIAN BOOK AGENCY

*

Ouvrage publié sous le titre original de
Grenko morje

www.agullo-editions.com

Conception de la couverture : Cyril Favory

Image de couverture : Cyril Favory
d'après *Tourists at the Pyramids of Giza, Egypt, 1920s*

4e de couverture : *View of the port of Alexandria, photographed from steamship the « Nile » shortly before departure.*
Angelo Sesana Archive. 1905. Museo Egizio, Turin.

Marjan Tomšič

Les Alexandrines

Traduit du slovène par
Andrée Lück Gaye

Agullo

Le paquebot tremblotait, dans son ventre les moteurs fredonnaient le chant monotone du départ. Merica frissonna, ses seins qu'elle avait pressés ce matin étaient de nouveau lourds. Où pouvait-elle se retirer pour qu'on ne la voie pas ? Elle avait déjà tordu deux fois le lange dans lequel cette nuit elle avait tiré le lait de sa poitrine, lait que son fils n'avait pas bu et qui s'écoulait dans les vagues.

— Pour les poissons, c'est pour les poissons... gémit-elle.

Elle scruta l'horizon. Aussi loin que portait son regard, elle ne voyait que la mer, rien que la mer, infinie. Pendant un instant, un autre paquebot apparut dans le lointain. Si c'en était un... C'est peut-être un oiseau, une mouette ou un autre oiseau, pensa-t-elle, hébétée. Qui erre, perdu, comme moi.

Vanda était à l'autre bout du pont inférieur, près du bastingage. Elle avait encore mal au cœur. De temps à autre, elle se penchait par-dessus le parapet pour vomir. Merica aussi avait vomi. Elle avait eu des nausées toute la nuit, mais elle ne savait pas si c'était à cause du roulis du bateau ou parce qu'elle avait peur ou parce qu'elle était dégoûtée et que son instinct se révoltait. Ce n'est vraiment pas naturel ! s'était-elle dit la nuit. Vraiment pas ! Même un animal n'abandonne pas ses petits pour donner son lait à un autre, et moi je vais le donner à un nourrisson là-bas quelque part, je ne sais où. Loin. À... Alexandrie.

Pourquoi s'était-elle mise en route ? Par quelle fatalité se retrouvait-elle sur un paquebot qui l'emportait loin de son fils, de son nourrisson ? Loin de son village, de son mari, de sa mère et de son père, de tous les siens. Que lui arrivait-il, quel rêve atroce faisait-elle, quel cauchemar ? Allait-elle d'un moment à l'autre se réveiller chez elle dans son lit, tâter de la main le berceau et trouver Mihec ? Lui caresser le visage, toucher son petit nez, le bercer un peu et sourire de bonheur dans l'ombre de la nuit. Lui, son bébé qui avait eu trois mois hier, il hoquetterait dans son sommeil heureux, il reniflerait, ensuite la chambre redeviendrait calme, seule la grande horloge tictaquerait et elle écouterait la respiration régulière d'Ivan, son mari, près d'elle, à sa gauche. Et tout serait comme ces derniers temps. Il n'y aurait pas de bateau, pas de mer, elle n'aurait pas mal au cœur et ne devrait pas tirer le lait de ses seins gonflés. Il n'y aurait que le silence de la nuit et la cloche de Saint-André qui sonnerait l'heure. Mais c'était comme ça, il le fallait.

Il le fallait ? Ce n'était pas ce qu'avait dit la mère d'Ivan ? Si, c'est bien ce qu'elle avait dit : « Il le faut, un point c'est tout ! Tu iras à Alexandrie car il n'y a pas d'autre solution. La seule qui peut nous sauver, c'est toi. Tu travailleras comme nourrice jusqu'à ce qu'on ait réglé nos dettes. Si on ne rembourse pas cet emprunt, on se retrouvera tous sur le pavé. Ton Mihec aussi ! »

Voilà à quoi elle songeait pendant ce voyage, pendant un répit entre deux nausées et, quand elle sombra un instant dans la grisaille de ses pensées, elle rêva que son nourrisson, son Mihec, était assis sur un trottoir dehors. Dans ce rêve agité, il avait un an et demi, il frappait les pavés de ses deux mains. Il frappait avec colère, furieusement. Comme s'il voulait briser la pierre à toute force.

Mais où est Ana ? Tout à l'heure, elle plaisantait avec un marin près d'un canot de sauvetage. Elle peut, elle ! C'est la deuxième fois qu'elle va en Égypte ; et elle ne sera plus nourrice, ça, c'était avant. Cette fois, elle sera femme de chambre dans un hôtel. Je ne sais pas pourquoi elle retourne là-bas. Elle n'est pas obligée. Il paraît qu'ils ont payé leurs dettes, d'après ce que j'ai entendu dire, ils ont sauvé la maison et la terre, mais elle s'en va quand même. Bien sûr, son mari passe son temps à boire et ne s'occupe pas d'elle, pas plus que de leur fille Verica. Et sa belle-mère est une garce. Elle est folle de son fils, et elle déteste Ana. Dans le village, elle raconte qu'Ana a putassé avec des Arabes la première fois qu'elle est allée en Égypte. Moi je ne le crois pas. Elle aime la vie, elle est donc plus hardie, *ma*, qu'elle aille avec un autre, et avec un Arabe, ça non, pas ça.

Vanda, oh, Vanda, la pauvrette. Elle a tout juste seize ans et elle prend déjà la route de l'exil. Moi, je serai nourrice, mais elle sera, comment dit-on déjà ? Dame de compagnie, c'est ça. Je ne sais pas ce que ça veut dire. Ou elle sera peut-être bonne d'enfants dans une famille juive. Elle ne sait pas encore précisément ce qu'elle fera là-bas. Oh mon Dieu, comme elle est belle, cette Vanda. Elle ressemble à un ange. Son oncle Pepe a dit qu'elle ne devrait pas aller en Égypte. D'après lui, elle est trop jolie, et trop jeune. On pourrait la kidnapper et elle finirait dans un bordel. Ou dans un harem.

Et moi ? Est-ce que je suis aussi belle qu'elle ? Notre curé m'a donné une image de la Vierge Marie et il a écrit au dos qu'elle me protège et me garde pure et en bonne santé. Parce que, ma chère Merica, il a dit, tu es trop belle pour les Égyptiens, j'ai peur que l'un d'eux ne veuille t'avoir pour femme et ne te vole. C'est ce qu'il m'a dit en me regardant d'un air triste. Et il a ajouté il faut prier car là-bas la vie sera pleine de tentations et de dangers et seule la prière peut nous protéger du mal.

Ce Tsigane, hier ! On aurait dit que notre curé avait prévu ça. Comment il s'est glissé derrière moi quand je pressais mes seins ! Comme une fouine. Encore heureux qu'Ana ait été sur le pont. Ana, *yoy* Ana !

Ana aussi pensait au Tsigane. Au même moment que Merica. Mais, à en croire ce qu'elle se racontait, elle était loin d'être dégoûtée. Voici ce qu'elle se disait :

Comment a-t-il dit qu'il s'appelait déjà ? *Ma*, il est beau, beau comme le diable. Si je n'étais pas Ana et s'il n'y avait pas eu cette pauvre Vanda et la pieuse Merica, probablement que cette nuit, quand il a dansé autour de moi en jouant du violon, ça se serait terminé autrement. Jésus, et ses yeux qui brillaient ! Comme deux brasiers. Et il les fixait juste sur moi ! C'est vrai, moi je lui ai souri, moi j'ai ri avec lui. Alors que les deux autres se sont écartées. Elles étaient indignées. Merica m'a dit que je ne devais pas parler à un Tsigane. Vanda est devenue rouge comme une tomate. Romualdo, oui. Il me semble qu'il a dit : « Moi, c'est Romualdo. Et toi, comment t'appelles-tu ? » Ensuite, il a joué du violon en montrant ses dents, blanches comme des perles, et il me regardait, il ne cessait de me regarder. Si je n'avais pas eu honte, j'aurais dansé devant lui comme une vraie Tsigane. Ça me brûlait sous les pieds et j'ai senti une chaleur dans mon ventre, vraiment, une chaleur étrange, que je ne connaissais pas. Tout ça venait de ses yeux, oui, de ses maudits yeux brillants.

Mais pourquoi s'est-il ensuite jeté sur Merica ? Pourquoi justement sur elle ? Elle pressait ses seins, c'est vrai. Elle devait le faire, puisqu'elle n'a pas son nourrisson.

Si elle ne tire pas son lait, arrivée à Alexandrie, elle n'en aura plus et ils la renverront. Et alors cet imbécile de Tsigane… Hum, bien sûr. Il n'a pas compris pourquoi elle faisait cela, pourquoi elle les pressait. Il s'est expliqué ça à sa manière, et il s'est jeté sur elle. Il s'est glissé par-derrière, il l'a saisie et il s'est mis à la peloter… encore heureux que j'aie été tout près. Il ne m'avait pas vue car j'étais assise derrière un grand ventilateur. Merica a eu tellement peur qu'elle en a eu la respiration coupée. J'ai pensé qu'elle allait suffoquer. Elle avait la bouche ouverte et happait l'air comme un poisson hors de l'eau. Romualdo a ricané sans vergogne. Il ne s'est pas rendu compte de ce qu'il faisait. Ou bien il a fait l'imbécile. Je ne comprends pas. C'est à moi qu'il fait les yeux doux mais c'est sur Merica qu'il se jette. Quel vaurien. Mais il est beau, beau, mon Dieu, qu'il est beau ce Tsigane. Des yeux noirs comme la nuit, des cheveux bouclés, noirs aussi, une peau chocolat et un corps, oh un corps…

Yoy, Ana, tu es vraiment folle. Qu'est-ce qu'il est pour toi ? Est-ce qu'il t'a complètement tourné la tête ? Est-ce que tu n'as pas un mari et une fille chez toi ? Allons, reprends-toi. Si ma mère entendait mes pensées, Jésus, comme elle me disputerait. Elle qui va à la messe tous les jours et qui raconte toute la sainte journée qu'on doit veiller à la pureté de son âme.

Romualdo m'a cherchée sur tout le vapeur. Après l'avoir enguirlandé parce qu'il s'était attaqué à Merica, je me suis cachée. S'il ne s'était pas jeté sur Merica, je sais ce qui se serait passé. Et c'est pour ça que j'étais tellement en colère contre lui. Le capitaine aussi lui a sonné les cloches, il a dit qu'il le débarquerait sur une île grecque. Eh bien, qu'il le fasse, on sera tranquille.

Merica est si pâle. Ce n'est pas étonnant ! Je me rappelle dans quel état j'étais la première fois que je suis partie, quand mes seins débordaient de lait et que ma petite Verica pleurait à la maison. Rien que d'y repenser, j'ai mal au cœur. À l'époque, j'ai cru que je ne tiendrais pas. J'ai cru que j'allais perdre la tête.

C'était dur à en devenir folle mais je n'ai pas pleuré ; ni sur le vapeur ni plus tard quand j'allaitais Samuel, l'enfant d'une autre. J'aurais voulu que mes larmes sortent, pourtant je n'en avais pas. Ensuite toute cette noirceur, pesante et terrible, a disparu je ne sais où, elle s'est éloignée et j'ai respiré plus facilement.

C'est pourquoi je comprends Merica. Et je dois veiller sur elle. Si des idées noires me passaient par la tête, alors, ça doit encore être pire pour elle. Elle est plus sensible que moi.

Vanda, elle, Vanda, c'est encore une enfant. Elle ne se rend pas compte de ce qui lui arrive, de ce qui nous arrive à nous toutes.

Vanda, toujours près du bastingage, s'étonnait de tout. Elle avait mal au cœur, elle se disait :

Ma mère ! quelles vagues ! Aussi grandes que des maisons. Qu'arriverait-il si le bateau se retournait ? Une seule vague pourrait nous emporter dans l'autre monde. S'il n'était pas si grand, le vapeur pourrait bien chavirer. Mais on n'a pas à avoir peur, c'est ce qu'a dit le marin avec qui Ana est en train de parler.

Ma, c'est bien de partir loin et de monter et descendre sur les vagues. Tante Joša qui a déjà fait trois fois le voyage s'est moquée de moi quand elle a vu que j'étais contente de m'en aller. Et elle m'a avertie que ce serait pénible sur le vapeur s'il y avait des vagues. Mais je n'aurais jamais cru que ça serait aussi dur. Quand j'ai vomi, j'ai cru que j'allais rendre mes tripes. Maintenant, ça va, disons que ça va à peu près.

Mais pourquoi cet homme me regarde-t-il ? Ana a dit que c'est un baron anglais. Bien sûr, il est habillé comme un prince. Doux Jésus, maintenant il vient vers moi. Mais que fait-il ici, parmi nous, parmi les pauvres ? Il me dit quelque chose. Je ne comprends rien. Il m'offre des bonbons. Est-ce que je dois les prendre ? Qu'est-ce qu'il veut me dire ? Ah, c'est un médicament, contre les vomissements. Est-ce que je dois accepter ? Il sourit, ce n'est sûrement pas un mauvais homme. Je vais les prendre. Si je le remercie en italien, il pourra comprendre. *Grazie tante !* Non, non, je ne suis pas italienne, je suis slovène.

Si je savais l'anglais, je lui demanderais quand on arrive à Alexandrie. Il a une belle moustache, ce monsieur. Une veste et un pantalon de velours. Une montre en or. Et un foulard en soie autour du cou. Il a tiré sa montre de sa poche, l'a ouverte, a hoché la tête, ensuite il s'est incliné et il est parti. De belles manières, oui. Tante Joša m'a dit qu'en Égypte j'apprendrai les belles manières. Elle parle l'anglais, le français, le grec, l'italien bien sûr, et puis encore l'arabe et l'allemand. Elle a servi chez des Juifs égyptiens et chez des Anglais. C'est elle qui a payé mon billet et qui a tout réglé : le passeport, la lettre de garantie, elle m'a aussi trouvé du travail là-bas. Elle s'y connaît. Je serai bonne d'enfants ou dame de compagnie. Je ne sais pas si c'est l'un ou l'autre ou les deux. On verra bien.

Yoy, où je vais ?! Comme c'est loin ! Et qu'est-ce qui m'attend là-bas ! Je n'ai pas peur, pas du tout. Ça ira. Si les autres ont pu le faire, moi aussi je pourrai. Je vais en voir des choses ! De beaux palais, comme dans les contes de fées. Et des chameaux car on ira aussi dans le désert.

Des tours, comment on dit déjà ? des minarets ? Ma tante a dit que les Arabes sont beaux, et qu'ils ne sont pas mauvais. *Ma* que je dois tout de même me méfier car ils ne sont pas tous bons, c'est ce qu'elle a dit. Déjà parce qu'ils ont une autre religion. Eux n'ont ni Jésus ni Marie, c'est Mohammed qui les dirige. Joša a dit : « Les chevaux, les chameaux, les épées, les turbans, et ces longs vêtements, les pipes à eau… c'est ça, les Arabes. »

Maintenant, ce qui m'intéresse le plus, c'est ce que je vais faire là-bas. Est-ce que je serai bonne d'enfants ou dame de compagnie, ça, je ne sais pas. Moi je préférerais être dame de compagnie. Jolanda a dit à ma mère qu'elle avait été une dame de ce genre et qu'elle ne faisait rien. Ma mère s'est étonnée : comment ça, rien ? Alors elle a expliqué qu'elle faisait de l'air à sa maîtresse quand celle-ci avait chaud et qu'elle l'aidait à prendre son bain, à s'habiller, à se poudrer et se maquiller et que, quelquefois, quand celle-ci était de mauvaise humeur, elle devait la frapper sur le dos. Elle la frappait avec une fine baguette. Un peu, pas trop. Il paraît que ça mettait la dame riche de bonne humeur. Bizarre, vraiment bizarre. Et cette dame, elle était très grosse, elle a dit. Quelquefois elle devait lui gratter la plante des pieds. Des heures et des heures. C'était son travail. Si j'avais la chance de devenir dame de compagnie, ça ne serait pas mal.

Yoy, comme ça balle. Comme sur une balançoire. Les moteurs grondent, ils sont puissants, c'est sûr, ils sont très puissants.

Encore ce monsieur. Maintenant, une dame est avec lui. Jésus, quel beau manteau a sa femme. Sa femme ? Non, je crois que c'est sa fille. Elle est si jeune. Et son chapeau ! Jamais de ma vie je n'ai vu un chapeau pareil ! Moi, je le trouve ridicule. Moi, pour rien au monde, je ne porterais ça. Mais bon, la haute société, c'est la haute société. Eux savent ce qui est bien.

Jésus, cet affreux Tsigane ! Pourquoi est-ce qu'ils ne l'ont pas enfermé ? Ana a dit qu'ils allaient le garder dans une cabine, dans le ventre du vapeur. Mon Dieu, ce qu'il a fait est terrible. Comment il a attrapé Merica ! Moi, je l'aurais bien jeté par-dessus bord. Il ne devrait pas y avoir d'homme pareil sur un bateau aussi distingué ! Les gens de son espèce sont des voleurs et des meurtriers.

Mais qu'est-ce qu'il me veut ? Qui le comprend ? Ana a dit qu'il parlait roumain. Qu'est-ce que tu veux ? Dégage ! Pourquoi tu me regardes comme ça ? Je dois prendre ça ? Qu'est-ce que c'est ? Une pièce d'or ? Si c'est vraiment une pièce d'or, pourquoi tu me l'offres ?

Je dois la prendre ? Il me la donne, il me la donne tout simplement. Une grosse pièce d'or. Je crois qu'il y a une tête de roi dessus. Mais pourquoi tu me donnes cette pièce d'or ? Allons bon, il sourit comme un cheval. Où est-ce que tu l'as eue ? Tu l'as volée, hein ? Non, j'en veux pas. Mais elle est vraiment belle, elle est grosse, jaune. Elle a sûrement de la valeur. Si je la prenais ? Personne ne le verra. Ana regarde ailleurs. Merica aussi. Donne-la. Voilà, dans ma poche. Et merci, hein. Oui, je t'ai dit merci. Jésus, ses yeux me donnent le vertige. Je n'en ai encore jamais vu des comme ça. Ils sont noirs et profonds comme notre puits. Ne me touche pas ! Tu as entendu ?! Voilà maintenant qu'il danse. Il danse, il siffle et il s'en va.

La pièce d'or est vraiment belle. Très belle. Combien elle vaut ? Oh, beaucoup. Jamais de ma vie je n'ai eu quelque chose comme ça dans la main. À Alexandrie, elle sera la bienvenue, c'est sûr. Car au début, je ne gagnerai pas des mille et des cents. Joša a dit que les premiers sous qu'on gagne là-bas ont un goût amer. Pourquoi amer ?

Merica se tourne vers la jeune fille.

— Qu'est-ce que tu as dans la main, Vanda ? Hé, Vanda !

Bon, elle fait celle qui ne m'entend pas. Elle s'est détournée, elle regarde la mer.

Jésus, comme mes seins me font mal. Tante Rozalija a dit que je devais tout le temps les presser. Presse-les comme ça, elle m'a dit, et elle m'a montré comment tirer le lait. Jésus Marie Joseph, il faut que je les presse. Le lait qu'aurait bu mon fils, je dois le tirer dans un chiffon ?! Quel péché ! Et lui, à la maison, il a faim. En ce moment, il pleure sûrement, sa petite bouche me cherche, elle essaie d'attraper mon sein. Ivan va lui donner un botelhon avec du lait de notre Liska. Il m'a dit, mon Ivan, il m'a dit : « Merica, n'aie pas peur. Ne pense pas à ça. Je mettrai un peu de sucre dans le lait de vache et il boira. » On a essayé, je lui ai donné un botelhon avec une tétine ; il a un peu tiré puis il s'est mis tout de suite à grimacer et à brailler. À cette heure, il pleure sûrement, il braille comme un malheureux.

Doux Jésus, comme c'est dur. C'est dur à en mourir. Moi, je pars pour l'Afrique, et mon enfant est là-bas, à la maison… Alors que j'étais devant le berceau à le regarder, ma valise attendait derrière la porte, tout était prêt pour le voyage, j'ai cru que j'allais mourir, que j'allais m'écrouler par terre et disparaître. Ivan m'a demandé de faire boire Mihec encore une fois. Une dernière fois, il a dit. Oh mon Dieu, comment ce têtard a pris mon sein ! Il pressentait sûrement qu'il buvait pour la dernière fois. Il n'en finissait pas. Il tremblait comme un brin d'herbe dans le vent. Ensuite, quand soudain il a eu fini de téter, il a laissé mon sein et m'a regardée. J'ai bien senti comment il m'observait. Les bébés ne peuvent pas encore penser, ils ne savent encore rien. Mais Mihec me regardait vraiment comme un être intelligent. Dans ses yeux, il y avait tant de choses. Tant de reproches et tant de douleurs. Et la tristesse, doux Jésus, une tristesse grande comme la mer. Tout en moi s'est arrêté. Mon cœur a cessé de battre et j'ai eu envie de crier, de brailler comme un veau, comme une lionne touchée à mort.

Les hommes sont vraiment des bêtes. Ils sont même pires que les bêtes. C'est extraordinaire tout ce que les hommes peuvent supporter. Quand on est parties pour Trieste, moi, Ana et cette enfant, Vanda, j'ai pensé que j'allais rendre l'âme avant qu'on arrive au port. En route, alors qu'on n'entendait que les sabots des chevaux et le cliquetis de la charrette, j'ai hurlé. C'est sorti de moi comme si je vomissais. Les chevaux ont pris peur et Štefan a eu de la peine à les calmer. Ana m'a prise dans ses bras, elle m'a serrée et m'a consolée. Vanda a demandé ce que j'avais, pourquoi je hurlais. Elle ne comprenait pas. Štefan, lui, comprenait. Il m'a offert un verre de goutte et a dit que c'était la médecine qu'on donnait aux blessés sur le front; avant qu'on leur coupe la jambe avec une scie, on leur faisait boire une pinte de goutte. Il m'a tendu la bouteille : « Allez, prends-en quelques gorgées, ça te soulagera. » Je n'ai pas bu. Comment aurais-je pu ? Quand ton cœur se déchire, les médicaments ne servent à rien, l'alcool encore moins.

Et je me suis dit, là dans la charrette, je me suis dit que je sauterais dans la mer quand je serais sur le vapeur, quand il n'y aurait autour de nous que de l'eau, de l'eau… Je n'ai pas pu le faire. J'ai regardé en bas, je voulais sauter mais, à chaque fois que je me décidais, je voyais mon Mihec; ses yeux qui me regardaient derrière mes seins…

Alors j'ai reculé et je n'ai pas fait cette bêtise. Mais il s'en est fallu de peu, d'un cheveu.

Valerija, ma belle-mère. Je compte sur elle. Seule une femme qui est aussi une mère sait consoler un enfant qui perd son plus grand trésor. Elle le prendra dans ses bras, elle le bercera, lui chantera une chanson, elle caressera sa petite tête… Ivan ? Ah oui, mon Ivan. Bien sûr il m'aime, il m'aime beaucoup et nous nous entendons bien. *Ma* c'est un homme, il travaille dans les champs, à l'étable, dans les vignes… et il ne sait pas y faire avec les bébés. C'est un homme. *Yoy*, Valerija, Valerija ! Sûrement elle le consolera, elle l'endormira en le berçant, elle caressera ses cheveux bouclés, elle le serrera contre elle…

— Ana ! Ana !

Jésus, qui m'appelle ? J'ai bien entendu qu'on m'appelait. Ah, j'ai rêvé. Je me suis un peu assoupie sur la chaise longue et j'ai rêvé que quelqu'un m'appelait. Mais où est Merica ? Et Vanda ? Vanda ?

Mais qui m'a appelée ? Si quelqu'un t'appelle dans tes rêves, ça signifie qu'il te prévient de quelque chose, n'est-ce pas ? Ce n'était sûrement pas Rihard. Pourquoi m'appellerait-il ? Il est en train de se saouler dans une auberge ou bien il joue aux boules. Il se fiche de moi comme de sa première chemise. Et sa mère, cette folle de Tereza ! Je l'ai surprise un jour, dans la cave. Elle y cachait une bouteille ! Dans un sac à pommes de terre. Je trouvais bizarre qu'elle y aille aussi souvent. Elle se rinçait le gosier en douce. Elle, en douce, et son fils, mon mari, en public, aux yeux de tous. Rien d'étonnant à ce qu'on soit endettés jusqu'au cou. Et pourquoi je vais en Afrique, hein, pourquoi ? Sûrement pas pour m'amuser. Si je ne gagne pas assez de sous d'ici janvier, on perdra notre meilleur champ, celui de Ragle. Tereza a dit : « Retourne à Alexandrie ! Puisque tu gênes tout le monde ici. » Elle, je la gêne, ça c'est sûr. Dès le début, elle m'a détestée. Dans le village, elle a dit que je lui avais volé son Rihard. Qu'il aurait dû se marier avec Marija Kankova. Que je l'avais entortillé, que je l'avais piqué comme une vipère rusée, qu'il était malheureux et c'est pourquoi il buvait. Ah, moi, je l'avais piqué ! Est-ce que ce n'est pas lui qui courait derrière moi, qui me suivait partout, qui se tenait sous ma fenêtre et sifflait ? Pourtant elle, Tereza, elle dit maintenant que je l'ai ensorcelé, que je lui ai fait boire une potion et que, pour ça, il est devenu fou.

Bon, il faut dire ce qui est. Moi aussi je l'ai aguiché, bien sûr. Mais de façon si maligne qu'il ne s'en est pas aperçu. Il m'a toujours plu. C'est un des plus beaux hommes du village. Enfin, c'était… Personne n'a ses lèvres. Même Merica dit que sa bouche charnue est attirante. Elle est rouge comme un coquelicot. Mais moi ce n'est pas sa bouche que je regardais, mais son cœur. Son cœur, oh là, Ana, mais là tu mens. Son cœur, ben voyons. C'est autre chose qui t'a charmée. C'est vrai, c'est vrai, mais ça, je ne l'avouerais même pas à notre curé. La dernière fois que je suis allée à confesse, il m'a dit que mon tempérament me perdrait. Mon tempérament, oui, c'est le mot qu'il a employé. Et il a dit que seules la prière et la sainte foi pouvaient éteindre ce feu. Que moi je priais trop peu et que je ne croyais pas assez. « La première source de l'impiété et la plus notoire, c'est l'ignorance des vérités chrétiennes », m'a-t-il dit en tambourinant du doigt sur son gros livre. Ensuite il m'a demandé comment ça allait avec Rihard. Il me sondait, il voulait savoir comment ça se passait au lit. Que devais-je lui dire, hein ? Que Rihard était un étalon jusqu'à ce qu'il se mette à boire ; devais-je lui raconter ça ? Oui, c'était un volcan. Et nous avons été bien tant qu'il a tenu sa mère à distance du lit conjugal. Mais quand il l'a laissée regarder sous les draps, fourrer son nez dans notre armoire, tout s'est détraqué. Avant il s'en fichait, ensuite il a commencé à avoir peur, il disait que je devais être discrète, que je ne devais pas gémir ni soupirer car sa mère écoutait derrière la porte... Elle lui avait sûrement dit quelque chose, elle l'avait vexé en disant que la nuit nous faisions trop de bruit, trop de boucan, qu'il devrait avoir honte ; oui, elle lui a dit ça et il a eu peur, il est devenu tout rouge, comme s'il était toujours son petit garçon, son petit, sage et obéissant.

Tout a commencé à se dégrader et à tourner mal quand je suis rentrée d'Égypte. Avant, ça allait plutôt bien. Nous nous entendions bien. Mais quand je suis revenue, Verica avait déjà trois ans et demi, Rihard a commencé à me regarder bizarrement et il n'a plus voulu coucher avec moi. Un jour qu'il avait beaucoup bu et qu'il est rentré en titubant à la maison, il a crié qu'il savait ce que j'avais fait là-bas, à Alexandrie. Il a dit que je puais l'Arabe et qu'il ne coucherait plus avec moi. Moi, je puais l'Arabe ! Moi ?! Mais je lui ai été fidèle comme l'oiseau à l'air. Je n'ai même jamais pensé à ça. Et puis je n'avais pas le temps. D'abord, j'ai été nourrice et quand le petit a cessé de téter, j'ai été sa bonne. Où et comment aurais-je couché avec des Arabes ? Je n'étais jamais seule, il y avait toujours quelqu'un avec moi, ou le chauffeur qui nous conduisait au parc et à la mer, ou la grosse Fatma, mon accompagnatrice, quand je sortais. Le seul moment où elle ne m'escortait pas, c'était le dimanche, lorsque je courais à la messe à Sainte-Catherine, tôt le matin.

Qui sait comment c'est à présent à Sainte-Catherine et comment est l'asile. L'asile Francesco Giuseppe a fait faillite, maintenant il y a un autre refuge, il s'appelle l'asile San Francesco de Moharem Bey. S'il n'y avait pas eu cette courageuse sœur, tout serait parti à vau-l'eau. C'était justement elle, sœur Marcelina, qui me reprochait de négliger mes devoirs religieux. C'est vrai, certains dimanches, je n'allais pas à la messe. Je préférais me promener avec le petit Samuel sur la corniche et regarder les voiliers et les vagues. Le dimanche, là-bas, c'est plein de monde et il y a de quoi voir. La dernière mode par exemple. Les souliers à lacets fins. Et puis les nouveaux chapeaux, ceux qui ressemblent à de petites cloches.

Quand je suis revenue à Renče, *mamma mia*, comme ils me regardaient ! J'étais habillée comme une dame. Trois jours après mon retour, Rihard m'a enguirlandée, je devais m'habiller comme au village, ici ce n'est pas Alexandrie, mais un village ordinaire. Il s'est moqué de moi, disant que, sûrement, je ne savais plus traire les vaches. Jésus, comme ça a été dur de remettre mes frusques de paysanne. Mais bien sûr, il le fallait. Je ne pouvais pas porter des robes de velours à l'étable et dans les champs. Et alors tout a recommencé comme avant.

Au fond, je suis contente de repartir en Égypte... Et ça me plaît bien de ne plus être nourrice ni bonne d'enfants. Je serai femme de chambre à l'hôtel Cecil. Je dois remercier Marija Pušpanova, c'est elle qui m'a trouvé ce travail. Quatre lires par mois. Elle a dit que je gagnerais plus si je travaillais bien. Rue de la Poste ? Non, non, l'hôtel est place Saad-Zaghloul.

Dès que j'aurai un jour de libre, je rendrai visite à tante Angela et au petit Samuel bien sûr. Et à Pepca et Jožefa. Qui sait comment se sent la pauvre Pavla. On m'a dit qu'elle ne tiendrait probablement pas. Je connais ce Grec chez qui elle travaille, il s'appelle Triphon Nicophoros. Il est tellement radin qu'il boufferait sa merde. Je dirai aux sœurs de lui trouver un autre travail. Peut-être à l'*Hôpital Européen*[1]. Ce Grec, j'en ai l'impression, n'est pas une âme pure. J'ai vu comment il me regardait. Qui sait ce qui se passe vraiment là-bas. Pavla a toujours été taciturne. Elle a peur, bien sûr. Si tu déplais à un maître, il te colle un coup de pied au cul. Et où aller ensuite ? Evelina Palkova s'est révoltée, elle s'est enfuie, elle s'est réfugiée chez les sœurs, rue de Menasce. Elles l'ont bien protégée, mais il lui a fallu longtemps, très longtemps, pour retrouver un travail. Ce Syrien a claironné dans toute la ville qu'elle lui avait volé de l'argent. Et ensuite, bien sûr, il a été difficile de convaincre le commerçant Pahlavi de la prendre comme bonne d'enfants. Maintenant il est content d'elle ; elle m'a écrit qu'il l'avait augmentée d'une lire et demie. Mais ça aurait pu se terminer tristement. Evelina a eu de la chance.

Vers le soir, le temps s'était calmé et, au-dessus du vapeur *Helouan*, la nuit s'était parsemée d'étoiles. Les trois voyageuses, Merica, Vanda et Ana, rêvaient, allongées en silence sur des chaises longues, enroulées dans des couvertures. C'est alors qu'elles entendirent de la musique. L'orchestre jouait *Feux d'artifice royaux* de Haendel. Merica se redressa la première et dit dans un souffle :

— Vous entendez ?

Ana qui savait de quoi il s'agissait expliqua à Merica, effarée :

— C'est la musique de la salle à manger. Maintenant, c'est l'heure du dîner et l'orchestre là-haut joue pour souhaiter bon appétit à la société.

1 Tous les mots composés en italique suivis d'un astérisque sont en français dans le texte.

— Qui joue ? demanda Merica.

— Un orchestre. Tu sais ce que c'est ? Un piano, un violon, des flûtes, des trompettes, des clarinettes… comme à nos kermesses. Mais, bien sûr, il n'y a pas d'accordéon. Des tambours ? Attends que j'écoute. Non, il n'y en a pas encore. On les entendra peut-être plus tard.

Vanda se leva pour mieux entendre.

— Mon Dieu, comme ils jouent bien, soupira-t-elle.

Merica ne parvenait pas à comprendre :

— Ils mangent, et on joue pour eux ? Et pourquoi ?

Ana rit :

— Pour qu'ils aient de l'appétit.

— Pour qu'ils aient de l'appétit ? Mais qu'est-ce qu'ils mangent ? Jésus, moi je ne pourrais même pas me mettre une cerise dans la bouche, alors que je les adore, dit Merica.

Vanda était dévorée par la curiosité. Elle demanda :

— Ana, est-ce qu'on pourrait aller les voir jouer ?

— Peut-être plus tard, *ma* pas tout de suite. Quand ils danseront, on pourra aller jeter un coup d'œil. Si on nous laisse monter jusqu'à la salle, bien entendu. Par l'arrière, là derrière l'estrade, derrière l'orchestre. Là-bas, une fois, je les ai vus danser.

— Oh mon Dieu ! Ils dansent, sur un vapeur ! Et on leur fait de la musique ; quand ils mangent et quand ils dansent, on leur fait de la musique !

Merica n'en revenait pas.

— Ces messieurs ont de l'argent et on obtient tout avec de l'argent. Nous aussi, on descend en Égypte pour gagner de l'argent, n'est-ce pas ? Sans argent, tu n'es rien, mais avec de l'argent, tu peux faire des merveilles, dit Ana.

— Mais ceux qui sont là-haut, dans la salle à manger, ont payé pour cette musique ? demanda Vanda. Ils ont payé simplement pour qu'on leur joue de la musique pendant le dîner ?

— Bien sûr, qu'est-ce que tu crois ? Eux ont payé leur billet dix fois plus cher que nous. Eux, en haut, ont leur chambre, on appelle ça une cabine, ils ont aussi leur serviteur, ils ont leur table dans la salle à manger et là, dans le salon, ils boivent les meilleurs vins, ils sirotent des liqueurs fines, du champagne et ils discutent de je ne sais quoi, ils n'en finissent pas de discuter. Nous les pauvres, on dort sur le pont inférieur et quand il pleut, on descend dans la salle commune.

— Bien sûr. (Merica réfléchissait à voix haute.) Pas de sous, pas de musique.

— Eux ont payé, mais nous, on l'écoute pour rien, leur musique, se réjouit Vanda.

— Oui, mais où ? Ici en bas et à la belle étoile, railla Ana.

— On peut aller dans l'entrepont, proposa Vanda.

Merica tremblait visiblement.

— Je ne descendrai pour rien au monde. Ce Tsigane est là-bas.

Ana fit la moue.

— Mais il ne t'a pas violée. Tu te pressais les seins, et lui a pensé que c'était une invite. Il a compris à sa façon, voilà.

— Ana, tais-toi. J'en tremble encore !

— Une fois avant la guerre, il s'est vraiment produit quelque chose de grave. Trois hommes ont fait descendre de force Silverija Besk dans le ventre du vapeur, c'était une fille d'un village près de Trieste. Ils se sont jetés tous les trois sur elle ; deux Polonais et un Roumain. Par la suite les sœurs de l'asile François-Joseph ont eu du mal à la faire revenir à elle. Elles ont même pensé qu'elle allait perdre la tête. Elle était jeune, belle. Elle allait en Égypte pour être bonne d'enfants chez un médecin anglais. Et ensuite, elle l'a été, mais pas chez cet homme, chez un Syrien.

Merica gémit :

—Je t'en prie, Ana, ne raconte pas ce genre de choses. Je suis déjà morte de peur. Et j'ai encore mal au cœur, je vais vomir…

Ana comprit alors à quel point Merica se sentait mal. Elle dit en guise d'excuse et pour calmer son amie :

—Ça s'est passé il y a longtemps, avant la guerre. Maintenant, ça n'arrive pratiquement plus.

Vanda fit quelques pas, ensuite, tout étourdie, elle s'assit. L'histoire qu'avait racontée Ana lui faisait un curieux effet. Comme si elle était cette Silverija. Comme si c'était elle et non Silverija qu'ils avaient violentée. Son ventre trembla, se tordit. Alors seulement, elle se souvint d'un rêve de la semaine précédente. Juste avant le voyage, elle avait passé une nuit agitée. Elle s'était réveillée puis elle était retombée dans un sommeil léger. Elle était perdue quelque part, elle n'en finissait pas de chercher son chemin dans ce quelque part. Mais elle ne pouvait absolument pas trouver la vigne. Elle était tout près, elle voyait déjà les piquets et les ceps, mais l'image se troublait et elle se retrouvait dans le brouillard, dans une vapeur violette. Elle savait qu'elle devait absolument arriver au plus vite à la vigne et, de là, à la maison familiale. Au plus vite. C'était une question de secondes, mais elle ne savait pas pourquoi. Si elle était en retard, si elle arrivait trop tard, elle serait perdue à jamais. Alors qu'elle se croyait sauvée, les ronces s'étaient soudain mises à brûler. Autour d'elle, tout flambait et crépitait. L'herbe aussi s'était enflammée et les pins s'étaient embrasés. Un énorme incendie engloutissait la terre et les pierres. Hors d'elle, elle appelait à l'aide sa mère, ses sœurs et ses frères, et même Lojze, son cousin, mort sur le front de l'Isonzo, le dernier jour des combats.

Ana remarqua bien que Vanda n'était pas dans son assiette et, sans se douter que ses mots allaient aggraver le trouble de la jeune fille, elle lui dit en guise d'avertissement :

— Vanda, tu es encore une enfant. Tu n'as même pas seize ans. Là-bas, à Alexandrie, tu dois être très prudente. Tu ne dois faire confiance à personne, à personne ! Tu as entendu ?

Vanda ne répondit pas. Elle se recroquevilla, au bord des larmes. Et elle se serait probablement mise à pleurer si à cet instant Romualdo, le Tsigane, n'était apparu. Paniqué, il courait dans tous les sens, à la recherche d'une cachette. Il ne trouva rien d'autre qu'un tas de couvertures sous lequel il se glissa. À peine s'était-il caché que deux marins dévalèrent l'escalier. L'un se précipita vers la poupe, l'autre dans la direction opposée.

Les femmes se turent. Elles ne savaient que faire. Le fuyard était caché sous les couvertures dans leur proximité immédiate. Elles l'entendaient retenir sa respiration haletante, Vanda eut même l'impression d'entendre battre son cœur terrifié.

Les deux marins revinrent en courant, elles n'avaient pas bougé. L'un d'eux les regarda et demanda en italien si elles avaient vu quelqu'un traverser le pont en courant. Merica et Vanda gardèrent le silence. Mais Ana dit qu'il n'y avait personne. Les deux marins remontèrent l'escalier en vitesse et un silence pénible s'établit. On n'entendait que le ronronnement du moteur et le souffle du vent. Il leur sembla que le temps s'était arrêté. Prudemment, Romualdo jeta un coup d'œil hors de sa cachette, ensuite il se redressa rapidement et, avec l'agilité d'un furet, courut vers la passerelle. Vanda eut l'impression que, malgré l'énervement, il lui avait fait un rapide clin d'œil. Elle mit la main dans sa poche et pensa : Est-ce qu'il ne l'a pas volée ? Si la pièce d'or qu'il m'a donnée a été volée, et s'ils la cherchent sur moi... ?!

Elle réfléchit fébrilement à ce qu'elle devait faire. La jeter dans la mer ? La cacher autre part ? Elle repoussa immédiatement l'idée de la laisser tomber discrètement dans les vagues. C'était la première fois qu'elle avait en main une pièce d'or et elle devrait la perdre comme ça, maintenant ?! Jamais ! Elle jeta en vitesse un coup d'œil autour d'elle et prit sa décision. Elle s'approcha des cordes et glissa la pièce sous un rouleau. Je la reprendrai plus tard, pensa-t-elle. Quand il n'y aura plus de danger. S'ils inspectent les passagers, ils ne trouveront rien sur moi. Et s'il la trouve là, moi je ne serai pas coupable. Et elle se sentit toute contente d'avoir facilement résolu le problème.

— Quelle bêtise ce diable a encore faite ? se demanda Merica à voix haute.

— Ce qu'il a fait ? Mais il a volé, il a chipé quelque chose. Qu'est-ce que tu crois ! répliqua Ana.

Vanda qui s'était approchée s'esclaffa :

— Ils sont habiles, oui, on dirait des pies.

— Moi, j'ai peur. Je ne sais pas, une sorte d'appréhension... dit Merica à voix basse.

— Qu'est-ce que ça sera à Alexandrie ! laissa tomber Ana. On doit être prêtes à tout.

L'orchestre jouait à présent une valse de Strauss, *Le Beau Danube bleu.* La musique parut si belle à Ana qu'elle se leva et fit quelques pas de danse. Merica la regarda d'un air sombre.

— Ana, tu as perdu la tête ?

Sa remarque excita Ana qui se mit à tournoyer sur le pont.

Atterrées, les deux femmes la regardaient danser, elles ne l'avaient pas imaginée capable de ça. Elle dansait bien, avec élégance, on aurait dit qu'elle glissait sur l'eau dans les bras d'un cavalier.

Quand elle se fut rassise, un peu essoufflée, un vent étonnamment chaud se leva. Juste avant, il était plutôt frais.

Merica dit, plus pour elle-même que pour les autres :

— Qu'est-ce qu'ils font chez moi en ce moment ? Ma belle-mère a trait les vaches et apporté le seau plein de lait dans la maison. Et Ivan ? Et mon pitchounet ? Il a sûrement faim et il crie à pleine voix. Oh mon Dieu, je ne pensais pas que ça serait si douloureux.

— Merica, plus tu penseras à ton fils et à ta famille, plus ce sera dur pour toi. Pense à autre chose, lui conseilla Ana.

— À quoi, à quoi puis-je penser alors que la souffrance déchire mon cœur ?

Et Merica se mit à sangloter.

Vanda essayait de se mettre à la place de Merica mais elle n'y parvenait pas vraiment. Elle dit en pensant que ça l'aiderait :

— Merica, Ančka, Dora, Olga, Pepca et bien d'autres sont parties comme nourrices. Elles ont laissé leur mari et leurs enfants à la maison. Certaines aussi leur bébé ! Toutes ont traversé ce calvaire et aucune n'est morte. Ni elles ni ceux qui sont restés au pays. Elles ont sauvé la ferme, la famille, et elles sont encore vivantes et en bonne santé. Donc Merica, donc ça n'est pas si terrible, donc ça ira, tu verras que ça ira.

Elle dit ça parce qu'elle avait entendu sa tante Valerija parler ainsi. C'était bien sûr la sagesse de Valerija, pas la sienne.

Merica pencha la tête, mais Ana se mit en colère :

— *Ma* qu'est-ce que tu dis, petite sotte ! Si toi, tu avais laissé ton bébé à la maison et que tu étais partie en allaiter un autre, complètement étranger, tu ne consolerais pas Merica de cette façon. Tant qu'on n'a pas vécu ça, on ne peut absolument pas se représenter ce qui se passe dans le cœur d'une mère. Tu n'as aucune idée de cette douleur.

Merica ne pouvait retenir ses larmes. Pour la dixième fois, la centième fois, elle revivait l'ultime image : c'est presque le soir, juste avant de partir. Elle s'arrache du berceau, elle regarde son enfant pour la dernière fois. Ivan est à côté d'elle, il ne sait pas ce qu'il doit faire ni ce qu'il doit dire. Il la saisit par la manche, la pousse dehors car Štefan attend devant la maison. Ana et Vanda sont assises dans la charrette, sur le foin.

Et ensuite le long voyage qui dure toute la nuit jusqu'au port de Trieste. À présent, sur le vapeur, la nuit se déroule comme un film dans sa mémoire endolorie :

Štefan charge la valise de Merica et attend qu'elle grimpe dans la charrette. Ivan est près d'elle et, de nouveau, il ne sait ce qu'il doit dire, ce qu'il doit faire. Finalement, il se décide : maladroitement il l'étreint et Merica sent qu'il tremble. Il l'aide à monter dans la charrette et le charretier fait avancer les chevaux. Ils traversent le village en brinquebalant à grand bruit. Les maisons sont sombres, tristes. Au bout d'un moment, Štefan dit :

— N'oubliez pas : tout chemin a un début et une fin.

Exprimée telle quelle, la consolation tombe à plat.

Ana lui répond avec mauvaise humeur :

— Eh, Štefan, le début de notre chemin est le baptême à l'église et la fin, la fosse au cimetière.

Le charretier a conscience d'avoir dit une bêtise, c'est pourquoi il essaie de corriger. Il dit :

— Ana, ce n'est pas ce que j'ai voulu dire. Je voulais seulement vous requinquer ; à c't'heure, vous partez mais un jour vous reviendrez.

— Qui sait si nous reviendrons, gémit Merica.

— Merica, Štefan a raison. Tout finit par finir, dit Ana.

— Hue ! Belko, allons ! Šimen, vieille rosse, hue ! lance Štefan à ses chevaux.

Ensuite, ils se taisent, chacun est plongé dans ses pensées. Dans le silence de la nuit, le roulement de la charrette résonne comme un tocsin lugubre. Merica croit entendre le bruissement de la Vipava. Bien sûr, c'est impossible, pourtant elle l'entend.

— Bon, on est sur la route de Trieste, dit Štefan en faisant claquer son fouet. On est sur la route, répète-t-il.

— Ma mère, moi je ne supporterai pas ! Je ne monterai pas sur le vapeur, non je n'irai pas. Je m'enfuirai, je retournerai vers mon Mihec ! halète Merica.

— *Ma,* comment ça, tu ne supporteras pas ! Bien sûr que tu y arriveras, réplique Ana.

— Toi, c'est la deuxième fois que tu pars en Égypte, et tu sais ce qui t'attend là-bas. Moi, je ne sais rien. Je ne sais pas où je vais ni ce qui va m'arriver. Moi, je vais allaiter un bébé étranger, pas toi, toi, tu seras femme de chambre, lui répond Merica.

— Oui, je serai femme de chambre ; mais la première fois que je suis allée en Égypte, j'ai allaité. Tu crois que je n'ai pas souffert ? dit Ana d'une voix acerbe où perce un peu de colère.

Quelques secondes plus tard, elle réfléchit à voix haute, fataliste, comme si elle regrettait son mouvement d'humeur :

— C'est vrai qu'on est comme du bétail, c'est vrai.

— Ana, qui va s'occuper de ta Verica ? demande Vanda.

— Qui ? Sûrement pas mon mari qui est le plus grand ivrogne du village. Pas ma belle-mère non plus. Elle attendait avec impatience que je parte de la maison. Ma mère non plus ; elle est fâchée à mort avec ma belle-mère.

On entend dans sa voix de la colère, de la tristesse aussi.

— Alors, comment ça se passera pour Verica ? demande Vanda.

— Comment ? Eh, je ne sais pas. Mais il faudra bien que ça aille. Je ne pars pas de mon plein gré. Ça non.

— Ah non ? s'étonne Vanda.

— J'y vais même s'ils me l'ont déconseillé. Ils étaient tous contre bien sûr. *Ma* tout le monde le savait bien : si j'y vais, la maison ne fera pas la culbute mais si je n'y vais pas, la maison et aussi les champs seront vendus à la criée. Pourquoi ? Eh bien, parce que tout ce que j'avais gagné en Égypte, ils l'ont bu. Vous voyez, c'est pourquoi je me retrouve ici, sur cette charrette.

— Ils te l'ont déconseillé. Comme ça, si ça se passe mal avec ta fille, ce sera toi la coupable, pas eux. Il est arrivé la même chose à Urša Faralova, dit Merica avec amertume.

— Bien sûr que je serai la coupable. Ils diront que je n'avais pas à aller là-bas, que j'y suis allée pour m'amuser, c'est ce qu'ils diront.

— Et la sœur de ton Rihard ? Elle veillera peut-être sur ton enfant ? demande Merica.

— Jožefa ? Tu rigoles ? Tout le monde sait qu'elle passe son temps à boire comme son frère, comme mon malheureux Rihard.

Le charretier fait de nouveau claquer son fouet :

— Hue ! Belko, allons ! Šimen, vieille carne, avance, hue !

Les chevaux hennissent mais pas de plaisir. Leur hennissement sonne comme une protestation parce qu'ils doivent tirer une charrette en pleine nuit au lieu de se reposer.

— Ana, tu sais, Ivan a peur pour moi. Il a peur que je me perde là-bas – Merica sonde l'inconnu.

— Et ça se comprend ! Zofija Škofova qui a servi à Ramleh, elle était femme de chambre dans un hôtel, n'est pas revenue. Depuis plusieurs années, personne ne sait si elle est vivante ou morte. On dit qu'elle s'est mariée avec un Syrien et on a perdu toute trace d'elle. Mais là-bas, dans son village, elle a laissé son mari et une petite fille, rappelle Ana.

— Fanica Bizjakova a fini dans un harem et Julka Marčetolova, oh mon Dieu, vend son corps, dit Merica, mais tout de suite après, elle fait un serment : *Ma*, moi je ne me perdrai pas, il n'a rien à craindre, mon Ivan.

— Eh Merica, on verra ça… plaisante Ana.

Štefan stimule de nouveau les chevaux :

— Šimen, Belko, dia, dia ! Plus vite, les rosses ! Le vapeur n'attendra pas !

Il se tourne vers les femmes et demande par-dessus son épaule :

— Ana, Merica, Vanda, comment ça va ? Ça ira ?

— Si tes chevaux tiennent le coup, nous y arriverons nous aussi. Fais bien attention à ce qu'on ne soit pas en retard, répond bravement Ana.

— À Trieste, on aura une bonne heure avant le départ du vapeur. N'ayez pas peur, mes belles *signoras*, affirme Štefan.

— *Ma* quelles belles *signoras*, on est plus malheureuses que belles, gémit Merica.

— Malheureuses comme on ne pourrait pas l'être plus, complète Ana.

Ce genre de conversation ne plaît pas à la jeune Vanda, elle se rebelle :

— Ne parlez pas comme ça ! Même les malheureuses peuvent être belles. Plus belles que les autres, que les heureuses.

Personne ne lui répond.

Merica gémit de nouveau :

— Mihec, mon Mihec ! *Ma* comment il tétait ! Il enfouissait son visage dans ma poitrine, ses petites mains tremblaient. Sûrement, il sentait ce qui l'attendait. Et moi je pleurais. Je ne pouvais pas me retenir. Mes larmes tombaient sur mes seins et sur son petit visage. S'il n'y avait pas eu les autres autour de moi, j'aurais hurlé comme une ourse blessée. J'aurais crié jusqu'à faire exploser les pierres.

— Merica, tout va s'arranger. Quand moi j'ai fait le chemin et que j'ai laissé chez moi mon bébé, ma petite Verica, qui avait à peine cinq semaines, j'ai aussi pensé que j'allais perdre la tête. Mais Merica, on s'habitue à tout, l'homme est pire que l'animal, la console Ana.

— Mes seins sont tendus, pleins de lait. Rozalija m'a dit que je devais les presser tout au long du chemin. Sinon, là-bas, en Égypte, tu n'auras plus de lait, elle a dit. Et ils te renverront sur le vapeur. Elle a dit : Tu dois les presser comme ça, tu vois, comme ça…

— Merica, tais-toi. Štefan va entendre. Ça n'est pas pour les oreilles des hommes, l'arrête Ana.

— Bah, Štefan est à moitié sourd, sourit Vanda.

Merica se tait un moment, ensuite elle laisse parler son cœur :

— Marie, mère de Dieu, mais pourquoi, nous les femmes, on doit tant souffrir ? Mais pourquoi ? C'est ce que ma mère m'a dit quand je me suis mariée, elle a dit : « Merica, la femme vient au monde sur la croix de la maternité, elle est clouée dessus toute sa vie et elle meurt dessus. »

— Elle a bien dit, approuve Ana. Peut-être que le Christ était une femme et nous, maintenant, on pense tous que c'était un homme…

Et ensuite, ils roulent, ils roulent longtemps, longtemps.

Finalement, au petit matin, Štefan se dresse, montre de la main quelque chose vers le bas et dit d'une voix forte, d'une joie forcée :

— Mes belles, là-bas, c'est Trieste et son port. Vous voyez ?

— Sainte mère ! C'est la première fois que je la vois, s'étonne Merica.

Ici, on va être avalées, broyées tout au long du chemin et, là-bas en Égypte, rejetées, recrachées comme de la piquette, se dit Ana, mais à voix haute, elle dit autre chose :

— Regardez, c'est notre vapeur. Ce grand là-bas, près du phare !

— Jésus, comme il est grand ! Comme la plus haute maison de Gorica ! s'exclame Vanda.

— Eh mes amies, ce n'est pas un vapeur. C'est notre calvaire. Merica, Vanda et moi, la pauvre Ana, nous allons toutes les trois gravir notre Golgotha, gémit Ana.

— Ne sois pas aussi sinistre. Est-ce que ce n'est pas assez dur au cœur et à l'âme pour que tu ne nous effraies pas encore plus, se plaignent les deux autres.

Ensuite la charrette avance entre les maisons et se perd dans les petites rues. Ça dure longtemps avant que les bâtiments ne s'espacent et que les femmes ne découvrent le port.

Le tapage de la fourmilière du port croît vite : plus elles s'approchent, plus le bruit augmente. Les gens s'interpellent, courent ici et là, les charrettes se faufilent entre les rares automobiles, quelqu'un porte un tonnelet de vin sur un bateau, on dépose des jambons et des saucissons sur le pont. On pousse des caisses plus ou moins grandes, des sacs pleins et des ballots déchirés… On entend le bruit des moteurs des bateaux, des sirènes mugissent sans cesse.

Les femmes descendent de la charrette. Štefan les aide, il leur tend leurs valises et leurs paquets.

— Bon voyage et Dieu vous garde ! lance-t-il en se rasseyant sur son banc.

Il se dépêche car un garde grincheux vient le chasser.

— Štefan, dites bonjour à nos familles. Dites à Ivan que… se dépêche Merica.

Le sifflet d'avertissement du vapeur couvre ses mots.

— Je le ferai, Merica, je le ferai. Bon voyage !

Le conducteur leur fait signe et tourne sa charrette.

— Maman, ce vapeur est immense! On pourrait mettre dedans toutes nos maisons, s'épouvante Merica.

— *Ma*, qu'est-ce que tu as à bayer aux corneilles! Allons! s'agace Ana.

— Dieu du ciel, comme j'ai peur! Ce vapeur est énorme, on dirait un tombeau…

Vanda est saisie.

— Merica, Vanda, allons, allons! Prenez vos valises et vos paquets, allons, allons! crie Ana.

Une passerelle les conduit à bord. Là, elles jettent leurs valises à terre, elles les poussent en tas et, désemparées, nerveuses et très fatiguées, elles observent. Autour d'elles, la foule pullule. Voix et sons sans nombre. Le vapeur tremble doucement. Quelque part en bas, au plus profond, les moteurs produisent un bruit assourdi et menaçant. Une épaisse fumée s'échappe des deux cheminées.

On détache les cordages. Des retardataires franchissent la passerelle à toute allure, ensuite on la retire. Les moteurs grondent, un monstre rugit dans le ventre du vapeur qui s'éloigne avec prudence à reculons, ensuite il fait lentement demi-tour avant de s'élancer en pleine mer. D'abord lentement puis de toute sa puissance et toujours plus vite.

La ville devient de plus en plus petite. Encore un peu et on ne la verra plus. Le bateau râle, et avance, avance.

Maintenant qu'elles sont sur le vapeur et qu'il tremble avec régularité sous elles, une fatigue mélancolique s'empare des voyageuses. Tel un énorme et dangereux chat, les moteurs feulent. La côte s'éloigne. Elles naviguent pendant un bon moment. Savudrija, Novigrad, Poreč sont derrière elles… Le canal de Lim, Rovinj, des îles et des îlots apparaissent…

Dans son sommeil qui n'est pas un vrai sommeil mais un cauchemar fiévreux surgi dans la somnolence, Merica a une vision :

Elle est dans une chambre, elle tient une valise. Elle pose le bagage et s'approche du berceau sur la pointe des pieds. Elle voit le nourrisson et éclate en sanglots.

Derrière elle, Ivan dit, presque implorant :

— Merica, tu ne lui donnerais pas le sein encore une fois ? Rien qu'une fois, la dernière ? Quand tu seras partie, il n'aura plus tes seins, il n'aura plus que la tétine et le botelhon.

— Ivan, pourquoi tu me tourmentes ? Si je le réveille, ce sera encore plus difficile pour moi. Qu'il dorme, le pauvre petit.

— Il dormira après. Et après il boira le lait de notre Liska ; après, quand il n'aura plus tes poupous, dit Ivan avec impatience.

Merica se penche sur le berceau et soulève le nourrisson. Elle chuchote :

— Mihec, mon pauvre petit, *té*, *té*, tout de suite, tout de suite.

Elle dénude sa poitrine et lui offre son sein.

— Tu vois comme il boit. Il sent qu'il ne te verra plus. Dieu seul sait quand tu reviendras. Et qui sait s'il vivra encore et si toi-même tu reviendras… se lamente Ivan.

— Mais tu penses que je suis contente de partir en Égypte ? Tu crois que c'est difficile seulement pour toi ? Mon cœur saigne, ça, tu ne le vois pas, tu ne le sens pas.

Merica fond en larmes.

— Ce n'est pas moi qui t'ai forcée, Merica. J'ai toujours été contre…

— Tu étais contre, oui, tu étais... Tu parles comme si tu ne savais pas pourquoi je dois aller là-bas. Toi, tu vas rester ici, sur ta terre, et moi je vais à l'étranger, je vais là-bas où m'attend, oh mon Dieu, est-ce que je sais ce qui m'attend là-bas.

Les petites mains du nourrisson s'agrippent à sa poitrine. Il tète avec ardeur le bout de son sein.

Ici, dans son souvenir rêvé des événements passés et réels, des images tout à fait différentes s'imposent soudain :

Merica tient dans ses bras un chiot noir et une voix brutale d'homme lui dit que ce n'est pas un chiot mais que c'est son nourrisson, son fils. Merica proteste, mais l'homme – il est gros et grand et il pue de la bouche – veut la convaincre qu'elle voit mal.

— Si je te dis que c'est mon petit garçon, alors c'est bien mon petit garçon et non un chiot comme tu l'affirmes. De toute façon, c'est comme tu veux : si tu allaites mon fils, je ne tuerai pas ton Mihec. Mais si tu ne lui donnes pas ton lait, je jetterai ton Mihec à la mer. Tu vois ?

Et c'est vrai : cet homme sauvage est près du bastingage du vapeur, il tient Mihec au-dessus des vagues et se gausse de Merica terrorisée.

Ici Merica se réveille brusquement, elle se redresse et crie à pleine voix :

— Non ! Non ! Non !

Ana et Vanda la saisissent et l'éloignent du bastingage. Elles l'apaisent comme si elles avaient devant elles une enfant et non une femme :

— Merica, Dieu du ciel, arrête ! Tais-toi ! C'étaient des rêves ! Tu rêvais, Merica !

Elles l'allongent sur sa couchette, la caressent et la réconfortent avec douceur. Les voyageurs sont surpris, certains même effrayés. Merica revient lentement à la réalité. Elle comprend qu'il s'agissait d'un rêve, d'un mauvais rêve. La réalité n'est pas si atroce, pas si… Pourtant son estomac se soulève. Elle réprime avec difficulté ce qui veut jaillir hors d'elle.

S'ensuivirent les jours pénibles de la traversée. Les gens « de la haute » s'amusaient à leur façon, mais pour ceux qui voyageaient dans l'espace commun et dormaient sur le pont du bas sur des chaises longues, couverts d'un plaid et qui, la journée, erraient çà et là – et, parmi eux, il y avait Vanda, Merica, Ana –, pour ceux-là, le temps s'écoulait de façon incroyablement ennuyeuse, accablante. En cachette et de loin, ils observaient les dames et les messieurs qui déambulaient, se reposaient, prenaient le soleil, ils écoutaient leurs conversations bruyantes, pleines d'assurance, distinguées, et tentaient de deviner de quoi on pouvait bien parler en tant de langues.

Parmi ceux qui appartenaient à la plus basse classe, il y avait pas mal de Roumains, quelques Tchèques et Italiens, des Juifs polonais, des Tsiganes hongrois, des pèlerins russes. Dans l'ensemble, chacun restait dans son petit groupe. Tous étaient méfiants, il était évident qu'ils avaient peur les uns des autres et peut-être d'eux-mêmes. Ils mangeaient ce qu'ils avaient emporté ou allaient dans une salle à manger séparée de celle où se régalaient les plus riches.

Nos voyageuses ne virent plus le Tsigane Romuald après sa course et son camouflage. Elles supposèrent qu'il avait été arrêté et enfermé quelque part. Le lendemain, Vanda alla chercher la pièce d'or qu'elle dissimula soigneusement entre ses seins, là où elle avait déjà serré quelques lires.

Le voyage traînait en longueur. Quand ils eurent quitté la Grèce, la terre ferme disparut et partout, où que leur regard portât, il n'y avait qu'un terrible vide. Par bonheur, la mer s'était calmée et, peu à peu, leur mal au cœur céda. Le grondement régulier des moteurs et le tremblement du bateau berçaient les gens et les fatiguaient tout à la fois. Le ciel était très haut, tout autour la mer, la mer immense, le découragement gagnait toujours plus Merica, Vanda et Ana. Elles restaient assises sans rien faire, elles flânaient çà et là, elles se taisaient, plutôt abattues, et attendaient avec impatience que se terminât enfin ce voyage infini qui, en réalité, ne durait qu'à peine trois jours…

*

Un énorme cercle de feu s'élevait au-dessus de la mer quand, après trois jours de navigation, les passagers du vapeur *Helouan* aperçurent la terre ferme. D'abord il leur sembla seulement qu'ils voyaient un mirage nébuleux. Peu à peu cependant, Alexandrie se dégagea du puissant rayonnement.

Merica qui se tenait aux côtés de Vanda et d'Ana et qui était étourdie de fatigue soupira :

— Oh mon Dieu, on y est !

L'émotion submergea Vanda. Elle était excitée, ses plus beaux rêves semblaient se réaliser. Elle ne tenait pas en place, elle marchait de long en large et n'en finissait pas de répéter :

— Alexandrie… Alexandrie…

Seule Ana était calme et gardait la tête froide. Bien sûr, elle connaissait Alexandrie, trop bien même. Pourtant, à mesure que la ville s'approchait, son cœur se serrait. Évidemment, elle ne serait pas nourrice, ce calvaire lui serait épargné mais elle se demandait comment ça se passerait à l'hôtel. Marija Pušpanova lui avait écrit qu'ils étaient très exigeants et que le chef des valets, c'est-à-dire des domestiques, était un Italien grincheux.

Alexandrie se rapproche peu à peu. Avec la lumière à l'arrière-plan, elle fait l'effet d'un mirage. La plupart des passagers sont déjà sur le pont et on peut entendre des exclamations, des conversations inquiètes et des chuchotements enthousiastes.

— Je vais donc mettre les pieds en Afrique pour la première fois ? En Afrique !

Vanda ne peut y croire.

— On voit que tu es encore une enfant, dit Ana en riant.

Merica a la poitrine serrée, le souffle lui manque. Le monde qui s'approche semble sortir d'un four brûlant, elle se cramponne au bastingage comme si elle voulait rester sur le vapeur. Sainte Vierge, je t'en prie, reste à mes côtés, ne m'abandonne pas. Protège-moi, soutiens-moi, guide mon esprit, mes actes. Et je te le demande aussi, à toi, Joseph, mon saint patron. Moi, j'ai terriblement peur, regarde, je suis comme un fétu de paille dans le vent. Si tous les deux, vous ne vous tenez pas près de moi, toi et Marie, je vais me briser, je vais mourir dans les flammes. Saint Joseph, protège-moi, reste au-dessus de nous trois. Amen, amen !

La ville grandit et des détails se dégagent de l'embrasement ; les façades des maisons, les fenêtres, les balcons, les rues, les automobiles, les fiacres, les charrettes, les chevaux de somme, les haquets, les ânes…

— Mais ici, il n'y a pas de toit ! s'exclame soudain Vanda. Où sont les toits ? Et quand il pleut ?

Ana, en riant, lui explique :

— Il pleut plus que rarement ! Et quand il pleut, tout se passe bien. Tu verras !

— Est-ce qu'il y aura une nonne pour nous attendre ? s'inquiète Merica.

— Bien sûr. Elles savent que nous arrivons. Elles ont écrit à notre curé que tout était organisé. Ne t'en fais pas, Merica.

Sur les quais, c'est une vraie fourmilière. Il y a plus de gens qui attendent que de passagers.

— Elles sont là-bas !

Ana tend le bras vers les sœurs de la Charité de l'asile Saint-François. Elles sont à côté d'une automobile, accompagnées d'un homme grand, coiffé d'un curieux bonnet rouge. Ana leur fait un signe joyeux.

Peu après, on les emmène vers le quartier Moharem Bey. Le chauffeur est un jeune homme de belle apparence, il s'avère que c'est un Turc. Sa voiture est très grande, elle ressemble à un petit autobus. Avec les sœurs, il parle arabe.

Maintenant qu'ils sont assis et qu'ils roulent, les sœurs s'enquièrent du voyage, elles demandent comment se sentent les deux nouvelles, Merica et Vanda. La plus âgée des religieuses réconforte Merica :

— Tout ira bien, Merica. Au début, ce sera un peu difficile, mais les hommes s'habituent à tout, ils supportent tout. La famille où on va te conduire en fin d'après-midi est très bien. Ce sont des Anglais, le maître de maison est propriétaire d'une banque. N'aie pas peur, c'est un homme éduqué et cultivé. Sa femme aussi. Ils sont honnêtes et dignes de confiance.

Ensuite, elle se tourne vers Vanda et lui explique que sa tante lui a trouvé un travail chez un riche commerçant, Abdel Malek Nasif.

Elle s'occupera de son fils Ahmed.

— Ah ! Dommage ! laisse échapper Vanda.

— Pourquoi dommage ? demande la religieuse.

— Je pensais que je serais, comment dit-on déjà, que je serais…

L'autre religieuse rit :

— Ah je sais. Tu pensais que tu serais *dama di campagna*, c'est ça ?

Vanda rougit. Dans la voix de la religieuse, il y a un brin de moquerie mais aussi de reproche.

La voiture s'arrête. Il y a quelque chose qui cloche, quelque chose qui bloque la circulation. Ils stationnent devant des échoppes, dans une rue grouillante de gens.

Vanda se penche à la fenêtre et s'étonne. Tout est nouveau, étrange. Notamment les femmes arabes en vêtements longs, foulard sur la tête dont on ne voit pas un cheveu. Certaines ont aussi le menton, la bouche et le nez couverts, on ne voit que leurs yeux. Et les hommes arabes ! Ils lui plaisent immédiatement. Ils sont beaux, qu'ils sont beaux, elle en a des frissons. Mais c'est l'agitation de la rue qui lui semble le plus insolite. Les gens se bousculent, crient, font de grands gestes, l'air affairé, pourtant aucun d'entre eux n'est véritablement pressé. Ça se sent plus que ça se voit. Le plus surprenant, c'est cette association des contraires dans un ensemble paisible, indifférent. Et puis, il y a ici des échoppes remplies de légumes, de petits pains ronds, de fromages, de fruits… Oh là là, quelle quantité d'oranges, de bananes, de dattes, quelle quantité de melons, de citrons et de fruits verts curieusement ridés. Elle n'a jamais vu autant de bonnes choses au même endroit. Oranges, bananes, dattes, ananas… Tout ça, ce sont des raretés dans son village. Ces fruits du Sud n'apparaissent qu'à Noël et à Pâques sur la table, et pas dans toutes les maisons. Ici, il y en a à profusion. Et des cages de pigeons, de lapins, de poules… et un chameau. Pour la première fois de sa vie, elle voit un chameau !

L'automobile avance, tourne à droite et, soudain, toute cette masse colorée de gens et de choses disparaît. Ils se retrouvent dans une rue tout à fait semblable à celles de Trieste ou de Gorica. Tout est lavé, balayé, propre. À droite et à gauche, de grandes portes avec des poignées en cuivre étincelantes et des fenêtres voilées de rideaux blancs, bleus, roses. Ici, pas d'échoppes, pas de bruit. Vanda se demande où a disparu le monde bariolé. Mais quelques minutes plus tard, elle aperçoit dans une rue latérale ce qui peu de temps auparavant l'a tellement enthousiasmée. Là-bas, il y a de nouveau des étals sur les trottoirs, au milieu de la rue, et là-bas, on se bouscule de nouveau dans la joie et la vivacité, et on s'encourage en criant. L'espace d'un instant, elle aperçoit même un petit troupeau de moutons au milieu duquel se trouve un curieux animal qui ressemble à une vache.

Sœur Marcela remarque sa stupéfaction et elle lui explique que, en ce moment, ils roulent dans la partie anglaise de la ville et que là, à gauche, c'était la partie arabe. Et elle dit d'une voix moqueuse :

— Ah, ces Arabes ! Ils sont comme des moineaux.

Sœur Doloroza complète :

— Oui, ils sont comme des enfants. Mais des enfants très espiègles.

La voiture tourne à un angle et se retrouve sur une petite place. Sœur Doloroza dit gaîment :

— Voilà, nous sommes arrivées ! Bienvenue !

Pendant qu'on sort les bagages de la voiture, sœur Marcela négocie le prix avec le chauffeur. Il veut plus, mais elle lui met des pièces dans la main et dit que c'est suffisant. Le Turc commence à se plaindre bruyamment et il n'est visiblement pas content. Mais la sœur qui vient de lui donner l'argent fait celle qui n'entend pas, le chauffeur finalement cède et s'en va, mécontent.

L'asile Saint-François était très animé. Il y avait là deux Slovènes de Šempeter, une de Sele et deux de Dornberk ; elles étaient arrivées quelques jours plus tôt ; les nonnes les avaient récupérées sur le bateau et elles attendaient qu'on les emmenât chez leur employeur. Pater Anastazij était là et d'autres sœurs aussi. Merica avait l'impression d'être rentrée chez elle ; tout était si familier et si simple. Les conversations étaient animées et il y avait beaucoup de rire. Le déjeuner ressemblait à celui de la ferme, il n'avait rien d'arabe comme elle l'attendait. On leur servit même de la chicorée sauvage, ce qui fut une vraie surprise pour les nouvelles arrivées. On mit dans l'assiette du père une demi-saucisse. Sœur Amalija dit que les musulmans le fouetteraient pour ces saucisses. Vanda demanda pourquoi. On lui expliqua que les musulmans ne mangeaient pas de viande de porc et que c'était pour eux un vrai péché que cette viande se retrouvât sur la table.

Avant le déjeuner, sœur Doloroza leur avait montré la maison et le jardin, après le déjeuner, elle les emmena dans une chambre où elles se reposèrent un peu. Ana s'allongea et s'endormit immédiatement, mais Merica regarda longuement le plafond. Même si elle se sentait à l'aise et en sécurité dans la maison des sœurs, elle n'était pas tranquille en pensant aux jours suivants.

Vanda ne se coucha pas. Elle fila dans le jardin où elle fut éblouie par les plantes qu'elle voyait pour la première fois. Ensuite elle eut envie de sortir, d'aller dans la rue. Et elle l'aurait probablement fait si sœur Marcela ne l'avait arrêtée. Elle la réprimanda assez sévèrement. Elle tenta de lui expliquer pourquoi une femme, particulièrement une nouvelle, et chrétienne, ne devait pas aller seule dans la rue. C'était incompréhensible pour Vanda. Quand elle rendait visite à sa tante à Gorica, elle pouvait se promener seule dans les rues. Sa tante lui disait : « Fais attention à toi ! » et elle y allait.

— Mais, ma chère, on n'est pas à Gorica. Ici c'est Alexandrie, ici vivent des Arabes, des Égyptiens, des Soudanais, des Syriens, des Nubiens, des Arméniens, des Turcs, des Grecs, des Français, des Anglais, des Allemands, des Italiens… presque tous les peuples du monde, ici, c'est Babylone. Tu ne peux pas te promener comme ça dans cette foule bigarrée.

Vanda capitula et prit l'escalier avec la religieuse. Elles arrivèrent dans une grande salle et, de là, dans la chapelle. Au-dessus de l'autel était accroché un tableau de la Vierge de Sveta gora. La sœur s'adressa à la jeune fille :

— Tu sais, beaucoup de dangers te guettent dans cet endroit. Tu es très jeune, encore presque une enfant. Et tu es belle, trop belle pour cette ville ; tu as les cheveux blonds et les yeux bleus. C'est un piège pour toi, ne l'oublie pas ! Elle est la seule qui puisse te sauver de tous ces dangers et tentations ! dit-elle en montrant Marie. Elle ne peut te sauver que si tu la pries tous les jours. Chaque jour, à l'aube, le matin, l'après-midi, le soir !

Vanda n'entendit pas les derniers mots. Un jeune homme aux cheveux bouclés venait d'apparaître à la porte, il la regardait en souriant. Leurs regards se croisèrent et ne purent plus se détacher. Ce que la religieuse remarqua immédiatement. Elle apostropha durement le jeune homme :

— Hernandez, je t'ai dit de m'attendre à la cuisine ! Descends tout de suite et ne traîne pas derrière nous !

Quand elles furent revenues de la chapelle, la sœur continua de marmonner :

— Hernandez est espagnol, parfois il nous aide au jardin. *Ma*, moi je ne lui fais pas confiance. Je ne sais pas ce que notre supérieure lui trouve pour l'aimer tant. Si ça dépendait de moi, il ne passerait plus notre seuil. C'est une canaille, tu as entendu ? Une vraie canaille !

Vanda ne croyait pas la religieuse. Comment, avec de si beaux yeux, pourrait-il être une canaille ? se demanda-t-elle. Ensuite ces yeux l'accompagnèrent pendant plusieurs jours. Ils se faufilèrent même dans ses rêves. Hernandez l'engageait à franchir une rivière impétueuse sur une étroite passerelle. Elle n'osait pas. Lui avançait sur cette passerelle avec agilité, tel un artiste de cirque. Finalement, il la persuadait et elle marchait sur une étroite planche qui, sous ses pieds, se balançait comme un narcisse dans le vent. Arrivée à la deuxième moitié, elle glissait soudain et tombait dans l'eau déchaînée. Elle se réveillait avant d'entrer dans les remous. En sueur et toute tremblante.

Ce rêve, elle le faisait encore trois mois après son arrivée à Alexandrie. Elle criait pendant son sommeil et s'accrochait convulsivement au bois de lit. Elle appelait sa maîtresse, la belle Hanuma, la femme d'un chirurgien égyptien dont elle était la servante particulière, une sorte de demoiselle de compagnie. Le commerçant Abdel Malek l'avait en effet jugée trop jeune pour être bonne d'enfants. Il ne pouvait lui confier son Ahmed de neuf ans. Alors le vœu de Vanda se réalisa ; les sœurs lui trouvèrent un autre emploi. En fait, c'est le hasard qui présida à l'affaire. Nabila, une sœur copte, avait dû subir une petite intervention chirurgicale et c'est là, à l'*Hôpital Égyptien**, que Hanuma avait aperçu Vanda. Elle lui avait plu tout de suite et Hanuma s'était immédiatement entendue avec les sœurs. Son mari, le Dr Mazloum Saba Bacosse, ne pouvait (ou ne voulait) rien refuser à son épouse chérie et c'est ainsi que Vanda était arrivée dans sa maison.

Elle n'avait rien à faire. Elle allait se promener avec l'épouse du docteur, elle la peignait et la coiffait, elle l'aidait à prendre son bain, à s'habiller et se déshabiller, parfois elle la caressait dans le dos et, quand la capricieuse Hanuma était très nerveuse, elle devait lui masser le cuir chevelu, le cou et les épaules du bout de ses doigts. Le plus difficile était le choix des vêtements. Hanuma ne réussissait pas à décider quelle tenue elle devait porter pour une occasion déterminée. Elle en avait trop. Vanda se disait : Quand on n'a qu'une robe pour aller à la messe le dimanche et une pour aller aux champs, on n'a pas à se tracasser comme ma maîtresse. Et elle se demandait ce qu'elle ferait si elle avait deux armoires pleines de beaux vêtements et des tiroirs bourrés de sous-vêtements et encore une armoire de chapeaux et un tiroir plein de barrettes, d'épingles décorées, de bracelets, de chaînettes, de boucles d'oreilles… Je deviendrais folle comme ma maîtresse.

Mazloum Saba Bacosse, le mari de Hanuma, était, au contraire de sa femme, un homme agréablement simple et très raisonnable. Souvent il la grondait à cause de Vanda. Il lui disait : « Pourquoi t'obstines-tu à demander à cette jeune fille quelle robe elle mettrait, quels souliers, quel bijou elle choisirait ? Jamais elle n'est allée à une soirée de gala et elle n'a aucune idée de ce qu'il faut porter pour une réception chez le directeur de l'hôpital ou pour une audience chez un gouverneur ou un ministre. Je t'en supplie, ne tracasse pas cette malheureuse ! » Hanuma lui répondait que c'était vrai mais que la belle Vanda devait apprendre tout ça, elle était sa dame de compagnie et elle devait se familiariser avec tous les détails de la vie sociale. « À part ça, jacassait-elle, je lui apprends à parler français, anglais et arabe. Tu as toi-même remarqué quel talent elle a pour les langues. Si moi j'étais aussi douée ! Comme je l'envie ! »

Malgré ça, son mari protestait, mais quand il se rappela un événement de la semaine précédente, il dit, conciliant :

— Tu as peut-être raison et c'est moi qui me trompe. Quand je pense à la manière dont elle a répondu au Dr Aly Hassan, le directeur des Hôpitaux de l'Université ! Elle l'a salué dans un français parfait et lui a demandé qui elle devait annoncer. Je ne m'attendais pas à ça de la part d'une jeune fille de cet âge qui n'est à Alexandrie que depuis quelques mois.

Hanuma approuva et dit qu'elle avait vraiment eu de la chance de la trouver. Son mari la flatta :

— Je dois reconnaître que tu as un instinct remarquable.

Ensuite ils se lancèrent dans un débat sur ce qu'est en fait l'instinct. Lui affirmait que c'était affaire de bon sens. Il dit qu'avant de prendre une décision l'esprit considère tous les éléments dont il dispose : il compare ces éléments et ensuite généralise, ce qui implique de trouver un dénominateur commun et, sur cette base, de prendre une décision et donner des conseils. Hanuma s'opposa à cette explication. Elle affirma que l'instinct n'avait rien à voir avec le bon sens.

— L'instinct, c'est une superintelligence, c'est quelque chose qui n'a rien à voir avec le monde réel, avec les éléments de ce monde.

Le Dr Mazloum dit qu'il n'existait rien hors du monde connu donc rien que notre cerveau ne puisse acquérir par une expérience individuelle.

— Notre cerveau est le siège de notre mémoire. Qui conserve en elle tout ce qu'enregistrent les sens. Parce qu'on ne le sait pas, parce qu'on ne se rend pas compte qu'on n'a rien oublié, rien du tout, même si consciemment on ne se souvient plus d'un événement donné, d'un nom, d'un élément, on pense ensuite que l'instinct est quelque chose d'extrasensible, donc d'irréel, toi tu dirais de mystique.

Vanda qui, dans la chambre d'à côté, prêtait l'oreille en rangeant les accessoires de beauté de sa maîtresse ne comprenait rien. Qu'importe, elle appréciait la mélodie de l'arabe et elle souhaitait ardemment savoir un jour, elle aussi, papoter de cette façon.

*

Si Vanda était satisfaite de la manière dont sa vie s'était organisée à Alexandrie, Merica continuait d'être profondément malheureuse. Le jour de son arrivée, sœur Elizabeta l'avait accompagnée au numéro 3 de la rue du Palais dans la famille de sir Henry Cherington, un banquier anglais. Le bâtiment devant lequel elles s'étaient arrêtées avait suscité en Merica peur et respect. C'était une villa somptueuse avec un escalier double en marbre menant de chaque côté à l'étage. Autour de la villa s'étendait un parc avec de nombreux arbres et plantes décoratives. On ne pouvait pas y pénétrer facilement. La villa était entourée d'un haut mur et l'entrée était gardée par une grande porte en fer habilement forgé. Le fer était contourné et façonné pour former des motifs symétriques de roses épanouies et de feuilles d'un arbre inconnu.

Alors qu'elles attendaient qu'on leur ouvre, sœur Elizabeta dit :

— Tu vois, c'est un homme de chez nous qui a forgé cette porte. J'ai oublié son nom. Un grand maître ! J'ai entendu dire qu'il avait même des commandes du Caire, d'Ahmed Hassan Pacha, et qu'il travaillait pour la cour. Tu vois que ce gaillard de chez nous est célèbre ! Pourtant il est venu en Égypte comme toi, pour gagner sa croûte. Maintenant, c'est un monsieur. Alors Merica, haut les cœurs !

Le portier était apparu, un petit vieux à barbe blanche, et il leur avait ouvert la porte, découvrant, réjoui, une rangée de dents blanches. Il les salua en français et ensuite en arabe puis les emmena par l'escalier dans une grande salle.

Merica était interloquée. Elle n'avait jamais vu un pareil luxe. Un mur était couvert de livres bien rangés sur leurs étagères ; sur le rayon supérieur, il y avait une série de livres extraordinairement épais et grands. À droite trônait une armoire précieuse en acajou, près d'elle une vitrine qui contenait des antiquités, dans le coin opposé se trouvait un grand vase, il y avait aussi un piano d'un noir étincelant et un buste, sur un socle en face de lui… Des peintures dans des cadres baroques étaient accrochées aux murs, une énorme table noire, au milieu de la pièce, était entourée de chaises capitonnées de rouge… Il y avait encore un tas d'objets intéressants et de grande valeur, mais elle n'eut pas le temps de les regarder car, soudain, la porte s'ouvrit et une jeune femme en longue robe rose et avec un ruban autour du cou entra dans la pièce. Elle et sœur Elizabeta se saluèrent gaîment, immédiatement après, la belle dame se tourna vers Merica, la prit par la main et se mit à gazouiller dans une langue dont Merica ne comprenait pas un mot. La sœur se hâta de traduire :

— Madame s'appelle Therese, elle est la femme de Henry Cherington et elle te salue sincèrement. Elle dit qu'elle se réjouit de ton arrivée et souhaite que tu te sentes comme chez toi dans cette maison. Elle dit qu'ils t'attendaient avec tant d'impatience qu'ils feront tout ce qui est en leur pouvoir pour que ce soit agréable et confortable pour toi.

Ensuite, la dame agita une sonnette en verre et on leur apporta le thé et des pâtisseries dans un plat en cristal. Elles s'étaient assises à une table ronde près de la fenêtre. Merica était terriblement gênée car elle ne savait pas comment elle devait se comporter ni ce qu'elle devait faire de la tasse en porcelaine qui apparut soudain devant elle. Elle observa sœur Elizabeta et l'imita. Mais ce faisant, elle ne se sentait pas du tout à l'aise et elle n'aurait pas pu dire quel goût avait le thé qu'elle sirotait. Toute son attention était fixée sur le déroulement de la cérémonie, la peur de faire quelque chose de travers et, à Dieu ne plaise, de casser un objet ou d'en faire tomber un autre par terre. Avant même d'avoir fini sa tasse, elle était en sueur. Plus tard, elle ne s'était souvenue ni de l'odeur ni du goût de ce thé, seules les pâtisseries lui étaient restées en mémoire et encore partiellement : elles étaient très sucrées et avaient un goût inhabituel.

Pendant ce temps, sœur Elizabeta et la dame distinguée avaient bavardé avec animation. Elles parlaient du plus grand problème de Mme Therese : du jour au lendemain, elle n'avait plus eu de lait, d'où la précipitation et la nervosité affectées à la recherche d'une nourrice. La dame savait presque tout de Merica, mais elle la voyait pour la première fois et, bien sûr, elle l'examinait en cachette et tentait de pénétrer plus profondément dans l'âme de cette femme qui allait devenir la « mère de lait » de son nourrisson Thomas. Au premier regard, Merica lui avait plu mais elle ne pouvait se débarrasser d'une résistance à peine consciente. Quand sœur Elizabeta dit que toutes les fleurs ont besoin d'une terre différente (elles parlaient du bougainvillier qui était en fleur dans le jardin), Therese réalisa d'où venait sa résistance. Bien sûr, pensa-t-elle tout en parlant à sœur Elizabeta, bien sûr : elle va me remplacer et je ne serai plus… mon petit garçon aura une autre maman et ne boira plus mon lait et, en grandissant, il se fera une image, une idée étrange et fausse, et moi, il me regardera et il sentira… Ici elle tressaillit car, à ce moment-là, elle croisa le regard de Merica. Elle frissonna. Avec l'intuition que seules les femmes ont, elle saisit en un instant toute la douleur de Merica, toute sa souffrance. Honteuse, elle baissa les yeux. Elle était en effet ce genre de personne : très réceptive, très sensible à son état et à l'état des autres. Tout en répondant à sœur Elizabeta, elle se disait : Bien sûr, cette femme a laissé son petit et elle est venue ici, à plus de mille kilomètres pour nourrir le mien… L'émotion l'envahit et elle eut envie d'aller vers Merica et de la prendre dans ses bras. Pour autant, elle se leva et dit qu'elles allaient maintenant visiter la maison, elle montrerait d'abord sa chambre à Merica.

Une foule d'impressions virevoltait dans la tête de Merica. Quand elles gravirent l'escalier et qu'elle vit partout le luxe, même la rampe d'escalier avait l'air de sortir d'un rêve… une multitude de pensées, d'incertitudes, de réserves la submergea. La plus forte était celle-ci : Qu'est-ce que je fais ici, moi, Merica, une paysanne ?

Jésus, comme tout est chic ici et quelle richesse, tout est propre, astiqué. Et moi, la pauvre, je suis dans ces nippes et je pue la sueur et le lait qui se caille dans le lange autour de mes seins. Jésus, pourvu que le lait ne poque pas à travers mes habits, qu'on ne le voie pas... Toi mon Dieu, mais qu'est-ce que je vais faire ici, moi, Merica, une simple paysanne, ici, au milieu de tout ce luxe ?

Merica, aux prises avec ses peurs et son sentiment d'infériorité, suivit les deux femmes dans l'escalier puis dans un long couloir. Ici la dame ouvrit une porte et la religieuse traduisit :

— Voilà ta chambre. Souleyman y apportera tes affaires. Ce sera ta chambre, pour toi toute seule ! La salle de bains et les toilettes sont là, de l'autre côté du couloir. Tant que tu allaiteras, tu seras bien sûr la plupart du temps dans la chambre de l'enfant ; tu dormiras là-bas aussi. Mais ta chambre est ton endroit à toi. Personne n'entrera ici si tu ne l'as pas invité.

La chambre était grande, comme tout dans cette maison. Le plafond haut, la porte immense. Un lit en bronze contre le mur, sous la fenêtre une petite table avec une chaise capitonnée, à gauche une armoire artistiquement sculptée, une commode avec un miroir, au mur un portrait de militaire et d'autres peintures plus petites. Un sol en parquet jaunâtre ; d'une propreté étincelante, si propre que Merica se sentait coupable de marcher dessus.

La religieuse et la dame, debout près de la fenêtre, étaient en grande conversation. La dame avait posé une question et la religieuse lui répondait vite, clairement et librement. Merica était à la porte et, toute dolente, examinait sa patronne. Elle estimait qu'elle avait environ trente-cinq ans, quarante au plus. Elle était de taille moyenne, ni maigre ni grosse. Elle avait un visage extraordinairement lumineux, des sourcils élégants, des cheveux noirs, longs, assemblés par-derrière avec une barrette en perles. Ses yeux étaient vifs, peut-être un peu nerveux. Ses lèvres lui semblaient presque trop fines. Ses hanches… Oh, comme si elle n'en avait pas. Et elle remarqua quelque chose de plus curieux : la dame n'avait pas de poitrine. Enfin presque pas.

C'est alors que la patronne se tourna rapidement vers elle, si vite qu'elle la surprit dans son observation. Elle lui sourit, se remit à gazouiller et la religieuse se hâta de traduire.

— Elle dit que tu ne dois pas avoir peur parce que tu ne parles pas anglais. Et elle te demande si tu parles italien. Il y a quelques jours, je lui ai déjà dit que oui. Elle le parle un peu, en tout cas suffisamment pour que vous vous compreniez à peu près. Mais plus tard, toi tu apprendras l'anglais, n'est-ce pas ?

Maintenant la dame lui demandait en italien si elle était fatiguée. Merica qui avait appris l'italien à Gorica où elle allait vendre ses produits, mais encore plus auprès de sa tante qui était mariée à un Frioulan, respira un peu. Elle fit de son mieux pour lui répondre qu'elle n'était pas trop fatiguée, bon, elle l'était, mais elle s'était un peu reposée à l'asile et elle se sentait plutôt bien.

Ensuite arriva le moment le plus important. La voix de la dame baissa et se colora de tendresse et aussi de gêne. Elle dit qu'elle allait lui montrer son fils, Thomas.

— Il a à peine quatre mois, dit-elle dans un souffle.

Merica frissonna. Son Mihec lui apparut, vivant, réel, comme si elle le tenait dans ses bras.

Elles retournèrent par le même couloir en direction de l'escalier. La porte s'ouvrit et elles entrèrent dans la chambre qui baignait dans le soleil couchant. De tout ce qui était dans cette chambre, Merica ne vit que le petit lit où dormait le nourrisson. Elle tremblait de tout son corps quand les femmes s'arrêtèrent devant lui. La dame chuchota, sa voix s'éteignit dans sa gorge :

— C'est mon fils, Thomas.

Merica remarqua immédiatement la différence entre ce nourrisson et son Mihec. Le visage de Thomas était minuscule, pâlot, presque blanc. Elle pensa : Bien sûr, puisqu'il n'est pas au sein. Un sentiment furtif de pitié la saisit. Tout de suite après, une résistance, une résistance si forte qu'elle se sentit presque mal, balaya ce sentiment fragile. Elle était en effet convaincue qu'elle devait, maintenant, tout de suite, dénuder ses seins et les offrir à ce petit être pâle. Elle fut soulagée quand Mme Therese dit qu'on l'emmènerait le soir à l'hôpital où un médecin, un ami de son mari, lui prélèverait du sang et quelques gouttes de lait.

— Nous devons en effet être certains que vous êtes en bonne santé.

À ces mots, Merica se rappela qu'Amalija lui avait parlé de ça, Amalija, sa voisine qui avait allaité au Caire pendant plusieurs années et qui était revenue juste avant le départ de Merica. Elle lui avait dit que les patrons voulaient être certains que la nourrice était tout à fait en bonne santé. C'est pourquoi ils lui prenaient du sang et du lait. Si la nourrice était malade des poumons, autrement dit, si elle avait la tuberculose ou une autre maladie, alors elle ne pouvait être nourrice. « Ils ont renvoyé chez elle une ritale car les médecins ont constaté que son sang était contaminé, lui avait dit Amalija. Mais tu es certainement en bonne santé », avait-elle ajouté en voyant le visage effrayé de Merica.

Le nourrisson avait visiblement le sommeil léger ; soudain son petit visage frémit, il ouvrit les yeux et se mit à hoqueter, ensuite à pleurer amèrement. Mme Therese s'inquiéta, vite elle le prit dans ses bras et commença à le câliner. Le petit se calma quelques secondes, ensuite il se mit à criailler de plus belle. Il y eut un moment d'embarras et Mme Therese cria en direction de la porte ouverte :

— Chaïda ! Chaïda !

Personne n'apparut, le nourrisson continuait de pleurer, inconsolable. Alors quelque chose bougea en Merica et, avant de se rendre compte de ce qu'elle faisait, elle tendit les bras vers Therese, celle-ci, toute confuse et en même temps profondément bouleversée, déposa le bébé dans ses bras. Alors un miracle se produisit. L'enfant se calma immédiatement. Il tourna son petit visage vers la poitrine de Merica, il huma son odeur et se tut.

Une onde de chaleur et d'affection impossible à décrire envahit Merica. C'était doux et amer à la fois, heureux et âpre. Elle pressa doucement le petit corps contre elle en retenant à grand-peine ses larmes. Il est comme Mihec, en plus menu, en plus frêle… ça se mélangeait dans sa tête.

C'est à ce moment-là qu'accourut une Arabe bien en chair. Elle s'arrêta au seuil de la porte, ne sachant que faire. Mme Therese lui jeta un coup d'œil qui n'avait rien d'aimable. Ensuite elle dit à Merica de donner le bébé à Chaïda avant de descendre, un chauffeur les attendait.

— Il va vous emmener à l'*Hôpital Grec**, dit-elle d'une voix qui semblait fatiguée.

*

Ana resta deux jours à l'asile chez les religieuses, ensuite, au jour dit, elle se présenta à l'hôtel Cecil. Elle rendit d'abord visite à Marija Pušpanova qui travaillait dans cet hôtel et qui lui avait trouvé un emploi de femme de chambre. Marija s'occupait du deuxième étage et elle avait une petite chambre à ce niveau à côté de l'ascenseur. Le fils de Saïd, un employé de l'hôtel, un gamin vif que les clients appelaient affectueusement Miki, l'emmena chez Marija. Avant de frapper à la porte, Ana donna une pièce au gamin en caressant ses cheveux bouclés. Il rayonna comme une pleine lune et redescendit en courant au rez-de-chaussée.

Marija Pušpanova était en train de repasser sa tenue de travail et elle fut si contente de voir Ana qu'elle poussa un cri de joie. Elles s'étreignirent et Marija bombarda sa compatriote d'une foule de questions. Comment s'était passé le voyage, où étaient parties Merica et Vanda, pourquoi n'était-elle pas venue tout de suite mais seulement aujourd'hui. Tout l'intéressait, mais surtout, bien sûr, comment ça allait chez elle. Ana lui remit une lettre de sa mère et de son père que Marija ouvrit immédiatement. Son visage se colora de rouge, ses lèvres tremblaient alors qu'elle avançait péniblement de mot en mot. Ensuite elle dit :

— Dieu merci, ils sont tous en bonne santé. Ils ont remboursé la moitié de la dette. Ça veut dire que je dois rester en Égypte pendant encore à peu près deux ans…

Elle plia la lettre, la remit dans l'enveloppe, pencha la tête et réfléchit un instant. Elle ne pouvait cacher son mal du pays. Elle regarda Ana, lui sourit et dit :

— Bon, maintenant tu es ici. C'est bien. Comme ça, je ne serai plus seule. Oh, assieds-toi, assieds-toi. Tu es restée debout tout ce temps. Attends, je t'offre quelque chose.

Et elle plaça devant Ana une boîte en fer-blanc joliment décorée contenant des gâteaux. C'est seulement à ce moment-là qu'Ana se rappela qu'elle avait un cadeau dans son sac. Elle sourit et dit qu'elle avait apporté de chez elle quelque chose de meilleur, quelque chose qui donne du courage. Elle posa sur la petite table un demi-litre de *žganje*. Elle dit que c'est Tone Vranov qui lui envoyait et qui lui faisait savoir qu'il l'aimait toujours et qu'il l'attendait avec impatience.

Marija posa la main sur son cœur comme si quelque chose l'avait piquée et poussa un profond soupir. Ana eut l'impression qu'elle ne se réjouissait pas spécialement de ce message. Un nuage passant devant le soleil, telle fut l'image qui apparut à Ana l'espace d'un instant.

Ensuite Marija prit la petite bouteille et demanda d'une voix exagérément forte :

— Pourquoi est-il écrit dessus : « Médecine pour mon cœur et ton cœur » ?

Ana sourit d'aise et expliqua que la goutte est une boisson saine car elle est composée de dix-sept plantes selon la recette de sainte Hildegarde et surtout qu'il y a aussi dedans l'amour ardent de Tone…

— C'est bien sûr pour moi. Mais rien n'empêche que, toi aussi, tu en sirotes.

Et Marija déboucha la bouteille en rougissant. Elle huma, ferma les yeux et dit avec nostalgie :

— Jésus, comme ça sent la maison, le…

Ana compléta :

— Le village, n'est-ce pas ? Quand Marija Loznikova m'a apporté un litre de teran alors que j'étais nourrice et que je l'ai seulement reniflé, ça sentait tellement notre cour, la maison, le poêle, l'écurie, les champs, les robiniers, les…

— Eh Ana, maintenant tu es de nouveau ici, à Alexandrie…

Ana but un petit coup et agita les bras.

— Marija, ne me rends pas triste. Tu sais, tout passe, tout lasse. Le plus dur, bien sûr, c'est au début. Je me tracasse car je ne sais pas si je saurai faire ce travail.

— Mais tu as déjà travaillé comme femme de chambre à l'hôtel Angelo Oro de Gorica ! Pourquoi te tracasser ?

— Cet hôtel-ci, c'est autre chose. Les habitudes sont différentes, les clients aussi.

— Eh, ne t'en fais pas. Je te dirai tout ce qu'il faut savoir, je t'expliquerai. Tu t'habitueras vite au nouveau règlement, la rassura Marija.

Elles prirent leur petit verre, sourirent et trinquèrent. Quand l'alcool passa dans leur sang, une joie curieuse les saisit. Qui eut le pouvoir de dissiper leurs soucis.

Ana dut ensuite lui donner toutes les nouvelles du village, les grandes, les importantes, mais aussi les médisances plus scabreuses. Marija fut fortement touchée quand Ana lui raconta ce que faisait le nouveau pouvoir. Ce que faisaient les fascistes.

— Ils changent même les noms au cimetière, tu imagines ! Et tu ne peux plus parler le slovène ou le dialecte nulle part. On ne peut même plus chanter. S'ils nous entendent, ils déboulent, ils braillent, ils tempêtent, nous humilient, nous insultent. Si on veut chanter à notre mode, en slovène comme on le faisait autrefois, on doit fermer les fenêtres et placer une sentinelle à la porte.

« Mais le pire, c'est autre chose, ma pauvre Marija. Ce sont les taxes. Même si tu turbines samedi, dimanche et fêtes, tu ne peux pas les payer. Quand ils voient que tu es dans le pétrin, ils viennent et te proposent un prêt. Malheur à celui qui le prend et malheur à celui qui ne le prend pas. Dans les deux cas, la maison est liquidée, parfois aussi la terre. Si nous, les Égyptiennes, on n'était pas là, une baraque sur deux serait vide ou vendue aux ritals pour quelques sous.

Ensuite, elle lui dit que les fascistes avaient emprisonné Silvester Komel, Dušan Peternel et Ivan Zabavec. La veille de son départ, ils étaient venus les chercher avec un camion plein de soldats.

— Mais pourquoi ? Ils ont volé, fraudé ?

Marija était à la fois indignée et effrayée. Dušan Peternel était son cousin.

— Ni l'un ni l'autre, dit Ana. Il paraît que ce sont eux qui, une nuit, ont grimpé en haut du clocher pour accrocher un drapeau slovène à son sommet.

— Comment ça ? Ils ont accroché le drapeau sur le clocher ? Sur le clocher ?

— Bien sûr, pour qu'on le voie mieux.

— Alors les fascistes l'ont dépendu et l'ont jeté ?

— Oui, mais ils ont eu bien du mal.

On tambourina à la porte. Les deux femmes cachèrent en vitesse la bouteille et les verres et Marija demanda qui frappait. La porte s'ouvrit, elles aperçurent l'Arabe Halil. Il bafouilla à l'adresse de Marija :

— Descends tout de suite, M. Salvatore Scarozza t'attend. Presse-toi, c'est urgent.

Marija s'inquiéta.

— J'ai sûrement fait quelque chose de travers. Ou bien trop vite. Scarozza est notre *capo*, il s'occupe de tous les employés de l'hôtel, des femmes de chambre aussi. Quand il est de mauvaise humeur, il peut être vraiment méchant. Dieu seul sait ce qui lui passe encore par la tête, dit-elle à Ana.

Halil, domestique personnel du chef de tous les personnels, et aussi facteur de l'hôtel, était resté debout à la porte. Marija l'apostropha :

— Et alors ? Pourquoi es-tu encore ici ?

Halil tendit la main pour montrer Ana et bredouilla :

— Elle aussi doit venir. C'est bien elle, la nouvelle, non ? M. Scarozza a dit que je l'amène aussi.

Alors qu'elles dévalaient l'escalier, Marija ajouta :

— Dans cet hôtel, on ne peut même pas péter sans que Scarozza en soit informé au même moment. D'après ce que je sais, il ne t'attendait que demain.

— S'il sait déjà que j'ai franchi le seuil de son royaume, ça ne signifie qu'une chose : que c'est un bon chef, sourit Ana.

Salvatore Scarozza était sicilien par son père, mais allemand par sa mère. Il travaillait à l'hôtel depuis longtemps. Par sa persévérance, son sens de l'ordre et sa discipline, son talent pour la surveillance de tous et de tout, il avait gagné la confiance du propriétaire de l'hôtel, M. Metzger, et était devenu le chef de toute la domesticité. Maintenant, il attendait Marija et la nouvelle employée dans une pièce presque vide ; dans un angle trônait un énorme bureau, placé de telle façon que, de cet endroit, on pouvait saisir chaque petit coin d'un seul coup d'œil. À gauche du bureau se trouvait une étroite armoire ancienne avec une porte vitrée. Vide elle aussi. Pas un livre, pas un cahier. Tout ce dont le directeur du personnel avait besoin, il le conservait sous clef dans son immense bureau.

Quand les deux femmes entrèrent, il se dirigea vers elles en souriant, tourna son attention vers Ana et demanda aimablement :

— Tu es la nouvelle femme de chambre, n'est-ce pas ?

Ana hocha la tête et, sans savoir pourquoi, dit en français :

— Oui, monsieur.

À partir de cet instant, la conversation courut en français. Ana parlait en effet le français couramment, assez bien l'anglais et un peu moins l'arabe. Sa langue la plus courante était bien sûr l'italien. Mais elle maîtrisait assez bien le français, parce que c'était la langue qu'on parlait le plus là où elle avait été nourrice. Le chef de famille était anglais, pourtant on parlait français. Pourquoi c'était comme ça et pas autrement, Ana n'y avait pas réfléchi.

Salvatore l'asticota :

— Pourquoi ne t'es-tu pas présentée à l'hôtel Abbat ou au Summer Palace ? Là-bas, comme Slovène, ils t'auraient prise aussi. Et d'après ce que je sais, ils paient mieux que nous.

D'abord embarrassée, Ana se ressaisit :

— Je ne savais pas qu'ils cherchaient une femme de chambre. À part ça, mon amie et compatriote travaille chez vous. Et, excusez-moi, l'hôtel Cecil est quand même le meilleur d'Alexandrie.

Le chef du personnel fut satisfait de sa réponse. Il l'avait seulement mise à l'épreuve et n'avait aucune intention de lui faire des problèmes. Au contraire. Il était content d'avoir comme femme de chambre une *des Goriciennes, des Slaves, des Slovènes**. Dans tout Alexandrie et Le Caire, et aussi ailleurs, les Slovènes étaient depuis longtemps extrêmement recherchées et respectées. Elles avaient la réputation d'être travailleuses, honnêtes et fidèles. Le propriétaire de l'hôtel avait un jour déclaré en société : « Chaque profession exige une forme particulière d'intelligence. Les domestiques par exemple doivent avoir développé dans leur cerveau la partie qui est le siège de l'obéissance, de la soumission et du désir affectif de plaire. Mais le plus important est qu'ils sachent s'oublier, un domestique qui s'apprécie trop, qui a une haute idée de lui, ne peut pas être un bon domestique. Tout en lui doit aspirer à être autant que possible agréable à son patron. En plus il doit avoir d'autres qualités. Disons être travailleur, soigneux, précis, empressé, propre… etc. »

Le chef des domestiques de l'hôtel Cecil esquissa un sourire en coin en pensant à cette déclaration cynique, mais au fond, il était d'accord. Il se tourna vers Marija et lui dit pourquoi il l'avait fait appeler :

— Elena est de nouveau très malade, demain, tu feras donc son travail. Tu prendras avec toi la nouvelle, ton amie et, en allant, en travaillant, tu la mettras au courant du règlement de l'hôtel. Quand elle maîtrisera toutes les exigences, elle s'occupera du troisième étage, de l'étage d'Elena. Voilà, maintenant tu peux y aller.

Ce que son *capo* lui commandait n'était pas du goût de Marija. Se charger du travail de la Triestine Elena signifiait qu'elle devait diriger le nettoyage et le rangement de toutes les chambres du troisième étage. Il faudrait donc bosser dur et se disputer avec les servantes. Elle se tourna vers Ana et se consola un peu : Bon, au moins elle va m'aider, elle est dégourdie et elle travaille vite.

Les pensées de Marija bondirent alors vers sa collègue Elena. Donc, si moi aussi je suis malade, il me jettera à la rue et en trouvera une autre… Elle frémit. Et eut pitié de la pétulante Triestine. Qui nous fera rire maintenant ? se demanda-t-elle. Ensuite elle se dit : Chaque chose a son bon côté. Si Elena n'était pas malade, Ana n'aurait pas le poste. Elena… Bizarre. Elle était en mauvaise santé depuis une bonne année, mais elle l'a tout le temps caché à Scarozza, mais aussi à nous : elle nous faisait rire par tous les moyens, elle se moquait aussi d'elle-même, pourtant elle devait avoir terriblement mal au ventre. C'est vraiment bizarre qu'elle ne se soit jamais plainte à moi non plus. Et comment se fait-il que je n'aie rien remarqué, rien soupçonné ?

Elena était arrivée à Alexandrie un peu avant Marija Pušpanova. On l'appelait la Triestine parce qu'elle venait de cette ville, sa famille ayant quitté le sud de l'Italie tout de suite après la guerre. Son père était un ouvrier du port qui buvait. Outre Elena, la famille comptait encore cinq enfants, elle était l'aînée. C'est pourquoi elle était partie travailler, pour aider sa mère et ses frères et sœurs. Elle avait fait connaissance de Marija Pušpanova à Trieste. C'était un jour où Marija avaient accompagné sa mère dans les rues de Trieste où elles vendaient de la chicorée nouvelle et d'autres légumes, de maison en maison, de porte à porte. C'est ainsi qu'elles étaient arrivées chez les Cassolovi. Quand la mère de Marija avait vu dans quelle pauvreté vivait cette famille, elle avait eu pitié d'eux et elle leur avait donné un reste de chicorée et quelques lires. Plus tard, Marija avait rencontré Elena à l'hôtel Cecil, elle l'avait tout de suite reconnue, et elles avaient bien travaillé ensemble. C'est pourquoi, maintenant qu'elle apprenait son malheur, elle avait mal au cœur.

Marija et Ana descendaient l'escalier quand un jeune Soudanais accourut vers elles, Ali Brahim, un des employés de l'hôtel. Ana remarqua que Marija avait sursauté et marqué le pas un instant. Il ne lui échappa pas qu'ils s'étaient regardés autrement que ne le font en général des connaissances ou des collègues. Marija était toute rouge.

— Qui est ce Noir ? demanda Ana.

— Ah, c'est un des employés de l'hôtel. Il répare les lits, les armoires et tout le reste. Une sorte de menuisier.

— Et qu'est-ce qu'il lui est arrivé ? demanda Ana.

— Quoi ? Pourquoi ?

— Ces entailles sur le visage. Il s'est battu avec quelqu'un qui lui a labouré le visage au couteau ?

Marija se mit à rire et expliqua à Ana, surprise :

— Ça ne vient pas d'une bagarre. C'est une coutume chez eux, on leur entaille les joues avec un couteau. On fait ça aux enfants quand ils deviennent des hommes, je crois. Plus tu as d'entailles, plus tu as de valeur.

— Jésus, incroyable ! Mais pourquoi, dans quel but ?

— Je te l'ai dit. C'est une coutume, comme chez nous le *tepežkanje*[2], par exemple. Ils disent que de cette façon leur âme est nettoyée. Les mauvaises pensées s'échappent avec le sang, je crois, je ne sais pas exactement.

— Mon Dieu, quelle coutume horrible ! soupira Ana.

— Tu peux le dire ! Tant de gens, tant de guises, dit Marija.

Elle en avait entendu parler par Nora, une Dalmate, qui travaillait à la cuisine de l'hôtel.

Elles traversèrent la réception en silence. Devant les miroirs ornés de cadres dorés, Marija dit :

— Ana, va maintenant chercher tes affaires et apporte-les ici aujourd'hui même. S'il t'engage pour le troisième étage, alors la chambre d'Elena te reviendra. Et c'est mieux que tu sois ici ce soir.

C'est ainsi que le lendemain, à l'aube, Ana commença son premier jour de travail à l'hôtel Cecil.

2 Ancienne coutume selon laquelle, le 28 décembre, les enfants avaient le droit de frapper les adultes. *(Toutes les notes sont de la traductrice.)*

*

À l'hôpital, Merica avait dû subir des choses bien désagréables. Le Dr Wiser, un ami de la famille Cherington, était pourtant aimable et compréhensif, mais la prise de sang et encore plus le fait qu'on lui avait prélevé un peu de lait au moyen d'une machine l'avaient fortement éprouvée. Elle n'avait jamais rien subi de pareil et ça lui avait semblé humiliant. Elle avait terriblement honte.

Quand elles rentrèrent de l'hôpital, Therese emmena Merica dans la salle de bains où elle lui expliqua le fonctionnement de la douche, de la baignoire à deux niveaux et des autres appareils et aussi les règles qui régissaient cet endroit. Dans le placard du bas, elle lui montra tout ce dont elle avait besoin : des sous-vêtements propres et une robe bleue en toile fine avec, de la taille au cou, une rangée de boutons rouges. Sur une petite table en marbre étaient posés une grande serviette, du savon et du shampooing. Elle la pria de prendre un bain et de se changer car ce serait bientôt le dîner et elle voulait qu'elle s'y présente propre et bien mise. Elles vérifièrent ensemble la taille de la robe et du soutien-gorge. Les deux correspondaient aux mesures de Merica. Quand ce fut fini, Therese dit qu'elle descendait et que Merica n'avait qu'à appeler Chaïda si elle avait besoin de quoi que ce soit ou si elle ne comprenait pas quelque chose.

— Tu lui montres ce que tu veux avec les mains, elle comprendra, dit-elle avant de partir.

Avant le dîner, on la présenta au mari de Therese, le banquier, Henry Cherington. Poliment – à elle, il sembla que c'était très froidement –, il lui tendit la main en disant :

— J'espère que vous vous sentirez bien chez nous.

Immédiatement après, il saisit *Le Journal d'Alexandrie* et se retira dans un coin du salon. Il s'étendit sur une chaise en velours qui avait presque tout d'une chaise longue et se plongea dans la lecture. Plus tard aussi, pendant le dîner, il ne fut guère plus aimable. Therese, sa femme, l'excusa :

— Il n'est pas toujours comme ça. En ce moment il y a un problème à la banque ; des ennuis avec les actions, et il est de mauvaise humeur. Il retrouvera sa bonne humeur dans quelques jours.

Pendant le dîner, Merica fit la connaissance des autres membres de la famille : Claire et Kelly, les filles de Therese. La première avait seize ans, l'autre dix-huit.

Claire était une fille aux joues pâles tachées de son ; elle était taciturne, pensive, visiblement renfermée. Kelly était son exact contraire ; elle avait des yeux vifs, espiègles et elle fourrait son petit nez retroussé partout. Ce soir-là, Merica fit encore connaissance du frère de la patronne, un homme grand et maigre, d'environ quarante-cinq ans. En lui serrant la main, il la regarda dans les yeux et dit : « Pierre. » Il prononçait son nom à la française et si doucement et tendrement que Merica en oublia de retirer sa main. Il avait dans les yeux et la voix quelque chose qui la caressait. Elle eut l'impression que cet homme savait ce qui se passait en elle, qu'il sentait sa peur, son angoisse. Et elle ne put se débarrasser du sentiment que ce Pierre, disons Pitr, comme tous l'appelaient en général (mais lui continuait de faire remarquer qu'il était Pierre et non Pitr), était son allié secret et son associé. Ce sentiment lui était si inhabituel qu'elle se demanda ce qui lui arrivait. Après le dîner, le regard gris clair de Pierre l'effleura à plusieurs reprises.

Le dîner en lui-même fut un supplice pour Merica. En tant que nourrice, elle était admise dans le cercle étroit de la famille. On lui attribua une place à côté de Mlle Kelly. Elle défaillait de terreur car c'était la première fois qu'elle était confrontée à une table bourgeoise et à tout ce qui lui était attaché ; les petites et grandes fourchettes, les cuillères et les petites cuillères, les couteaux, les assiettes de porcelaine de différentes tailles, les verres en cristal, les grands plats, les plus petits, les louches en argent, les couvercles. Tous ceux qui étaient assis à la table ce soir-là s'appliquèrent à ne pas la regarder. Sa patronne l'aida en prenant les couverts le plus lentement possible et en lui montrant discrètement ce qu'elle devait faire. Elle suivait le déplacement de ses mains et lisait rapidement les indications sur son visage. Ainsi le dîner se passa-t-il sans trop de gêne. Mais si on lui avait ensuite demandé ce qu'ils avaient mangé, elle n'aurait pas su le dire.

Analyse du sang et du lait, les deux résultats étaient négatifs. Merica était donc en parfaite santé. On vint le lui dire le lendemain matin. C'est alors qu'arriva le moment qu'elle redoutait le plus et auquel elle réfléchissait depuis qu'elle avait décidé de partir en Égypte comme nourrice.

Therese vint la chercher vers midi. Elle lui dit, embarrassée :

— Mary, est-ce que vous viendriez maintenant avec moi ?

Elle l'avait appelée Mary.

Merica se leva et suivit sa patronne comme elle aurait suivi le bourreau qui l'emmenait au supplice. Le souffle lui manquait, elle avait envie de vomir et terriblement mal à la tête.

La chambre d'enfant était moins éclairée que la veille. Le nourrisson, le petit Thomas, dans son lit, était bleu à force de pleurer. Merica s'approcha, le souleva, s'assit sur le divan et le plaça sur ses genoux. Ensuite, elle jeta un coup d'œil à sa patronne. Celle-ci, au milieu de la chambre, se triturait nerveusement les doigts.

— Dois-je sortir ? demanda-t-elle en se tournant vers la porte.

— Ce n'est pas la peine. Mais c'est comme vous voulez, dit Merica.

Elle tenait dans ses bras l'enfant étranger, ce petit pichon, et elle sentit que tout en lui vibrait et tremblait. Son visage était épuisé d'avoir pleuré.

Elle aussi avait pleuré toute la nuit. Elle n'avait cessé de penser à son Mihec et de s'en vouloir. Elle s'était accablée des pires reproches, les plus noirs, c'était dur, indescriptiblement dur. Au matin, son oreiller était trempé et elle, morte de fatigue.

Maintenant elle est assise sur le divan et elle défait ses boutons. Son sein glisse du soutien-gorge comme un doux nuage sur la robe bleue. Elle soulève le petit et lui offre son mamelon. Quand ses lèvres touchent le bout du sein, elle est traversée par un courant électrique et elle ressent à la fois de la douleur et du malaise. Elle a envie de vomir et domine à grand-peine ses crampes d'estomac. Elle est pâle et toute tremblante.

La patronne est toujours au milieu de la pièce, elle redemande si elle doit sortir. Merica se met à pleurer, à sangloter. Elle se lève, repose le nourrisson. Elle se met à geindre, à gémir qu'elle ne peut pas. Elle ne peut pas.

La patronne accourt vers elle et lui demande ce qui ne va pas. Merica bredouille qu'elle ne peut pas. Elle ne peut pas !

— Mary, qu'est-ce que tu ne peux pas ?

— Je ne peux pas... sanglote Merica et elle sort en trombe de la chambre.

Elle court aux cabinets. Elle vomit son petit déjeuner et l'en-cas du matin. Pâle et froide comme un matin brumeux, elle s'appuie sur le mur, elle a l'impression qu'elle va mourir. Elle va s'écrouler sur le carrelage et va mourir.

Au bout d'un moment, elle se reprend et se dirige vers la sortie. Le miroir capte son visage. Elle s'arrête et se regarde comme envoûtée.

— C'est moi, ça ? Moi, Merica ? murmure-t-elle.

Des yeux rougis de pleurs et un visage hâve la regardent dans le miroir. Elle s'approche, passe sa main sur son front et son visage : *Kristus*, qu'est-ce que je vais devenir ? Si je ne donne pas mon lait à cet enfant... le lait de Mihec... ils vont me chasser. Ce sera la honte, tout le village se moquera de moi. Jésus, Jésus, que dois-je faire ?

Elle avance vers le robinet, ouvre l'eau et se lave le visage. Alors quelque chose la touche. Elle sursaute. Il n'y a personne à côté d'elle pourtant elle sent clairement un contact. Une chaleur parcourt son corps en même temps qu'une paix consolante. Une force aussi.

Elle retourne dans la chambre. Sa patronne, assise sur le lit, berce le nourrisson. Elle chante une chanson et Merica voit qu'elle pleure.

Ensuite tout se passe comme dans un rêve. L'enfant se retrouve inopinément dans ses bras. Et son sein plein de lait s'offre de lui-même. L'enfant tète passionnément. De nouveau, un courant électrique la traverse, tout son corps se crispe. Mais maintenant elle ne se sent plus mal et son estomac ne se soulève pas. L'amertume est derrière, hors d'elle.

Elle ferme les yeux et elle sent qu'elle allaite deux enfants en même temps. Thomas et son Mihec. Bizarre, pense-t-elle, vraiment bizarre, comment peuvent-ils boire tous les deux d'un même sein ? Et pourtant ils boivent.

Elle serre le petit affectueusement, elle le berce imperceptiblement et murmure à voix basse :

— Lalala, un, deux, trois, nous irons au bois, quatre, cinq, six, cueillir des cerises…

L'enfant boit, boit sans pouvoir s'arrêter. Therese s'agenouille près d'elle, elle la serre dans ses bras puis pose la tête sur ses genoux. Sous la fenêtre, des oiseaux pépient.

L'enfant est enfin rassasié. Merica le dépose prudemment dans son petit lit et quand elle se retourne, elle croise le regard de l'autre femme. Embarrassée, elle baisse les yeux et part dans sa chambre. Elle se tient devant la fenêtre, elle fixe les palmiers sans les voir. Une curieuse béatitude se mêle à une peur qu'elle ne comprend pas.

*

L'après-midi, Vanda accompagna sa maîtresse au bazar. Elles n'y allaient pas pour faire des achats, elles avaient un autre but que Hanuma ne voulait pas dévoiler à Vanda.

Elles allaient d'échoppe en échoppe et la maîtresse apprit à Vanda les mots arabes pour les fruits, les légumes et autres marchandises.

Elles s'arrêtèrent devant un marchand de thé, d'herbes aromatiques et d'encens. Hanuma lui montra de la main un bouquet de tiges suspendues en disant : « C'est de la *nana*. » À l'odeur, Vanda comprit qu'il s'agissait de menthe. La feuille qu'elle écrasa entre ses doigts sentait agréablement la menthe familière, la menthe qui poussait au bout de leur vignoble, là-bas à Ograde. L'odeur de cette plante la rendit soudain mélancolique. Hanuma remarqua son changement et lui demanda ce qui n'allait pas. Vanda dit qu'eux aussi avaient de la menthe là-bas, au pays. Hanuma ne la comprit pas. Elle dit un peu brusquement :

— Et alors ? La menthe pousse partout. Elle est bonne pour l'estomac et les nerfs. Est-ce que votre menthe sent exactement comme celle-ci, la nôtre ?

— Elle a une odeur plus forte. Et un peu différente je crois, dit la jeune fille.

Et elle pensa à sa mère qui l'envoyait chercher de la menthe. Et aussi de la mélisse qui poussait sur le coteau à proximité de la menthe. Et maintenant au bazar, elle croyait entendre la voix de sa mère, qui lui commandait : « Fais attention en cueillant, qu'il en reste assez pour l'année prochaine. Et cueille ce qui est en fleurs. Et ne tasse pas les plantes pour que les feuilles ne s'écrasent pas et qu'elles ne fanent pas. »

Elles continuèrent leur chemin et Vanda aperçut quelque chose qui la choqua. Des pigeons, accroupis, se trouvaient dans de petites cages en bois. Quelque chose poussa la jeune fille vers eux. Elle s'arrêta et demanda pourquoi ils ne volaient pas. Car ils étaient là, tapis, apathiques.

— Que font ces pigeons ici ? Et pourquoi ne s'envolent-ils pas ? demanda-t-elle à Hanuma.

— Ils attendent des acheteurs, sourit Hanuma. Que pourraient-ils attendre d'autre ici au bazar ?

— Des acheteurs ?

— Bien sûr. Regarde, ce bonhomme est en train d'en choisir un. Tu vois, il le palpe. Il le veut plus gras. Là-bas, derrière la clôture, on va le lui cuire et à l'intérieur, tu vois les tables, là-bas il va le manger. Les pigeons sont très bons. Nous pourrions aussi en grignoter un ?

Vanda se sentait mal. D'une voix évanescente, elle gémit :

— Ils mangent des pigeons ? Ces pigeons-là ?

Hanuma lui lança un regard de pitié.

— Mais qu'est-ce qu'on pourrait en faire d'autre, hein ? Quoi d'autre ? Les pigeons sont des animaux. Comme les canards, les poulets, les dindons… Mais quoi, chez vous, là-bas, vous ne mangez pas les pigeons ?

— Non, je crois que non. Chez nous, les pigeons volent librement, comme les hirondelles, comme les autres oiseaux. Un pigeon, c'est…

Elle voulait dire que le pigeon était le symbole de la paix et avant tout du Saint-Esprit, mais elle se ravisa à la dernière minute.

— Eux n'ont pas la foi, et elle s'arrêta.

— Chez nous aussi, ils volent, chez nous aussi, ils sont libres. Mais ceux-ci ne sont plus libres car leur propriétaire les a amenés ici et ils sont destinés à la vente, lui dit sa maîtresse.

— Mais pourquoi ne s'envolent-ils pas ? Pourquoi attendent-ils ? demanda la jeune fille qui se sentait toujours plus mal.

— Je ne sais pas pourquoi ils ne s'envolent pas, ils sont peut-être envoûtés.

— Envoûtés ? Qu'est-ce que ça veut dire ?

— Ensorcelés, disons. Certains savent ensorceler les animaux. On fait ça avec ceux qu'on destine à la vente ou à l'abattage, dit Hanuma.

— Et on les envoûte comment ?

— Ça, ma chérie, je ne le sais pas. Ah si, je me rappelle comment on envoûte les colombes. On prononce des vers spéciaux sur les grains qu'on leur donne tôt le matin, avant le lever du soleil. C'est ainsi qu'on les ensorcelle. C'est ce que m'a dit ma *dada* qui était la fille d'un de ces éleveurs de pigeons.

Quelques mètres plus loin, des moutons et des peaux pendaient à des crochets. Du sang s'en égouttait, qui s'amassait sur le sol sale en petites mares avant de se figer. Là étaient également exposés des morceaux de chameau et de buffle.

Vanda se sentit tellement mal qu'elle demanda :

— Hanuma, partons d'ici, je n'en peux plus.

Elle était pâle et tremblait. Mais Hanuma fut impitoyable.

— Ma chère Vanda, tu dois t'habituer à tout ça, dit-elle en l'entraînant.

Il y avait dans sa voix quelque chose qui fit peur à la jeune fille. C'était une sorte de satisfaction, un plaisir mal dissimulé.

— Regarde ! elle jubilait. Là-bas, ils ont des petits lapins. Est-ce qu'ils ne sont pas beaux ?

Des dizaines de lapins croupissaient dans un enclos étroit. Eux aussi étaient tout à fait calmes et, comme les colombes, complètement résignés à leur sort. Pas un ne bougeait, pas un ne remuait une oreille. Comme pétrifiés, ils attendaient la fin de leur temps.

— Tu mourrais de peur si tu voyais ce que font les Bédouins et les fellahs illettrés, dit Hanuma.

Et, avec délectation, elle raconta qu'ils renversaient un buffle sur le dos et qu'ils lui coupaient lentement d'abord les pattes de devant, ensuite celles de derrière, vivant bien sûr.

— La viande est plus goûteuse si on tue l'animal de cette façon, l'âme de l'animal reste en elle. On faisait déjà ça du temps des pharaons et on continue aujourd'hui, dit la maîtresse sans se soucier de son esclave, de la pauvre Vanda.

La jeune fille était de plus en plus silencieuse. Près d'une échoppe où il y avait plein de minuscules citrons, d'oranges, de dattes onctueuses, de bananes et autres fruits, elle vacilla et tomba par terre, comme morte.

Quand elle reprit conscience, elle n'était plus dans la rue mais dans une pièce sombre. Hanuma et une autre femme qui portait une longue robe et un foulard sur la tête étaient assises à ses côtés. Celle-ci lui humectait le front et lui mettait sous le nez une petite fiole qui exhalait une odeur extraordinairement agréable. Mais plus que l'odeur et l'humectage du front, c'est quelque chose d'autre qui ramena Vanda à la conscience. C'était une agréable musique. Une musique comme elle n'en avait jamais entendu. Mais plus elle arrivait à sa conscience, plus la musique se fondait dans le bavardage vif des deux femmes, dans leur charabia. Elles parlaient arabe si vite que les mots formaient un long collier sans fin de sons. Et c'était cette musique que la jeune fille, à la frontière de la conscience et de l'inconscience, entendait.

— Elle se réveille ! s'écria joyeusement la femme en noir.

Hanuma se pencha sur Vanda et lui demanda :

— Tu te sens mieux ?

Vanda se redressa sur ses coudes, regarda dans la pièce, ensuite elle demanda d'une voix faible :

— Où suis-je ? Que s'est-il passé ?

— La peur a volé la lumière de ton esprit, mais maintenant elle a dû te la rendre. Sinon tu continuerais de dormir, lui dit l'autre femme.

— Qui ? Et…

Maintenant, elle se souvenait de son malaise et de comment, là-bas, devant l'étal, le monde s'était mis à tourner, la rue s'était renversée et les murs des maisons s'étaient écroulés dans le sable du désert, dans la poussière.

— Je ne savais pas que tu étais sensible comme le mimosa, se justifia Hanuma qui regrettait d'avoir provoqué si durement la jeune fille, et elle continua : C'est mon amie Leïla. (La femme en noir lui posa la main sur l'épaule.) Bon, te voilà remise. N'aie plus peur, ne crains rien, ma douce petite colombe.

De nouveau, elle lui toucha l'épaule et la poitrine furtivement, comme en passant.

Ensuite elle lui apporta un thé qui sentait bon la menthe, la mélisse et une autre plante que Vanda ne connaissait pas. Pendant qu'elle buvait à petites gorgées et que, petit à petit, elle se remettait, les deux femmes ne cessèrent de parler à toute vitesse, comme si elles rivalisaient. Leur bavardage était parfois très sonore puis à peine audible. Ce dont elles parlaient devait être incroyablement mystérieux et inquiétant. Comme Hanuma ne lui en traduisait pas un mot, elle n'avait bien sûr aucune idée de ce dont elles discutaient.

Quand elles se retrouvèrent dans la rue, Vanda demanda ce que faisait cette dame. Hanuma eut un petit sourire et dit que Leïla, son amie, était une femme qui possédait des dons exceptionnels. Elle ne voulut pas en dire plus.

Elles se hâtèrent dans une rue qui était tout à fait différente de celle où grouillait la foule de commerçants ; c'était la rue des banques et des administrations.

— C'est ici que vivent la plupart des Européens. Ils ne se sentent pas bien là-bas, au bazar, mais moi c'est ici, parmi ces énormes maisons, ces portes à poignées de laiton, ces sonnettes, ces fenêtres grillagées et leurs gardiens noirs que je ne me sens pas bien, dit Hanuma d'une voix qui ne révélait pas si elle plaisantait ou parlait sérieusement.

C'est dans cette rue qu'apparut soudain Malka, une tante de Vanda du côté paternel. Elles s'arrêtèrent toutes les deux dans leur élan, se regardèrent pendant quelques secondes, avant de pousser un cri et de tomber dans les bras l'une de l'autre. Un instant, Vanda oublia sa maîtresse qui était restée tranquillement près d'elle et contemplait la scène, perplexe. Un sourire imperceptible flottait sur ses lèvres.

— Jésus, Vanda, quand es-tu arrivée ? s'exclama Malka.

La jeune fille sursauta alors, elle se tourna brusquement vers sa maîtresse et, fort embarrassée, présenta sa parente :

— Voici ma tante Malka, s'empressa-t-elle de dire, essoufflée et toute rouge.

Comme elles se trouvaient près de l'appartement de Hanuma, celle-ci proposa que Malka les accompagne. Elle déclina tout d'abord l'invitation sous le prétexte qu'elle était pressée. Ensuite, sur les instances de Vanda, elle accepta. C'est ainsi qu'elles se retrouvèrent bientôt dans l'entrée d'où elles se dirigèrent vers le jardin où elles s'assirent à l'ombre d'un sycomore. En fait seulement Vanda et Malka. La maîtresse s'excusa, elle avait une affaire urgente. En réalité, elle voulait les laisser seules car elle savait ce que cette rencontre signifiait pour sa jeune employée.

Malka était arrivée en Égypte un mois plus tôt, pour la troisième fois. Vanda avait entendu parler de son retour, mais comme sa tante vivait loin de son village, elle s'était mariée à Sveti Križ près d'Ajdovščina et, comme les Égyptiennes allaient et venaient sans cesse, elle avait en quelque sorte oublié l'événement. Mais maintenant qu'elle découvrait sa tante ici, dans cette ville, elle avait l'impression de soudain retrouver une partie de sa patrie à Alexandrie.

Elles bavardèrent avec animation jusqu'au moment où Vanda demanda comment allait son fils Lojzek. Le visage de Malka s'assombrit sur l'instant et Vanda remarqua sa douleur.

— Jésus ! Il lui est arrivé quelque chose ? s'exclama-t-elle.

— Il ne lui est rien arrivé, bredouilla Malka pendant que ses larmes se mettaient à couler.

— Tante, pourquoi vous pleurez alors, oh mon Dieu, qu'est-ce que j'ai dit ? (Elle était inquiète.)

— Ce n'est pas ce que tu as dit, ma fille, renifla Malka à travers ses larmes. Toi, tu n'as rien fait de mal.

— Qui alors, tante ? Dites-moi, qu'est-ce qui ne va pas avec Lojzek, insista Vanda.

Malka hésita. Ce qui affluait sur son visage… elle ne voulait pas en parler à Vanda, c'était encore une jeune fille. Alors elle se reprit, s'essuya les yeux et se leva.

— Je dois y aller, vraiment, il le faut ! Tu sais que je suis bonne d'enfants dans une famille anglaise stricte, dit-elle en s'éloignant.

Vanda la retint :

— *Ma*, tante, attendez, dites-moi quoi, qu'est-ce qui ne va pas. Tante !?

Malka ne se laissa pas convaincre. Elle était fâchée contre elle car elle n'avait pas réussi à se maîtriser. Pour calmer l'inquiétude de Vanda, elle lui lança en partant :

— Vanda, je t'en parlerai une autre fois. Présentement, je ne peux pas, je ne peux vraiment pas.

Et elle sortit rapidement dans la rue en direction de Ramleh.

Pendant tout le trajet, Malka pensa à son fils Lojzek. Il était encore bébé la première fois qu'elle était venue en Égypte, il avait à peine cinq mois. À l'époque, elle avait été engagée comme nourrice par la famille juive de Denev Sarin. Ils habitaient à Alexandrie, dans le quartier Moharem Bey. Elle avait d'abord nourri le petit Isaac puis elle avait été sa nounou. Avec l'argent qu'elle avait gagné, ils avaient payé leurs dettes et acquis deux champs.

Lojzek avait quatre ans et demi quand elle était revenue. Le premier jour, ils s'étaient regardés comme ça, un peu de travers. Mais à mesure que les jours passaient, ils s'étaient rapprochés. Finalement le petit garçon s'était si fort attaché à sa mère qu'il ne la quittait plus des yeux. Où qu'elle aille, il la suivait et s'il ne la voyait pas ou ne savait pas où elle était, il se mettait à pleurer, pris de panique.

Trois ans avaient passé depuis son retour quand arrivèrent d'Alexandrie d'aimables lettres et des cartes postales de différents pays d'Europe. Elles étaient écrites par M. Denev Sarin et sa femme Hannah. Son protégé Isaac griffonnait toujours quelque chose. Puis arriva la lettre fatale. Dans laquelle son ex-patronne lui demandait de revenir vite chez eux ; Isaac souffrait d'une paralysie infantile et il avait besoin de la nounou qu'il aimait et qui veillerait sur lui mieux que ne pouvait le faire sa propre mère. Ils écrivaient : « Malka, c'est toi la mère de lait d'Isaac et nous croyons que tu peux l'aider. Isaac ne cesse de te réclamer. Même dans ses rêves, il t'appelle. Nous te supplions de venir. Chère Malka, viens le plus vite possible ! Nous te paierons autant que tu veux. L'argent n'est pas un problème. Nous prions pour que tu viennes. S'il te plaît, viens, sinon notre Isaac mourra bientôt.»

La lettre ébranla tellement Malka qu'elle en perdit le sommeil. Elle pensait sans cesse au petit Isaac sans savoir que faire. Que dire à son mari et ses deux enfants, Lojzek et Angelca ? Son embarras grandissait de jour en jour. Son mari remarqua bientôt qu'elle était bizarre et lui demanda ce qui la tracassait. Elle lui raconta tout, reportant le poids du souci et de la décision sur lui aussi. De prime abord, il rejeta violemment l'idée et dit :

— Tu viens tout juste de rentrer et tu devrais repartir ? Il n'en est pas question, tu n'iras nulle part ! Le gamin s'est si bien attaché à toi qu'il tremble dès qu'il ne te voit pas. Le pauvre petit, il craint de te perdre à nouveau.

Les mots de son mari augmentèrent son malaise. Là-bas, à Alexandrie, son autre fils, son fils de lait, dépérissait, peut-être même mourait. Ici à Sveti Križ, l'autre allait mourir si elle s'en allait maintenant, si elle disparaissait soudain. Jésus, que faire ?

Quand elle était revenue d'Égypte, elle n'avait pas réalisé qu'elle s'était attachée si fort au petit Isaac. C'est vrai, elle avait pleuré quand elle avait pris le vapeur, son cœur s'était déchiré quand le bateau s'était éloigné, néanmoins elle était apaisée et heureuse ; Isaac était un bel enfant, costaud, en bonne santé. Elle avait bien fait son travail, elle avait rempli sa mission. Et maintenant elle revenait vers Lojzek qui lui aussi avait besoin d'elle. Isaac allait grandir, il deviendrait un arbre fort et sain, un platane bien vert ou un haut palmier élancé, et il en serait de même pour Lojzek. En rentrant, elle le couvrirait d'amour et elle rattraperait tous les jours où elle n'avait pas été près de lui. Et son vrai fils, son fils de sang grandirait heureux et il deviendrait un jeune homme et plus tard un homme.

Et c'est ce qui s'était passé. Après son retour, elle s'était entièrement consacrée à son fils et à sa fille aînée, Angelca. Et bien sûr, à son mari. Petit à petit, tout s'était arrangé et était rentré dans l'ordre. Les blessures étaient cicatrisées, même par mauvais temps, elles ne picotaient plus. Mais cette lettre à présent ! *Kristus*, si elle n'avait pas existé. Son cœur s'était déchiré en deux, en trois. Elle ne dormait plus, n'avait plus d'appétit. Elle dépérissait. Elle marchait de long en large comme une somnambule.

Ensuite il se trouva qu'un petit ver s'insinua dans son mari, qui le rongeait et qui n'en finissait pas de lui souffler à l'oreille : Si elle s'en va… si finalement elle s'en va, elle peut fixer le prix qu'elle veut. Eux ont plein d'argent, ils ont des tas de pièces d'or. Si elle y va et qu'elle leur dit qu'ils sont de nouveau dans le besoin, et qu'ils sont menacés du pire ; qu'ils seront dans la panade si, en un an, ils ne réunissent pas tant et tant de lires… C'est bien sûr une grosse somme, mais eux ne pourront pas résister, ils diront oui et, au bout d'un an, quand elle reçoit les sous, le paiement d'une année de service, elle revient, elle s'enfuit en douce, elle disparaît avec l'argent… Ou bien, oh, bien sûr, c'est aussi possible que ce petit Juif meure de toute manière. S'il est tellement malade, il va mourir. Et alors elle reviendra de façon normale, elle n'aura pas besoin de s'enfuir. Ils auront alors assez d'argent pour acheter une autre maison et les beaux champs de Brgudice, ceux qui sont les plus fertiles et que France Kobilnik devra vendre car il s'est encroumé à la banque de Gorica… Si les choses se déroulent ainsi, si on réfléchit comme ça, alors qu'elle y aille, qu'elle y aille donc. Je m'occuperai de

Lojzek. Je resterai avec lui, tout le temps, on jouera, on ira aux champs, je lui fabriquerai de petits moulins et de petits bateaux, je le consolerai et ça ira. Au fond, à tout prendre, si je dis tout à Lojzek, si je lui explique avec les bons mots, il comprendra lui aussi, ce n'est plus un bébé. On souffrira tous un peu pour qu'ensuite ce soit mieux et plus beau…

C'est ainsi qu'il réfléchissait et il décida que Malka n'avait qu'à partir. Quand il lui fit part de sa décision et qu'il en énonça les raisons, elle fut d'accord sauf avec l'idée qu'elle s'enfuirait quand elle aurait obtenu l'argent.

— Non, en aucun cas, non ! dit-elle fermement. Si j'y vais, je resterai jusqu'à ce que l'enfant se rétablisse ou bien jusqu'à ce qu'il meure. J'ai été honnête, je le resterai. Si toi, Mario, tu t'occupes de Lojzek comme tu me l'as dit, ce sera bien sûr plus facile là-bas en Égypte. Pourtant promets-moi, jure-moi que tu me remplaceras vraiment auprès de Lojzek ! Encore une chose, je fixerai le prix au triple de ce qu'ils me payaient quand j'étais chez eux la première fois. Une paie trois fois plus importante, c'est beaucoup, vraiment beaucoup. Ils comprendront, ils ne feront pas de problème. Et peut-être qu'ils me proposeront plus que ce que moi j'exigerai.

Et c'est ainsi qu'il fut décidé qu'elle partirait. Ils n'en dirent rien à Lojzek. Ils n'osaient pas. Un matin, à son réveil, il ne trouva sa mère nulle part. Il la chercha dans la maison, à la cave, au grenier. Puis autour de la maison et dans les champs. Il ne servit à rien que Mario le console, lui dise la vérité. Le départ de sa mère, départ sans adieu, sans câlin, sans baiser… fut pour lui un coup dur qui réduisit son monde en miettes. Au fil des jours et des semaines, la cruche cassée se reconstitua, se recolla à peu près. Mario qui traînait Lojzek partout où il allait y contribua beaucoup. Il le prenait avec lui, même quand il allait à l'auberge ou au terrain de boules. Au bout de quelques mois, il sembla calmé, résigné à son sort.

Et Malka ?

Elle était partie à Alexandrie toute meurtrie au mois de février, juste au moment où là-bas le printemps s'éveillait, que les bougainvilliers fleurissaient dans le jardin de Devin Sarin et que toute la villa était parée de magnifiques fleurs rouge violacé.

Le petit Isaac, dans son lit, avait tellement changé que Malka le reconnut à peine. Il avait maigri, il était comme desséché, et pâle comme un cadavre. Immédiatement, elle le prit dans ses bras, immédiatement, elle l'enveloppa de son amour maternel, de cet amour sans lequel, sur cette terre, tout se dessèche. Le petit garçon sourit, visiblement heureux, réconforté.

Et ensuite ? Arrivèrent des médecins de toute l'Égypte, vint même le médecin de la cour, le fameux Ahmed Gabel Nasrout. Ils apportaient des remèdes, des tas de remèdes. Pourtant malgré l'amour de Malka et l'amour incommensurable de sa mère Hannah, le petit garçon perdit rapidement ses forces ; toutes les substances vitales qui assurent la santé, la croissance, le développement s'épuisèrent, tarirent. Une autre maladie inconnue s'ajouta en effet à la paralysie infantile et Isaac mourut au bout de deux ans de souffrance et d'agonie. Cela se produisit au cours de l'une des pires tempêtes de sable. Même les plus vieux habitants de la ville n'avaient pas souvenir d'un tel khamsin. Aux premières heures de l'aube, le ciel était déjà noir-violet au-dessus du désert, ensuite d'heure en heure, il s'assombrit encore et se chargea. Vers les dix heures du matin, des afrits du désert déchaînés, des djinns et autres démons inaccessibles à la raison humaine se précipitèrent dans les rues. La ville n'était que gémissement, sifflement, roulement, crépitement.

Au moment où un nuage de sable extraordinairement violent déferla sur la maison, Isaac, serré contre Malka, elle-même étreinte par la malheureuse Hannah, Isaac tressaillit, ouvrit les yeux et dit si bas que seule Malka l'entendit :

— Jildiz Alhak !

Tout de suite après, sa petite tête s'affaissa, il était mort.

Malka s'en alla peu après l'enterrement. Elle pleura tout au long du voyage, c'est seulement quand le vapeur s'approcha de Trieste que son esprit se tourna vers son fils Lojzek.

La douleur consécutive à la perte de son fils de lait était si forte qu'elle arriva chez elle tout abattue et complètement hébétée. Lojzek qui avait alors presque dix ans ne lui jeta pas un regard. Quand son père lui intima d'être aimable avec sa mère, il se détourna, se précipita à la porte où il s'arrêta un moment avant de siffler :

— Elle n'est pas ma mère !

À partir de ce moment-là, il n'adressa plus la parole à sa mère. Il resta muet comme une tombe. S'il avait quelque chose d'important à lui communiquer, il s'adressait à son père : « Dis-lui qu'elle doit... » Il ne disait jamais « maman ». Ni aucun autre nom.

Malka supportait une double peine. Elle avait perdu Isaac et Lojzek. L'argent qu'elle avait rapporté à la maison, tout cet argent, suivant leurs plans, ça faisait une somme, ne leur avait procuré ni la paix ni le bonheur.

Des mois passèrent. Pendant tout ce temps, le garçon n'adressa pas une fois la parole à sa mère. Et le calvaire de

Malka empira quand son mari s'éloigna d'elle. Pas mal de choses avaient changé entre eux et les nuits, autrefois si claires et si terriblement chaudes… s'étaient transformées en un fade calme plat.

Un jour, à Gorica, elle rencontra Marta, la sœur de sa mère, qui était de Mirno. Celle-ci lui dit qu'elle partait le mois suivant au Caire où elle serait bonne d'enfants chez un Égyptien. Elle lui proposa de l'accompagner.

— À Alexandrie, une famille anglaise dans le quartier de Ramleh cherche une bonne pour trois fillettes âgées d'un à sept ans. Bon, allez, viens ! Le vapeur lève l'ancre à Trieste dans trois semaines. Tu as un passeport, tu n'as besoin de rien d'autre. Je sais que tu ne manques pas d'argent et je sais comment ça se passe chez toi. Tout le monde en parle. Qu'est-ce que tu attends, Malka ?

Et c'est ainsi que Malka disparut une nuit. Même Mario n'était pas au courant de son départ. Elle partit. Elle laissa à son mari une longue lettre souillée de larmes. Elle lui disait pourquoi elle partait. Pour toujours, écrivait-elle. Car elle avait froid dans cette maison, froid jusqu'aux os. Puisque tout allait à vau-l'eau, leur amour aussi. Et qu'il prenne soin d'Angelca. Elle ne mentionna pas Lojzek. Elle enverrait des sous. Ces maudits sous, écrivit-elle, et elle souligna.

Et c'est ainsi qu'elle partit une troisième fois à Alexandrie comme bonne d'enfants. Quand on n'aurait plus besoin d'elle ici, elle irait ailleurs. Elle ne rentrerait pas chez elle. C'était sa ferme décision.

*

Merica était à genoux devant son lit, elle tourna les feuilles de son doigt humide et elle lut une prière :

— « Très cher saint Joseph, la grande confiance que j'ai en toi me pousse dans ma grande peine à me tourner vers toi et à te demander de l'aide. Car après Marie, vierge pure, je ne connais aucun plus grand et meilleur ami, au ciel ou sur la terre, qui puisse m'aider. Ô Joseph, toi et Marie, vous pouvez demander et obtenir de Jésus tout ce dont j'ai besoin. Jésus a été obéissant et t'a aimé plus que les autres saints. Accepte donc mon humble prière, ô saint Joseph, et dépose-la devant le trône de notre Seigneur Dieu. Tu as déjà aidé beaucoup de gens qui avaient des soucis et des besoins plus grands, c'est pourquoi je te prie, aide-moi, toi qui as aidé les autres. Je te prie par le Sacré-Cœur de Jésus et de Marie. Ô généreux saint Joseph, écoute ma prière et ne permets pas que je reparte sans consolation de ta part. Que la volonté de Dieu soit faite. Amen ! »

Cette prière lui avait été donnée par sœur Elizabeta à l'asile, quand elle lui avait confié son désir ardent et irrésistible de retourner auprès de son fils et de son mari. La sœur lui avait dit :

« Saint Joseph est ton saint patron, demande-lui donc de t'aider. Voici une prière et voilà une image bénie par le père Léopold. Je te donne les deux et j'espère et je crois que tu seras exaucée. Par ailleurs, ma chère Merica, n'oublie pas : tu dois t'aider toi-même. Dieu est miséricordieux mais il n'aime pas les pleurnichards. Il préfère ceux qui se fâchent avec lui si c'est nécessaire. Tu m'as comprise ? Si tu ne te prends pas en main, sainte Rita d'Alexandrie en qui même les Arabes croient ne pourra pas t'apporter de consolation. »

Merica avait compris ce que lui avait dit la sœur de la Charité, mais elle était incapable de faire ce qu'elle exigeait d'elle. Quatre semaines avaient passé depuis son arrivée et elle était toujours désespérément triste. Elle se réveillait la nuit et pleurait au point de tremper son oreiller. Elle n'avait aucun appétit. Therese, soucieuse, l'observait et, un matin, elle lui dit de façon assez dure, réprobatrice même :

— Mary, si tu ne manges pas, je ne sais pas ce que ça va donner. Thomas reprend des forces mais il continue d'être maigrelet. Si la mère ne mange pas comme il faut, son lait est aqueux. Il ne contient pas les substances dont l'enfant a besoin. Moi, je ne sais pas ce que nous allons faire si tu continues d'être triste. Le Dr Wiser m'a dit que le lait d'une mère qui pleure contient des substances qui ont une mauvaise influence sur le bébé ; il paraît qu'elles le rendent aboulique. Je te dis ça à contrecœur mais il va falloir faire quelque chose !

Elle aussi sentait qu'elle devait se reprendre. C'est pourquoi elle rendit visite aux sœurs de l'asile et demanda au père Anastazij de la confesser. Mais quoi, la conscience et la volonté sont une chose et le cœur en est une autre, tout à fait différente. Et elle ne pouvait ni apaiser ni faire taire son cœur.

— Si au moins je n'étais pas si horriblement ramenée à Prvačina ! Si je ne me languissais pas aussi fort et aussi douloureusement de nos champs, de nos prés, de nos vignobles, si au moins je ne me souvenais pas aussi vivement de Gorade, de Komnačjelo, de Mandrja, Bezovlak, de Kužlek, Vrneke, de Struga ob Vipavi... de notre Liška, Sivka, Cika... et de notre petit chien Moro...

Elle n'en finissait pas de prier, elle serrait dans ses mains l'image de saint Joseph et celle de Marie de Sveta gora et attendait que le ciel ait pitié d'elle. Elle implorait le miracle de l'oubli. Ce miracle se produisit un peu plus tard, dans ses rêves...

Elle était chez elle. Comme si elle était revenue au bout de trois ans et demi. Elle savait précisément le temps qui s'était écoulé depuis son départ. Elle entrait dans la chambre, passait devant son mari surpris, levait son fils Mihec de son petit lit et alors elle était tellement contente qu'elle s'écriait :

— Mais c'est Thomas, le fils de Therese et Henry Cherington. Jésus, et moi qui croyais qu'il était resté là-bas, à Alexandrie. *Té*, maintenant, il est ici à Prvačina et je n'ai plus besoin de repartir en Afrique !

Son mari Ivan qui, soudain, n'était plus Ivan mais Jésus s'approchait d'elle. Il la regardait avec des yeux comme elle n'en avait encore jamais vu. Et ces yeux effaçaient tout : Thomas, le petit lit, la chambre, la maison, le village. Le Goriško et le monde entier. Il n'y avait plus que ces yeux merveilleusement beaux.

Quand elle se réveilla, allongée dans sa chambre à Alexandrie, elle continua de voir ces yeux. Puis lentement, très délicatement et doucement, les yeux disparurent et les murs et le plafond de sa chambre se révélèrent dans la pénombre.

Quand elle eut tout à fait repris pied, quand elle fut de nouveau complètement là et non plus dans ses rêves, elle sentit un changement étonnant. La tristesse, la douleur et surtout cette nostalgie insupportable, tout s'était éloigné ; c'était encore là, encore dans la chambre mais ça n'était plus en elle et elle ne souffrait plus aussi follement. Elle ressentit une paix, un bonheur qui, à mesure que le jour se levait, se transforma en une joyeuse félicité.

Au petit déjeuner, Therese s'aperçut la première qu'il était arrivé quelque chose d'exceptionnel à Merica. Celle-ci était entrée en souriant, avait salué gaîment la compagnie et s'était assise, détendue, à la table, elle avait beurré son pain et l'avait mordu avec plaisir tout en buvant son café au lait avec autant d'allant.

Therese était surprise, mais elle eut la sagesse de ne rien dire à Merica. Quand les autres voulurent commenter l'événement, notamment Kelly la bavarde, elle leur fit immédiatement signe de se taire. Subtile, elle avait compris que Merica n'avait absolument pas conscience du changement et que c'était mieux de la laisser en paix.

Merica fut de bonne humeur toute la journée. Elle avait l'impression que le soleil était plus clair, les couleurs, plus vives, les odeurs, plus prononcées et les gens alentour, plus aimables que d'habitude. Pendant ce temps, bien sûr, elle pensa souvent à Mihec et à Ivan, cependant elle ne ressentait pas la même douleur qu'avant et surtout pas cette insupportable nostalgie. La journée s'écoula tranquillement et elle espéra que ça continuerait.

Cet après-midi-là, Pierre, le frère de Therese, vint en visite. Il joua au bridge dans le jardin avec Kelly, Catherine, l'amie de Therese, et Claire, ensuite lui et Kelly s'affrontèrent aux échecs. À côté d'eux se tenaient Claire et Catherine, ils furent rejoints par Therese et finalement par M. Henry. Therese était du côté de Pierre, tous les autres soutenaient Kelly. Malgré ça, c'est lui qui l'emporta. La victoire et la défaite furent célébrées en mangeant les cerises au sirop que Pierre avait apportées de Paris. La cuisinière, Marisa, une corpulente Italienne, les leur présenta dans des tasses en porcelaine de Chine. Ils les mangèrent avec plaisir et rirent à gorge déployée en jouant aux billes avec les noyaux de cerise.

Merica était assise sur la terrasse et berçait Thomas. Elle lui avait donné à boire un peu plus tôt et il dormait à présent comme un bienheureux. Elle observait la société qui s'amusait dans le jardin, pour la première fois depuis son arrivée, elle se sentait calme et sereine. Elle considéra les palmiers ébouriffés qui oscillaient dans le vent et s'absorba dans le bruissement de feuilles de platane. Ensuite, son regard glissa vers un tamarinier, de là vers un caroubier, une glycine, un sycomore, un magnolia... et tressaillit à la vue d'un olivier qui poussait à l'écart dans un cercle délimité par des pierres brunes. À côté, un seul cep de vigne, très vieux et très ramifié, grimpait sur un espalier.

Elle était très étonnée de remarquer toutes ces plantes pour la première fois. Comme si elles n'avaient pas été là auparavant. Et elle fut attendrie par le cep, plus encore par l'olivier. Absorbée dans la vigne de chez elle et les plantations d'oliviers d'Istrie (sa cousine vivait à Parecag...), elle ne remarqua pas que Pierre avait quitté la société et gravissait l'escalier pour la rejoindre. Il la surprit :

— Le jujubier est une beauté du paradis, n'est-ce pas ?

— Comment ?

Merica avait sursauté.

— Oh, ici, on appelle les magnolias des jujubiers. Le magnolia et ses sublimes fleurs...

Il avait parlé en italien. Il faisait un effort car cette langue lui avait de tout temps posé problème.

— Puis-je m'asseoir ? dit-il en montrant une chaise en rotin qui se trouvait à côté de la voiture d'enfant.

Merica acquiesça.

Il s'assit, croisa les jambes et regarda le jardin, l'air embarrassé. Ensuite il dit quelque chose qui étonna Merica :

— Ici ne pousse qu'un cep de vigne, celui-là là-bas. Il a au moins cent ans. Je crois que c'est du fragola. Mais là-bas, chez vous, vous avez de grands vignobles, n'est-ce pas ? Il y a des années, j'ai visité Venise avec des amis, des commerçants allemands, je suis allé dans vos régions. Autour de Gorica, dans les villages. C'est pourquoi je sais que vous avez beaucoup de vignobles et un vin délicieux. Comment s'appelle déjà votre vin ?

— Vous pensez au rouge ou au blanc ? demanda-t-elle visiblement embarrassée.

— Nous avons bu les deux. Le blanc m'a semblé meilleur.

— Ah, alors c'était sûrement du malvoisie ? Ou alors...

— C'est ça, oui. Exactement, du malvoisie. Le vin rouge était du teran ; ça, je m'en souviens car le nom du cépage vient de la terre. *La terra*, n'est-ce pas ?

— Mais le teran n'est pas de chez nous. Vous avez sûrement été plus dans le Karst.

— Quelles sortes poussaient chez vous avant la guerre ? Je suis allé à Venise trois ans avant la guerre.

— Mon *nono* avait du malvoisie dans son vignoble, mais aussi du brganje, du polšakica, du pagadebit et du pergulon. Il n'avait pas de teran et mon père non plus, s'enflamma d'un seul coup Merica.

— Comment avez-vous dit ? du pagadebit ?

— Oui, c'est le nom d'un raisin. Moi, c'est le muscat que j'aimais le plus quand j'étais enfant. C'est le plus sucré au goût. Mais on avait peu de muscat, seulement quelques rangées.

— Et le teran ? Où avez-vous dit qu'on le cultive ?

— Dans le Karst, dans les environs de Tomaj, dit Merica en faisant en sorte de ne pas regarder Pierre dans les yeux.

Elle avait l'impression que, s'il la regardait, il lirait en elle comme dans un livre ouvert. Et c'est pourquoi elle en avait un peu peur.

— Vous êtes le frère de ma patronne, de Therese, n'est-ce pas ? dit-elle comme si elle ne le savait pas.

— Son frère, oui. Ça vous intéresse ce que je fais ? Je suis négociant en coton, en riz et en fruits d'Afrique. Par ailleurs, j'ai un diplôme en économie.

— Négociant, qu'est-ce que ça veut dire ? Vous avez un magasin ?

— Non, non, je ne suis qu'un intermédiaire. On achète du coton, du riz et des fruits aux Égyptiens et ensuite on envoie ça par bateau en Europe, en Angleterre aussi et ailleurs.

— Ouh ! Alors vous gagnez beaucoup d'argent ! laissa échapper Merica.

Il la regarda avec surprise, sourit et dit :

— Oui, pas mal, c'est vrai, pas mal. Mais chez moi, l'argent n'a jamais joué les premiers violons.

Et il observait pensivement le profil de Merica.

— Quelle beauté ! soupira-t-il en se forçant à regarder ailleurs.

Merica réfléchit à ce qu'il avait dit à propos des premiers violons. Elle n'avait pas compris, alors elle hasarda prudemment :

— *Ma* l'argent est pourtant très important !

— Oui, certainement. Mais il y a plus important que l'argent, dit-il.

Merica sentit dans sa voix de la mélancolie voire de la tristesse.

— D'après vous, qu'est-ce qui est plus important que l'argent ?

Elle, elle était venue allaiter un enfant étranger justement pour de l'argent. S'ils en avaient eu assez, elle n'aurait pas été obligée de faire ce chemin si long et si éprouvant.

— L'argent est bien sûr important, commença lentement Pierre, mais l'argent sans amour, c'est comme une cheminée sans feu.

Elle sentit dans ce qu'il disait et surtout dans sa manière de le dire quelque chose qui la toucha.

— Mais si vous avez tant d'argent, si vous êtes riche, et vous l'êtes certainement, est-ce que l'argent ne vous est d'aucune aide ?

Elle cherchait un moyen de sortir de cette situation embarrassante.

— Vous êtes vraiment une enfant de Dieu, sourit-il. Avec de l'argent, on peut tout acheter sauf l'amour. Mais ça, vous le savez, non ?

— Mais… est-ce que vous n'êtes pas marié ? dit-elle tout en s'effrayant de son audace.

— Non, je ne le suis pas. Mais je ne pensais pas à ça. L'amour nous conduit à une femme, mais moi je pensais à une autre sorte d'amour, à celui qui…

Ici il fit une pause, soudain les mots lui manquaient. Il ne savait pas comment expliquer à cet être simple, à cette belle jeune femme, belle non seulement physiquement mais aussi dans son cœur et son esprit, ce qui ne se laissait probablement pas appréhender par la raison. C'est pourquoi il se tut, il regarda les fleurs d'hibiscus en passant, l'air absent, la main sur son visage.

Il fut tiré d'embarras par sa sœur qui l'appelait pour une partie de bridge.

— Excusez-moi, dit-il, on m'appelle. Ne m'en veuillez pas si je vous ai… (il voulait dire « perturbée » mais il dit seulement :) dérangée dans vos réflexions.

— Oh, tout va bien. Vous ne m'avez pas dérangée, répondit rapidement Merica en se levant elle aussi.

Elle regarda Pierre qui s'éloignait et c'est seulement alors qu'elle remarqua qu'il boitait. Il faisait tout son possible pour que sa démarche ne soit pas claudicante mais il n'y réussissait pas complètement.

Jésus ! pensa Merica en frissonnant. Un si bel homme, et il boite. Elle prit une grande inspiration. Elle était troublée : Beau ? Et oui, il est assez beau. Et il a un visage si particulier et des yeux si profonds, si tristes et graves... Il y a quelque chose dans son visage, quelque chose de dolent, oui, de maladif...

Un vent frais, vif, soufflait de la mer. Comme une caresse.

Il fait déjà chaud, pensa-t-elle. Chez nous, l'herbe sort à peine de son sommeil et ici tout est en fleurs. Comme au mois de mai. Ah, bien sûr, l'Afrique.

Avant d'emmener dans la chambre Thomas endormi dans sa voiture, elle se tourna vers les autres en bas. Ils étaient absorbés dans leur jeu. Mais Pierre leva brusquement la tête et la regarda. Il sourit en lui adressant un signe de la main. Merica rougit et se retira en vitesse dans la chambre. Là elle s'arrêta, posa les mains sur sa poitrine et écouta les battements affolés de son cœur, ensuite elle se pencha vers le visage de l'enfant. Une douce béatitude s'en dégageait. Mon Mihec... ! Ça lui fit mal, mais juste un instant. Tout de suite après, elle était de nouveau là, dans la chambre, près de Thomas.

*

Hanuma, allongée sur le divan, se laissait aller à la paresse. La chaleur de la journée se dissipait, un vent frais soufflait de la mer.

— Vanda ! s'écria Hanuma. Vanda !

— Oui, j'arrive, répondit la jeune fille qui, à la cuisine, se régalait d'une *basboussa*.

De toutes les pâtisseries arabes – et, chez Hanuma, elle en avait découvert beaucoup –, c'était la *basboussa* qui lui semblait la meilleure, meilleure que le tant vanté halva.

— Vous désirez, maîtresse ? dit-elle en accourant dans la chambre où flottait une forte odeur d'encens.

Elles en avaient acheté quelques jours plus tôt à un commerçant du nom d'Ali Bahri.

— Viens donc. Caresse-moi le dos avec tes charmants petits doigts !

C'était plus une demande qu'un ordre.

— Tout de suite, ma chère maîtresse. Je cours chercher de l'huile, gazouilla Vanda en se précipitant vers la salle de bains où Hanuma rangeait les parfums, les huiles de massage, les poudres et autres produits de maquillage dans les tiroirs d'une armoire ancienne.

Un rapport particulier s'était peu à peu établi entre Hanuma et la jeune Vanda. Elle l'appelait maîtresse, mais il n'y avait aucune soumission ni subordination servile dans cette appellation. Il s'agissait plutôt de câlineries, d'espiègleries enfantines et quelquefois même puériles. Elles s'attachèrent tant l'une à l'autre que leur relation devint de plus en plus amicale et, d'une façon particulière, gentiment taquine. Hanuma, prudemment et très astucieusement, introduisait Vanda dans le secret de la vie de la femme arabe, celle-ci la suivait fidèlement en absorbant rapidement les informations, les sensations et surtout le vocabulaire. Au bout de quelques mois, elle utilisait les trois cents, quatre cents mots que les gens emploient dans une conversation courante. Et, ce qui était étonnant : elle savait non seulement les prononcer correctement, mais elle respectait aussi la syntaxe du langage familier. Cette connaissance de l'arabe rapprocha les deux femmes et éveilla en Hanuma une relation affectueuse avec la jeune fille. Affectueuse, même s'il y avait, à l'arrière-plan, un calcul et un projet qui avaient un objectif parfaitement clair…

Quand Vanda revint avec une huile de massage odorante, Hanuma était déjà prête à se faire bouchonner. Elle était allongée sur le ventre, nue jusqu'à la taille. La jeune fille s'agenouilla près d'elle, versa un peu d'huile dans sa paume, la huma et la fit goutter lentement sur le dos. C'est ce que lui avait appris sa maîtresse. Elle lui avait dit : « Le début doit être le plus doux possible… » Les gouttes d'huile coulaient le long de la colonne vertébrale et c'est seulement alors que Vanda, comme incidemment, donc très doucement, toucha la peau. Hanuma soupira d'aise.

Ensuite commença le massage. Bon, plutôt des caresses qu'un massage car Vanda n'avait aucune idée des antiques secrets de l'onction. Néanmoins sa maîtresse appréciait et ça plus qu'avec Leïla, la magicienne alexandrine la plus connue pour les situations et les plaisirs particuliers.

— Est-ce que tu sais, dit Hanuma, que Leïla s'intéresse beaucoup à toi ? Elle dit que tu es une enfant prodige et qu'elle pourrait faire de toi une perle, babillait-elle.

— Une perle ?

— Une perle, oui. Elle te prendra peut-être dans son école. Tu es encore jeune, tu es douée, belle aussi…

— Mais une femme doit-elle être belle pour faire ce métier ? demanda Vanda en s'interrogeant sur le métier de la mystérieuse Leïla.

Elle n'avait aucune idée de ce que faisait l'amie de Hanuma.

La dernière fois qu'elles avaient été chez elle c'était une semaine plus tôt. Hanuma lui avait apporté des photos que Vanda ne devait pas voir. Pendant qu'elles les regardaient et discutaient en chuchotant, Vanda avait dû tenir compagnie à une perruche bavarde dans une autre pièce. Pourtant quand, plus tard, elles l'appelèrent, une petite partie de l'énigme se découvrit ; une de leurs photos avait glissé par terre sans qu'elles le remarquent et elle était restée sous la table. Quand elle avait vu ce qu'il y avait dessus, Vanda avait rougi. C'était un gamin d'une dizaine d'années. Il avait un corps fortement cambré et il pissait sur des fleurs en rigolant sans vergogne.

Ce jour-là, elle avait vécu une autre chose qui l'avait mise dans l'embarras. Alors qu'elle et Hanuma s'en allaient, Hernandez, le jeune homme qu'elle avait vu pour la première fois chez les sœurs de l'asile, était soudain apparu à la porte d'entrée. Il l'avait reconnue tout de suite. Un sourire joyeux avait étiré son visage, il avait secoué sa tête bouclée et, comme ça en passant, avait embrassé Vanda d'un regard étincelant. La tête de la jeune fille s'était mise à tourner.

Ce qui n'avait pas échappé à Hanuma. En repartant chez elles par la rue Fouad, elle l'avait taquinée.

— Ce beau jeune homme, d'où tu le connais ?

Vanda avait répondu par une question :

— Savez-vous qui est ce garçon ?

— Je le sais, mais réponds-moi d'abord.

— Je l'ai déjà vu chez les sœurs de l'asile Saint-François, avait-elle avoué.

— Chez ces nonnes ? (Hanuma s'était montrée surprise.) Vraiment ?

— Bien sûr. Où pourrais-je l'avoir vu ?

— Ah, bien sûr, avait consenti Hanuma, puis elle avait froncé les sourcils.

Finalement, elle l'avait piquée :

— Avoue qu'il te plaît.

— Il est beau, oui. Pourtant…

— Ce qui est beau fonctionne comme un aimant. Ça nous attire. On est ainsi faites. Les papillons sont envoûtés par les odeurs et nous par la beauté, philosopha Hanuma. Et aussi un peu par les parfums sucrés.

Vanda bichonnait Hanuma depuis un bon moment quand son mari arriva. C'est Vanda qui l'aperçut la première et rapidement elle couvrit sa jambe dénudée. Le Dr Mazloum Saba Bacosse sourit et dit un peu moqueur :

— Eh, jeune fille, aujourd'hui j'ai vu une douzaine de guibolles, là-bas à l'hôpital. Tu n'as pas besoin d'être aussi pudique.

Hanuma pouffa de rire, elle se tourna vers son mari et lui demanda timidement :

— Est-ce que tu m'emmènes au ciné Royal aujourd'hui ? On passe un film, oh, attends, son titre… ah, je sais : *L'Aurore*; avec la merveilleuse Janet Gaynor ! Oh, la merveilleuse Janet !

— Tu sais que je suis un homme de parole. Je tiens ce que je promets. Et elle, elle viendra avec nous ? dit-il en désignant Vanda.

Vanda se mit à trembler. Elle avait entendu parler de ce prodige, du cinéma, même dans ses rêves elle n'avait pu imaginer que son grand, son immense désir pût se réaliser.

— Moi, que j'aille avec vous ?

Sa voix tressaillait d'agitation.

Hanuma se tourna vers elle, la chatouilla, lança un coup d'œil à son mari et dit d'un air grivois :

— J'espère que tu ne te tromperas pas et que tu ne nous confondras pas au cinéma, dans le noir.

Mazloum répondit qu'il est possible de confondre deux beautés presque identiques mais que lui ne ferait pas cette erreur car il aimait Hanuma et il admirait seulement Vanda. Oui, il avait dit qu'il l'admirait. Pour calmer la jeune fille, devenue rouge comme une fleur d'hibiscus, il ajouta :

— On peut bien admirer l'aube naissante, n'est-ce pas ? Sincèrement et sans intention particulière.

Vanda avait maintenant encore plus chaud. Surtout parce qu'elle ne savait pas dans quelle mesure les paroles de son patron étaient sincères. Elle le connaissait à peine, il passait tout son temps à l'hôpital, il partait après le déjeuner et rentrait tard dans l'après-midi ou la soirée, souvent aussi la nuit; certaines nuits même, il ne rentrait pas chez lui. Pourtant elle sentait qu'elle n'avait rien à craindre de lui. Sa relation était respectueuse et jusqu'alors, ni en allusion ni en acte, il n'avait franchi de frontière invisible.

*

Le dimanche après-midi, Ana rendit visite à son ancien protégé Samuel. Elle l'avait allaité et ensuite elle avait été sa nounou pendant un certain temps. Johnny Carver, l'oncle du petit Samuel, et sa mère Rose l'accueillirent tout à fait cordialement. Bien sûr, le petit Samuel la reconnut immédiatement car il ne s'était écoulé que sept mois depuis son départ. Maintenant, il avait une nouvelle nounou, une jeune et sympathique Française, Joséphine.

Quand il aperçut Ana, il poussa des cris de joie en courant vers elle, les bras tendus. Ana s'agenouilla et le bambin se jeta dans ses bras et se serra contre elle avec élan. Ensuite, il ne voulut plus se séparer de son ancienne nounou. Il se comporta si mal et si négativement envers Joséphine qu'elle se retira, les larmes aux yeux. Mme Rose la suivit et tenta de la consoler, de lui expliquer le comportement de son protégé. Elle lui dit qu'Ana avait vraiment été une deuxième maman pour Samuel, une mère de lait, et qu'elle devait comprendre.

M. James Carver, le père de Samuel qui venait de rentrer du club British Bank, salua poliment l'invitée mais on put immédiatement sentir sa réserve. Et en effet, après quelques phrases aimables, il s'emporta contre Ana. Il lui dit :

— Pourquoi ne nous avez-vous pas dit que vous aviez l'intention de revenir au bout de sept mois ? Si nous l'avions su, nous n'aurions pas embauché Joséphine. Vous l'avez allaité et vous avez été une nounou parfaite et si vous aviez exigé une paie plus importante, on vous l'aurait sans aucun doute donnée.

Ana était embarrassée. Elle leur dit que, lors de son départ, elle n'avait pas l'intention de revenir mais qu'ensuite les conditions à la maison l'avaient forcée à modifier ses plans. Elle avait appris par les sœurs qu'ils avaient entretemps embauché une nounou française, il lui avait alors semblé inutile de leur écrire pour demander si elle pouvait revenir chez eux.

— Bon, M. Carver fut conciliant, si vous avez été obligée de changer vos plans pour des raisons strictement personnelles, alors je comprends, bien sûr. Mais tout de même, nous vous regrettons. Beaucoup. Cette Française est très bien mais c'est pour vous que Samuel s'était pris d'affection. Vous voyez comment il ne cesse de se coller à vous. C'est dommage, vraiment dommage.

Malgré ça, Ana ne regretta pas de ne pas être revenue chez les Carver, rue el-Rasafa. Elle se sentait bien à l'hôtel Cecil. Au bout d'à peine quatre semaines, Salvatore, ayant constaté que «la Goricienne» était une femme exceptionnellement travailleuse et intelligente et qu'elle avait les capacités d'organisation adéquates, l'avait nommée surveillante des employés chargés du troisième étage. Ainsi Ana fut-elle en quelque sorte promue patronne et, à sa grande surprise, elle se trouva bien dans ce rôle. Elle découvrit qu'elle savait commander, être juste et sévère, et qu'elle savait rapidement juger le caractère des gens. Ça signifiait qu'elle avait avec chacun de ses subordonnés un rapport différent, qui était adapté à sa personnalité. Les conséquences de ses relations avec les employés se firent bientôt ressentir; le troisième étage était le plus propre et c'est de lui qu'émanaient le moins de plaintes des clients. Marija Pušpanova qui était surveillante du deuxième étage en conçut un peu d'ombrage au début mais elle prit son parti de la situation et leurs rapports ne furent pas entamés.

En revenant de la visite chez le haut cadre de banque anglais (l'adieu au petit Samuel avait été vraiment pénible...), elle se dit qu'elle avait encore du temps devant elle et elle fit un détour par le parc près du cimetière de la Terre sainte où elle s'assit sur un banc à l'ombre d'un arbre qui lui rappelait les saules de chez elle. Le tronc était très étrange, tout entrelacé de rondeurs tortueuses et de bosses et de creux d'un côté. Cinq hommes n'en feraient pas le tour, pensa-t-elle. Quand elle se tourna vers la vieille muraille qui limitait le tertre, elle tressaillit. Un cobra se chauffait au soleil sur une des pierres qui saillait un peu du mur.

Et juste au moment où elle examinait attentivement le serpent, elle entendit un cri joyeux :

— Oh Ana, comme je suis contente de te voir !

C'était Pavla Robidova, sa compatriote. Celle qui travaillait chez le commerçant Triphon Nicophoros. Ana se leva, un peu troublée et effrayée, elle la serra dans ses bras.

— *Yoy*, dit-elle, Pavla, regarde ça.

Pavla suivit son bras tendu et son index, et elle ne fut en rien surprise. Elle dit seulement :

— Ah un serpent. Il n'y a rien à craindre de ceux-là. Ceux qui sont mortellement dangereux sont ceux qui se cachent dans l'homme, dans ses mots et ses actions sournoises.

C'était très clairement son expérience qui parlait.

— Ah, bien sûr, confirma Ana. J'ai entendu dire que tu avais des problèmes avec ce Grec.

Et elle se rassit sur le banc. Mais Pavla la prit par la manche et lui demanda :

— Ana, viens, allons nous promener un peu. Au moins jusqu'à la fontaine.

Elles partirent donc. Ana la tenait par le bras et reprit là où elle avait commencé :

— Est-ce que tu es toujours chez ce trou du cul d'avare ?

— Mais il n'est pas si radin ! s'écria instinctivement Pavla avant d'essayer de détourner l'attention d'Ana sur le tramway qui cliquetait entre le parc et le cimetière.

— Pavla, je pense que tu devrais parler à sœur Elizabeta de ce qui se passe entre vous, insista Ana.

— Et alors, hein, alors ? Tu penses qu'elle peut me trouver un autre travail ? Non ! Je tiendrai là jusqu'au bout. C'est vrai qu'il est un peu bizarre, *ma* il est aussi…

— Il n'est pas seulement rapiat, il est encore autre chose, dit Ana de façon assez insistante. J'ai entendu dire qu'il te fait du chantage, qu'il exige de toi de très vilaines choses. On parle de ce qu'il fait avec toi. Notre portier Halil m'a dit que la dernière fois, chez le marchand Beg...

Pavla rougit, elle frappa du pied avec colère contre le sol, repoussa Ana et s'écria :

— Ce sont des mensonges, Triphon est très rapiat c'est vrai, il n'est pas si dépravé que vous croyez, toi et toutes les femmes de chez nous qui vont à Sainte-Catherine avant même le lever du soleil pour astiquer les pierres avec leurs genoux et rabâcher leur rosaire jusqu'à épuisement.

Elle pivota et avança d'un pas haché, tout en agitant fortement les deux mains. Puis elle les mit dans sa poche et en tira un mouchoir; ce faisant, une lettre en tomba mais elle n'y prêta pas attention. Ana cria derrière elle qu'elle avait perdu quelque chose mais Pavla pensa qu'elle voulait la retenir, elle pressa le pas et disparut derrière la muraille de la citadelle médiévale.

Ana la suivit, ramassa la lettre et revint à son banc. La lettre était décachetée et elle tira de l'enveloppe une feuille qu'elle lut.

«*Pavla,*

Aujourd'hui, je t'écris cette lettre pour te demander quand tu comptes rentrer. Avec ton argent, on a acheté le petit champ de Franc, tu sais celui derrière le bois d'acacia, là-bas à Vrhuljek. Moi maintenant je pense qu'il est temps que tu rentres. Maintenant tu peux revenir, je suis plus en colère contre toi parce que t'es partie une deuxième fois en Égypte alors que tu avais pas besoin d'y aller. Marica est toujours pas consolée. Elle dit que tu avais promis quelque chose et que t'as pas tenu tes promesses. Quand je lui dis que tu vas rentrer, elle se sauve et crie qu'elle, c'est-à-dire toi sa mère, qu'elle reste là-bas en Égypte.

De ma mère, c'est mieux que je t'en parle pas. Elle aimerait mieux te noyer dans la Vipava. Ma, *moi je tiens pas avec elle mais avec toi car tu es ma femme par la loi et parce que je t'aime encore autant que je t'aimais quand nous nous tenions par la main en regardant la vallée. Tu te souviens, c'était en mai et tout était en fleurs dans la vallée.*

Pavla, moi je pense que tu dois revenir. Tu me manques beaucoup et je t'attends avec impatience. Moi je vais consoler Marica et tout sera comme avant.

C'est pourquoi je te demande de revenir et de nous dire quand je dois aller t'attendre à Trieste.

Encore une fois je te demande de revenir car moi je peux plus tout faire tout seul. Et Marica a encore plus besoin de toi que moi. Elle en a vraiment besoin même si elle crie que non et non.

Maintenant je t'envoie du fond du cœur mon salut à travers les montagnes, les vallées et les mers d'ici jusqu'à l'Égypte.

Ton mari Pepo »

Elle replia la lettre et la glissa pensivement dans l'enveloppe. Elle se leva et lentement reprit le même chemin qu'à l'aller. Elle se demandait ce qui arrivait à Pavla. Si tout ce que lui avait dit Halil était vrai, il se passait quelque chose de très grave. Mais comment l'aider ? Elle ne voulait pas aller chez les sœurs.

Alors en un éclair, elle saisit. Soudain elle comprenait, elle dit à voix haute :

— Pavla est amoureuse de ce Grec. Dieu du ciel, mais oui, elle est amoureuse ! Espèce d'idiote. Bien sûr, il est beau, c'est un homme, un vrai. Il a un visage de dieu romain, comme cette statue au musée. Oui, c'est ça, certainement. Un vrai gaillard.

« Oh mon Dieu, aller s'amouracher de ce voyou, de cette crapule ! Elle est amoureuse, elle est aveugle, elle est sourde, et lui se moque d'elle. Pour lui, elle n'est qu'une parmi tant d'autres. Jésus, qu'est-ce qu'on peut faire ? Quoi faire au juste ?

Elle traversa la route, près du cimetière latin, elle aperçut au loin Louis, le porteur d'eau. Il venait à sa rencontre, sa démarche chancelante faisait tinter mystérieusement ses bidons étamés. Ils étaient vides, donc il avait vendu toute son eau de la fontaine de Karakojuul. Quand ils ne furent plus qu'à quelques pas l'un de l'autre, il la regarda dans les yeux et elle en eut l'âme glacée. Elle se rappelait ce qu'un dimanche sœur Wilhelmina lui avait raconté devant la cathédrale Sainte-Catherine. À présent, cette histoire resurgissait dans l'esprit d'Ana et elle était triste.

Il y a des années, on avait trouvé Louis dans un panier devant la porte de l'asile. Les nonnes avaient recueilli le nouveau-né et l'avaient placé dans la famille du copte Afif Iskandar. Mais celui-ci était mort quand Louis avait treize ans. Peu après, Tehani, la veuve du copte, mourut aussi de malaria et l'enfant se retrouva à la rue. Il survécut de cent façons, par exemple il fit des petits pains, il vendit des fruits, distribua le courrier, revendit des antiquités, il fut même gardien de chevaux et de mulets. Finalement, alors qu'il grisonnait déjà, il devint porteur d'eau. Maintenant donc, il transporte des bidons étamés qu'il frappe d'une louche en criant : « De l'eau, de l'eau ! Approchez, de l'eau, de l'eau ! »

Quand, quelques années plus tard, il souffrit d'une maladie qui lui ôta toutes les forces de ses bras et de ses jambes, les sœurs de la Charité l'accueillirent de nouveau. Il occupa un certain temps la fonction de portier chez elles. Il était assis dans un vestibule et attendait qu'on sonnât. Alors il filait à la porte et ouvrait. Il saluait le nouveau venu dans la langue que celui-ci parlait. S'il ne le connaissait pas, alors il saluait en grec : « *Kalimera ! Kalispera ! Kalinihta*[3] *!* » Il réunissait les trois salutations en une seule et il la débitait si vite que le salut était tout à fait incompréhensible même pour un Grec. Un visiteur lui demanda un jour, étonné, ce que ça signifiait et lui prononça encore plus vite les trois mots : « *Kalisperanihta !* » en souriant gentiment.

Par la suite, il se trouva qu'une nuit il guérit. Personne ne sait comment se produisit ce miracle mais, à partir de ce moment, il se remit à distribuer de l'eau dont d'ailleurs personne n'avait besoin mais qu'on lui achetait pourtant.

Il redevint donc porteur d'eau. Il apparaissait comme un fantôme et, bizarrement, arrivait toujours au moment où les gens étaient confrontés à des choses fatales. Au début, les habitants d'Alexandrie pensaient qu'il s'agissait d'une coïncidence, puis ils ont commencé à le craindre un peu parce que ça se répétait. Et aussi parce que, au fil du temps, ils avaient appris le destin de sa mère. Quelques mois après qu'on eut trouvé le panier et le nourrisson, une jeune femme de chambre et aide-cuisinière, Vanda, une Slovène native d'un village au-dessus de Trieste, se suicida. Elle se jeta dans un puits de l'oasis Bowad. Petit à petit, on apprit pourquoi. Elle était arrivée en Égypte comme bonne d'enfants chez Youssef, un revendeur d'antiquités égyptiennes. Elle était jeune et belle, alors le patron commença à lui courir après. Mais Vanda avait au

3 « Bonjour ! Bonsoir ! Bonne nuit ! »

village un bon ami à qui elle avait promis fidélité jusqu'à la tombe; ça signifiait qu'elle devait rentrer vierge et qu'elle aurait à prouver cette virginité par le drap taché de sang la nuit de noces. C'est alors que Youssef l'obligea à faire des choses qui lui répugnaient. Ça ne se passait pas à Alexandrie, mais au Caire. Là-bas, elle ne connaissait personne auprès de qui se réfugier ou se plaindre. Elle ne connaissait pas les sœurs de la Charité et ne savait pas non plus que les chrétiens, au Caire, avaient une église où ils se réunissaient et où on célébrait la messe. La seule personne qu'elle connaissait en Égypte était Klementina Franta, une femme d'un village voisin qui était venue, avec la famille de l'ingénieur italien Bruno Cavazze, à Port-Saïd et, après l'ouverture du canal de Suez, à Alexandrie.

Le trafiquant était d'ailleurs à moitié chrétien et marié mais sa femme Hadila n'était pas vraiment chatouilleuse sur cette question. À sa grande frayeur, Vanda se rendit compte un jour que sa femme l'encourageait même à se servir d'elle. Elle l'entendait lui murmurer des choses grossières et le pousser au crime. Alors il la harcelait encore plus. Elle résista autant qu'elle put. Elle avait tout le temps devant les yeux son bon ami et la promesse qu'elle lui avait faite. Comme son patron l'importunait de plus en plus mais qu'elle devait à tout prix garder sa virginité, elle accepta un jour un compromis, à savoir qu'elle satisferait sa concupiscence avec la bouche. C'est lui qui le lui avait proposé, Vanda n'avait jamais entendu parler d'une chose pareille. Ces choses-là, dans son village, se passaient la nuit sous les draps et les gens mouraient, parfois vieux, sans avoir jamais vu le corps nu de leur mari ou de leur femme pendant toutes ces années. Maintenant, cet homme la poussait à une telle abomination qu'elle en avait l'estomac qui se retournait rien que d'y penser. Une nuit, pour pouvoir le satisfaire, elle but presque jusqu'à l'inconscience. Youssef avait acheté une bouteille de whisky à un spécialiste anglais de pompes à eau et il la lui avait offerte. Même si elle était fortement étourdie, une fois l'affaire faite, elle vomit jusqu'au matin. Bien sûr aussi à cause de l'alcool auquel elle n'était pas accoutumée. Peu à peu elle s'habitua, et en plus de son travail, elle fit encore ça, et autre chose. Cette affaire aurait malgré tout pu finir heureusement si une nuit son patron ne s'était introduit dans son lit et ne l'avait violée de la manière la plus brutale. Ensuite, ça se répéta. Et elle fut enceinte. Quand la femme de Youssef apprit que sa bonne était enceinte, elle la jeta dehors. Dans son embarras, Vanda se rappela son amie à Alexandrie. Elle se joignit à des Anglais qui y allaient sur un navire marchand et elle débarqua à Alexandrie par une soirée chaude, étouffante et poisseuse. La première nuit, elle dormit dans un enclos pour les ânes et les chameaux et, le jour suivant, elle se mit en quête de la rue el-Farahda. Elle la chercha toute la journée et ce par une telle chaleur que, le soir venu, elle se mit à divaguer. Quand finalement elle trouva la rue, les Syriens chez qui sa connaissance travaillait lui dirent que Klementina Franta était repartie à Trieste par le vapeur *Thalia*, trois semaines plus tôt.

Son seul espoir était réduit à néant. Elle retourna auprès des ânes et des chameaux. Elle fit pitié à un propriétaire de moutons, le vieillissant Amin Habib el Masri, qui la prit comme gardienne de ses bêtes et aide-cuisinière. Elle travailla chez lui jusqu'à son accouchement. Après la naissance de l'enfant, une nuit, elle disparut, même si le bienveillant Amin lui avait dit que lui et sa famille s'occuperaient du moutchatchou. Mais Vanda était partie. Elle avait déposé le bébé sur le parvis de l'église

Sainte-Catherine avant le lever du jour. Ensuite elle était retournée chez Amin sans pour autant se montrer. Elle avait entendu dire qu'une grande caravane partait la nuit en direction de Bowad. Et en effet, quand les premières étoiles s'allumèrent dans le ciel, elle suivit les chameaux et les Bédouins. Ils ne la découvrirent que le jour suivant. Parce qu'ils savaient qu'elle était la bonne d'Amin Habib el Masri, ils acceptèrent le fait et l'installèrent sur un des chameaux. Quand, au bout du long voyage, ils arrivèrent au but, Vanda disparut. Ils ne la retrouvèrent que trois jours plus tard : le crochet du seau avec lequel on remontait l'eau du puits s'était pris dans sa robe. Ils l'enterrèrent là-bas. Ils l'ensevelirent dans le sable, la maudirent et dirent ensuite à Amin quelle honte leur avait fait sa gardienne de moutons. Elle les avait souillés, eux et le puits sacré.

Louis, le fils de Vanda, disait à tous qu'il apportait de l'eau du puits de Karakojuul. C'était évidemment impossible mais les habitants d'Alexandrie s'habituèrent et dirent qu'ils buvaient de l'eau sainte. On se mit à y croire et on attendait avec impatience qu'arrive le *saqqâ*[4].

*

Hanuma grattait sa mandoline en fredonnant à voix basse une vieille chanson arabe. Vanda rêvassait à perte de vue. Le film qu'elle avait vu la veille repassait continuellement dans sa tête et le magnifique visage de Janet Gaynor resplendissait derrière ses paupières closes. Le film avait fait sur elle une telle impression qu'elle se réveillait la nuit et se remémorait avec nostalgie, et crainte aussi,

4 Porteur d'eau.

des scènes qui, quand elle se rendormait, se mêlaient à ses rêves. S'y produisaient des choses impossibles : elle, Vanda, se changeait en Janet et le bel Hernandez se tenait à côté d'elle, il lui offrait une rose, il riait et lui disait d'une voix suave qu'elle, Vanda, devait tuer quelqu'un… tuer quelqu'un… Ensuite cet Hernandez l'emmenait dans sa voiture noire, il ouvrait le toit au-dessus d'elle et l'invitait à s'asseoir. Bien sûr, elle ne se faisait pas prier. Vite, elle se nichait contre le bouclé et immédiatement ils fonçaient sur une longue route plate. Pendant le voyage, le jeune homme plaçait la main sur son épaule et lui disait «*Je t'aime!** » en roulant, comme dans le film. Ensuite, magnanime, il lui offrait un flacon violet en prononçant le nom du parfum : «*Jamais de la vie!** »

Elle lui demanda ce que ça signifiait, il sourit et lui proposa d'interroger sa maîtresse. La Hanuma du rêve ne savait pas ce que ça voulait dire mais elle déclara que c'était certainement quelque chose de joli.

Les rêves, les scènes de film et les rêveries éveillées affluaient et se mêlaient au chant de sa patronne. Hernandez arrivait, il prenait la mandoline des mains de la belle Hanuma, s'asseyait sur le divan et leur jouait une vieille ballade arabe. Il la regardait amoureusement et, quant à elle, ses yeux étaient doux et remplis d'admiration.

Soudain, la sonnerie du téléphone interrompit sa rêverie idyllique. Dring. Le voile s'effilocha et la voix de Hanuma dit :

— Allô ! Oh, Leïla ! Quoi ? Tout de suite ? Non, je ne l'ai pas eu. Vanda ? Je ne sais pas mais il me semble que ça n'ira pas. Bon, peut-être. Oui, oui, bien sûr. Le temps que je m'habille, le temps que je me prépare… Dans une bonne heure, oui. Ha, ha, ha ! *Inch'Allah !*

Elle reposa le combiné en s'écriant en direction de Vanda :

— Prépare-toi, nous allons chez Leïla.

Maintenant elles partent en fiacre sur la longue rue Sidi-el-Metwalli. Pendant le voyage, Hanuma se penche sur Vanda, elle rit comme si elle était gênée puis lui dit qu'aujourd'hui elle va voir quelque chose qu'elle n'a jamais vu. Vanda est curieuse, elle demande, troublée, où elles vont mais sa maîtresse demeure mystérieuse. Elles tournent dans la rue el-Farahda, ensuite elles prennent de petites rues étroites et s'arrêtent devant un petit bâtiment entouré d'un grand jardin. Ici Hanuma dit au cocher d'attendre. Elle prend Vanda par le bras et elles montent un escalier en bois. Ensuite, elles empruntent un long couloir, Leïla les y attend.

— Vous êtes en retard ! Allons, on se dépêche ! dit-elle en courant presque devant elles.

La musique qu'on pouvait entendre dès le vestibule devient plus forte. La porte s'ouvre et elles entrent par l'arrière dans une petite salle. Une femme à moitié nue danse sur une scène basse. Elle se tortille comme un serpent, elle remue et donne des coups de hanche, son petit ventre palpite de façon provocante et décrit des cercles, comme indépendant d'elle.

Vanda regarde la danseuse, fascinée, et c'est seulement quand la musique se tait et que la danseuse reprend son souffle, se retire en coulisses, qu'elle remarque les hommes assis à de petites tables. Les uns sont encore jeunes, d'autres, d'âge moyen, il y a aussi quelques bonshommes à la barbe et aux cheveux gris. Sur les tables, des tasses de café, des verres d'eau et des plats en argent contenant du halva et d'autres douceurs. Certains fument des pipes à eau et regardent devant eux, l'air pensif.

Leïla entraîne Vanda et Hanuma à une petite table dans un coin de la salle. À peine sont-elles assises que de nouveau résonnent la batterie, la mandoline, les cymbales, la guitare et d'autres instruments. Une nouvelle danseuse se produit sur la scène. Elle est plus jeune, plus vive aussi, son petit ventre n'est pas comparable à celui de la précédente. Cette jeune fille danse bien plus fougueusement, plus sauvagement, elle est plus intrépide. Pourtant, on sent que les hommes ont préféré la première danseuse.

Des artistes se succèdent sur la scène, ensuite une femme rondouillarde et étonnamment petite apparaît, elle remercie les spectateurs d'être venus et annonce que Oum Kalthoum chantera le lendemain en ce lieu. Au nom de la chanteuse, un murmure enthousiaste inonde la salle.

Leïla se lève et fait signe à Hanuma et à Vanda de la suivre. Elle les emmène dans une petite chambre où les attend un homme de haute taille. Il a environ cinquante ans. Quand il les aperçoit, ses yeux brillent, il est ravi, il s'avance et saisit avec chaleur Leïla et Hanuma par la main et leur dit, enthousiaste, quelque chose que Vanda ne comprend pas. Les pierres précieuses de ses bagues brillent sur ses doigts. À leur éclat et leur taille, Vanda conclut qu'elle a devant elle un riche Égyptien, peut-être un des plus riches.

Leïla se tourne vers Vanda et se met à gazouiller :

— Oh, je t'avais complètement oubliée, Vanda, voici Mahmoud Saleh Pacha. Et cher Mahmoud Pacha, permettez que je vous présente ma jeune amie Vanda !

Mahmoud Saleh Pacha, la main sur le cœur, inclina aimablement la tête. Ensuite ils s'assirent à une petite table où ils dégustèrent des gourmandises et papotèrent. À dire vrai, ils étaient trois à papoter. Vanda faisait des efforts pour comprendre. Elle saisit seulement qu'ils parlaient de changements politiques et que Mahmoud Saleh Pacha aurait probablement une promotion et qu'il recevrait des honneurs extraordinaires.

Tout le temps que dura la conversation, il sembla à Vanda que le personnage important l'observait en cachette. Mais pas avec les yeux. Il ne l'effleura du regard que lors de la présentation et encore une fois plus tard ; il ne la regardait pas, pourtant elle avait l'impression d'être sous microscope. Ce sentiment était si fort qu'elle commença à s'agiter et qu'elle avait envie de se lever et de s'enfuir de la pièce.

Quand elles prirent congé, le regard de l'homme lui sembla étrangement significatif. Il fit aussi un geste, comme s'il voulait toucher son épaule.

Le soir, quand elle fut assise sur des coussins avec sa maîtresse et alors qu'elle lui peignait ses longs cheveux, Hanuma lui demanda si Mahmoud Saleh Pacha lui plaisait.

— Que voulez-vous dire par « plaire » ?

Vanda faisait la bête.

— Oh, dit Hanuma, tu sais bien à quoi je pense. J'ai remarqué qu'il t'a examinée très attentivement et avec intérêt et, à certains signes, je peux conclure que tu lui sembles vraiment belle. Et tu sais qu'il cherche une fille pour son harem ?

— Son harem ? Combien de femmes a-t-il déjà ? demanda Vanda effrayée.

— Quatre, je pense. Il va en congédier une, ça signifie qu'il n'en aura plus que trois.

— Mais pourquoi va-t-il la congédier ?

— Parce qu'elle est entêtée, paraît-il. Une Espagnole. Il l'a prise il y a six mois. À l'époque, Leïla lui avait déconseillé, mais la douce beauté l'avait subjugué.

— Vous dites qu'il va la congédier. Est-ce qu'un homme peut congédier sa femme comme ça ? demanda la jeune fille.

— Chez les Arabes, c'est la coutume. Si une femme ne plaît plus à son mari, il lui fait savoir, par oral ou par écrit, qu'elle n'est plus sa femme. Et celle-ci doit rassembler ses affaires immédiatement et déménager.

— Oh c'est terrible ! Et leur Église ? Et les autorités, je veux dire les agents de l'État, ils ne font rien contre ça ?

— Tu es vraiment naïve ! Le Coran donne à l'homme tous les droits sur sa femme. Les pouvoirs civil et religieux sont confondus, sourit Hanuma.

Elles restèrent silencieuses un moment.

— Maîtresse, est-ce que vous pensez que je... qu'il pourrait me prendre pour femme... ?

— Oh je n'ai pas dit qu'il cherche une épouse. J'ai dit qu'il cherche une jeune fille pour son harem.

— Ce n'est pas la même chose ?

Vanda était très troublée.

— Je crois que non, dit Hanuma. Mais je ne sais pas. Et s'il cherchait une épouse, tu irais ?

— Moi ?

Elle était effrayée. Son cœur se mit à battre follement.

— Mahmoud Saleh Pacha est un homme haut placé. Et riche ! Et très influent, très important. Être sa femme, c'est ce que bien des Égyptiennes voudraient. Même moi, si mon Mazloum me laissait... plaisanta-t-elle.

— Moi, je n'irais pas. Pour rien au monde. Pour être une parmi d'autres ?! Jamais ! Il est aussi trop vieux pour moi, il pourrait être mon père, se révolta soudain Vanda.

Hanuma sourit doucement. Vanda répéta, aussi déterminée que possible, en colère même :

— Jamais je ne serai une femme de harem. Jamais !

À ce moment-là, le muezzin appela à la prière. Il chantait d'un minaret à proximité de la villa du Dr Mazloum Saba Bacosse.

Venez à la prière ! Allah est tout-puissant !
C'est Lui qui gouverne la terre, la lune et les étoiles !
Venez pour vous incliner devant Sa Sainteté !

Au nom d'Allah, bienfaiteur miséricordieux.
Pendant la nuit où l'ombre s'étend !
Pendant le jour quand il s'illumine !
Auprès de Lui qui a créé l'homme et la femme !

*

Merica supportait mal les mois d'été où on ne pouvait plus respirer, quand la peau était poisseuse et que la douche ou le bain n'apportaient qu'un soulagement momentané. Le pire, c'était de deux à cinq heures. Dans la maison, elle ne trouvait pas un endroit où il aurait fait un peu moins chaud. Pour tenir, il fallait imiter les animaux, à savoir ne pas bouger, ne se soucier de rien pendant toutes ces heures. Ne pas penser même. Dans cette chaleur, tout devenait muet, la maison et la rue et le parc, tout était immergé dans le silence et une absence engourdie.

Le soulagement arrivait lentement mais sûrement ; l'été chauffé à blanc laissait la place à l'automne au fil des minutes, des secondes. Un petit vent frais, presque froid, arrivait de plus en plus souvent de la mer.

Un soir que le vent soufflait très agréablement et qu'on pouvait sentir l'automne s'approcher, Merica était seule dans la maison ; seule avec le petit Thomas. Tout le monde, excepté les domestiques bien sûr, était parti au théâtre. L'enfant dormait, Merica feuilletait nonchalamment le *Journal d'Alexandrie*, *Sphinx*, et *Ciné Magazine*. Quand elle en eut assez, elle prit sur une étagère le dernier numéro de *Vogue* et alors qu'elle considérait avec intérêt la nouvelle mode, Pierre Annwin se retrouva devant elle.

Elle fut très surprise car elle était persuadée que lui aussi était au théâtre. Et elle n'était pas du tout contente.

— Où sont-ils tous partis ? demanda Pierre d'une voix faussement soucieuse.

Il savait évidemment qu'ils étaient au théâtre. Shadia, qu'il avait rencontrée dans l'escalier devant la maison, le lui avait dit. De plus, sa sœur l'avait invité par téléphone. « J'ai encore un billet. Tu viens avec nous ? » avait-elle demandé. Donc Pierre feignait sans nécessité.

Il sentit tout de suite qu'il avait fait une bourde. Il essaya de se tirer d'embarras.

— Ah, Tommy dort ? Oh mon Dieu, comme il dort tranquillement.

— C'est bizarre, dit Merica, que vous n'ayez pas été invité. Il paraît que le spectacle est particulièrement intéressant.

— Oh, mais je n'ai jamais adoré le théâtre. Toute cette mascarade, toutes ces vilaines grimaces sur scène. On sent bien que les acteurs se donnent du mal pour être naturels. Et plus ils font d'efforts, plus ils sont ridicules car on ne peut pas reproduire la vie réelle, on ne peut que la vivre, dit-il.

— Mais quoi, est-ce que nous aussi, même si on ne monte pas sur scène, on n'est pas des sortes d'acteurs ? demanda Merica.

— Bien sûr. Nous, on est des acteurs chaque fois qu'on n'est pas sincère. Mais quand on ne simule pas, quand on dit la vérité, je veux dire quand on est ce qu'on est, quand on parle de soi-même alors on ne joue pas. D'ailleurs…

Pierre philosophait et arrivait à quelque chose de contraire à ce qu'il avait énoncé.

— Mais quelquefois, ce qu'on veut vraiment n'est pas clair, n'est-ce pas ? Parfois, on ne sait pas si ce qu'on dit est sincère, ou si c'est quelque chose d'autre. Est-ce que ça ne vous arrive pas ? dit Merica.

— C'est intéressant, Mary, extraordinairement intéressant. Je pensais justement à ça ce matin. Mais savez-vous pourquoi ça nous arrive ?

— Non, ça, je ne sais pas, reconnut-elle.

— Ça nous arrive parce que, en vous par exemple, il n'y a pas qu'une seule Mary, mais il y en a plusieurs, deux au moins certainement.

Merica se taisait car elle ne comprenait pas de quoi il parlait. Pierre le sentit et il se mit à expliquer :

— Ça vous est déjà probablement arrivé de ne pas savoir si vous irez en promenade au jardin Nubar Pacha ou bien si vous flânerez sur la côte avec le petit Thomas dans sa voiture. C'est bien sûr un cas très simple. Et les autres sont plus compliqués, dit-il et il s'arrêta un instant comme s'il ne savait pas s'il devait continuer.

Ensuite il continua :

— Parfois, en moi, en vous, en n'importe qui, deux personnes s'affrontent. L'un, disons, sent qu'il est amoureux, mais l'autre le contredit sévèrement. Il crie que ce n'est pas vrai ! Et il arrive ensuite qu'on soit complètement troublé car on ne sait pas lequel des deux a raison.

Il était tout rouge, sa respiration s'était accélérée et son cœur était sur le point de bondir de sa poitrine.

Maintenant Merica savait précisément ce qui se cachait derrière cette explication. Elle était très gênée.

— Bien sûr, répondit-elle en s'efforçant de ne pas rougir, bien sûr, ça arrive aussi. Chez nous, au pays, on dit que la raison se bat contre le cœur insensé.

— Le cœur n'est pas souvent sur la même rive que la raison – il hésitait un peu. Mais il est parfois préférable d'obéir à un cœur fou plus qu'à la raison sensée. Vous n'avez pas cette impression ?

— Je ne sais pas. Je ne suis pas tout à fait convaincue…

— Le cœur voit plus loin que la raison ; le cœur est clairvoyant, dit-il. Si on obéit à son cœur, il peut arriver qu'on ait d'abord beaucoup de soucis, mais plus tard, on est heureux de l'avoir suivi.

Il apportait prudemment de l'eau à son moulin.

— Vous avez peut-être raison, pourtant les objections de la raison sont fortes. Je veux dire qu'elles sont aussi fermes et stables que les fondations d'une maison. Si on refuse de le voir, il peut arriver que le monde vous tombe sur la tête. Et alors après ?

— Je reconnais qu'il existe de tels cas. Pourtant Mary, n'oubliez pas que seuls les courageux l'emportent dans la vie, pour ne pas dire les audacieux. Vous vous souvenez de ce qui est écrit dans la Bible ?

Il insistait.

— Non. Qu'est-ce qui est écrit ? Il y a tant de choses.

— Yahvé dit cela : Je vomis les tièdes.

— Mais, dans la Bible, il y a des tas de choses qu'on peut comprendre d'une façon ou d'une autre, objecta Merica.

— Oui, mais une chose est sûre : celui qui renonce à l'amour choisit le vide, la vacuité, l'abattement. Et si on choisit ça, alors on est comme le Bédouin qui erre dans le désert. Il est brûlé par le soleil, il ne peut trouver de puits car le puits, c'est l'amour auquel il a renoncé…

— Ah, *ma* qu'est-ce que l'amour ? Ce qui est de l'amour pour vous peut être pour quelqu'un d'autre un vol ! Prenons votre exemple : si on trouve un puits qui n'est pas le sien et qu'on en puise l'eau, et qu'on la boit sans l'autorisation du propriétaire. Est-ce que ce n'est pas en fait du vol ? dit-elle en s'emportant un peu.

Au mot « vol », Pierre s'arrêta. Il était touché parce qu'elle avait dit. Il inclina la tête. Ensuite il se leva et on voyait qu'il avait mal. D'une voix qui semblait s'éloigner, il dit :

— Mary, bien sûr, cette explication aussi est possible, peut-être même juste. Pourtant, je n'en discuterai pas maintenant. Je dois partir. Saluez ma sœur et tous les autres. Et ne m'en veuillez pas.

Il partit, il avait l'air blessé. Au fond, il fuyait, il avait interrompu la conversation entamée et il partait.

Merica était stupéfaite. Elle avait de la peine, elle avait envie de courir derrière lui et de s'excuser mais au dernier moment, elle se ravisa. Thomas qui se réveillait la sauva. Elle le leva et le cajola. Ensuite, elle changea ses couches et déboutonna son léger vêtement d'été. Ses seins étaient gros, pleins de lait. Depuis qu'elle avait vaincu sa répugnance et s'était mise à manger avec plaisir, ses seins s'étaient gonflés comme des melons. Et son lait s'était évidemment amélioré. On l'avait rapidement vu au poids et à la taille du petit Thomas. Il progressait extrêmement vite, il devenait babillard et même trop exubérant. Merica l'avait pris en affection. Pas tout de suite, peu à peu. Oui, ça avait pris pas mal de temps. Mais il lui était plus proche chaque jour, après chaque tétée. Au début, elle devait vraiment s'imaginer qu'elle allaitait Mihec et non Thomas. Elle fermait les yeux et se disait que celui qui tirait son lait était son Mihec. Mihec ! Et pas quelqu'un d'autre. Si elle ne faisait pas ça, si elle ne se trompait pas elle-même, elle avait immédiatement la nausée, immédiatement, sa nourriture à moitié digérée remontait et elle avait mal à la tête. Au bout d'un moment, ça alla mieux et elle put s'imaginer qu'elle allaitait les deux en même temps : parfois ils buvaient au même sein, d'autres jours, chacun avait le sien…

Cependant ses difficultés réapparaissaient périodiquement. Sans cause visible, comme ça et soudainement, elle avait mal au ventre et envie de vomir. Ces malaises étaient vraiment désagréables, et impératifs : tout devait sortir d'elle, elle devait vomir tout, absolument tout. Comme si des blattes couraient en elle, grouillaient sur elle et qu'elle devait les expulser par tous les orifices de son corps, oui, même à travers sa peau.

Par bonheur, il y avait toujours moins de ces heures-là. Elles diminuaient au fil du temps. Pour le moment, au bout de six mois d'allaitement et de soin à l'enfant étranger, elle pensait moins à Mihec et ce pitchounet, ce petit Anglais, la rebutait de moins en moins. Parfois, pendant qu'elle allaitait, elle frissonnait en mesurant combien elle l'aimait ; comme son Mihec, comme si elle l'avait enfanté. Ça la déroutait. Pour fuir ce genre de désagrément, elle s'efforçait de ne penser à rien pendant la tétée. À absolument rien. Dans ces moments-là, elle se blottissait dans une douceur ouatée et elle était heureuse. Aussi heureuse qu'à Prvačina quand elle ne pensait pas encore à partir. Quand elle n'en avait même pas encore idée.

Le bébé buvait, buvait, buvait… Il avait placé sa petite main sur son sein, écarté ses petits doigts, et il les bougeait un peu, ici et là. Comme s'il voulait par ce contact se convaincre que le sein était bien là, que tout allait bien. Merica caressait du regard son visage en pensant que le lendemain elle devait envoyer des sous. Beaucoup. Therese, de plus en plus satisfaite de sa nourrice, avait doublé le prix convenu. Et dit que désormais elle la paierait de cette façon, car elle, Merica, était la meilleure nourrice d'Alexandrie.

Si ça continue comme ça, calcula Merica, nous pourrons acheter un nouveau champ. Celui de Rikardo. Il a dit qu'il le vendrait. Donc il devait le vendre… Et elle achèterait aussi une machine à coudre. Rezka a une toute nouvelle Singer. Ils sont allés la chercher à Gorica tout de suite après son retour du Caire. Ivana aussi s'en est acheté une. Toutes celles qui ont été en Égypte ont apporté la prospérité dans la maison.

Mais j'avais tellement peur! Jésus, mortellement peur. Maintenant ça va. Ça va à peu près. Joša, la tante de Vanda, avait raison de me dire que trois ans, ça passe en un rien de temps. Et Valerija aussi avait raison de me disputer quand je pleurnichais. Oui, vraiment. Mais alors, au début… Jésus, c'est mieux de ne pas y penser.

Cela dit, oh mon Dieu que dois-je faire avec lui ? Pierre Annwin… Et moi ? Qu'a-t-il dit déjà ? Qu'en moi il y a deux Merica. L'une dit oui, l'autre, non. Une dit qu'elle pourrait… *Ma*, non et non ! Je n'y penserai plus ! Jamais plus !

Elle ferma les yeux pour ne pas voir ce qui se passait en elle. Le frère de Therese qui venait de plus en plus souvent l'avait bien sûr conquise. Tout le monde l'avait remarqué, elle faisait la bête et se disait que tous ces coups d'œil pensifs et tristement nostalgiques, en réalité, ne lui étaient pas destinés à elle, mais à quelqu'un quelque part derrière elle et qui n'avait pas de rapport avec Merica.

Un jour, peu après son arrivée, Therese l'avait appelée dans sa chambre et lui avait fait essayer ses robes. Elles étaient en effet de la même taille et à peu près de la même carrure. Elle lui avait offert une dizaine de jupes, de robes et de corsages, des châles en soie, des broches et même deux chapeaux, un blanc et un noir. Le premier était pour les jours d'été, l'autre, pour l'automne et l'hiver. Elle avait aussi voulu lui faire cadeau de chaussures mais Merica portait deux pointures de plus. C'est pourquoi elle lui dit qu'elles iraient au magasin pour choisir celles qui lui plaisaient. Elle tint parole et bientôt Merica eut trois jolies paires de chaussures.

Maintenant, elle était quasiment une dame. Belle et élégante. Presque comme l'Alexandrine Emica. Quand cette Emica, après un long séjour au Caire, était revenue à Prvačina, tout le monde l'avait admirée. À ce moment-là, Merica avait passionnément voulu porter la même chose qu'Emica. Toutes ces toilettes distinguées, les beaux chapeaux, les chaînes, les broches, les bracelets, les bagues, les châles et tous les autres accessoires de dames…

Ah, c'est vrai ! Peu de temps après, une occasion s'était présentée ; Pierre l'avait surprise avec un cadeau extraordinaire. Il avait appris que dimanche, c'était son anniversaire ; vingt-trois printemps. Il était venu en visite et avait traînassé alentour jusqu'à ce qu'il la trouve seule au jardin. Elle avait couru là pour cueillir quelques fleurs pour son vase en albâtre qui était si désespérément vide à la fenêtre de la chambre d'enfant. Elle se retournait juste, un bouquet de lys dans les mains, quand il apparut soudain devant elle. Il hésita et rougit.

— Merica, aujourd'hui, c'est votre anniversaire. Je vous ai acheté un modeste cadeau. Permettez que je vous l'offre.

Et il lui tendit un petit paquet en velours écarlate entouré d'un joli ruban bleu.

— Jésus, monsieur Pierre, qu'est-ce que c'est ?

Elle était effrayée.

— Rien du tout, Mary. Seulement un petit cadeau pour votre anniversaire.

Il la saisit par le coude et l'emmena jusqu'à un banc. Là-bas, il la débarrassa de ses fleurs et la pria de s'asseoir et de regarder ce qu'il avait acheté. Les doigts tremblants, elle dénoua le ruban et quand elle ouvrit le couvercle, elle fut abasourdie. Sur un petit coussin noir, elle aperçut une bague en or avec une grosse pierre ambrée, magnifiquement taillée.

— Oh mon Dieu, qu'est-ce que c'est ?

Elle était si étonnée qu'elle resta ensuite sans voix.

— Je vous l'ai dit, un modeste cadeau pour votre anniversaire. Je vous en prie, essayez-la pour voir si elle vous va. J'espère avoir choisi la bonne taille. J'ai observé vos doigts et ceux de ma sœur, et il me semble que je ne me suis pas trompé.

Elle était carrément abasourdie. Même si elle ne le voulait pas, même si quelque chose en elle résistait, elle prit la bague de la boîte, la regarda un moment et ensuite la passa au majeur de sa main droite. Elle était juste à la taille de son doigt comme si elle avait été faite sur mesure. Pierre s'écria joyeusement :

— Oh elle est parfaite ! Dieu merci, j'avais peur qu'elle soit trop petite ou trop grande.

Elle tendit le bras et comme dans un rêve contempla le présent. La bague était vraiment belle, trop belle.

Mais elle tressaillit soudain, pâlit, et se rembrunit, elle retira la bague, la plaça sur le coussinet et ferma la boîte.

Elle se leva, fourra le cadeau au ruban dénoué dans les mains de Pierre, consterné, et dit, les lèvres tremblantes :

— Monsieur, je ne peux prendre ça, je ne peux pas car je suis mariée, car j'ai un enfant, car je…

Elle ne put aller plus loin. Elle balbutia, se tut, ses larmes coulèrent, elle saisit les lys et s'enfuit.

Dans sa chambre, elle se jeta sur son lit en sanglotant si fort que Shadia, la jeune fille à son service, accourut, elle lui demanda ce qui s'était passé et ce qu'elle pouvait faire pour que Meriah aille mieux. Elle ne l'appelait pas Mary comme tous les autres, elle-même n'aurait su dire pourquoi elle l'appelait Meriah depuis le premier jour.

Merica lui demanda seulement de la laisser car elle n'avait besoin de rien, qu'elle aille voir Thomas et qu'elle l'appelle s'il se réveillait.

Au bout d'un moment, elle se leva et se dirigea vers la fenêtre, elle se sentait indiciblement mal. Mais elle ne savait pas pourquoi. Ou peut-être que si ? Bien sûr, ici il y avait Pierre, le frère de Therese, beaucoup plus âgé qu'elle, handicapé, mais riche et instruit qui, en dépit de toutes les règles sociales, s'était amouraché d'elle et lui offrait le monde – mais là-bas, à Prvačina, il y avait son époux légitime et là-bas aussi se trouvait l'obstacle le plus fort à cet amour, son Mihec. Et il y avait encore les villageois et au-dessus d'eux, le curé et saint André, le patron du village. Mais au-delà de ça, par-dessus tout ça, il y avait son cœur qu'elle ne devait pas, qu'elle n'osait pas non plus écouter…

Une semaine plus tôt, elle avait rêvé qu'elle marchait dans le village en chemise de nuit, celle-ci était déchirée et on voyait sa poitrine et ses jambes jusqu'aux hanches. Elle essayait de rassembler les morceaux pour se couvrir, se cacher le plus possible, mais plus elle les tirait, plus ils se déchiraient et plus son corps était dénudé. Son mari Ivan l'attendait sur les hautes marches de l'église. Près de lui se trouvait le curé. Ivan retirait le manteau des épaules du curé, il avançait vers Merica bafouillante et la couvrait de son manteau. Ensuite, il la prenait par les épaules et lui disait : « Bon, Merica, maintenant nous rentrons chez nous. » Le curé au milieu du large escalier, sans manteau mais avec une étole autour du cou, s'écriait : « Oui, mais, et la confession ? » Ivan lui répondait par-dessus son épaule : « Monsieur le curé, ne craignez rien, elle va se confesser à moi. » Quand elle se tournait vers son visage, elle poussait un cri. Au lieu d'Ivan, c'était Pierre…

Elle s'était réveillée de son cauchemar toute tremblante. Et ensuite, toute la journée, elle avait réfléchi à ce qu'il signifiait. De nouveau, elle avait eu mal à la tête et envie de vomir…

*

Marija Pušpanova sortait en courant de la réserve où, sur de grandes étagères, étaient rangés des draps et autres fournitures. À la porte, dans le couloir, elle tomba sur Ana. Celle-ci s'étonna :

— Marija, tu vas bien ?

Marija était troublée, les cheveux en désordre, toute rouge, elle avait une telle flamme dans les yeux qu'Ana en fut presque effrayée.

— Ça va, ça va. Je me dépêche. Je suis très en retard, dit-elle fiévreusement en passant devant elle.

— Marija, attends !

Ana essaya de l'arrêter car elle voulait lui donner des nouvelles de Šempeter. Mais Marija fit un signe de la main et se mit à courir plus vite.

C'est bizarre, se dit Ana, je ne l'ai jamais vue comme ça.

C'est seulement en arrivant dans sa chambre que Marija se calma à peu près. Là-bas, dans la réserve de draps et d'autres articles qu'on utilisait dans les chambres d'hôtel, elle venait en effet de vivre quelque chose de si grand, de si fort, que ça lui faisait l'effet d'un tremblement de terre.

Le Soudanais Ali Ibrahim, l'aide-menuisier de l'hôtel, la courtisait depuis plusieurs mois. Cette cour avait d'abord semblé ridicule à Marija et elle avait résisté. Il est noir comme du charbon, il a des lippes, hum, comme celles de notre cheval, se disait-elle. Que faire de lui ? Ah sottises ! coupait-elle et elle n'y pensait plus. Mais lui ne cessait pas. Il continuait de la poursuivre de ses assiduités, lui apportait des cadeaux, l'aidait volontiers dans son travail et lui faisait des sourires si tristement dévoués et en même temps si chaleureux qu'elle ne savait plus si elle devait sourire ou se fâcher.

Il est aussi grand qu'une montagne, aussi fort qu'un cheval. Elle était obsédée. Oui, que le cheval de Jože. Et ses yeux ! Mon Dieu, quels yeux il a. Noirs, profonds comme la nuit. Avec l'ampleur et l'intensité de la mer. Et son dévouement, mon Dieu, quel dévouement ! Si au moins il n'y avait pas ça en lui. Mais derrière tout ça, là profondément et quelque part derrière, il y a tant de choses plus étranges, plus puissantes, plus terribles, plus mystérieuses… Oui, il y a le dévouement et l'attention tendre… mais il y a aussi dans cet homme une immense force. Quand il passe près de moi, il m'attire comme s'il était un aimant et moi de la limaille de fer. Un aimant, oui c'est ça, un aimant. Et son corps, un corps d'homme comme il n'en existe pas chez nous. Si seulement il n'avait pas cette odeur. Mais enfin, chacun a son odeur. Hana m'a dit que les Égyptiens ont une odeur spéciale, les Soudanais, la leur, les Syriens aussi. « Vous aussi, les Blancs, vous avez une odeur spéciale », a-t-elle dit. Comment ça, nous ? « Bien sûr, vous en avez une, mais vous ne la sentez pas parce que vous vivez avec depuis votre naissance, et c'est pourquoi vous ne la sentez pas. Eux, les Arabes et les autres, disent que notre odeur est un peu aigrelette et qu'elle ne leur plaît pas vraiment. » L'odeur ? Hum, cette odeur. Ibrahim sent le chameau, le mouton, la terre sèche et surtout le… le… jamais je ne pourrais démêler ce que c'est, ce à quoi cette odeur me fait penser. C'est quelque chose de fort, de rude, ça, je le sais, ça, c'est sûr.

Et la couleur de la peau ! Elle est noire, *ma* quelquefois quand la lumière est particulière, elle est aussi bleu foncé. Mais ça ne me gêne pas. Sa bouche est extraordinaire, ses gencives sont violettes et sa langue est bleue.

Mais comment il soulève un sac de farine ! Celui-là, le gros, le plus gros. Comme une plume. Oui, il est vraiment fort. Comme un bœuf, comme un taureau.

Ma qu'est-ce qu'elle nous a dit la pauvre Elena, celle qu'ils ont renvoyée parce qu'elle est très malade ! Elle nous a dit, un jour qu'on buvait du thé, qu'on rigolait et qu'on disait toutes les bêtises possibles, elle a dit que les Soudanais sont des amants comme il n'y en a pas d'autres au monde et elle a encore dit, *yoy*, qu'ils ont les plus… qu'ils devancent les Arabes. *Ma* que les Arabes sont aussi parmi les meilleurs et elle nous a dit à nous, les femmes blanches : nous, les visages pâles, on n'a même pas idée des plaisirs qui existent sur cette terre et de tout ce qui se passe d'extraordinaire la nuit sous les draps. En entendant tout ça, on a ri comme des chèvres. Et elle a dit que nous, les visages pâles, on était victimes de toutes les limites possibles. Non, elle n'a pas dit « limites ». C'était un autre mot. Un qui veut dire la même chose, peut-être a-t-elle dit « barrières ». Et que c'est la faute de notre Église si nous, au lit, quand on fait l'amour, on ne boit même pas un décilitre du litre entier de cette boisson qu'on appelle les plaisirs charnels. On ne sait même pas ce qu'on n'a pas, on n'a aucune idée des parfums, de l'encens, de la musique ni des huiles spéciales pour masser le corps et donc on n'a aucune idée de ce qui peut se passer entre un homme et une femme. Voilà ce qu'elle disait. Ce n'est pas étonnant qu'ensuite elle soit tombée malade et que Salvatore l'ait jetée à la rue. Bon, en tout cas, ça me fait de la peine.

Que s'était-il donc passé dans la réserve de draps, de couvertures et autres fournitures ? Voici ce qui s'était passé :

Après de longs mois de séduction, Marija Pušpanova avait commencé à fléchir. Elle se surprenait à penser au Soudanais même si en vérité elle ne le voulait pas. Mais elle le faisait tout de même. Des bribes de scènes défilaient dans son esprit. Par exemple : il courait derrière elle et, en cachette pour qu'elle ne le remarque pas, il fourrait une rose dans la poche de sa blouse de travail. Ou il laissait à la poignée de porte de sa chambre un vase en argent suspendu par une chaîne dorée. Justement quand elle avait besoin d'un vase ; elle avait l'intention de l'acheter, tiens, mais c'est lui qui lui offrait, et ça de façon si intéressante ! À l'intérieur du vase, il y avait une feuille sur laquelle il était écrit en français : « Le vent souffle dans les voiles, ma chérie, je t'attends ! » Ou bien comment il intercédait en sa faveur quand elle était accusée de ne pas avoir servi son petit déjeuner à l'heure, dans sa chambre, à Ahmed Gamal Sayed Pacha. Alors il mentait, disant qu'il était responsable du malentendu qui avait provoqué l'erreur. Il disait d'une voix forte à Salvatore Scarozza : « C'est ma faute ! » Et alors notre *capo* lui retirait une ou deux lires sur sa paie ! En réalité, c'était ma faute, complètement. Parce que j'avais, bon, au fond c'est vrai que c'est à cause de lui, j'avais oublié la commande. Hum, donc il n'avait pas menti ! se disait Marija.

Un matin, elle avait trouvé sur le rebord de sa fenêtre un bouquet de jasmin. Elle ne comprenait pas comment c'était possible car la fenêtre de sa chambre était assez haute. Un autre jour, il lui avait apporté une magnifique robe en soie indienne et un chapeau rose, à la dernière mode. Sur le ruban, elle trouva une feuille sur laquelle était écrit : « Un scarabée sur le revers ! » Et en effet il y avait une barrette : un scarabée en or !

Voilà, et ainsi vint le jour où elle tomba dans la réserve de linge. Elle voulait prendre des draps à motifs roses sur l'étagère la plus haute. C'est ce qu'on lui avait commandé. On réservait ces draps à un client, un Français qui était, paraît-il, très riche et qui venait régulièrement, chaque année à la même époque, à Alexandrie et toujours à l'hôtel Cecil. Elle avait entendu dire qu'il écrivait des livres sur les antiquités, mais elle ne se rappelait pas son nom. Et pourquoi s'en souviendrait-elle ? C'était un de ces hôtes fâcheusement exigeants et gâtés qui n'apportaient que soucis et problèmes au personnel.

Ce jour-là, elle appuya l'échelle et y grimpa. Alors qu'elle avait déjà les draps dans les bras, l'échelle qu'elle n'avait probablement pas bien amarrée glissa et Marija tomba avec ses draps roses. Elle poussa un cri, se voyant déjà brisée au sol ou même morte. Mais juste au-dessus du sol, les bras puissants d'Ali l'interceptèrent. Ce qui se passa ensuite fut si rapide et si spontané que Marija se demanda longtemps comment tout ça avait pu se produire. Ali Ibrahim qui l'avait cueillie au passage ne l'avait tout simplement pas lâchée. Il l'avait étreinte passionnément, l'avait serrée très fort sur sa poitrine et s'était mis à l'embrasser comme un fou sur le visage, le cou et, soudain, leurs lèvres s'étaient jointes en un long baiser palpitant. Tout ce qui s'était amassé en eux au long de ces semaines, nié, dissimulé, tout ce qui n'aurait pas dû se voir ni se sentir, même pas par eux, déboulait à présent en force.

Marija avait perdu tout jugement. Sa peur, auparavant énorme, se volatilisa on ne sait où ; sa peur d'Ibrahim et de sa peau noir violacé se dégonfla comme un ballon qui perd tout son air en quelques secondes.

Plus tard, dans sa chambre où elle se remettait et se calmait, elle se demanda comment Ali Ibrahim avait pu apparaître dans la réserve juste à ce moment-là et juste sous son échelle. Oh, bien sûr, se dit-elle, il m'a suivie comme tous ces derniers jours. Et s'il n'avait pas été là quand l'échelle avait chancelé ? Qu'est-ce qui se serait passé ? Et qu'est-ce qui va se passer maintenant, après tout ça ? Et ses amies, d'abord celles de Gorica et de Vipava, qu'est-ce qu'elles en diront ? Jésus, qu'est-ce qu'elles en penseront, comment elles la jugeront, est-ce qu'elles la condamneront ? Elle, Marija Pušpanova, couche avec un Noir ! Vous pensez, un Noir ! Si au moins c'était avec un Français, un Anglais, un Espagnol ou un Grec, ou même un Italien, mais non, elle va avec un Noir puant qui, en plus, n'est même pas chrétien mais musulman, un serviteur d'Allah !

Elle se déshabilla, prit une douche, se savonna abondamment, se rinça longuement pour faire disparaître une saleté invisible. Ensuite, elle s'habilla de frais : sous-vêtements et robe. Elle fourra dans un panier tout ce qu'elle portait auparavant. Et ensuite elle se relava les mains… Et elle conclut fermement que ça ne se reproduirait plus. Jamais plus. S'il l'importunait encore, s'il continuait à rôder derrière elle, elle dirait tout à Salvatore Scarozza. Elle raconterait qu'il l'a violée. Et il prendrait sûrement des mesures. Il le mettrait à la porte. Et alors, elle aurait la paix.

Ainsi lavée et bien décidée, elle se rendit au troisième étage chez Ana. Et elle resta sur cette pensée et ce sentiment jusqu'au soir. Mais quand la nuit tomba et qu'elle se mit au lit, quand elle se déshabilla… elle ressentit quelque chose de si puissant, de si brûlant que ses résolutions précédentes perdirent rapidement leur vigueur, leur force et leur fermeté. Les images saillantes de ce qui s'était passé dans la réserve se mirent à bouillonner de tous côtés. Son corps devint incandescent, son bassin trembla, ses mains devinrent moites, une lueur particulière brilla dans ses yeux… Quand ensuite on frappa doucement à la porte, elle se hâta d'ouvrir et Ali était à peine entré qu'elle se jeta à son cou et que tout ce qu'elle avait fermement résolu le matin fut réduit en cendres.

C'est ainsi que commença son grand, ardent et fatal amour.

*

Vanda était assise à la turque sur un épais tapis, elle observait sa pièce d'or, don du Tsigane Romuald sur le vapeur *Helouan*. Sur une face, il y avait la tête de la reine Victoria. La pièce lui semblait incroyablement belle et signifiait beaucoup pour elle : elle la conservait et la cachait comme un talisman. Tout en retournant la pièce d'or, elle pensa à Romuald. Qu'est-ce qui lui était arrivé ? On l'avait sorti du vapeur enchaîné. Il était certainement en prison ou bien on l'avait renvoyé en Roumanie.

Cet après-midi-là, Hanuma et elle rendirent une nouvelle visite à l'amie, la mystérieuse Leïla. Mahmoud Saleh Pacha était présent lui aussi. Il était assis dans le jardin sous un tamarinier en fleur et il fumait la chicha. À leur arrivée, il se leva et accourut à leur rencontre. Vanda se dit qu'il était enchanté par l'arrivée de Hanuma mais elle constata étonnée qu'il faisait à peine attention à sa maîtresse et que c'était à elle, Vanda, qu'il se consacrait. Gênée, elle lançait des coups d'œil apeurés à Hanuma mais celle-ci lui dit carrément qu'elle ne devait pas être timide et qu'elles étaient venues pour qu'eux deux se connaissent mieux. Eux deux, c'est-à-dire elle, Vanda, et lui, Mahmoud Saleh Pacha. Et Hanuma et Leïla disparurent de sorte qu'ils restèrent seuls dans le jardin. Le beau monsieur l'emmena parmi les lys, la glycine et les roses et lui demanda moitié en arabe, moitié en italien comment elle se sentait en Égypte et si elle avait parfois le mal du pays, si le spectacle lui avait plu et si elle serait assez aimable pour lui rendre visite chez lui dans le palais qu'il avait fait construire dans une baie pittoresque près de Fort Silsileh. Vanda lui répondit aimablement, pourtant le riche Égyptien sentit dans sa voix qu'elle le repoussait. Il ne changea toutefois pas son attitude ; au contraire, il devint encore plus agréable et plus galant.

— Savez-vous, dit-il, qu'il y a une Goricienne parmi les danseuses de Mme Fauzia ? Elle s'appelle Giuliana Ginot. Ce nom français n'est sans doute pas son vrai nom. Si je ne me trompe, on l'appelle aussi Marcelina. Elle maîtrise parfaitement son art, tout à fait parfaitement. C'est certain, elle est extraordinairement douée.

— Ah, c'est sûrement Julka Marčelotova ! s'exclama Vanda.

Et elle se rappela que Tante Joša lui avait parlé d'elle. Oui c'est sûrement cette Julka ! Sa tante lui avait raconté que Julka avait d'abord été bonne d'enfants dans une famille grecque, mais elle s'était enfuie et on l'avait vue ensuite se balader à Alexandrie dans les voitures noires qu'on appelait les taxis d'amour. Pour quelques piastres, on se faisait conduire ici ou là dans ces voitures.

C'est ce que lui avait raconté sa tante Joša, elle n'avait pas dit qu'elle était danseuse, mais qu'elle se vendait pour des sous.

— Mais la dernière fois qu'on a assisté au spectacle chez cette grosse femme, elle n'était pas là ? demanda Vanda.

— Non, elle a dansé la semaine suivante avec la farouche Gona et la gentille Zbeda.

— Mais… elle danse seulement ? Je crois…

Son chevalier servant comprit immédiatement à quoi elle pensait et il la tranquillisa :

— Non, elle est seulement danseuse. Une parfaite artiste. Très respectée, et beaucoup de notables en vue l'invitent à des fêtes privées. Elle a sa maison, petite, bien sûr, mais bien aménagée, elle a aussi des domestiques et, si je ne me trompe, une voiture et un chauffeur. Avec son talent, elle peut gagner beaucoup et aller loin, dit-il d'un air entendu.

« Avez-vous déjà entendu parler de Franka Dickinson ? Elle aussi est de l'endroit d'où vous venez. Avez-vous entendu parler d'elle ?

— Franka Dickinson ? (Vanda se creusa la cervelle.) Ah, je me rappelle. Est-ce qu'elle n'est pas mariée à un Anglais ?

— À un Anglais très riche. Ils se sont connus à Venise, elle était alors une belle, jeune et pétillante vendeuse de violettes. Mais vous savez ce que ça veut dire ? Soit dit en passant, est-ce qu'un entremetteur vous a déjà abordée dans la rue : "Tu es jeune, belle et douce comme un rayon de miel ; comme une colombe frémissante. Mon maître t'invite à venir le voir et à parfumer sa désolante solitude..." Alors, est-ce que quelqu'un vous a déjà interpellée comme ça ?

Vanda rougit et secoua la tête.

— Bon, elle était bien vendeuse de roses et de violettes quand elle a fait connaissance de M. Dickinson. De leur rencontre là-bas sur les gondoles est ensuite né cet amour, une telle passion qu'on en a tous été surpris. Des prodiges ont commencé à se produire autour d'eux, probablement à cause de cet amour exceptionnel. Aujourd'hui, ils sont propriétaires de grandes maisons et ce sont de gros actionnaires, bref, ils se sont beaucoup, beaucoup enrichis. Si au début de leur liaison, à leur arrivée à Alexandrie, certains se moquaient de Franka et la regardaient de façon un peu méprisante, aujourd'hui tout le monde lui fait la révérence et lui baise la main. Vous voyez, elle aussi est partie de rien, pour ainsi dire de zéro. Votre arrivée à Alexandrie, votre travail ici est beaucoup plus honorable et distingué que ne l'était le sien là-bas, dans la ville sur l'eau. Et si elle a réussi grâce à l'amour, ça pourrait vous réussir à vous qui êtes extraordinairement belle et, ce qui est le plus important, sans tache...

Vanda se mit à trembler. Elle avait peur de ce qui allait suivre. Et en effet : quand ils arrivèrent à la glycine, ils s'arrêtèrent sous un jeune acacia, Mahmoud Saleh Pacha lui saisit les mains, la regarda tendrement, doucement, dans les yeux et lui demanda aimablement si elle voulait devenir sa femme.

— Dès que je vous ai vue, vous avez éveillé mon attention et vous m'avez plu sur-le-champ. Je ne dirai pas que je suis tombé amoureux mais je voudrais vous avoir près de moi.

La bouche de Vanda se dessécha. Sa gorge se serra et un tel poids s'installa sur sa poitrine qu'elle pouvait à peine respirer et qu'elle eut des difficultés à articuler un mot. D'une voix faiblarde, elle dit :

— Mahmoud *sayed*[5], excusez-moi mais je… moi, j'ai à peine dix-sept ans et je ne pense pas encore à devenir l'épouse d'un homme.

Puis en balbutiant, elle dit le plus difficile :

— En plus de ça, je suis chrétienne et vous musulman ; d'après nos lois, une femme ne peut avoir qu'un mari et lui, qu'une femme. Et vous, c'est ce que m'a dit Hanuma, vous avez plusieurs femmes… et moi je serais l'une d'entre elles, la dernière. Peut-être même je ne serais que concubine. Je suis désolée, tout à fait, mais je ne peux satisfaire votre désir.

Un silence pénible s'installa. Même le rossignol qui, auparavant, chantait avec passion s'était tu. La cage, habilement faite de brindilles, était suspendue à une branche au-dessus d'eux. L'oiseau pencha sa petite tête et, à cet instant, Vanda s'aperçut avec horreur qu'il était aveugle, qu'il n'avait pas d'yeux.

Mahmoud Saleh Pacha avait suivi son regard. Il la prit par la main, se tourna vers ses yeux effrayés et dit avec

5 « Monsieur Mahmoud ».

une gentillesse et une amabilité infernales qui sidérèrent la jeune fille :

— Si on ne lui avait pas retiré les yeux, il ne chanterait pas. À présent, il chante sans cesse car pour lui c'est toujours la nuit. Le matin, c'est la nuit, le midi, c'est la nuit, au soleil couchant, c'est la nuit. Et la nuit, c'est la nuit...

Il lâcha ses mains moites, posa sa main droite sur sa poitrine, s'inclina légèrement et s'en alla.

La jeune fille resta seule près de la cage du rossignol aveugle. Elle s'appuya sur le tronc du jeune acacia et ferma les yeux. Bien que l'après-midi fût chaud, elle tremblait de froid. Et soudain, d'un seul coup, une fatigue de plomb s'abattit sur elle.

Sur le chemin du retour, Hanuma et elle se turent. Avant d'arriver à la maison, Hanuma dit, avec mauvaise humeur, un peu lasse aussi :

— Mahmoud Saleh Pacha est une personnalité importante. Il fraie avec les princes, et même avec le roi. Il est un de ses conseillers. Évidemment, ça ne veut rien dire pour toi. Donc tu as pris ta décision, ma petite. En ce qui me concerne, moi je t'aurais volontiers cédée au beau Mahmoud. Mais Allah a voulu autre chose. Ou ton Yahvé. Ou bien seulement ta sotte petite tête. Enfin, chaque ver a son chemin et chaque aigle, son haut vol.

*

Sœur Klara sarclait la chicorée sauvage sous la fenêtre de l'asile en suivant les leçons de chant. Elle écoutait l'harmonium sur lequel jouait sœur Attaya et le chant mélodieux des Goriciennes. C'était doux à son oreille car les chants lui rappelaient sa Kostanjevica. Elle était arrivée en Égypte il y a trente-deux ans; elle avait travaillé comme bonne d'enfants chez un Juif d'Asie mineure, Joseph Rabbath, rue Menasce. Quand les enfants, Daniel et Gabriel, eurent grandi et qu'ils n'eurent donc plus besoin de nounou, leur père fut très malade des intestins et c'était ainsi que Klara (au village, on l'appelait Roška) était restée dans la famille et s'était occupée du malade pendant presque dix ans, jusqu'à son décès. Toutes ces années, elle avait envoyé de l'argent chez elle et quand elle avait voulu rentrer après la mort de son patron, son frère qui entretemps avait repris la ferme lui avait fait savoir qu'elle n'avait qu'à rester à Alexandrie car il s'était marié, sa femme lui avait donné trois enfants et il avait encore à s'occuper de leur mère et de leur tante Marjuča. « C'est pourquoi ce serait bien de ta part que tu gagnes ta vie et que tu nous aides. Maintenant, de toute façon, tu es trop vieille pour te marier. Je peux te dire que tous les gars du village sont engagés, il ne reste qu'Albin Koblarjev et Viktor Koprivc. Et tous les deux, tu le sais certainement, sont alcooliques. Donc je pense que ce serait bien de ta part si tu nous aidais encore un peu avec les sous. » Voilà ce que lui avait écrit son frère Stanko. Roška en avait assez de servir à Alexandrie et elle était encore plus révoltée à l'idée de continuer à envoyer un argent si durement gagné à quelqu'un qui avait hérité de la maison et de tous les champs mais n'était pas prêt à lui attribuer une chambre, même la plus petite au bout de la coursive.

Elle ne répondit pas à la lettre et n'envoya plus d'argent. Par la suite, son frère lui écrivit encore cinq fois, sa tante aussi mais Roška était complètement révoltée. Je ne suis pas une vache qu'ils vont continuer de traire, se dit-elle, et elle fit une croix sur eux. C'est aussi parce qu'entretemps une nouvelle voie s'était ouverte à elle. Comme elle ne manquait jamais la messe, les sœurs de

Saint-François du Christ-Roi l'avaient recueillie sous leur toit après la mort de son patron Joseph Rabbath et, après ses vœux, elle prit un nouveau nom : Klara. Elle était devenue religieuse.

Pas une seule fois pendant tout ce temps elle n'avait quitté l'Égypte, mais elle pensait souvent, avec nostalgie, à son village natal. C'est pourquoi il était doux à son âme d'écouter les mélodies que chantait la chorale du village avant son départ en Égypte. Les chants qui arrivaient par la fenêtre s'enchaînaient comme les grains d'un rosaire. *La lune luit, j'entends le bruit de l'heure tardive qui sonne. Mon cœur, jadis tranquille, crie sous le mal qui m'ôte le somme*[6]*... Boire du vin doux, ça me fait plaisir, être de bonne humeur tous les jours de ma vie, vivre sans soucis tous les jours de ma vie, ça me remplit d'aise... Un renard et son compère fumaient du tabac, quand il n'y eut plus de tabac, ils burent de l'eau...*

Elle chantait tout bas ce qui arrivait du chœur là-haut. Peut-être à cause de ces chants ou d'autre chose, soudain, les souvenirs de son village natal se mirent à bruire de tous les coins ; ils étaient si puissants qu'elle en eut les larmes aux yeux. « Qui sait si je reverrai un jour nos champs de Beline, notre vignoble de Boške, notre maison... et Tante Repca, Oncle Angel, la cousine Matilda ? » Elle pleurait à chaudes larmes.

C'est alors que quelqu'un, près d'elle, rit tout bas. Elle entendit la voix espiègle de Jucka :

— Sœur Klara, eh quoi, vous arrosez les salades de vos larmes. Je sais maintenant pourquoi les endives sont si amères !

6 Sur des vers de France Prešeren (traduction de Marc Alyn).

— Ô, Jucka, Jucka, comme tu m'as fait peur ! dit sœur Klara, un peu gênée.

— Le rire est meilleur pour la santé que les larmes, dit Jucka. Chez nous en Istrie, il y a beaucoup d'absinthe mais personne n'en met dans le vin ni dans la soupe.

Jucka était la seule Istrienne parmi les Alexandrines. Elle était arrivée cinq ans plus tôt d'un petit village qui s'appelait Čentur. Elle avait d'abord été femme de chambre au Summer Palace, ensuite habilleuse chez la première épouse du cheikh Abdel Hassan Amin, maintenant elle était cuisinière chez un Juif allemand assez riche, Simon Frischkopf, orfèvre et fabricant de bijoux artistiques.

— Eh ma chère Jucka ! soupira sœur Klara en s'étirant. Tu es toujours à plaisanter. On a de la chance de t'avoir. Mais tu sais ce qui m'a tiré des larmes, c'est d'entendre ce beau chant me rappeler comment c'était là-bas quand j'étais jeune.

— Sœur Klara, pourquoi vous tracasser pour ça maintenant ? Vous ne pouvez pas vous marier deux fois. Et votre époux est, n'est-ce pas, le très doux Jésus…

— Oui, le très doux…

— Ma sœur, je vous raconte quelque chose d'amusant ? Comment les femmes de chez nous apprennent l'arabe ? Je vous le dis ?

De toutes les Alexandrines qui se réunissaient le dimanche à l'asile pour bavarder un peu, chanter, préparer quelques jeux, emprunter un livre de la Mohorjeva ou d'un autre éditeur, mais aussi pour se raconter l'une à l'autre les nouvelles du pays ou plus généralement celles du monde – de toutes, c'était Jucka qui aimait le plus plaisanter. Elle savait détourner les choses les plus graves et les plus tristes. Dans la mer de soucis, de difficultés, de douleurs, de nostalgie, de déceptions et de tout autre chose de dur et de douloureux, elle apportait une lueur de sourire et d'espoir. Par sa voix et sa façon de raconter, elle retirait leur amertume et leur poids à des choses mortellement sérieuses. Elle savait rendre tout moins douloureux et moins funeste. Elle était née comme ça. Sœur Doloroza disait que c'était un don de Dieu.

— Alors, est-ce que je vous le dis ?

— Raconte-moi ça pendant que je sarcle, dit sœur Klara.

— Donc écoutez ! Il y a une semaine, une nouvelle, elle s'appelle Uršola, est arrivée par le vapeur, elle vient de Carniole. Elle devait être cuisinière chez une Italienne mariée à un gros propriétaire. Ils se sont rencontrés juste devant la maison : un domestique l'avait amenée en fiacre du vapeur. Ils vivent là-bas, le long des canaux, derrière le lac Mariout. L'Italienne l'a bien accueillie, et elle lui a dit : « *Lei sa kucinare ?* » En disant ça, elle a tourné la main comme si elle tenait une cuillère en bois mais, en même temps, elle a regardé son valet qui manœuvrait maladroitement le fiacre. Cette Uršola, censée être une cuisinière de métier, a pensé qu'elle lui offrait le poste de cocher, elle s'est mise à pleurer et à clamer à voix haute : « Non, non, je ne travaillerai pas avec les chevaux, je ne serai pas cocher ! Moi, je suis cuisinière, je n'ai jamais travaillé avec les chevaux ! » La femme était tout en larmes jusqu'à ce que l'Italienne lui dise ce à quoi elle pensait en réalité.

Sœur Klara rit aux éclats. Il y avait beaucoup de quiproquos de ce genre à cause de la méconnaissance des langues.

— Je vous raconte encore une blague avant de retourner à la chorale. Je suis en effet la seule à chanter comme une gamate. Vous savez que je n'ai pas d'oreille. *Ma* si je ne suis pas là, il leur manque quelque chose. Sœur Jolanda regarde toujours où je suis. Elle dit que c'est en m'entendant chanter que les autres savent qu'elles chantent juste…

« Bon, écoutez ce qui est arrivé à Vana qui est toujours endormie.

Elle n'eut pas le temps de raconter car sœur Jolanda l'appelait de la fenêtre, l'air vraiment fâché :

— Jucka, tu sais bien qu'on ne peut pas se passer de toi ! Monte tout de suite !

— J'arrive, j'arrive, obtempéra Jucka.

Mais avant de disparaître dans l'escalier, elle prit le temps de dire à sœur Klara :

— Femme, *šufi el laban* !

La sœur pouffa de rire. Cette histoire était déjà ancienne. Dans la plupart des maisons, les Slovènes avaient des situations particulières. Elles étaient hautement appréciées et respectées car elles étaient très « professionnelles », pendant que les autres à la peau brune étaient employées comme domestiques et pour les travaux les plus lourds… C'est pourquoi les Slovènes veillaient à ce que les domestiques ne leur transfèrent pas de travail qui aurait été sous leur statut.

Bon, c'est ainsi qu'un jour, Helena Lebanova tenait compagnie à un aide de cuisine, un Soudanais, Samir. Celui-ci surveillait le lait pour qu'il ne déborde pas sur la plaque. À ce moment-là, la maîtresse l'appela et le valet, en courant dans le couloir, s'écria à l'adresse d'Helena : « *Hela, šufi el laban* ! » (« Helena, fais attention au lait »). Mais elle ronchonna : « Moi, je ne šufirai pas, šufi toi-même. »

Les femmes chantaient depuis un certain temps, ensuite on entendit un rire là-haut, puis il y eut un silence, après quoi Jucka se mit à chanter seule, en solo: « L'alouette chante, elle gazouille... » Devant son gigantesque effort pour chanter juste et le plus joliment possible, les femmes ne purent retenir leurs sourires puis elles éclatèrent de rire. Quand elles eurent ri tout leur saoul et que finalement elles se turent, Klara entendit la voix sifflante qui expliquait :

— Mais qu'est-ce que vous croyez, fadades de bonnes femmes ! Qu'est-ce qui est le plus difficile, chanter de travers ou chanter comme il faut ? Vous, vous chantez comme des militaires, toutes pareilles, ein, zveï, dreï ! Comme vous marchez ; moi je ne suis pas un soldat, je suis un être libre, c'est pourquoi je vais mon chemin, je prends des raccourcis, vous, vous marchez la main droite dans la poche gauche. *Alora* moi je suis plus maligne que vous !

Ses justifications déclenchèrent un nouveau rire. Il dura assez longtemps, puis il diminua et soudain une voix d'homme profonde se fit entendre. Sœur Klara reconnut immédiatement pater Anastazij, elle était surprise. Elle ne savait pas qu'il venait d'arriver du Caire par le train. Son cœur se gonfla de joie, c'est vrai que toutes les sœurs et même toutes les femmes slovènes adoraient naturellement le pater.

Pater Anastazij prit tout de suite le parti de Jucka et dit aux femmes rassemblées unanimes :

— Notre Istrienne a raison ! Jésus était lui aussi un médiocre chanteur ; il chantait à sa guise et en dehors de toutes les règles de l'époque et des chœurs officiels sacerdotaux. Tous marchaient sur des routes larges et lisses, mais lui empruntait d'étroits chemins à peine visibles, et il arrivait au but avant tout le monde. Vous avez compris ?

Merica, qui faisait partie des chanteuses, objecta :

— Mais que se passerait-il si chacun prenait sa voie et chacun son raccourci ?

— S'ils ont le même but, celui qu'avait Jésus, à savoir l'amour envers son prochain, cet amour sans conditions sans limites, il n'arriverait rien de mal.

Alors on entendit Marija Pušpanova qui demanda d'une voix haute dans laquelle, malgré ses efforts, on sentait son embarras :

— Pater Anastazij ! Cet amour dont vous parlez et qui vient de notre Sauveur, est-ce que cet amour n'a pas de frontière ? Je veux dire est-ce que cet amour est aussi possible entre deux personnes qui n'ont pas la même foi et pas non plus la même couleur de peau ?

Sœur Klara retint son souffle. Là-haut, juste au-dessus d'elle, le silence se fit. Elle savait pourquoi. Il y avait en effet beaucoup de cas d'amourettes entre une Slovène et un homme qui avait une autre religion, par exemple orthodoxe, musulman ou protestant et, parfois aussi, une autre couleur de peau.

Sœur Klara entendit pater Anastazij tousser, elle eut l'impression que Marija Pušpanova l'avait mis dans l'embarras. Le pater se mit alors à parler de la voix profonde, puissante et chaude qui le caractérisait. Il répondit par une parabole, comme Jésus en avait l'habitude :

— Si le bon Samaritain n'avait pas été ce qu'il était, à savoir l'amour compatissant, il aurait eu de nombreuses objections et beaucoup de raisons de ne pas aider l'homme blessé, en détresse. Il aurait dit ceci : « Je ne connais pas cet homme. C'est peut-être une crapule, un voleur ou même un criminel. Si je l'aide, qui sait si je ne vais pas m'attirer des ennuis par cette action. Et quoi, s'ils l'ont blessé parce qu'il voulait tuer quelqu'un ? Ou peut-être l'ont-ils battu parce qu'il avait fait quelque chose de mal ? » Vous voyez, c'est ainsi que pense celui qui n'est pas essentiellement amour. Et j'irai plus loin. Si vous avez en vous l'amour dont parle Paul dans sa lettre aux Corinthiens, alors vous aidez la personne dans la gêne sans vous demander qui elle est ni d'où elle vient. Est-ce que j'ai été assez clair ?

Marija n'était pas tout à fait satisfaite de la réponse mais elle se tut.

Sœur Imelda prit la parole pour faire une objection :

— Dans ce cas, il s'agit de sympathie, de compassion. Mais si un homme et une femme qui ne sont pas de la même religion et pas de la même couleur s'aiment, alors on ne peut pas parler de sympathie ni d'amour pour ceux qui souffrent. Je pense, pater Anastazij, que vous ne devriez pas utiliser cette parabole pour les choses sur lesquelles Marija Pušpanova vous a interrogé.

— Ma sœur, j'ai aussi mentionné la lettre aux Corinthiens ! L'amour excuse tout, croit tout, espère tout, supporte tout. Est-ce qu'on n'a pas aussi mis Jésus sur la Croix car on l'a jugé sur la lettre et non sur l'esprit de Dieu ? On l'a jugé comme jugent les hommes et leur esprit limité. La création divine est si immense que nous, les hommes, nous ne pourrons jamais, avec notre raison, saisir un millionième de la sagesse divine. Si donc l'amour enflamme deux cœurs, peut-on juger du pourquoi, de la raison pour laquelle ça devait se produire ? Peut-être que de cet amour naîtra, dans trente-trois générations, un prophète, un messager du Seigneur ? Lui qui voit tout et comprend tout, planifie tout aussi ; Lui, Il sait cela, nous, nous sommes aveugles, myopes dans le meilleur des cas et bien sûr nous sommes loin de penser à pourquoi quelque chose devait se produire…

— Eh oui, tout ça peut se comprendre et se juger, s'apprécier aussi comme ça, dit sœur Imelda mais on sentait à sa voix qu'elle n'était pas d'accord avec le pater.

À ce moment-là, on entendit la sonnette et la voix de sœur Engelberga qui invitait les femmes à venir manger du strudel aux pommes dans le réfectoire.

— Allons, pressons, sinon le tilleul va refroidir et le gâteau, sécher, ordonna-t-elle.

Un peu plus tard, pater Anastazij et Marija Pušpanova allèrent dans le jardin. Sœur Klara qui avait fini de sarcler les endives se dirigea vers la haie derrière laquelle elle avait aménagé des parterres de narcisses et de lys. Sans le vouloir, elle entendit la discussion entre le père et Marija Pušpanova.

— Bien sûr, je t'ai comprise, évidemment.

— *Ma*, pater, vous ne savez pas…

— Je sais tout, absolument tout. Tu es amoureuse d'un Soudanais. C'est bien ça ?

— Jésus ! Qui vous a dit ?

— Marija, écoute ! Maintenant écoute-moi bien ! Tu dois placer ton âme et ton cœur devant un miroir et te demander sans ménagement si c'est un véritable amour ou si c'est autre chose.

— Et qu'est-ce que l'amour, pater ? Comment puis-je reconnaître le vrai amour du faux ?

— Je sais, c'est difficile, terriblement difficile. Même les saints doutent, la vérité leur est cachée même à eux. Je te conseille d'écouter ta voix intérieure. Parfois, c'est seulement une petite voix, à peine audible. C'est pourquoi tu dois tendre l'oreille. L'écouter dans le plus grand silence. Marija, ce que tu sens au plus profond de toi…

— Pater Anastazij, Marija se mit à sangloter, parfois il me semble que cet amour est pur, sacré, mais le lendemain, qu'il est coupable, seulement physique ; ce pauvre corps, stupide, éphémère…

— Oh, Dieu du ciel ! Mais comment dois-je te le dire ? Si vraiment vous vous aimez, si vous êtes fermement décidés…

— Mais la religion, pater, la religion ! Moi je suis chrétienne et lui musulman. Ma peau est blanche, la sienne est noire comme la nuit.

— Est-ce qu'il t'impose sa foi ?

— Non, ça non. Il dit que ça lui est égal. Il dit qu'il priera Allah et que moi je n'ai qu'à prier Jésus. Il dit que sa religion reconnaît Jésus mais pas comme Dieu, chez eux, Jésus est seulement un prophète, comme Mohammed était le prophète d'Allah.

— Là-bas, chez toi, tu as un bon ami, non ?

— Oui, j'en ai un, gémit-elle.

— Et tu ne l'aimes plus ?

— Je l'ai aimé jusqu'à ce que ça arrive entre Ali et moi.

— Oh, Marija, alors ton amour pour ce bon ami n'était pas très fort, n'est-ce pas.

— Non, il ne l'était pas, dit Marija abattue.

Ils restèrent silencieux un bon moment. Finalement après une longue réflexion, le pater dit :

— Marija, si tu te décides, si tu persévères dans ton amour pour cet homme, alors je ferai ce qu'aurait probablement fait Notre Maître : je vous bénirai. J'ai déjà béni tant de chrétiens et de chrétiennes avec la conviction qu'il s'agissait d'une alliance sainte et d'un amour pur, alors qu'il s'est souvent avéré par la suite que leur amour n'était pas assez solide et qu'il cédait devant les difficultés de la vie. Donc, quand vous vous serez décidés, vraiment décidés, venez me voir…

Marija sanglotait. Il sembla à sœur Klara qu'elle touchait la main du père et la mouillait de ses larmes et de ses baisers. Elle posa la main droite sur sa poitrine et sentit en elle une telle souffrance et un tel poids qu'elle en eut le souffle coupé. Elle chancela sur une plate-bande et elle pleura sans bruit.

*

Quand elle pensait à sa maison, à son fils et à son mari, à tout le village et même à sa patrie, la nostalgie de Merica survenait comme un flux et un reflux, mais qui n'étaient pas rythmés comme dans la nature, qui se produisaient comme ça, par hasard. Des jours, des semaines passaient où elle était tout à fait calme et où rien ne lui manquait. Elle était contente de tout, Thomas, son babillage, sa marche à quatre pattes faisaient son bonheur. Puis la nostalgie arrivait à l'improviste. Et avec cette nostalgie, les affres du cœur et de l'âme. De nouveau, elle souffrait. La nuit, elle se réveillait de rêves dans lesquels elle pleurait amèrement et, de toute son âme, demandait à quelqu'un d'invisible de l'aimer, d'avoir pitié et de la sauver. La pression dans son sommeil était si forte qu'elle en perdait le souffle.

Quand ça lui arrivait, elle priait beaucoup, si elle le pouvait, elle allait à l'église Sainte-Catherine. Là, elle marmonnait ses prières, elle pleurait et appelait à l'aide les saints de cette église. C'est saint Joseph, son saint patron, qu'elle priait le plus ardemment. Bien souvent, les yeux gonflés, elle regardait sainte Catherine et il arrivait que sa foi en cette sainte femme courageuse l'emplisse de force et d'un nouvel espoir. Une fois, elle s'arrêta devant la statue de la mère de Dieu du carmel qu'on portait en procession au mois de juillet. Et de nouveau ses larmes coulèrent et elle avait l'impression qu'elle allait mourir avant de finir son temps dans cette horrible ville.

Un jour qu'elle était encore une fois désespérément mal, elle s'arrêta, un peu contre sa volonté, devant une église. Elle contempla les huit puissants piliers et les quatre statues de pierre derrière. « Les piliers… les piliers, lui disait elle ne savait qui, ce sont les anges qui montent la garde et qui sont assez forts pour supporter le poids de toutes les saisons à longueur d'année. Mais est-ce que tu n'es pas, toi aussi, Merica, un pilier ? Donc, sois forte, ne soupire pas et ne te laisse pas aller. Tout passe, tout lasse. Ainsi ton affliction passera et tu seras de nouveau heureuse et tes efforts seront richement récompensés. »

Elle fixa longtemps les piliers, ensuite son regard s'éleva et s'arrêta sur les vases de pierre. De là, il glissa à l'arrière-plan et tomba dans le grand bleu du ciel. Qui l'attira et dans lequel elle se perdit en un clin d'œil. Elle n'était plus là. Quand elle reprit conscience, elle se trouvait devant les fonts baptismaux. Elle sursauta, étonnée : Comment suis-je arrivée ici ? Un peu avant, j'étais dehors, je regardais les piliers !

Elle tendit la main et toucha la pierre. Alors elle entendit sa voix qui appelait : « Marko ! Marko ! » Ce qu'elle ressentait était si fort et si inhabituel qu'elle eut peur. Mais comment puis-je entendre ma voix qui appelle un enfant ? Et qui est cet enfant ?

Troublée, elle se hâta de quitter l'église. À sa sortie, pater Anastazij l'intercepta. Il la saisit par la main et lui demanda si elle se sentait mal. Elle secoua la tête et courut sur le parvis. Là, devant elle, comme si quelqu'un l'avait fait apparaître comme par enchantement, surgit Louis, le porteur d'eau. Elle se précipita vers lui.

— Tu as soif ? Je peux t'offrir de l'eau de la fontaine de Karakojuul. Je viens justement de la puiser des froides profondeurs. Tu en veux ?

Il s'était adressé à elle en français. Ensuite, il renouvela son offre en arabe.

— Tu es Louis, n'est-ce pas ? demanda Merica.

Et il lui répondit en slovène :

— Oui, je suis Louis. *Saqqâ*, le porteur d'eau.

Leurs regards se croisèrent et eurent du mal à se quitter. Les yeux de Merica étaient pleins de larmes ; il y en avait tant que l'image du malheureux vieillard se mit à onduler et que tout autour de lui s'assombrit.

Quand elle eut essuyé ses larmes de sa manche, Louis n'était plus là. Elle regarda autour d'elle, elle le chercha autour de l'église, il n'était nulle part. Elle resta debout un moment en se demandant où il avait pu s'échapper, ensuite elle se retourna et se hâta vers le numéro 3 de la rue du Palais.

À la maison, on l'attendait avec impatience. Le domestique Souleyman qui remplaçait Boulos le portier grisonnant dit que Madame était en colère parce qu'elle était en retard. Elle courut dans l'escalier et, c'est vrai, ils étaient tous là, qui l'attendaient en tenue de soirée. Mme Therese et son mari, les filles et même Catherine, l'amie de Therese. Pierre se trouvait parmi eux. Madame était effectivement fâchée :

— Mary, bonté divine, où étais-tu ?! Si au moins Shadia était là, mais il n'y a personne pour s'occuper de Thomas. Nous sommes terriblement en retard. Nous devrions déjà être au cercle de chasse égyptien, ensuite nous allons au cocktail chez le Dr Beraud. Je t'avais bien dit de revenir avant six heures. J'ai dit : « À six heures au plus tard. » Et il est six heures trente-cinq. Va tout de suite dans la chambre d'enfant. On parlera du reste quand je reviendrai !

Merica inclina la tête et partit en silence voir Thomas. L'enfant dormait comme un bienheureux. Elle courut dans sa chambre où, à travers les jalousies, elle les regarda monter dans une grande auto noire. Pierre se faufila à l'intérieur. Le chauffeur ferma la portière, rajusta sa casquette, s'assit au volant et démarra.

Quand ils se furent éloignés, Merica respira.

Je ne comprends vraiment pas comment j'ai fait pour être en retard. Elle se creusait la cervelle. Je savais bien quand je devais rentrer. J'ai perdu la notion du temps quelque part. Peut-être près des fonts baptismaux. C'est là que je me suis perdue. J'étais comme endormie. C'est sûrement là que j'ai perdu la notion du temps. Ou bien quand j'ai rencontré Louis…

Elle retourna dans la chambre d'enfant. Et de nouveau, une nostalgie douloureuse surgie de nulle part, insupportablement amère, afflua en elle. Elle s'agenouilla et posa la tête au bord du divan. Une prière ardente jaillit d'elle :

— Très cher Jésus, mon Sauveur et mon cœur ! Tu vois, je t'offre et te consacre la vie qui me reste ; mon corps et ma pauvreté et mon âme avec toutes ses faiblesses, toutes mes prières, mon travail et ma souffrance, tout mon amour, mes combats, en particulier ma dernière heure et toutes ses éventualités… Jésus, pour tout ce que je te donne, je te demande : aide-moi, aide-moi, sinon je ne tiendrai pas. Je me morfonds à regretter tous ceux qui me sont chers. C'est trop dur, trop difficile, Jésus, moi je n'en peux plus, je n'en peux plus…

C'est alors que le petit Thomas se réveilla. Il se mit à bâiller et à babiller. Comme personne ne s'occupait de lui, il fit la grimace et devint plus bruyant, plus insistant.

Merica se leva, avança vers le petit lit et lui sourit tristement. Quand l'enfant l'aperçut, il tendit les bras et exigea qu'elle le prenne. Comme elle ne le faisait pas, il se mit à crier et, encore un peu, il allait se mettre à pleurer. Il était si mignon dans son impatience que Merica sourit et qu'elle le prit dans ses bras. À peine eut-il senti sa poitrine que toute sa peine disparut et que la joie afflua. Elle joua avec l'enfant, le chatouilla, le cajola et babilla avec lui. Elle lui parla slovène, même si elle avait l'impression qu'elle ne devait pas. Personne ne lui avait interdit de parler à l'enfant dans sa langue maternelle, mais elle sentait que celle-ci, ici, était de peu d'intérêt, même indésirable… C'est pourquoi, avec Thomas, elle parlait anglais, français ou italien ; et dans sa langue, en slovène, seulement lorsqu'ils étaient seuls. En fait, elle ne savait bien aucune de ces langues ; les derniers mois, elle avait appris ce qui était nécessaire pour comprendre les membres de la famille. Ça suffisait pour le moment. Mais ils attendaient d'elle qu'au bout d'un an et demi elle parlât correctement au moins le français et l'anglais.

Pour eux, c'est facile, se dit-elle, Claire et Kelly ont grandi dans plusieurs langues, en plus elles fréquentent la Scottish School for Girls, là-bas elles étudient aussi les langues étrangères. Therese, ma patronne, a été dans cette école et dans une autre encore. Et moi ? Moi, je n'ai fait que quelques classes de l'école primaire. Comme langue, je parle assez bien l'italien et juste un peu l'allemand. Bon oui, moi aussi je vais y arriver. Si les autres ont réussi, par exemple Marjuča qui parle parfaitement le français, l'anglais, l'arabe, le grec et je ne sais quoi encore, moi aussi j'y arriverai. C'est vrai que j'ai une tête plus dure pour les langues mais je vais faire des efforts !

Elle changea Thomas, lui donna le sein et ensuite l'emmena dans sa voiture au jardin. Elle se promenait quand apparut Marija qui était bonne d'enfants chez de très riches Égyptiens. Elle lui dit qu'eux avaient un jardin si grand qu'on pouvait s'y perdre.

— Les gamins y roulent à bicyclette et disparaissent. Moi, je les appelle mais ils ne viennent pas. Le plus fripon est Bouros, celui-là me fait faire des cheveux. *Ma* je ne peux pas me plaindre car ils m'obéissent quand même. Et s'ils ne font pas, je les enguirlande. Tu sais, Merica, moi, je me dispute aussi avec la patronne, c'est-à-dire leur mère, quand il s'agit de mon travail, de garde d'enfants et de l'éducation de ces morveux. Je n'accepte pas qu'on les gâte. Un enfant gâté est comme une pomme qui pourrit, comme une courge sans pépins. Alors, fais attention quand ton petit commencera à courir. Sois sévère et ne les laisse pas te le pourrir. Si tu es ferme et déterminée, tu n'auras pas de problème. Écoute ce qui est arrivé à Pepca Lahova. Elle est bonne d'enfants chez le Grec Evangelos Vassiliaris ; là, elle s'occupe de trois minots. Voilà-t'y pas que le plus grand l'a poussée dans la mer, il l'a poussée depuis la jetée. Et ensuite, ils ont tous ri, les parents de ces polissons aussi, mais elle s'est presque noyée car elle ne sait pas nager. C'est pourquoi je te le dis, Merica, sois sévère et ne te laisse pas faire ! Car en fin de compte, c'est toi qui es responsable et c'est toi qu'ils puniront s'il lui arrive quelque chose.

C'est ce qu'elle craignait le plus. Les autres nourrices aussi, surtout les bonnes d'enfants, tremblaient à l'idée d'un accident. C'est ce qui était arrivé à Verica Kuštrinova, son protégé Adimar s'était cassé une jambe ; il avait grimpé sur un mur malgré ses avertissements et son interdiction ferme, il était tombé et tout était sa faute.

Ce mois-là, elle n'avait pas eu de paie. Gilen, le protégé de Tinca Saričeva, s'était brûlé avec sa soupe et encore une fois, c'était la faute de la bonne d'enfants, la pauvre Tinca ; ils avaient crié sur elle et l'avaient renvoyée. Ensuite, elle avait attendu trois semaines chez les sœurs avant que celles-ci lui trouvent un nouvel emploi chez un Juif qui avait un magasin d'antiquités, rue Cherif-Pacha. Zizita, sept ans, qui était gardée par Maša Kogojeva, avait traversé la rue en courant et s'était retrouvée sous les sabots d'un cheval. Il ne lui était rien arrivé de grave car le cheval, un animal exceptionnellement intelligent, s'était immédiatement arrêté. Le père de Zizita qui avait été témoin du malheureux événement s'était fâché contre Maša, il l'avait même frappée. Pourtant ce n'était pas sa faute ; elle tenait la petite fille par la main mais celle-ci, qui sait pourquoi, avait soudain traversé la rue en courant… C'est Ana Ceričeva qui, récemment, lui avait raconté ces histoires et d'autres du même genre et qui l'avait avertie qu'elle devait être aussi attentive que possible. Surtout lorsque le petit Thomas « aurait des jambes » et qu'il virevolterait partout comme une toupie.

Elle réfléchissait à ça quand la jeune Shadia qui était à son service arriva en courant. Hors d'haleine, elle se mit à raconter qu'elle avait été chez elle, dans sa famille, car son frère Nateh était très malade. Il vomit, il a une forte diarrhée et elle est inquiète. Ensuite, elle demanda où ils étaient tous partis et si Merica avait besoin de son aide. Sinon, elle courrait chez Samara Tadoros qui habite la rue voisine et qui sait préparer des tisanes pour toutes les maladies. Aussi pour les problèmes de cœur, dit-elle en riant incongrûment.

Merica l'autorisa à partir car elle voyait le trouble et la peur sur son visage. Alors qu'elle était déjà à la porte,

Shadia fit un demi-tour en courant. Dans sa main gauche tendue, elle tenait une lettre, elle se hâta d'expliquer que la patronne la lui avait remise et qu'elle était pour elle, Meriah. Ensuite, elle fit demi-tour et courut jusqu'à la rue.

Merica se mit à trembler. La lettre était d'Ivan, son mari. Elle la serra sur sa poitrine, elle ne pouvait l'ouvrir. Finalement, elle se décida. Elle s'assit sur un banc, tout en berçant la voiture du pied, elle tira de l'enveloppe une feuille couverte d'une écriture maladroite et elle déchiffra :

« *Merica,*

Maintenant c'est de nouveau le printemps. Le bois d'acacia est tout blanc et sent le miel. Le poirier derrière l'étable aussi est en fleur. L'autre jour, je suis allé à Trstelj. Il faisait beau, on voyait jusqu'à Piran. J'ai regardé la mer et j'ai pensé à toi. Je me suis dit : Tu vois, elle est là-bas. Là-bas, loin. Ma très chère femme est là-bas. Merica, c'est tellement dur de t'attendre. Mihec aussi t'attend impatiemment. Mais encore ça : avec tes sous, on a payé une partie de la dette, une grande partie. Mais tu sais que Nace Greh propose qu'on rachète son petit champ, celui que tu aimais beaucoup, à Bezovlak. Là-bas c'est tout couvert de perce-neige ! Ma *on peut pas penser à ça maintenant. Il faut d'abord sauver la maison et ensuite, s'il reste quelque chose, alors on…* »

Ici, elle arrêta sa lecture. Elle avait le cœur si serré qu'elle gémit. Donc ils ont ces projets, quand la maison sera sauvée, alors on achèterait le petit champ et quand le petit champ sera payé, alors on…

Et les mots de Katica Pepčeva lui revinrent en mémoire. Elle avait fait sa connaissance à l'asile des sœurs. Désormais, elle a plus de quatre-vingts ans et elle vieillit en attendant la mort. Elle était arrivée à Port-Saïd à l'époque de la construction du canal de Suez.

Un après-midi, après la répétition des chants, alors qu'elles attendaient celle d'une courte scène sur le martyr et la résurrection de Jésus, c'était juste avant Pâques, les jeunes Alexandrines étaient assises dans le réfectoire, elles buvaient du tilleul ou de la tisane de sureau qu'avait apportés du pays Jožefa Hrovatinova et elles se délectaient d'une *potica* préparée par Amalija. C'est alors qu'une vieille femme tremblante que les sœurs appelaient Katica les avait rejointes. Elle avait goûté un peu la *potica*, rien qu'un peu, ensuite elle s'était tournée vers Merica, précisément vers elle, vers aucune autre, et s'était mise à lui parler, remontée comme une horloge. Sa voix était monotone, triste, pleine d'accusations cachées dans son intonation et sa couleur.

— Tant que j'ai pu leur envoyer des sous, tout allait bien. Avec, ils ont payé les dettes, rénové toute la maison, refait l'étable, et acheté les trois meilleurs champs. Et j'ai payé l'école de mes deux frères. L'un est curé, l'autre docteur. Quand je suis devenue vieille et que je n'ai plus envoyé de sous, ils ont arrêté de m'écrire, d'abord la famille éloignée, ensuite mes deux sœurs et finalement mes deux frères. Ils m'ont tous oubliée. Quand je leur ai envoyé une *cartolina* leur disant que j'aimerais rentrer à la maison, que je me contenterais d'une petite chambre et d'un morceau de pain, je n'ai plus jamais reçu de courrier. Tu vois, Merica, ce qui m'est arrivé sur mes vieux jours. Ils m'ont oubliée et maintenant je suis à la charge des vénérables nonnes qui sont pauvres comme des souris d'église. Eh, quel destin m'est tombé dessus. Merica, dis-moi, est-ce que c'est bien ? Est-ce honnête et juste ?

S'il n'y avait pas eu les nonnes, j'aurais pu crever dans la rue comme un chien du désert. Et s'il n'y avait pas ces enfants reconnaissants, ceux que j'ai gardés. Eux me rendent visite et paient pour moi, pour mes nourritures et pour ma chambre dans cet asile. Ce sont mes petits protégés, la bonne Mirella, et Anuba, Nicholas, Carlos, Johnny, Ataya… Mais toi tu es jeune, belle, intelligente. Et toi, qu'est-ce que tu vas faire, Merica ?

Voilà ce qu'elle avait dit en essuyant les larmes de ses vieux yeux rougis. Puis elle avait battu des paupières et à moitié souri.

Sœur Jolanda avait alors accouru et s'était excusée auprès de la jeune femme.

— Il ne faut pas lui en vouloir. Elle fait tourner le même disque à tout le monde, qu'on le veuille ou non. C'est une malheureuse, vraiment une malheureuse.

Elle avait saisi la vieille femme par le bras et l'avait éloignée de la table tout en lui parlant comme à une enfant :

— Katica, je t'ai déjà dit de rester dans ta chambre. Ça t'avance à quoi de raconter encore et toujours la même chose à tout le monde ? Tu es comme l'orgue de Barbarie de la rue Ebn-el-Khatab que remonte tous les jours l'aveugle Aref.

La vieille femme s'était laissé tranquillement emmener dans le couloir mais sans cesser de répéter la même histoire. « Tant que je leur ai envoyé des sous, tout allait bien. Avec, ils ont payé toutes leurs dettes et rénové la maison… »

À mesure que les deux femmes s'enfonçaient dans l'ombre du couloir, sa voix était devenue plus faible. Pour s'éteindre finalement.

Les Alexandrines, pour la plupart jeunes et, un peu plus tôt, toutes joyeuses, étaient reparties assez démoralisées de la salle où elles avaient répété.

Merica était restée assise à une table du réfectoire ; les lamentations de la vieille femme l'avaient tellement touchée qu'elle ne parvenait pas à se lever.

Sœur Doloroza lui avait ensuite raconté ce qui était arrivé à Katica. Katica Pepčeva avait d'abord travaillé chez un ingénieur italien, Carlo Ponti, à Port-Saïd ; elle était aide-cuisinière. De là, sa tante Agata l'avait incitée à venir à Alexandrie en lui disant qu'elle gagnerait bien plus chez un Égyptien que chez « cet avare de rital ». C'est ainsi qu'elle avait commencé à travailler chez un commerçant, Samih Ahmed Siri. Chez lui, elle était servante ; donc elle faisait tous les travaux possibles. Elle était jeune, en bonne santé, travailleuse et aussi très naïve. Quand elle avait compris que son patron avait deux femmes, Surena et Shushana, elle avait voulu partir immédiatement. Elle l'aurait sans doute fait si elle avait su où aller. Milka Čufarjeva (elle ne connaissait qu'elle dans toute la ville ; sa tante Agata était entretemps repartie au pays) l'avait calmée, difficilement. Elle lui avait dit : « Mais tu savais bien que les musulmans avaient plusieurs épouses. Pourquoi faire tout ce cirque pour ce qui est, chez eux, naturel et admis par tout le monde ? Tu n'es plus à Šempas, Dieu du ciel ! »

Par la suite, elle s'était progressivement accoutumée au fait que son patron dormait un jour chez l'une, et le lendemain chez l'autre. Et tout ça se serait arrangé si Samih n'avait commencé à lui courir après assez grossièrement. Il lui pinçait les cuisses, le derrière, il voulait lui tripoter la poitrine… Elle l'évitait, elle fuyait et cherchait tous les moyens de ne pas le rencontrer quand elle était seule dans la maison ou dans le jardin. Son comportement semblait tellement horrible et répugnant à Katica qu'un jour où il l'avait surprise dans une salle du bas où elle étendait le linge, elle le menaça de tout raconter à sa femme.

— À laquelle ? ricana Samih.

— À l'une ou l'autre. À Mme Surena ou Mme Shushana, avait-elle dit en tremblant de tout son corps.

— Dis-leur donc ! avait rigolé le patron. C'est elles qui m'ont conseillé de te prendre comme concubine. Demande-leur !

Ayant ainsi répondu à sa menace, il l'avait saisie et poussée dans un coin. Elle avait réussi à se dégager et à s'enfuir dans l'escalier. Dans l'entrée, elle était tombée sur Surena. Outrée, elle lui avait dit ce que son mari voulait d'elle. Surena avait souri sans montrer la moindre inquiétude, la moindre colère. Rien de ce qu'attendait Katica. Alors était apparue Shushana, la première épouse. Elle aussi n'avait fait que sourire. Et Surena lui avait dit :

— Katica, Shushana et moi serions heureuses si tu voulais être la jeune, belle et dévouée maîtresse de notre mari. Ce serait plus pratique que d'en trouver une autre dehors. C'est le genre d'homme qui a besoin de beaucoup de… En tant que concubine de Samih, tu auras des avantages certains et, tu verras, ça en vaut la peine. Samih Ahmed te paiera deux fois plus que maintenant pour ta collaboration. Réfléchis avant de décider.

Elles lui parlaient donc librement d'une sorte de marché. Katica ne pouvait en croire ses oreilles. Cette nuit-là, elle n'avait pas dormi. Elle n'avait pensé qu'à ce qu'elle devrait faire. Les sœurs de la Charité, conseillères et protectrices des Slovènes d'Égypte, n'étaient pas, à cette époque, aussi connues qu'elles le sont devenues après la guerre. Et Katica n'était même pas au courant de leur existence. Milka Čufarjeva était la seule personne qu'elle connaissait dans toute la ville. Le jour suivant, elle avait couru chez elle et lui avait rapporté ce qui s'était passé et ce qu'ils exigeaient d'elle. Milka qui était faite plus simplement et qui était plus pratique au quotidien lui avait donné ce conseil :

— S'ils te paient le double, pourquoi n'accepterais-tu pas cet autre travail ? Et tu pourras même en profiter !

— Milka, *ma* ce n'est pas un travail, c'est un bordel !

Milka avait haussé les épaules.

— Bordel ou pas, il faut vivre et il faut à tout prix envoyer de l'argent. À tout prix, tu as entendu ! Et tu crois que ça n'arrive pas aux autres ? Beaucoup de femmes de chez nous sont forcées de céder un peu dans ces affaires. Un peu ou plus ou complètement. Ici, ils sont tellement habitués à ce que les hommes aient plusieurs femmes. Ce sont leurs lois, disons leurs règles. Pour les femmes, c'est probablement dans l'ordre des choses que leur mari ait une sorte de femme secondaire en plus d'elles, les vraies épouses. Une concubine en fait, hein. Chez eux, c'est normal, comme c'est normal chez nous qu'un homme ait une seule épouse et une femme, un seul mari. Et que les deux n'aient bien sûr qu'un seul Dieu.

Voilà ce que lui avait dit la simple et pratique Milka qui travaillait à Alexandrie depuis neuf ans. Il n'y avait aucune émotion dans sa voix sans doute parce que ça arrivait à Katica et pas à elle. Elle, elle travaillait chez le Juif Benjamin Nashare qui avait une bijouterie et un magasin de tissu. Son patron ne lui avait fait aucune difficulté de ce genre, il était fidèle à sa femme, profondément.

— Mais moi, je ne peux pas faire ça ! s'était écriée Katica.

— Mais tu n'as pas de fiancé ! Qu'est-ce que ça peut faire s'il te tripote un peu ? Ta chose ne va pas s'user. *Té*, est-ce que tu auras quelque chose en moins ?

— Milka, tu as perdu la tête ! Mon Dieu, mais qu'est-ce que tu me racontes ! Je ne peux pas être sa concubine. Je ne l'aime pas. Il est vieux, laid, il sent mauvais ! s'était exclamée Katica.

— Et où iras-tu ? Hein, où ? Tu ne peux rentrer chez toi, tu n'as pas assez d'argent pour prendre le vapeur. À Port-Saïd, ils ne te reprendront pas. Tu n'as pas d'autre travail. Moi, je ne peux pas t'aider, Katica. Tu es dans la mouise. Maintenant si tu fais d'une mouche un éléphant, ce sera la catastrophe, oui…

— Milka, *ma* je vais…

— Oui, bien sûr ! Tu vas te foutre en l'air, c'est ça ! Fais-le si c'est trop dur pour toi. Maintenant je dois y aller car ma patronne m'attend place el-Tahir.

Cela dit, elle avait tourné le dos et était partie.

Katica était restée clouée sur place. Elle ne pouvait absolument pas comprendre que Milka ne compatît pas avec elle et qu'elle n'essayât même pas de l'aider. Déçue et toute chamboulée, elle était repartie à la maison de Samih, terrorisée à l'idée de ce qui allait arriver tôt ou tard.

Et effectivement, cette nuit-là, Samih, le patron, était venu chez elle. Elle avait poussé l'armoire devant la porte mais il s'était introduit dans la chambre par la fenêtre. Pendant un moment, il l'avait pourchassée, ensuite il l'avait saisie par la chemise de nuit, l'avait sauvagement tirée contre lui et l'avait giflée. Comme elle résistait, il avait déchiré sa chemise et l'avait jetée sur le tapis. Et elle avait eu beau demander, implorer, pleurer et appeler à l'aide Surena et Shushana. Elle avait eu très mal, elle s'était mise à crier fort, mais lui ne s'était pas arrêté. Il y avait déjà plein de sang sous elle quand Samih meugla comme un taureau, tressauta comme s'il avait reçu un coup sur la tête avant de s'effondrer sur son corps endolori. Tremblant comme un chien frigorifié.

Bien qu'elle eût saigné pendant plusieurs jours, elle avait dû faire tout son travail quotidien. Elle avait transporté l'eau, fait la lessive, lavé le sol, balayé les escaliers, aidé à la cuisine…

Il l'avait laissée tranquille pendant une semaine, puis il était revenu. Et encore, et encore.

Ça durait depuis environ six mois quand elle avait appris par hasard l'existence de l'asile Francesco Giuseppe, rue Port-Est, et des sœurs de la Charité. Elle les avait rencontrées à la première occasion et leur avait raconté ce qui lui était arrivé. Sœur Matilda s'était terriblement emportée et elles étaient allées sur-le-champ chez Samih Ahmed Siri ; elle et deux autres franciscaines. Ils s'étaient disputés pendant une bonne demi-heure, avaient crié les uns sur les autres dans un arabe absolument sauvage. Les deux femmes de Samih avaient participé à la dispute et tout ça s'était terminé quand le commerçant, en furie, avait jeté le passeport et les effets personnels de Katica devant les sœurs et qu'il les avait littéralement éjectées de sa maison. Elles avaient ramassé les vêtements dans la rue et avaient filé à l'asile François-Joseph. Elles craignaient en effet la colère des gens qui accouraient déjà de tous côtés.

C'est ainsi que Katica avait été sauvée de la bestialité de Samih Ahmed Siri, mais la question de son futur turbin n'était pas résolue. Les sœurs lui trouvèrent ensuite un emploi de bonne d'enfants chez le banquier Ernest Gottman. Quand les enfants Gottman eurent grandi, elle eut du travail ailleurs, puis encore ailleurs. Elle trima, trima, et envoya sagement son argent à sa famille. Des décennies passèrent et quand elle voulut rentrer chez elle, il lui arriva ce qui était arrivé à bien d'autres. Pour elle, au pays, il n'y avait plus ni chambre ni pain…

Ana était venue chercher Merica qui était restée au réfectoire, absorbée instinctivement, malgré elle, par le destin de la vieille femme. Elle avait immédiatement senti ce qui se passait en elle, alors elle l'avait houspillée : « Merica, ne fais pas un roman d'une histoire, même réelle. Ça lui est arrivé à elle mais beaucoup d'autres ont été récompensées par du bien, et ça, de la part des nôtres mais aussi d'eux, les étrangers ! Et puis, est-ce que Katica elle-même n'a pas dit que ses enfants, ceux qu'elle avait gardés et pour qui elle était une deuxième mère, payaient la maison pour elle ?! Allons, on y va ! On ne peut pas répéter sans l'actrice principale ! »

Ceci dit, elle l'avait emmenée vers les autres.

Mais Merica n'avait absolument pas réussi à se concentrer. Elle pensait à toutes ces malheureuses.

Katica n'était pas la seule qui vivait ses vieux jours à Alexandrie, faute de pouvoir rentrer chez elle. Chez les autres sœurs et dans le foyer Kaiser Wilhelm pour personnes âgées, rue Sultan-Hussein, il y en avait pas mal. Il y avait Cecilija Lukčeva qui avait fait une crise d'apoplexie et qu'on devait surveiller comme un bébé. Et Mihaela Bertoldova qu'on promenait dans une petite voiture et qui ne cessait de pleurer ; elle était arrivée en Égypte au siècle précédent. Elle non plus ne pouvait rentrer car elle n'avait nulle part où aller, personne ne voulait l'accueillir même si elle avait envoyé de l'argent à sa sœur et à ses deux frères pendant quarante ans… et désormais, c'était Ray, le fils du diplomate anglais Woltherston dont elle avait été la *dada*, qu'elle avait allaité, qui payait son séjour au foyer… Et il y avait encore la curieuse Filipa Nerinova qui est assise, immobile, et qui regarde toujours le même point sur la mer sans dire un mot de toute la journée…

— Merica, s'il te plaît, remets-toi ! On ne peut plus répéter comme ça. Si tu as oublié le texte, prends cette feuille et regarde-la, se fâcha sœur Jolanda.

Alors Merica se concentra si bien que la répétition de la courte scène de la vie de Jésus eut lieu sans plus de temps perdu.

C'est tout ça et bien d'autres choses qui lui passaient par la tête alors qu'elle était assise dans le jardin, la lettre ouverte qu'elle n'avait pas fini de lire à la main. C'est seulement quand Shadia revint et se mit à raconter quelle tisane lui avait donnée l'herboriste et sorcière Samara Tadoros qu'elle se réveilla de son douloureux ravissement et finit de lire son courrier. Il n'y avait rien de ce genre dans la lettre, seulement des détails sur son Mihec, le travail des champs et la récolte qui « pour le moment, Dieu merci, s'annonce bien ».

*

— Voici trente piastres ; va chez le commerçant Ali Bahri et achète de l'encens et des herbes aromatiques, tout est sur le papier ! Et salue-le pour moi, dit Hanuma à Vanda. Vas-y tranquillement, tu peux flâner jusqu'à cinq heures, donc tu es libre pour la journée. Profite, beauté !

— Mais, je dois y aller seule ? s'étonna la jeune fille.

— Je n'ai pas le temps, Abdela n'est pas là, donc vas-y seule. Le moment est venu pour toi de devenir un peu plus indépendante, dit Hanuma en souriant bizarrement.

Vanda ne remarqua pas alors que son sourire était étrange, elle s'en souvint plus tard, quand c'était trop tard.

Elle prit l'argent et se précipita dans la rue. C'était une matinée d'avril et le soleil brûlait déjà. Quand elle eut quitté cette partie de la ville où vivaient les banquiers, les fonctionnaires et les agents de change, elle se retrouva au cœur du battement vivant du monde arabe. Elle était un peu inquiète car c'était la première fois qu'elle marchait seule dans la rue ; Hanuma était toujours avec elle ou bien c'était la domestique Abdela. Elle sentait sur elle des regards qui n'avaient rien d'agréable. Elle portait une robe noire qui descendait jusqu'à ses chevilles, un châle bleu foncé, ses cheveux étaient soigneusement cachés sous un foulard. Malgré tout, elle attirait l'attention. Probablement à cause de son visage blanc. Elle s'efforçait de passer autant que possible inaperçue mais sa démarche juvénile et la lumière de ses yeux la trahissaient.

La boutique d'Ali Bahri était située dans une rue étroite, elle était flanquée, à droite et à gauche, de dizaines de boutiques semblables. Les commerçants vendaient ici des gâteaux, des pains, des légumes, des fruits, des antiquités, des pigeons, des lapins… La rue était à un cheveu près semblable à celle dans laquelle elle s'était évanouie à son arrivée. Son angoisse grandit, surtout quand elle fut engloutie dans la pénombre des maisons serrées les unes contre les autres. Elle tremblait carrément quand finalement elle arriva chez Ali Bahri. Avant d'entrer, elle regarda autour d'elle car elle avait l'impression d'être suivie. Mais il n'y avait personne.

— *Sabah el kheir !* salua-t-elle le commerçant.

— *Sabah al nour !* répondit-il aimablement.

Elle lui tendit la feuille sur laquelle étaient écrites en arabe les marchandises qu'il devait préparer. En lisant, le commerçant fronça les sourcils, ensuite il regarda Vanda et lui demanda :

— Comment ça se fait que tu sois seule ? Que fait Hanuma ?

— Oh, j'ai complètement oublié. Elle vous salue bien et envoie aussi ses salutations à votre ami Hassan.

— Étrange journée, dit le commerçant et il se mit à préparer l'encens et les herbes aromatiques.

Il hocha la tête en marmonnant. En comptant les piastres, il lui dit qu'il sentait dans ses os quelque chose de mauvais.

— De mauvais ?

Vanda eut peur.

— Un mauvais jour, oui. Jeune fille, fais attention à toi, fais attention ! bougonna-t-il en fronçant les sourcils. Une très mauvaise journée. Le khamsin va probablement se déchaîner avant ce soir.

— Le vent de sable ? Mais comment ? Il fait beau, le soleil est chaud, brûlant.

— Le khamsin naît dans le désert, loin d'ici. Toute la nuit, les démons s'y rassemblent et, quand leur force est suffisante, ils se lèvent, tourbillonnent et se précipitent sur Alexandrie. Avant la fin de la journée, ils se déchaîneront dans les rues, dit le vieux d'une voix calme et fatiguée.

Vanda avait déjà fait plusieurs fois l'expérience du vent de sable et, à l'idée de cette épreuve, elle eut des frissons. Elle saisit ce qu'elle avait acheté, remercia et s'en fut dans la rue. Quand elle eut trouvé son chemin dans l'agitation et alors que la lumière du soleil se déversait du ciel en cascades et qu'il n'y avait pas la moindre trace de vent, elle se calma et ralentit le pas. Oh, le vieux s'est sûrement trompé. Il a mal aux muscles et aux os et il s'imagine que le pire va arriver, se dit-elle. Elle se rappela aussi que sa maîtresse lui avait donné sa matinée et une partie de l'après-midi et elle se demanda ce qu'elle allait faire de ce temps précieux. Je vais aller voir Ana à l'hôtel, se dit-elle. Mais la mer l'attira, c'est pourquoi elle décida de s'y rendre d'abord et d'aller chez sa compatriote au retour. Elle se décida certainement parce que, sur la corniche, le vent soufflait toujours agréablement et que, de la côte, on voyait loin, très loin vers le nord. Récemment, elle s'était assise avec Hanuma sur le sable à Borg el Arab et elles avaient observé les grues qui, à bout de forces, s'approchaient à grand-peine sur la terre ferme. Lentement, comme dans un rêve, elles avaient survolé la ville et immédiatement après, au-dessus du lac Mariout, elles étaient rapidement descendues vers le sol.

« Elles sont sûrement mortes de fatigue », avait dit Vanda et elle avait eu terriblement pitié d'elles. Et elle avait été touchée au plus profond d'elle en pensant aux hirondelles.

« C'est un plaisir de regarder ces chevrons volants. Cependant nous devrions voir des nuées d'autres oiseaux ! lui avait dit Hanuma. Certains sont si fatigués qu'ils ne réussissent pas à survoler la ville. Ils tombent comme des pierres sur le sable. Ils ouvrent leur bec, tremblent et lentement rassemblent assez de force pour voler jusqu'aux canaux et au lac et là, ils boivent, les pauvres meurent de soif... »

Oui, je vais à la mer, décida Vanda et elle tourna à gauche. À ce moment-là, elle crut encore une fois qu'on la suivait. Elle se retourna, pourtant il n'y avait personne dans la rue qui aurait pu justifier ses doutes. Bizarre, se dit-elle, j'ai vraiment cru que quelqu'un marchait derrière moi !

À l'angle de la rue de France et de la rue Souk-el-Kanto, apparut soudain devant elle Hernandez, le joli garçon bouclé qu'elle avait vu une première fois à l'asile et une deuxième devant la maison de Leïla, l'amie de sa maîtresse. C'était aussi le jeune homme dont elle avait rêvé après avoir regardé le film dans lequel jouait la divine Janet Gaynor.

Le souffle lui manqua et elle resta clouée sur place. Quant à lui, le jeune homme n'avait pas vraiment l'air surpris. Il rayonnait comme un soleil et immédiatement il prit l'initiative. Il s'écria :

— Oh, mademoiselle Vanda, quelle surprise ! Si j'étais magicien, je n'aurais pas pu faire apparaître quelque chose de plus beau !

Il s'était adressé à elle en espagnol. Dans l'embarras, réel du côté de Vanda mais simulé du côté du jeune homme, ils se tenaient l'un en face de l'autre et Vanda n'avait aucune idée de ce qu'elle devait dire ou faire. Il lui semblait tout à fait bizarre qu'il l'ait interpellée par son prénom… Une voix qui semblait venir de loin lui proposa :

— Puisque nous nous sommes rencontrés comme ça, sûrement par la volonté de Dieu, je propose, ma beauté, que nous nous promenions un peu au bord de mer. Vous êtes d'accord, n'est-ce pas ? Ou bien est-ce que vous êtes très, très pressée ?

Elle secoua la tête. Alors il lui prit le bras et ils partirent en direction de la mer. Il l'avait saisie sans façon et il l'emmena sans qu'elle ait la volonté ni même l'idée de résister. Elle était comme envoûtée. Chemin faisant, il lui demanda où elle avait été, ce qu'elle avait acheté et ce qu'elle avait l'intention de faire.

— Si vous êtes libre jusqu'à cinq heures, se hâta-t-il de dire, alors nous avons le temps. Moi aussi, je suis libre. J'ai bêché le jardin des carmélites rue Nebi-Daniel, j'ai apporté à Leïla des herbes avec lesquelles elle va fabriquer des spiritueux et j'ai maintenant beaucoup de temps libre. Dites, est-ce que les anges ne nous sont pas favorables ? Et le dieu Apollon aussi !

Vanda avait la tête qui tournait, elle n'écoutait pas ce qu'il disait. Même si elle l'avait fait, elle n'aurait pas su qui étaient ces anges et qui était ce dieu. Tout ce qu'elle pouvait faire, c'était marcher à côté de lui, prête à faire tout ce qu'il lui proposerait.

Ils se promenèrent sur la corniche, il lui raconta qu'il était né dans un endroit qui s'appelle Tossa, que son père était pêcheur, qu'il s'était enfui de chez lui et que maintenant il bourlinguait de par le monde.

— J'envisage de partir en Amérique avec des marins, dit-il.

Ensuite, il l'interrogea sur ses parents, il lui demanda pourquoi elle travaillait en Égypte et si elle comptait rester longtemps ici.

Peu à peu, Vanda se détendit et se mit à parler assez librement d'elle, de son village et de ses projets d'avenir.

— Je dois gagner mon trousseau, dit-elle. Vous savez, on est très pauvres. Notre famille est l'une des plus misérables du village et une jeune fille qui n'a pas de trousseau ne peut pas se choisir un fiancé. Moi, c'est Tone Palčkov qui me plaît et c'est à cause de lui que j'ai obéi à ma tante Joša et que je suis venue ici. Quand je repartirai, je serai comme une reine !

Ils s'étaient assis sur un banc de pierre au bord de la mer quand il lui dit qu'il aimerait lui montrer quelque chose de terriblement intéressant. Mais qu'il ne pouvait pas lui dire ce que c'était, sinon la surprise perdrait tout son charme.

— Que dois-je faire ? demanda-t-elle, déjà prête à tout.

— Vous devez me faire confiance, dit-il d'une voix mystérieuse et comme on parle à un enfant.

— Mais je vous fais confiance.

— Donc, écoute – d'un seul coup, il la tutoyait –, je vais arrêter un taxi qui nous emmènera là où t'attend une grande, une immense surprise, proposa-t-il et il se recula pour voir son visage.

— Un taxi ? (Vanda avait maintenant peur.) Mais je dois être rentrée à cinq heures !

— Nous serons de retour bien avant. Tu m'as bien dit que tu me faisais confiance, n'est-ce pas ?

— Eh bien… oui, je vous fais confiance, bien sûr, dit-elle mais elle n'était plus aussi tranquille ni aussi convaincue qu'un peu plus tôt.

Il la prit par la main, se pencha vers elle et la regarda dans les yeux, il lui sourit et affirma :

— Vanda, nous serons revenus dans une bonne heure. Ça va ?

Elle acquiesça et le suivit même si quelque chose la retenait. Elle partit contre son gré mais, bizarrement, elle n'avait absolument pas la force de s'opposer, de dire clairement et fermement : « Je n'y vais pas ! »

Hernandez fit un signe et un taxi s'arrêta immédiatement devant eux. Ils s'y assirent et partirent sur une large route. Bientôt ils tournèrent à droite puis roulèrent dans des rues vides et des quartiers de la ville qui donnaient une impression d'abandon et de pauvreté. Plus ils roulaient, plus les rues étaient étroites, sales et peu plaisantes. Finalement il n'y eut plus de rues et de maisons ;

ils étaient hors de la ville, dans la campagne. Ils arrivèrent dans un grand parc, pendant quelques minutes, ils roulèrent dans une allée avant de se retrouver devant un bâtiment qui avait l'air d'une grosse maison de campagne. Le chauffeur s'approcha de l'entrée et s'arrêta devant une haute porte. Hernandez le paya et ils descendirent. L'espace d'un instant, Vanda saisit le regard du chauffeur. Elle l'interrogea des yeux, en grand désarroi, elle cherchait un soutien, un signe. Le chauffeur détourna les yeux et Vanda eut l'impression qu'il ne voulait rien savoir de cette virée et que tout ça ne le concernait pas. Déjà plus tôt, quand ils traversaient la ville et que les rues négligées défilaient, Vanda avait plusieurs fois interpellé Hernandez et lui avait demandé où il l'emmenait. Il lui avait répondu de lui faire confiance, que tout allait bien et qu'elle ne devait pas avoir peur. Quelques minutes avant qu'ils s'arrêtent, Vanda s'était rebellée. Elle avait exigé qu'ils s'en retournent. Elle avait ordonné au chauffeur de façon insistante : « Ramenez-moi à la mer ! » Mais le chauffeur avait fait la sourde oreille.

Maintenant elle était ici, devant une haute porte, et la voiture qui les avait amenés s'éloignait rapidement. Vanda regarda Hernandez essayant de deviner sur son visage ce qui se passait. Il était toujours souriant et sa voix était rassurante :

— Patiente encore un peu, une surprise t'attend derrière cette porte, une si grande surprise que tu seras ravie quand tu la découvriras !

Il tira sur une corde et Vanda crut entendre une sonnette. Au bout d'un moment, la porte s'ouvrit sur un homme de grande taille, un Arabe coiffé d'un tarbouche et vêtu d'un uniforme que Vanda avait déjà vu quelque part. Évidemment, c'est ainsi qu'étaient habillés les serveurs du café où Hanuma l'emmenait boire du thé à la menthe.

Hernandez donna un ordre à cet Arabe. Pendant qu'il lui parlait, Vanda observa le vestibule. Les murs étaient hauts, rouge foncé, des lampes y étaient accrochées, qui éclairaient faiblement l'endroit. Le sol était en marbre, du moins c'est ce qu'il lui sembla sous la lumière blafarde.

Ensuite, ils franchirent le vestibule et prirent un grand escalier. Ils arrivèrent dans une salle d'où partaient des couloirs dans toutes les directions. Cet espace était très grand, beaucoup plus éclairé que celui du bas, il était meublé de petites tables et de sofas. Des lampes à huile brûlaient sur des supports bas, en fait pas toutes, une sur trois. Vanda était troublée par l'odeur de l'encens ; elle était déjà forte en bas, mais là, en haut, elle était encore plus intense. Les murs étaient couverts de miroirs plus ou moins grands.

Un domestique les emmena sur de doux tapis dans un long couloir mal éclairé. La jeune fille était de plus en plus angoissée. Plusieurs fois, elle jeta des coups d'œil inquiets à Hernandez mais celui-ci continuait de lui sourire d'un air encourageant. Ensuite une porte s'ouvrit à gauche, d'où jaillit tant de lumière qu'elle ne vit plus rien pendant quelques instants. La porte se referma derrière elle et, quand elle se retourna pour chercher soutien et consolation auprès d'Hernandez, il n'était plus là. L'homme au tarbouche avait aussi disparu. Elle était toute seule dans une petite chambre pleine de lumière. Les meubles étaient anciens, comme ceux qu'elle avait vus sur des photos que lui avait montrées sa tante Joša ; à gauche, il y avait un grand divan, recouvert de velventine verte. Dessus, quelques coussins de velours de différentes couleurs avec de petits pompons, à côté du divan, par terre, deux pipes à eau dorées et, sur une table basse, une petite boîte en ivoire. Tous les murs étaient tendus de lourds rideaux.

Vanda n'avait jamais vu rien de tel. Elle observait, fascinée, les motifs bizarres des rideaux bleus et jaunes d'or, les parois peintes d'une armoire noire et d'une commode, les pipes à eau brillantes et la lumière artificielle qui lui rappelait les lustres de son église au pays.

Elle pensa que c'était la surprise dont avait parlé Hernandez et elle reconnut que la pièce sortait vraiment de l'ordinaire, qu'elle était incroyablement belle et que l'odeur d'encens qui l'emplissait était envoûtante. Mais où est Hernandez ? Et où a disparu l'Arabe au tarbouche ? Elle s'approcha de la porte et appuya sur la clenche. La porte était fermée. Elle appela : « Hernandez ! » Personne ne se manifesta. Elle appela une nouvelle fois plus fort. Rien. Elle courut à la fenêtre et constata, terrorisée, qu'elle ne s'ouvrait pas et qu'elle était doublée à l'extérieur d'une grille en fer forgé.

Alors, d'un seul coup, elle comprit : Jésus, il m'a amenée dans un bordel !

Et elle se mit à crier et à cogner contre la porte. Ses coups sonnaient creux dans le couloir.

Soudain, elle sentit une main sur son épaule. Elle poussa un cri et se retourna brusquement, prête à l'attaque. Devant elle se trouvait une très belle jeune femme, une Blanche, qui lui souriait.

— N'aie pas peur, ne crie pas. Personne ne va te manger, dit-elle en italien.

Vanda, à son accent, sut qu'elle était française. Incrédule, elle fixa son visage et ensuite bredouilla :

— Qui es-tu, toi ?

La belle dame dit tranquillement et doucement :

— Tout va bien. Bon, allez, calme-toi.

— Où est parti Hernandez ? Où suis-je ?

— Tu es dans une maison de joie, belle fille. Tu y es et tu vas y rester, dit l'inconnue.

Vanda, déconcertée, regarda autour d'elle. Elle cherchait un soutien, une consolation, une sortie de la souricière dans laquelle elle était tombée. Elle remarqua que la porte de la grande armoire était ouverte, donc ce n'était pas une armoire mais un passage secret. Elle se précipita vers cette porte mais là dans l'autre pièce, un homme grand et très fort lui barra le passage. Il la repoussa dans la chambre et ferma la porte. Elle fit quelques pas et finalement s'effondra, impuissante, sur le tapis et se mit à pleurer sur ses malheurs.

La Française prit un coussin du divan et s'y assit. Elle tenta de la calmer, de la convaincre d'une voix tout à fait mielleuse :

— Moi aussi, je viens de loin. Toi, tu es slovène et moi je suis de Provence. Moi aussi on m'a amenée ici de la même façon, bon, enfin, dans une autre maison. Au début, j'ai pensé que j'allais perdre la tête, mais je me suis résignée peu à peu, il n'a pas fallu longtemps et j'ai commencé à profiter de ce qui se passe ici. Tu verras que ça sera comme ça pour toi aussi.

« Vanda, nous qui sommes ici, nous sommes privilégiées. Ici ne viennent que des hommes riches et éduqués. Même des ministres et… Mais je ne dois pas te parler de ça. Je t'assure que tu te sentiras bien et que tu amasseras plus d'argent en un an que tes compatriotes, ces pauvres bonnes d'enfants, ces nourrices, ces femmes de chambre et je ne sais quoi encore n'en gagneront en dix ans. Ici viennent des docteurs, des commerçants fortunés, des banquiers, des armateurs, des princes… je te le dis, rien que des gens distingués !

La jeune fille se mourait de peur. Elle reliait les événements de ces derniers mois et elle s'apercevait qu'elle avait été trompée et trahie, en fait vendue pour quelques pièces d'or. Elle se souvint des hommes qui rendaient visite à sa maîtresse Hanuma quand son mari était absent et elle se souvint de tous ceux chez qui elle allait en visite.

Un jour que le mari de Hanuma était en voyage à Ashmun et qu'il était absent pendant plusieurs jours, elles étaient parties tard le soir, dans un fiacre, très loin, dans une immense maison où tout était bizarrement silencieux et mystérieux. Un homme corpulent, en pantalon flottant de soie bleuâtre, nu au-dessus de la taille, qui portait un turban rouge sur la tête et de longues moustaches sous le nez, un sabre courbe à la ceinture, des pantoufles bizarres aux pieds et qui avait, Vanda s'en souvenait avec précision, qui avait de la poitrine comme une femme… cet homme les avait conduites dans un long couloir sombre, puis il avait ouvert une porte et, dans une pièce éclairée, elle avait aperçu plein de filles nues qui se battaient, criaient et piaulaient comme des souris. La porte s'était immédiatement fermée à grand fracas.

L'homme les avait ensuite emmenées dans un couloir éclairé par des lampes à carbure. Il les avait accompagnées jusqu'à une grande porte noire. Il avait tiré une cordelette dorée, à l'intérieur on entendait du tapage. La porte s'était ouverte et Vanda avait aperçu une femme élégante, une Blanche qui semblait très contente de voir Hanuma. Elle l'avait prise dans ses bras et l'avait entraînée à l'intérieur. Alors elle avait aperçu Vanda. Elle avait dit quelque chose à Hanuma dans une langue que Vanda ne comprenait pas. Sa maîtresse avait d'abord contesté puis approuvé. Elle s'était tournée vers Vanda et lui avait dit d'attendre dans le couloir. « Assieds-toi là, je reviens tout de suite ! » lui avait-elle lancé. Vanda s'était assise sur une chaise, la porte s'était refermée et cet horrible bonhomme s'était placé sans bouger à côté de la jeune fille jusqu'à ce que la porte s'ouvre de nouveau. Ça avait duré une éternité. Il était tout le temps resté à ses côtés sans bouger. La jeune fille avait même l'impression qu'il avait arrêté de respirer. De l'intérieur, on entendait des bavardages vifs, puis des ricanements, ensuite de petits cris et des gémissements et quelque chose qui ressemblait à un sanglot et une prière de quelqu'un qui était en grande détresse…

Plus tard, quand elles eurent quitté cette maison bizarre, elle avait demandé à sa maîtresse qui étaient ces filles et pourquoi elles étaient nues, et Hanuma lui avait dit que c'était une sorte d'hôpital pour déficients mentaux. Elles étaient probablement là parce qu'elles attendaient un bain turc, avait-elle menti.

— Aie de la jugeote, jeune fille, cherchait à la persuader la belle Française. Ne fais pas de bêtise car avec ces gens-là on ne doit pas plaisanter. Tu connais certainement Fanica, elle est de ton village. Enfin, elle était… Tu t'en souviens ?

— Fanica Grilova ? (Vanda frissonna.) Bien sûr, je la connais. Elle est de ma famille.

Elle se rappela ce qu'on avait dit au village de cette Fanica, il paraissait que là-bas, au Caire, elle vendait son corps.

— Eh bien, tu vois, Fanica n'est plus.

— Comment ça, elle n'est plus ? Qu'est-ce qu'il lui est arrivé ?

— Ils l'ont amenée, la plus belle des belles, ici, comme toi. Pendant un certain temps, elle a été sage, bien docile, elle faisait tout ce qu'on lui ordonnait, mais par la suite, il y a moins de six mois, elle a volé un client fortuné, le fabricant de yachts Jovan Klarich, et elle s'est enfuie. Elle a réussi à prendre le vapeur, mais une nuit, près des îles grecques, alors qu'un orage se déchaînait, on l'a jetée dans les vagues. Tu vois comment ta compatriote est rentrée au pays.

Vanda fixa le sol, le motif interminable du tapis multicolore, elle resta silencieuse. Ensuite, elle dit dans un souffle à peine perceptible et très gênée :

— Mais moi je n'ai encore jamais connu d'homme.

La Française éclata de rire tant sa déclaration lui parut drôle. Quand elle eut fini de rire, elle lui dit d'une voix douce et apaisante :

— Mais personne ne va te forcer. Tant que tu ne diras pas toi-même oui, ils te laisseront tranquille. C'est seulement quand tu voudras et que, n'oublie pas, tu auras toi-même choisi l'homme que ça se produira. Tu m'as comprise ? C'est une maison distinguée et, ici, avec nous, les belles dames, on agit comme avec des roses odorantes. Prudemment et tendrement.

La jeune fille la regarda étonnée et dit :

— Mais on m'a dit qu'ils déshabillent d'abord les femmes, qu'ils les fouettent, qu'ensuite ils les enferment dans une cave, sans eau et sans nourriture, et que quand elles sont complètement détruites, ils les remontent et les…

— Ah, bêtises ! Enfin peut-être que ça aussi, ça arrive. Mais pas dans cette maison. Certainement pas ici ! Maintenant, ma belle Vanda, je dois partir. Écoute-moi bien. On va présentement t'emmener dans ta chambre.

J'ai dit ta chambre. Là, tu auras tout ce dont tu as besoin. Une domestique aussi. Et n'oublie pas. Si tu es maligne, si tu ne renâcles pas comme une ânesse sauvage, ça ira bien pour toi et comme je te l'ai dit, avec les années, tu amasseras tant d'or que tu pourras rentrer à Trieste sur ton yacht et avec ta Rolls-Royce. Tu m'as comprise ?

La jeune fille acquiesça. La Française se leva, frappa dans ses mains et la porte de l'armoire noire s'ouvrit. Elle sortit et une jeune et très belle Nubienne entra. Par geste, elle signifia à la jeune fille apeurée qu'elle devait l'accompagner. Vanda la suivit, soumise comme un agneau. Elles quittèrent la pièce où la Française l'avait encouragée, elles traversèrent un grand salon, ensuite la Nubienne l'entraîna dans un escalier puis jusqu'au bout d'un couloir. Là, elle ouvrit la porte à l'aide d'une clef et l'invita en souriant à entrer. Son chaperon écarta les bras, lui signifiant par ce geste que c'était sa chambre, que tout était à elle et qu'elle devait se sentir comme chez elle. Ensuite, elle lui montra la cordelette en soie, la tira, ce qui provoqua un tintement dans la pièce voisine. Elle se montra du doigt et Vanda comprit qu'avec cette sonnette elle pouvait l'appeler. Elle comprit aussi qu'elle était sa domestique. La Nubienne se désigna et dit en souriant :

— Soraya !

Donc elle s'appelle Soraya, se dit Vanda. Et elle se montra en disant :

— Moi je suis Vanda.

La jeune fille noire se mit à rire, s'inclina et sortit de la chambre. Elle ferma la porte et Vanda entendit crisser la serrure. Donc je suis enfermée, je suis prisonnière. Elle tremblait.

La chambre ressemblait à la précédente, sauf qu'il n'y avait pas d'armoire. Il n'y avait pas non plus de narguilé. Mais elle était belle, lit à baldaquin somptueux, petite table en albâtre, chaise capitonnée sans accoudoirs à côté d'elle. Au mur, derrière la petite table, était accroché un grand miroir dans un cadre doré. Trois belles petites boîtes et plein de fioles diverses étincelaient sur la table.

Vanda se précipita à la fenêtre. Elle n'était pas grillagée mais elle ne s'ouvrait pas. Elle regarda les buissons d'ornement au-delà des arbres. Au-dessus de hauts palmiers, le ciel s'assombrissait visiblement. Il se chargeait et, de minute en minute, devenait d'un noir violacé. À cet instant, le visage préoccupé du marchand Ali Bahri apparut devant ses yeux. Il avait raison ! Le khamsin ! Jésus, il m'avait avertie. Il m'a dit, mauvaise journée, faites attention à vous ! Et moi ? Moi, je me suis dit : ses os sont vieux, il a mal aux muscles… le soleil brille, je me suis aveuglée ! Ô mon Dieu, pourquoi je ne l'ai pas écouté ? Qu'est-ce qui va m'arriver maintenant ? Même si je m'enfuis… Notre Fanica a fini dans la mer…

Le vent de sable s'approchait vite. Le ciel s'assombrit, devint noir et menaçant. Les vitres crépitèrent, gémirent ; les afrits et tous les autres esprits du sable et les démons meuglaient, mugissaient et se précipitaient furieusement sur la ville.

Vanda s'affaissa sur le tapis et versa des larmes amères. Elle se roula en boule, se tassa sur elle-même. Le poids énorme qui jusqu'à présent était suspendu au-dessus d'elle par un fil invisible tombait maintenant et lui coupait le souffle.

*

Marija Pušpanova arriva essoufflée près d'Ana, elle lui dit que leur *capo* Salvatore Scarozza s'était soudain écroulé.

— Il est allongé dans le couloir devant son bureau, il a de l'écume à la bouche, il roule des yeux et il tremble ! annonça-t-elle en vitesse.

Immédiatement, elles descendirent. Une dizaine de personnes s'était entretemps assemblée autour du malheureux. Quelqu'un avait appelé un médecin par téléphone et, pour le moment, tout le monde attendait. Les uns proposaient de transporter Scarozza sur son lit, les autres affirmaient qu'il ne fallait pas le déplacer. Le petit Miki, le fils de Saïd, l'ouvrier de l'hôtel, qui aimait beaucoup le chef du personnel était accroupi près de lui et, avec une serviette, il essuyait l'écume de sa bouche en pleurant et en appelant : « Monsieur Salvatore ! Monsieur Salvatore ! »

À son arrivée, le médecin chassa les curieux. Il procéda aux premiers soins, ensuite on plaça le malheureux sur une civière et on le descendit. Le jour même, ils apprirent que leur chef était mort.

Immédiatement après l'enterrement, Ana fut convoquée chez le directeur de l'hôtel. Juan Carlos fut avec elle d'une gentillesse extraordinaire. Il lui dit que la perte de Salvatore Scarozza était un rude coup pour un hôtel en vue et qu'il devait tout de suite désigner son successeur ; donc quelqu'un qui serait au moins aussi sûr que le défunt. Ensuite, il lui dit que M. Salvatore Scarozza avait une extraordinairement bonne opinion d'elle, Ana Ceričeva.

— Quand je lui ai demandé qui il proposerait pour le remplacer – bien sûr, nous ne parlions pas de l'éventualité de sa mort mais d'un remplacement au cas où il devrait par exemple voyager ou s'il était malade quelques jours –, il a dit que vous étiez la seule personne de l'hôtel assez sérieuse et capable de le remplacer. Donc, maintenant que M. Salvatore Scarozza est parti au pays des ombres, je vous demande de prendre son poste. J'espère que vous accepterez mon offre.

Ana acquiesça et lui continua :

— Venez chez moi cet après-midi pour que nous fassions les formalités et que vous preniez officiellement les clefs, les documents et tout le reste.

Ensuite il se leva, la félicita pour sa promotion et lui serra amicalement la main. Alors qu'elle s'éloignait, il lui dit :

— Pour autant que je sache, vous parlez français, anglais, grec et aussi arabe, n'est-ce pas ?

Ana, qui venait juste de discuter avec lui en français, lui répondit qu'elle maîtrisait assez bien ces langues et qu'elle savait aussi un peu l'allemand.

— Chez nous, il y a peu d'Allemands mais on ne sait jamais. J'en prends note aussi, bien sûr, dit le directeur, une expression de satisfaction sur le visage.

En sortant du bureau, elle avait la tête qui tournait. Elle se mit immédiatement à la recherche de Marija Pušpanova pour lui dire que maintenant elle était *capo* de tous les valets de l'hôtel. Marija resta sans voix :

— Jésus, ah oui ?

— Tu ne t'attendais sûrement pas à ce qu'il me choisisse, moi, dit Ana.

— Ce n'est pas ce que je pensais. Mais tu es une femme…

— Oui, et alors ? Tu penses que je ne serai pas capable ? Rien que parce que je suis une femme ?

— Non, je ne dis pas ça, mais…

— Marija, ce n'est pas bien qu'une des tiennes, une Goricienne, devienne *capo* ?

— Évidemment c'est bien. C'est vrai que tout le monde nous respecte et nous aime. Nous sommes sages, travailleuses, honnêtes, propres…

— Oui, et bonne à tout faire, n'est-ce pas ? À essuyer la poussière aussi… dit Ana.

Marija ne comprit pas ce qu'elle voulait dire avec la poussière. Mais elle acquiesça et confirma avec force :

— Depuis toutes ces années que je suis en Égypte, je n'ai jamais entendu un vilain mot sur nous, les Slovènes. On est les plus recherchées. Tout le monde nous veut. Et on est aussi les mieux payées, n'est-ce pas ?

— Et toi, Marija ? Tu sais que ton bon ami, Tone Vranov, m'a écrit ; il me demande si c'est vrai que tu as quelqu'un d'autre. Il a écrit : « Un Noir, paraît-il. » Dis, qu'est-ce que je dois lui répondre ? Moi je pense que ce serait bien et honnête de ta part de lui dire la vérité. Si tu es tout à fait décidée, bien sûr. Maintenant Ali Ibrahim et toi, vous êtes ensemble publiquement, vous ne vous cachez plus. Donc, règle cette affaire pour qu'il n'y ait pas de problème ensuite.

Marija baissa les yeux, elle était rouge comme une tomate. Ana était surprise, d'où lui venaient soudain sa détermination et son intrusion dans les affaires tout à fait personnelles des autres ? Elle eut honte quand elle se rendit compte de ce qu'elle faisait. Elle se dit qu'à peine était-elle devenue *capo* qu'elle se comportait comme un policier, *ma*, pire encore, comme un curé. Elle adoucit sa voix comme pour s'excuser.

— Marija, excuse-moi. Je te comprends. Jésus, je suis vraiment gênée. Allons, viens dans ma chambre. On est en train de parler dans un couloir de choses qui ne sont vraiment pas pour l'espace public.

Marija était vexée mais elle la suivit tout de même. Quand elle se retrouva dans la chambre d'Ana, sa vexation se transforma en larmes et elle vomit presque ses mots :

— Bon, je ne sais pas ce qui m'arrive. Je suis tombée dans ce chaudron, dans ce brasier, je suis tombée dedans et maintenant je ne peux plus m'en sortir. Plus je me débats, plus j'essaie d'en sortir, plus je m'enfonce profondément. Jésus, dis-moi, qu'est-ce que je peux faire ?

— La dernière fois, tu m'as dit que tu étais amoureuse. Bien sûr, ça arrive aussi. Mais est-ce que c'est vraiment de l'amour ? Il n'y a pas autre chose ? Est-ce que ce n'est pas juste une passion, une passion chaude et insensée ?

— Qu'est-ce que j'en sais, Ana ? Un jour, j'ai l'impression que c'est seulement une passion, le lendemain je suis malade d'envie de lui et je me fiche complètement du reste. Si je ne le vois pas pendant quelques heures, je suis hors de moi. Je l'aime, terriblement, mais toute ma raison parle contre cet amour. La nuit, elle me chuchote qu'il est noir et que je ne pourrai jamais l'amener chez moi en tant que mari ; et que nos enfants seront noirs, à moitié noirs… Et Ana, ce qui est pire, je ne sais pas si je vais dire ça, c'est que…

— Marija, dis. Tu te sentiras mieux si tu parles. *Alora*, qu'est-ce qui te tracasse ?

— Ana, j'ai l'impression qu'il boit. Il boit du whisky en cachette. Je ne l'ai jamais vu, mais parfois je le sens de sa bouche. Il a probablement pris cette habitude ici, avec les clients. Et il est grossier, très grossier. Pas toujours, mais quelquefois.

— Qu'est-ce que ça veut dire, « grossier » ? Il te bat ?

— Ça non, mais il est autoritaire. Il exige de moi des choses qui me dégoûtent.

— Ah ? Mais ça…

— Oui, *ma* moi je l'aime et je ne peux pas lui résister.

Elles se turent. Au bout d'un moment, Ana dit :

— Marija, réfléchis bien ! Puisque tu n'as pas encore d'enfant avec lui, tu peux encore reculer.

— C'est justement le problème, bredouilla Marija, je suis…

— *Kristus*, tu n'es quand même pas enceinte ? blêmit Ana.

— Si. De trois mois. Mais je le cache…

— Oh mon Dieu ! Oui, si c'est comme ça, alors tu n'as plus le choix. Marie-toi. Qu'est-ce qu'il est, musulman ?

— Oui.

— Et ?

— J'ai parlé à pater Anastazij. Il a dit qu'il est trop tard pour sonner le tocsin. Et il a dit aussi : « Si c'est comme ça, si tu l'aimes vraiment et si vous avez fait un enfant, vous devez vous marier. Moi, je peux vous bénir si lui n'exige pas de toi que tu deviennes musulmane. Mais est-ce qu'il l'exige ? » Je lui ai dit que ça lui était égal.

— Alors, faites-le au plus vite. Mais le travail, ton emploi ? Je doute qu'on te garde dans cet hôtel si tu es enceinte. Je parlerai au directeur. *Ma* autant que je sache, jusqu'à présent, ils ont congédié toutes celles qui…

Elle s'arrêta net et Marija compléta, une grande amertume dans la voix :

— Qui ont fauté, n'est-ce pas ?

Ana acquiesça en silence et eut soudain terriblement pitié de Marija. Elle la prit dans ses bras, la serra contre elle, Marija se mit à sangloter.

— *Kristus*, et il fallait que ça t'arrive à toi ! Justement à toi !

Elles se réconfortèrent ainsi, ensuite elles se quittèrent après avoir décidé qu'Ana parlerait au directeur et à Ali Ibrahim.

Elle tint sa promesse et intercéda pour sa compatriote auprès de Juan Carlos. Le directeur fronça les sourcils et dit avec mauvaise humeur :

— On ne peut pas accepter de femmes de chambre enceintes. Bien, qu'elle reste un mois, mais pas plus !

— Et son... enfin Ali Ibrahim ?

— Avec lui, pas de souci. Tant qu'il ne pose pas de problème, sa vie personnelle ne m'intéresse pas, dit-il et il la congédia.

C'est ainsi que commença pour Marija Pušpanova une période très, très difficile. Ana pensait beaucoup à elle et finalement elle se dit que Marija était une femme forte et courageuse et qu'elle s'en tirerait. C'est ainsi qu'elle se rassérénait. Aussi parce que, maintenant qu'elle était devenue chef de tous les domestiques, elle avait beaucoup de soucis et de travail.

Bien sûr, en même temps que sa promotion, elle récoltait les chardons. C'étaient les remarques de ses compatriotes qui exprimaient leur jalousie. Quand elle la rencontra place du Caire, Jožefa Čukcova lui dit :

— Ana, que vas-tu faire de tout cet argent ? Maintenant que tu vas être plus riche que Franka Dickinson. Fais attention, l'argent c'est comme le haschich. Il te grise, il te tourne la tête et, sans savoir comment, tu te retrouves par terre...

Ana lui répondit avec les mots que Štefan Pevec répétait sans cesse au village. Lui savait bien ce que faisait l'argent. Sa femme Lenca continuait d'aller en Égypte et ils avaient toujours moins et toujours plus de dettes. Elle dit :

— Eh, Jožefa, ne t'en fais pas, tu sais ce que disaient toutes celles qui sont revenues d'Égypte ? Elles disaient : *Moneta di Edžito non da profitto !* C'est bien ça ? Sinon, cite-m'en seulement une qui a, de façon honnête, acheté un château ou une grande maison à Gorica avec l'argent et qu'on a dû ensuite appeler Madame la comtesse !

Jožefa qui travaillait comme bonne d'enfants chez un diplomate français, Claude Gouard, et qui, pour son travail, gagnait beaucoup plus que ses compatriotes, dut reconnaître qu'Ana avait raison. Avec les livres sterling, on pouvait en effet solder ses dettes, réparer le toit de la maison, ajouter un bâtiment, acheter un champ, un petit champ, mais à la vérité, on ne pouvait pas devenir riche. Il y avait des exceptions, disons ces chanceuses qui réussissaient à être nourrices ou bonnes d'enfants à la cour, chez les princes ou même chez les épouses du roi. Ou celles qui épousaient un veuf plus riche voire très riche ; un juriste, un médecin, un banquier, un commerçant… ou qui s'enrichissaient d'une autre façon. Mais il y avait peu de cas de ce genre. Toutes les autres trimaient sans fin, elles gagnaient dix fois plus qu'à Videm, Gorica, Trieste… mais elles restaient pauvres quand même.

— Je pense que tu as tout à fait raison, finit par dire Jožefa et pour corriger l'impression qu'elle avait faite avec son attaque, elle dit à Ana comment Milka Gašperjeva était repartie.

Elle lui raconta l'histoire quand elles se furent assises à une petite table du café Pastroudis pour siroter une tisane de mélisse.

— Tu sais que Milka Gašperjeva a travaillé au Caire une quinzaine d'années en tout. Elle a été tout ce qu'on peut imaginer : aide de cuisine, bonne d'enfants, femme de chambre, habilleuse, dame de compagnie et je ne sais quoi encore. Ensuite, elle a écrit à sa sœur qu'elle revenait. « Pour toujours », a-t-elle écrit. Cette sœur, Cilka, tu la connais, est venue l'attendre à Trieste, mais elle n'était pas dans le vapeur comme elle l'avait dit, *té*, comme elle l'avait écrit. Elle est arrivée avec un autre, deux mois plus tard. Et maintenant, écoute, Ana ! C'est Cilka elle-même qui me l'a raconté. Elle a dit que deux taxis qui venaient de Trieste s'étaient arrêtés devant leur maison. Dans l'un était assise sa sœur, Milka, et dans l'autre, personne. Elle a dit que, dans l'autre taxi, il y avait une tripotée de saints. Imagine, un taxi plein d'images de saints ! Et elle, Milka, elle sort du taxi comme une vraie dame ; un grand chapeau cloche, un manteau à col d'hermine, des escarpins distingués, des bagues aux doigts, des bracelets et des colliers, un sac en crocodile… Cilka était bouche bée, elle ne pouvait croire que sa sœur s'était tellement enrichie. Mais ensuite, ça a été la douche froide, glacée même. Quand il a fallu payer les deux taxis, Milka n'avait même pas de sous pour la moitié du prix, c'est elle, Cilka, qui a dû lui prêter de l'argent. Eh, tu penses ! Elle a dit que ça s'était passé il y a deux ans et qu'elle lui devait toujours l'argent. Tout ce qu'elle avait gagné, elle l'avait, paraît-il, donné aux nonnes et ensuite pour ces images religieuses. Maintenant, elle a dit, elles sont accrochées sur tous les murs de la maison, même dans le couloir et certaines dans le grenier.

« Tu vois, c'est comme ça. C'est vraiment comme ça. Aussi ne m'en veux pas parce que je t'ai picotée sur la place. Je sais comment ça se passe avec les sous.

*

Pierre apporta à Merica un bouquet de minuscules fleurs bleu ciel. Qui ressemblaient à du myosotis. Il les posa sur la petite table et voulut immédiatement se retirer, mais Merica le retint. Elle dit :

— Pierre, pourquoi m'apportez-vous des fleurs ? Ce n'est ni ma fête ni mon anniversaire. Je vous en prie, portez-les à Mlle Kelly, ça lui fera plaisir. Ou donnez-les à votre sœur.

Pierre s'excusa :

— Une vendeuse de fleurs me les a données au café Al Aktar. Elles sont si mignonnes que je n'ai pas pu refuser. Et j'ai pensé à vous, à vos yeux, et, comme vous le voyez, j'ai été hardi, je vous les ai apportées…

— Pierre, je vous en prie, ne m'apportez plus de cadeaux !

Juste à ce moment-là, Kelly entra, toute guillerette, dans la pièce. Quand elle aperçut le bouquet, elle battit des mains, rayonnante :

— Ouah, les belles petites fleurs ! Pierre, c'est pour moi ?

Elle savait évidemment à qui les fleurs étaient destinées mais elle faisait l'idiote. Merica profita de l'occasion et lui dit immédiatement que les fleurs étaient en effet pour elle, Kelly, et qu'elle n'avait qu'à les emporter.

— Mets-les tout de suite dans l'eau ! ajouta-t-elle.

Kelly s'arrêta un instant, ensuite elle prit le bouquet avec coquetterie et embrassa son oncle. De façon hypocrite, elle gazouilla :

— Merci beaucoup, Pierre ! Je ne savais pas que tu avais un aussi bon goût pour les fleurs. Minuscules, douces, modestes, mignonnes. Elles sont divines !

Et elle les emporta. Du couloir, elle s'écria :

— Mary, je vais les mettre dans l'eau. Ne t'inquiète pas !

Pierre, au milieu de la pièce, était visiblement chagriné.

— De si belles fleurs… bredouilla-t-il.

Il fit pitié à Merica. Mais elle en avait tout le temps pitié. Le malheureux était amoureux d'elle et elle ne savait, du moins c'est ce que sa raison lui disait, elle ne savait que faire de cet amour. Elle était très ennuyée, très embarrassée. Cependant, c'était probablement de la vanité féminine, ça lui faisait plaisir qu'un monsieur d'un rang aussi élevé s'intéresse à elle. Pierre, c'est-à-dire Pitr ; un riche homme d'affaires, un homme dont la famille portait déjà au Moyen Âge le titre de lord. Ça lui faisait plaisir même si, pour rien au monde, elle ne l'aurait avoué. Pour rien au monde ! Mais quand il n'était pas là pendant quelque temps, par exemple, quand il était absent une quinzaine de jours – parti en voyage d'affaires –, il lui manquait, elle demandait prudemment à Shadia quand reviendrait M. Pierre. Shadia était une fille perspicace et, bien sûr, elle avait rapidement senti ce qui se cachait derrière cette question et elle lui disait :

— Meriah, ne vous chagrinez pas. Pierre réapparaîtra à la nouvelle lune. Et ce sera bientôt.

— Oh, Shadia, mais je ne pensais pas… bégayait Merica en rougissant.

À sa grande confusion, le souvenir de la promenade dans la ville touristique de Deauville se réveillait en elle. En effet, ils venaient justement de rentrer d'un périple dans les stations estivales. Ils avaient également visité Trouville et Neuville-lès-Dieppe. À Deauville, Pierre s'était joint à eux de façon inattendue. Il était arrivé un après-midi. Personne n'avait parlé de lui, personne ne savait qu'il allait venir. Mme Therese était même fâchée parce qu'il les avait surpris et leur avait donné du souci. La difficulté tenait au fait que toutes les chambres de la station étaient occupées et ce fut un gros problème de savoir où l'installer. Par chance, ils lui avaient trouvé un logement.

Et ensuite avait eu lieu cette promenade qui faisait encore frissonner Merica maintenant. Le jour était ensoleillé, mais agréablement froid. En comparaison avec Alexandrie à cette époque de l'année, Deauville était un véritable soulagement. Merica avait placé Thomas dans sa voiture et se rendait avec lui pour une balade dans le parc. Pendant un certain temps, le petit babilla joyeusement, ensuite le roulement de la voiture l'apaisa et finalement il s'assoupit. Juste au moment où elle le couvrait et s'asseyait sur un banc avec l'intention de lire tranquillement les contes de Janez Rožencvet, Pierre arriva tout gai. Appuyé sur une canne en ébène à poignée d'argent, il s'approcha d'un pas qui trahissait l'aggravation de l'état de sa jambe, disons de sa hanche. Il boitait beaucoup.

— Mary, est-ce que je peux me joindre à vous ?

Il était extraordinairement poli.

— C'est déjà fait, avait dit Merica. Nous n'allons certainement pas vous chasser maintenant.

— Je vous ai dérangés, n'est-ce pas. Tout le monde, pas seulement vous, chère Mary. Je regrette vraiment. Mais j'avais ici tout près une réunion d'affaires et je me suis demandé pourquoi, moi aussi, je ne m'offrirais pas un peu de repos. À part ça, vous voyez, j'ai de nouveau de gros problèmes avec ma jambe…

— Ça vous fait très mal ? s'inquiéta Merica.

— C'est infernal. J'ai consulté un spécialiste parisien de la hanche. Il était loin d'être satisfait. L'inflammation s'est aggravée et maintenant je ne sais pas comment ça ira. Les anciens médicaments ne m'aident plus, et les nouveaux pas encore, se plaignit-il.

— Vous avez ça de naissance ? s'intéressa Merica.

— Je suis né comme ça, oui. Un défaut, paraît-il, en fait une malformation…

— Chacun porte la croix, dit-elle. Tout le monde a la sienne.

— Oh, Mary ! s'anima soudain Pierre. Je me suis souvenu d'un poème qui parle de ça. Puis-je vous le dire ?

— De quoi parle ce poème ?

— De la croix, enfin, des croix qu'on porte tous. Puis-je vous le dire ?

— Bien sûr. J'écoute.

— Il peut se chanter, mais moi je n'ai pas d'oreille, je vais donc vous le réciter. Vous parlez italien, n'est-ce pas ?

Jusqu'alors, ils avaient conversé en français, parce que Pierre savait que Merica voulait progresser dans cette langue.

— Donc écoutez :

Vidi un uomo giulivo nel volto
In mantello di seta ravvolto,
E gli dissi : A te solo o fratello
Questa vita è cosparsa di fior ?
Non rispose, ma aperse il mantello :
La sua croce l'aveva nel cuor[7] *!*

7 «J'ai vu un homme content / Emmitouflé dans un manteau de soie / Et je lui ai dit: Pour toi seul, mon frère / Est-ce que cette vie est parsemée de fleurs ? / Il n'a rien répondu, il a ouvert son manteau / Il avait une croix sur son cœur !»

Le poème fit mal à Merica. Elle comprenait qui était l'homme en manteau de soie qui portait sa croix sur son cœur. Elle resta silencieuse et lui aussi pendant un bon moment. Ensuite Merica dit à voix très basse :

— Moi, si je le pouvais, Pierre, je vous retirerais cette croix…

Et de nouveau elle eut de la compassion pour lui.

De la compassion ! Combien de fois auparavant avait-elle été en colère contre elle-même pour cette raison, elle aurait tout donné pour en être débarrassée. Mais c'était impossible. La compassion associée à la sympathie la ligotaient et la laissaient sans force. À chaque fois qu'elle était confrontée à la douleur et la gêne de l'autre, elle était prête à tout lui donner pour le consoler, pour soulager son chagrin. Si parfois elle était plus ferme, plus juste aussi, et que son cœur s'était endurci un instant, si elle disait quelques paroles dures, elle était submergée par le remords et elle s'accusait d'avoir été cruelle et d'avoir provoqué une douleur supplémentaire.

Et maintenant se produisait encore une fois ce qu'elle n'aimait pas. Elle avait envie de prendre dans ses bras ce Pierre boiteux, de l'éteindre, de le serrer sur sa poitrine mais, ô mon Dieu, elle savait qu'il comprendrait de travers ce geste de compassion et qu'ensuite elle ne pourrait plus reculer. Déjà elle en avait dit trop, beaucoup trop. Sa voix l'avait trahie ; dans cette voix il y avait tant d'amour que Pierre frissonna et se retint à grand-peine de la serrer contre lui.

Des gens passaient, personne ne prêtait attention à eux. Ils étaient comme perdus et invisibles. Pierre était assis sur le banc, Merica à ses côtés balançait la voiture d'enfant, même si c'était inutile puisque Thomas dormait. Mais elle balançait quand même la voiture, ensuite elle s'arrêta soudain quand elle se rendit compte qu'elle tentait par ce bercement de consoler le grand enfant qu'était le malheureux Pierre.

Il se produisit alors quelque chose d'insolite. Comme si Pierre avec ses poèmes avait fait venir l'amoureux, un doux chant se fit entendre du balcon d'un hôtel :

La rosa spampanata
Non si richiude più,
Un cuore addolorato
Non si rallegra più.
Ed io t'amai, t'adorai
E t'amo ancora.
Come un agnello docile
Ti seguirà il mio cuor[8]

Merica ne savait pas comment cacher ses larmes. Elle détourna son visage et quand elle fut incapable de se retenir, elle bredouilla qu'elle devait rentrer à l'hôtel et qu'elle était très en retard. Elle tourna la voiture et s'en alla. À peine quelques mètres plus loin, elle se mit à sangloter, les passants, surpris, se retournaient sur elle. Dans son désir de s'éloigner au plus tôt de Pierre et dans son trouble, elle choisit le chemin le plus long. Avant qu'elle passe du parc au sol sableux de l'espace vide devant l'hôtel, Pierre réapparut devant elle ; il avait pris un raccourci, c'est pourquoi il croisait son chemin. Il vit qu'elle pleurait. Les larmes avaient comme pétrifié son visage. Il

8 « La fleur fanée / Jamais plus ne s'ouvre / Un cœur malade / Ne se réjouit plus / Mais moi, je t'ai aimée, adorée / Et je t'aime encore / Comme un agneau docile / Mon cœur te suivra. »

était là, appuyé sur sa précieuse canne, incapable de faire quoi que ce soit ; de faire un pas ou de prononcer un mot.

Elle aussi s'arrêta, mais un instant seulement. Ensuite elle pencha la tête et engagea la voiture sur le sable blanc.

Pendant le déjeuner, tous les deux étaient assez abattus. Therese demanda à son frère ce qui se passait et pourquoi il était si taciturne. Il prétexta des douleurs à la hanche. Bien sûr, sa sœur n'en crut rien. Elle jeta un coup d'œil à Merica et son intuition féminine lui dit qu'il y avait quelque chose entre eux. Tout ça ne lui plaisait pas. Elle avait tenté de parler de cette affaire avec son frère avant de partir en Europe mais il s'était dérobé, c'est pourquoi elle était maintenant décidée à le coincer. Et en effet, après le repas, elle le suivit sur la terrasse, s'assit de telle sorte qu'il ne put s'esquiver et passa immédiatement à l'attaque. Elle dit :

— Cher frère, tout ça ne peut pas finir bien.

C'était pénible pour Pierre, il s'agita, la chaise en toile gémit.

— Et que dois-je faire ? Je suis amoureux de cette femme comme un collégien. Je ne pense qu'à elle, se plaignit-il.

— Pierre, ça ne peut en aucun cas finir bien ! répéta-t-elle. Merica est mariée, elle a un enfant et ce qui est le plus important : elle ne t'aime pas, elle n'est pas amoureuse de toi ! Si elle aussi était amoureuse, alors peut-être. Ça s'est produit chez le Dr Ahmed Abassi. Il en a épousé une, tu le sais. Mais auparavant, sa femme était morte et il était resté seul avec ses deux enfants et cette nounou. Le destin a si bien comploté que ça a pu se faire. Mais cette nounou, je crois qu'elle s'appelle Anne, n'était pas mariée, elle n'avait pas d'enfant. Elle était libre. Mais dans ton cas… Bon, encore une réflexion, très, très importante. Notre famille est depuis longtemps au sommet de l'échelle sociale ; nous sommes pour ainsi dire à la pointe de la pyramide et nous sommes estimés, respectés, influents… et cette femme est d'origine paysanne, de basse classe, toute relation plus sérieuse entre toi et elle serait extrêmement problématique, provocatrice, et aurait certainement pour notre famille une connotation négative, pour ne pas dire des conséquences. Tout le monde en parlerait et…

Il se produisit alors quelque chose d'inattendu. Pierre se leva brusquement, il repoussa la petite table qui se renversa, un verre cassé tinta, puis il donna un furieux coup de canne sur la chaise et s'écria :

— Ne me dis pas ce que je dois faire ! Tu penses que je suis toujours le petit garçon sur qui tu dois veiller en sœur compatissante ? Que sait le cœur ? Dis-moi si le cœur a une raison ? Est-ce que je ne me bats pas avec lui du matin au soir ? Moi, j'affirme quelque chose et lui, tout à fait autre chose !

Il repoussa la table renversée et partit en boitant, heurtant furieusement le sol de sa jambe malade. Sa canne frappait l'allée comme pour clouer les mots prononcés.

Après cet incident désagréable, il eut envie de partir en voyage immédiatement mais quelque chose, malgré lui, le retint. Au coucher du soleil, il se promena sur la côte sableuse et tendit l'oreille au vent, à la mer, et surtout à son cœur agité. Il revint à l'hôtel, abattu, malheureux.

Le dîner, contrairement à son état d'esprit, fut très joyeux et turbulent. Henry Cherington était de belle humeur comme ses filles Kelly et Claire. Oui, Claire, d'habitude silencieuse et absorbée dans ses pensées, plaisanta et rit à n'importe quelle blague, même insipide.

Therese, elle aussi, d'abord réservée, se laissa bientôt prendre à la raillerie et elle attaqua, assez caustique, son mari et même son frère chagrin. Elle lui dit, de façon assez étourdie, qu'il y avait un remède à toute maladie, y compris aux blessures du cœur.

— Oui, les aigrettes de pissenlit ! s'écria Kelly.

— Et pourquoi justement les aigrettes de pissenlit ? s'étonna Claire.

— Eh bien parce que… parce que… bon, quand le vent souffle, il éparpille les graines et de chaque graine naît une nouvelle aigrette et chacune multiplie l'amour et on n'en manquera jamais, dit-elle en souriant.

— N'est-ce pas vrai, Mary ?

Therese s'était tournée vers la nourrice et la regardait avec curiosité.

— Oh maman, tu es méchante ! s'écria Kelly. Ne vois-tu pas que Mary n'est pas une aigrette de pissenlit mais une rose avec des épines dangereuses !

— Les roses, on peut seulement les regarder ; mais si on veut les mettre dans un vase, il faut enfiler des gants et s'armer de cisailles, dit M. Cherington.

Therese jeta un coup d'œil à son frère, elle craignait qu'il ne s'emportât à nouveau. Mais celui-ci, contre toute attente et fort calmement, dit que si les roses sont en effet belles et protégées par leurs épines, il préfère pourtant les iris.

— En outre, toutes les roses ne sentent pas, alors que les iris, sans exception, sont dotés d'une douce odeur spirituelle, ajouta-t-il en allumant une cigarette.

— Une odeur spirituelle, ricana Kelly. Je n'ai jamais rien entendu de pareil. Comment est cette odeur spirituelle ?

Elle se moquait vraiment.

— C'est une odeur que seul l'esprit reconnaît, dit Pierre et il s'étendit confortablement sur sa chaise en soufflant la fumée qui prit la forme du génie de la lampe d'Aladin.

— Ha, ha, l'esprit ! rigola Claire et Therese lui emboîta le pas.

Alors M. Cherington intervint dans la conversation :

— Vous riez comme deux petites dindes – il était un peu fâché. Si vous aviez lu les travaux savants de Carl Gustav Jung, alors vous sauriez que chaque esprit a son odeur. Quand un homme est mortellement amoureux de quelqu'un, il est amoureux de l'odeur de son âme, exposa-t-il, il la reconnaît, pas celle du présent, mais celle du passé ou de ses vies antérieures.

C'était dit si curieusement, si doctement que les femmes se turent. C'est alors que Merica prit la parole. Ce qu'elle dit surprit tout le monde :

— Les iris sentent l'eau. Leur odeur, c'est l'odeur de l'eau.

Elle rougit après avoir parlé. Elle avait parlé malgré elle. Les sons étaient sortis tout seuls, comme si l'idée exprimée ne lui appartenait pas.

— Oh mon Dieu, quelle incroyable sagesse ! ricana Kelly.

Et Claire siffla, sarcastique :

— Qui a déjà entendu dire que l'eau avait une odeur ? L'eau !

Pierre regardait Merica comme s'il avait devant lui une merveille. M. Henry, de ses yeux clairs, la regardait aussi. Il fit un signe de tête, ouvrit la bouche, mais Pierre le devança :

— Les iris exhalent effectivement une odeur d'eau. C'est l'odeur la plus pure du monde. Mary, vous m'avez agréablement surpris !

— Si ces fleurs sentent l'eau, si elles exhalent l'odeur de l'eau, qu'est-ce que je sens moi qui suis aussi une petite fleur ? plaisanta Mme Therese qui se sentait vexée parce que la déclaration d'une femme comme elle, sa nourrice, sa bonne d'enfants, avait éveillé l'intérêt de son mari et encore plus de son frère.

— Ah, toi, tu sens le… la… cherchait Henry.

— L'ortie et la menthe, lança Claire en éclatant de rire.

C'était exprimé de façon si spontanée et si saugrenue que Therese se mit, elle aussi, à rire.

— Pff, ce n'est pas si mal, dit-elle à voix très haute. Les orties ont des vertus curatives et la menthe encore plus, mais les iris, grand Dieu, hein, les iris ? Je n'ai jamais entendu dire qu'elles soigneraient quelque chose.

— En Inde, on jette des fleurs de lys et d'autres fleurs dans le bain des princesses. On croit que ce genre de bains purifie le corps et l'âme, dit Pierre.

— Ah vraiment ? s'étonna Therese.

M. Cherington était sur le point de dire quelque chose de méchant mais il s'arrêta au dernier moment. Il voulait dire qu'on utilise l'ortie et la menthe pour les âmes grossières, pour leur purification. Dieu merci, il ne pipa mot. Therese était déjà assez affectée et furieuse contre son frère et maintenant contre sa nourrice qui faisait la maligne alors qu'elle ne savait pas écrire correctement, peut-être même pas lire. Ce qui bien sûr n'était pas vrai !

Tout le monde sentait que Therese était vexée et fâchée. C'est Pierre qui intervint, il dit d'une voix chaude, affectueuse même :

— Voyons, mes chers ! Ma sœur est comme un parterre de narcisses ; Kelly est du jasmin à l'odeur grisante, Claire, du mimosa greffé sur un hibiscus. Et nous deux,

Henry et moi, l'un est un acacia, l'autre un robinier. Que serions-nous sans vous les fleurs !

Ce qu'il dit et surtout la façon dont il l'avait dit eut un effet extraordinairement bienfaisant. Therese et ses filles étaient mises à l'honneur, seule Merica se sentit idiote et tout à fait inutile dans cette société. Plus encore le sentiment d'être une étrangère la glaça. Elle l'était ! Une autre fois, tais-toi ! se dit-elle en triturant son mouchoir dans sa main en sueur.

— Mary et notre petit Tommy sont comme la violette et le myosotis, dit Pierre alors qu'ils se levaient.

Et tous applaudirent spontanément, même Therese. Merica rougit, elle ne savait que dire ni que faire. Finalement elle déclara :

— C'est vrai que les petits yeux de Tommy ressemblent à du myosotis, monsieur Pierre.

Et tous partirent rassérénés.

Après le dîner, Pierre Annwin et Henry Cherington allèrent faire une courte promenade. Il y avait beaucoup de vent et il faisait froid, c'est pourquoi ils étaient emmitouflés dans leur mackintosh et devaient parler assez fort pour s'entendre.

— Pierre, as-tu lu *Le Figaro* aujourd'hui ? Je te dis franchement que je suis très préoccupé par ce qui se passe en Allemagne.

— Le monstre blessé à mort se remet, il se relève et il gronde. Ça ne donnera rien de bon, mon cher Henry.

— J'ai un mauvais pressentiment, très mauvais.

— Et encore une fois, on ne va rien faire pour neutraliser la bête sauvage au moment où elle est encore faible, fit remarquer Pierre.

— Mais que devons-nous faire, mon cher? Que pouvons-nous faire ?

— La fermeté au bon moment peut empêcher la catastrophe. Mais tout atermoiement, tout ménagement, alors qu'on sait pertinemment comment les événements se dérouleront à l'avenir, est une faute impardonnable. Nous le paierons de notre sang, nous tous.

Pierre était en colère.

— Personne n'est capable à cent pour cent, je veux dire infailliblement, de prévoir l'avenir !

— Prendre des précautions, dans ce cas intervenir au bon moment, ce serait ça, la sagesse. Évidemment, on n'est pas sages. On est lâches, s'obstina Pierre.

— Et nous, que pouvons-nous faire ? Tu es commerçant, moi banquier. Nous ne sommes ni des politiques ni des militaires. Nous ferons des profits, bien sûr, si nous sommes assez habiles et si nous avons une once de chance, n'est-ce pas ? commenta cyniquement Henry.

Ils se turent ensuite, chacun plongé dans ses soucis. Henry surtout dans ses capitaux, Pierre plus préoccupé par ses amours que par sa fortune. Pendant cette conversation avec Henry, Merica continuait de se glisser dans sa conscience ; pendant leurs moments de silence, il ne pensait qu'à elle. Il se demandait d'où, chez cette femme simple et sans instruction, venait un tel savoir sur les mystères de la vie. L'expression de son visage quand elle avait parlé de l'odeur de l'eau l'avait troublé jusqu'à la douleur. Quelle grâce, quelle beauté délicatement réservée ! Une beauté qui n'est pas de ce monde et qui, pour cette raison, nous touche plus que tout. Son contact provoque des orages dans nos cœurs et nos âmes.

Sur ces pensées, il prit congé de Henry et se dirigea lentement vers sa chambre. Une violette, oui. Une magnifique violette, extraordinairement belle, il pleurait sur lui.

Inaccessible, insaisissable…

*

Sœur Elizabeta dit à Ana que Vanda avait disparu sans laisser de traces.

— Comment ça, disparu ? s'effraya Ana.

— Comme beaucoup d'autres, dit Elizabeta avec une étrange résignation à la fatalité. Elles disparaissent. Les sables mouvants les engloutissent. Et aucun Dieu ne peut plus les retrouver.

— Vous voulez dire qu'elle est dans un bordel ? demanda Ana.

— Peut-être dans un harem. Le harem, c'est toujours mieux que le bordel, espéra la sœur.

— Qu'est-ce qu'on doit faire ?

— Quand on a su qu'elle avait disparu, on a appelé un ami, à la police. Un Slovène, il s'appelle Matija Blažič et c'est le fils d'une de nos nourrices qui est arrivée en Égypte au siècle précédent. Il nous a déjà pas mal aidées. Enfin, aidées, façon de parler. Ils résolvent un cas sur dix, au plus.

— Jésus, pauvre Vanda ! Et sa patronne, elle ne sait rien ?

— Évidemment non. Ou bien elle ne sait pas, ou bien elle fait semblant. Ça ne nous avait déjà pas beaucoup plu quand elle s'était entichée de la fille. Il aurait mieux valu que le commerçant Abdel Malek Nasif la prenne comme bonne d'enfants comme convenu. Mais elle lui avait semblé trop jeune. Et maintenant elle a disparu.

— Est-ce que je peux faire quelque chose ? demanda Ana.

— Tu peux peut-être faire quelque chose. Avant toi, une Elena Cassol travaillait à l'hôtel. Elle a été licenciée car, tu le sais, elle est très malade. Son frère Claudio est au courant de tout ce qui se passe dans les bas-fonds d'Alexandrie. Il paraît qu'il est membre d'une ligue ritale, enfin, une mafia… Si lui s'en occupait, s'il se renseignait, peut-être qu'on pourrait sauver Vanda.

— Elena Cassol ? Quand elle est tombée malade et qu'on l'a renvoyée, c'est moi qui ai pris sa place. Elle est peut-être en colère contre moi. Je ne sais pas. Je vais essayer, dit Ana.

Elles étaient assises dans la réception de l'asile. Katica passa devant elles, elle parlait toute seule d'une voix larmoyante :

— Tant que j'ai pu leur envoyer des sous, tout allait bien. Ils ont payé leurs dettes, rénové la maison, construit une écurie, ils ont acheté les trois meilleurs champs…

Elle s'éloigna dans le jardin et sa voix plaintive se perdit.

— Tu vois, Ana, tout est plein de malheurs. Mais on priera pour le salut de Vanda. Ici, chez nous, il y en a eu une autre qui a perdu la tête. Elle s'appelait aussi Vanda. C'est vrai, elle aussi, c'était une Vanda ! Elle a perdu la tête, là-bas, dans un bordel, alors ils l'ont jetée à la rue, et elle est restée un moment chez nous. Les autorités de Gorica ne voulaient pas l'accueillir. Elles nous ont écrit que, des fous, ils en avaient déjà plus que trop. Alors la pauvre a continué d'aller au port et de tenter de monter dans les vapeurs qui partent à Trieste. Comme cette Katica. Elle a continué à faire la même chose, elle voulait à tout prix rentrer… on ne pouvait pas lui dire qu'il n'y avait pas de solution pour elle. Mais une nuit, au port, devant les marins qui se moquaient d'elle cruellement, elle s'est arrosée de pétrole et s'est transformée en torche. La malheureuse. Après sa mort, son âme est rentrée au pays. Certainement. Elle s'est envolée, comme une hirondelle.

« Tu vois comment a fini cette Vanda. Elle était arrivée au Caire en 1903, je crois, elle est morte par le feu un peu avant la guerre. Ensuite, on l'a enterrée dans le cimetière latin, notre terre sainte...

Cette histoire ébranla fortement Ana et, le jour suivant, elle se rendit chez Elena Cassol. Elle la trouva dans une chambre humide, dans le quartier arabe de la ville, dans une rue qui puait la pisse, les moutons, les chèvres et les chameaux.

Quand Ana avait fait connaissance d'Elena à l'hôtel Cecil, cette dernière avait encore des forces ; aujourd'hui, elle ressemblait plus à un cadavre qu'à une vivante. Elle avait de la fièvre, elle était livide et quand Ana voulut lui expliquer pourquoi elle était venue, la malade mélangea tout et dit à Ana que son frère Claudio était mort depuis longtemps ; il était mort quand elle avait à peine un mois. Et si elle cherchait une Vanda qui avait disparu, elle la trouverait certainement dans les caves de l'hôtel. Et le mieux serait qu'elle aille chez le Sicilien Salvadore Scarozza pour lui demander de l'aide ; le rusé Salvatore a toutes les informations sur les disparus, les filles comme les garçons. Miki, le fils de Saïd, un homme fort et travailleur, avait aussi disparu, paraît-il... Elle aussi allait disparaître. On était en train de faire des plans, des plans retors pour la capturer et l'envoyer dans un bordel à Shufat el Baharan.

Ana laissa délirer Elena et, abattue, rejoignit la première rue fréquentée. Là, elle arrêta un fiacre et rentra à l'hôtel.

Marija Pušpanova, qui à présent n'était plus femme de chambre, l'attendait à la réception. Elle avait épousé Ali Ibrahim et déménagé chez lui, dans un logement misérable près des entrepôts du port. La dernière fois qu'elles s'étaient vues, Marija était très avancée dans sa grossesse, Ana remarqua immédiatement qu'elle avait accouché.

— Donc, tu es maman ? demanda-t-elle à son amie.

Celle-ci acquiesça et dit qu'elle avait un fils, Omar.

— Quelque chose ne va pas, hein ? demanda Ana en l'invitant dans sa chambre.

Marija baissa la tête et dit :

— Tout va de travers, Ana. Tout.

Quand elles se furent assises, Ana lui offrit un petit verre de *žganje* qu'elle but d'un trait.

— Je travaille à l'*Hôpital Européen**, dit-elle. Je suis bonne à tout faire.

— Qu'est-ce que ça signifie, bonne à tout faire ?

— Les pires travaux. Les pots de nuit de pisse, de merde, la toilette des malades affreusement puants, qui ne peuvent même pas bouger, j'enlève les pansements purulents, je vide les crachoirs. Donc, tu vois, je fais tout. Pour survivre.

— Et Ali Ibrahim ? Il est bon avec toi ?

— S'il était bon avec moi, je n'aurais pas besoin de vider les pissadous, dit-elle amère.

Au bout d'un certain temps, elle ajouta :

— Il boit.

— Mais ça, tu l'avais déjà remarqué ici à l'hôtel...

— Je ne l'avais jamais vu vraiment saoul. Je pensais qu'il buvait un petit verre comme ça en cachette. Mais ça a commencé juste après le mariage.

— Mais, est-ce qu'il te bat ?

— Ça non. Mais il m'enguirlande, il m'insulte et il n'arrête pas de me demander de l'argent !

— Oh mon Dieu ! gémit Ana.

— Mais quoi, c'est ma faute. Car je savais, non, je ne savais pas vraiment, mais je sentais que ça n'irait pas.

— Je peux lui dire quelque chose ?

— Non ! Surtout pas ! Si tu lui dis quelque chose, il me battra certainement. Tu sais, il est terriblement jaloux. Désespérément.

— Jésus, dans quoi tu t'es fourrée ! Et maintenant ?

— Excuse-moi, je ne suis pas venue chialer. Pas du tout. Ce que j'ai cuisiné, je vais le manger. *Ma* écoute, une femme de ton village est en train de mourir là-bas à l'hôpital. Rutka Nemcova.

— Rutka ? Qu'est-ce qu'elle a ?

Ana était effrayée. Rutka était une lointaine parente.

— Le typhus, probablement. Mais l'âge aussi. Elle a beaucoup travaillé. Le Dr Manos dit qu'elle n'en a plus pour longtemps. Rutka m'a demandé de venir te chercher. Elle sait qu'elle va mourir. Elle a probablement quelque chose à te dire ou à te donner pour sa famille. Viens demain après-midi, vers quatre heures. Tu viendras ?

Ana acquiesça.

— J'ai été chez Elena... dit-elle.

— Je sais, je sais. Moi aussi, je lui ai rendu visite la semaine dernière. La pauvre, elle va mourir. Elle était si belle et si pleine de vie et toujours à plaisanter. *Ma* maintenant on dirait une fleur à moitié morte. Quel coup du destin ! Mais qui sait ce qui nous attend, nous qui sommes maintenant en bonne santé et en forme ?

Le portier Halil accourut, il dit en bafouillant qu'Ana devait aller tout de suite au troisième étage car ils avaient des problèmes avec un Français ivre.

— C'est cet artiste, le peintre Jacques Baruchel, vous savez qu'il fait toujours du grabuge quand il boit, dit-il.

— J'arrive, dit Ana au portier et elle accompagna Marija jusqu'à l'entrée.

Ensuite, elle se dirigea en hâte au troisième étage. De loin, elle entendit une chanson à boire ; elle se demanda pourquoi, quand il appelait pour toujours exiger la même chambre, la n° 35, ils ne refusaient pas ce client qui leur faisait tant de soucis tous les ans. Elle eut des difficultés à convaincre l'artiste qu'il n'était pas dans un chalet ni dans une petite maison quelque part sur la côte méditerranéenne, pas plus que sur les plages sauvages de Normandie, mais à l'hôtel Cecil où les clients voulaient avoir la paix.

Fatiguée, elle retourna dans sa chambre tout en pensant à Rutka et à ce pour quoi elle voulait la voir avant de mourir.

Elle se rappela la deuxième fois que Rutka était revenue au village ; elle était arrivée dans une grande automobile noire, conduite par le chauffeur du prince Abdallah Amin Kalhir chez qui elle était bonne d'enfants. Tous les villageois étaient excités, surtout les enfants qui voyaient une voiture pour la première fois. Ils avaient entendu parler de cette merveille et, aujourd'hui, elle était là, en vrai, devant eux. Ana était encore une gamine à cette époque, elle faisait partie des minots qui criaient en courant pieds nus derrière l'auto et qui s'étaient ensuite rassemblés autour d'elle pour la toucher, s'émerveiller, l'admirer… Elle se souvenait de Rutka, assise à côté du chauffeur qui avait éteint le moteur dans la cour et avait fait le tour de la voiture pour lui ouvrir courtoisement la portière. Quand elle était descendue, tout le monde était éberlué ! Elle était habillée comme les plus riches des damotes de Gorica ; robe en soie, chapeau de paille, plein d'or... Puis deux enfants étaient sortis de l'auto ; une fille noire et un garçon tout aussi noir ; tous les deux étaient habillés comme à la ville bien sûr, pomponnés, parés comme des marionnettes, ils avaient à peu près le même âge qu'eux, les minots, mais ils avaient aux pieds des souliers alors qu'eux, la marmaille du village, étaient tous pieds nus, sales, dépenaillés...

Son mari Jakob avait accouru de la maison, derrière lui sa petite fille, Štefanija, sept ans, et tout de suite après elle, son fils de neuf ans, Berto. Ensuite, dans le souvenir d'Ana, ils s'étaient photographiés devant cette auto. Tous, les minots du village aussi. Cette photo devait toujours être quelque part chez elle. Rutka en avait envoyé du Caire une bonne douzaine ou même plus. Presque tout le monde avait eu la sienne. Ensuite, dans le village, Jakob avait raconté pourquoi sa Rutka était arrivée en automobile. Le dimanche matin, sous les marronniers du terrain de boules, il avait expliqué aux hommes que sa Rutka était bonne d'enfants chez un prince syrien et que toute la famille de ce prince était venue en vacances à Venise. Ils avaient embarqué leur auto sur le vapeur et, bon, maintenant ils voyageaient en voiture dans les environs. Ils avaient été à Milan, Rome, à Genève et ils devaient aller à Vienne. Rutka avait souhaité venir voir Jakob et bien sûr Štefanija et Berto, et elle avait demandé au prince si son chauffeur Suleïman pouvait l'emmener dans son village ; pendant ce temps, les autres avaient visité Venise. Le prince, qui avait sans doute bon cœur, c'était en tout cas un homme noble et cultivé, avait accédé au désir de sa bonne d'enfants et c'est ainsi, *té*, qu'ils étaient arrivés au village. Et que les enfants avaient fait connaissance ; les deux siens et la fille et le fils du prince. Le fils du prince s'appelait Hassan et sa fille, Fatima. Et il avait encore dit tout ce que Rutka avait apporté, et il leur avait fait voir une montre avec une chaîne en or, tout fier parce que c'était un cadeau de Rutka, pour sa fête.

Ana s'en souvenait. Bon, plus tard au village, on avait dit que Rutka ne reviendrait plus parce qu'elle s'était attachée aux deux enfants du prince et qu'elle ne voulait plus entendre parler de son mari ni de ses enfants. Jakob marchait, abattu, dans le village, il attendait sa femme, se languissait... Il allait trimer au port de Trieste. Là-bas, en hiver, avec d'autres hommes, jour et nuit, il déchargeait du ventre des grands vapeurs des sacs d'environ quatre-vingts kilos. En plus de ça, il travaillait la terre et faisait même le menuisier pour les besoins des villageois. Et il s'occupait des enfants puisque sa Rutka n'était pas là. Le soir, alors qu'il était souvent mort de fatigue, il leur donnait le bain, les épouillait, les mettait au lit, les berçait et les cajolait, il leur chantait des berceuses et leur lisait des histoires... Et, jusqu'à sa mort, il conserva dans la poche de sa veste la lettre que lui avait envoyée Rutka, quand elle l'aimait encore. Elle lui avait écrit cette lettre avant son premier retour d'Égypte. Ensuite, elle était repartie là-bas, pour être bonne d'enfants chez le prince Abdallah Amin Kalhir, et après ça elle était revenue dans cette auto noire.

Le Jakob de Rutka était soudain mort avant qu'Ana Ceričeva ne parte en Égypte. Son cœur avait lâché. La mère d'Ana qui était une lointaine tante de Jakob lui avait dit qu'ils avaient trouvé une lettre sur lui. Elle n'était presque plus lisible mais ils avaient quand même pu la lire. Rutka avait écrit à son mari bien aimé :

« *Jakob,*

Je veux te dire que depuis l'autre côté des montagnes, des vallées et de la mer, j'attends avec impatience le jour où je pourrai revenir dans mon village. Mon cœur désire rentrer. Ici, j'ai trop de tout, pourtant j'ai la nostalgie de la nourriture du pays, de notre maison, du village et des montagnes autour.

Je rêve qu'on est assis à la table et qu'on mange de la potica, du kouglof, du pain de seigle et des pieds de porc. Dans mes rêves, je parle à Roška Peskova, à Fanica Mihceva, Lojze Belinovi. Quand je me réveille, je continue d'entendre ce qu'ils me disent. Par après, je me rendors à moitié et je rêve que je vais dans le cellier et dans le chai, finalement j'allume le fourneau. Je pose dessus des casseroles et des poêles et tu me regardes faire la cuisine. Tu bois un petit verre de goutte, tu prends ta poudette, ta picole et tu vas au terrain de boules. Moi je te demande ce que tu vas faire là-bas avec ta poudette et ta picole, alors toi tu me dis que tu aimes jouer à la briscola mais qu'il te manque des coupes, des bâtons, des deniers et des épées. Moi, je me mets en colère. Tonnerre, pourquoi vas-tu galvauder tout mon argent à l'auberge, tout l'argent que je t'ai envoyé ? Et par après c'est là qu'apparaissent tout d'un coup comme s'ils étaient tombés du toit : Ančka, Željka, Džidži, Marjo, Ela Vanda, Stanče, Fanica, Julka, Vanka, Dolfe et d'autres encore, tout le village, tous se moquent de moi. Ils me regardent et ils se moquent de moi de façon terriblement méchante.

Tu vois, Jakob, c'est comme ça que ça s'embrouille dans ma tête la nuit. Mais je sais que ce n'est qu'un vilain rêve et que tu m'es fidèle et que tu ne gaspilles pas l'argent gagné avec mon sang. C'est vrai, non ?

*Maintenant je t'annonce que l'*Aurora *arrive à Trieste le 7 novembre, vers le soir. Mon cher Jakob, on se verra bientôt. Encore quelques semaines, par après on sera de nouveau ensemble. Pour toujours !*

Maintenant je t'envoie mon salut par-dessus les montagnes et les collines et au-delà de la grande mer, ta Rutka pour toujours.

Jakob, tu sais ce qu'on s'est promis : fidélité jusqu'à la tombe et même après ! »

Après avoir lu cette lettre, ils ont compris pourquoi Jakob l'avait si soigneusement conservée sur lui. « Je te serai fidèle jusqu'à la tombe et même après ! » était-il écrit. Et alors il l'a attendue, attendue, attendue…

Ce qui était arrivé à Rutka, elle le saurait probablement le lendemain quand elle lui rendrait visite à l'hôpital.

Il était impossible de reconnaître Rutka tant elle avait maigri. Elle n'avait plus que la peau sur les os. Mais son esprit, curieusement, était encore vif et lucide. Elle accueillit Ana comme le Messie.

— Assieds-toi, lui dit-elle d'une voix aiguë et grinçante. Assieds-toi, assieds-toi ici près de moi, sur le lit !

Elle la regarda comme une merveille, elle lui saisit les mains et les serra contre sa poitrine.

— Ana, merci d'être venue. Il me reste quelques jours à vivre, peut-être quelques semaines. Et tu es venue ! Ana, que Dieu te donne la santé et le bonheur !

Ensuite, elle lui parla longtemps de sa vie triste et ratée.

— Cette fois-là, quand je suis revenue pour la première fois, j'aurais dû rester près de mon mari, de Štefanija et de Berto. Mais ma chère Ana, un diable m'a poussée à repartir en Égypte. J'étais comme attirée par un aimant, j'y pensais jour et nuit. Je n'aurais pas dû repartir, je n'aurais vraiment pas dû. Marjuča m'avait parlé de ce Syrien, le prince Abdallah Amin Kalhir. Elle m'avait dit qu'il cherchait une bonne d'enfants et qu'il voulait à tout prix une Slovène, que c'était un homme formidablement bon et qu'il récompensait généreusement ses employés. «Tu deviendras riche si tu vas chez lui!» a-t-elle dit. Ça m'a bouffé l'âme, tu sais.

«Jakob était contre. Il m'a suppliée à genoux, imagine, à genoux, pour que je n'y aille pas. Mais un diable était entré en moi, j'ai été dure comme la pierre et je suis partie. La première fois que je suis partie, tu sais, j'avais été nourrice chez un Juif; il était riche, très riche, mais, comparée à la cour de ce prince, sa maison était une bicoque. Ana, ce prince avait une centaine de domestiques, et moi, en tant que bonne d'enfants, j'avais un chauffeur, trois femmes de chambre et un domestique – tout ça pour mes propres besoins, *té*, pour les besoins d'une bonne d'enfants. Jésus, je me sentais comme au paradis. Comme dans un conte de fées! Les autres domestiques faisaient tout pour moi : ils lavaient, cousaient, repassaient, rangeaient tout. Je n'ai pas cousu un seul bouton. Le prince se comportait avec moi comme si j'étais des leurs, comme si j'étais un membre de sa grande famille. Il avait trois femmes, moi je m'occupais des enfants de sa première épouse, Amina.

«Ana, tu sais, ça m'a rendue folle, je suis redescendue là-bas une deuxième fois, cette richesse, tout ce faste et cette vie somptueuse. Jésus, ils avaient un jardin aussi grand que tous les champs et les pâtures de notre village réunis. Et le parc, comment il était aménagé; comme dans un rêve...

« Mais ensuite, c'est ensuite que le pire est arrivé. Un jour, j'ai aperçu Hagop Karakulian, il était arménien par son père et syrien par sa mère. C'était un commerçant et moi, Dieu du ciel, je suis tombée si amoureuse de cet homme que j'en ai perdu la raison. Il était jeune, grand, beau, de belle prestance, costaud, courageux, vif comme de l'eau de source... Et je me suis enfuie avec lui. Imagine, je me suis enfuie à Damas, je me suis enfuie de chez le noble prince, j'ai abandonné ses deux enfants, Hassan et Fatima, et, chez moi, Štefanija et Berto, je suis partie avec Hagop Karakulian. Pendant quelques années, ça s'est bien passé, nous vivions bien, nous nous aimions et nous avons voyagé de ville en ville, d'un pays à l'autre, et c'était comme dans un conte. Pas une fois pendant ces années-là je n'ai regretté ce que j'avais fait. Et petit à petit, Ana, je n'ai pratiquement plus pensé à mes deux enfants. Aussi parce que j'ai eu deux fils avec ce Syrien, Yildirim et Damir. Je te dis comment ça s'est passé ; franchement et sincèrement.

« Et ensuite, ma chère Ana, il m'est arrivé à moi ce que j'avais fait aux autres ; une danseuse, jeune et vive comme le feu du ciel, m'a volé mon mari et mes deux fils. Ça s'est passé à Alep. Un soir, on est allés gentiment se coucher tous ensemble ; à midi, quand je me suis réveillée, il n'y avait plus personne. Ils m'avaient fait boire quelque chose, une drogue, et j'avais dormi douze heures, comme assommée.

« Et alors, j'ai perdu la tête. J'ai cherché mon mari et mes enfants dans toutes les villes, tous les bazars. J'étais prête à tout pour les retrouver... Mais je n'ai pas réussi. Je ne les ai jamais revus. Après de longs mois de tourments horribles, je me suis résignée à mon sort et finalement je me suis retrouvée ici, à Alexandrie. J'ai travaillé comme cuisinière, habilleuse ; je ne voulais plus m'occuper d'enfants. Rien que d'y penser, j'avais envie de vomir. Je n'ai même pas pensé à rentrer chez moi voir Berto et Štefanija et Jakob. Est-ce qu'un malfaiteur peut repartir voir ceux à qui il a fait tant de mal ? Hein, comment ? Ce n'était pas possible, absolument pas possible. En plus, je me languissais, je me languissais sauvagement et douloureusement de Hagop, de Yildirim et de Damir. Et maintenant tu vois, je suis en train de mourir.

« Mais, Ana, écoute-moi bien ! Sur cette feuille, il y a l'adresse d'une de mes amies, c'est une Turque, elle s'appelle Babayana. C'est une femme bonne et honnête. Elle te donnera trente-neuf pièces d'or ottomanes. Porte ça à mes enfants, Štefanija et Berto. Elle te donnera aussi tous mes colliers, mes bagues et mes bracelets. Vends-les et fais faire à Jakob un beau monument dans notre cimetière. Que ce soit Pepo, s'il est encore vivant, qui grave son nom dans la pierre et ce qui est écrit ici, de l'autre côté. Tu vois ? C'est écrit : "Dieu a donné, Dieu a repris."

« Ana, cette Turque te donnera aussi une chaîne où sont accrochées sept pièces d'or. Ce sont de vieilles, terriblement vieilles pièces. Prends-les en paiement. C'est pour toi. Écoute, je dois te dire : la chaîne avec les pièces d'or vient de ma voleuse, la danseuse. Elle la portait sur son front quand elle dansait. Elle l'a oubliée au fond d'un coffre et moi je l'ai trouvée. Vends-la, tu en tireras pas mal de sous.

Quand elle eut fini son histoire, elle était mortellement fatiguée. Elle eut juste assez de forces pour serrer la main d'Ana et lui sourire tristement. Ensuite, elle ferma les yeux.

Elle mourut deux jours plus tard, tôt le matin à l'heure où le muezzin commençait à chanter du minaret près de l'hôpital :

Je loue la perfection du Dieu éternel !
Cœur aimant, lève-toi vers Lui qui te crée !
Sois mon Seigneur et mon Dieu, Bien-Aimé Toi,
D'où viennent le soleil, les étoiles et la lune
Et le ciel et la terre et moi-même.

*

Tard dans l'après-midi, Soraya vint chercher Vanda, éplorée. On l'avait laissée seule deux nuits et deux jours et demi. Bon, on lui servait le petit déjeuner, le déjeuner et le dîner, mais Mula, le domestique qui lui apportait la nourriture et la boisson sur un plateau doré, ne lui adressait pas la parole. Avec ses trois entailles de chaque côté du visage, il la regardait comme s'il n'avait ni cœur ni âme. Ses yeux étaient vides, glacés.

Soraya montra la nourriture à laquelle Vanda n'avait pas touché et, par des gestes et des mimiques, elle lui demanda pourquoi elle n'avait pas mangé. Vanda ne put lui expliquer qu'elle avait envie de vomir à la seule vue de la nourriture. Soraya haussa les épaules, prit Vanda par la main et la traîna derrière elle. Elles reprirent le long couloir, descendirent l'escalier jusqu'au sous-sol. Il n'y avait pas de cave comme l'avait imaginé la jeune fille, mais un bain turc et une série de chambres. Soraya la poussa dans l'une d'entre elles. Elle était grande, avec trois divans, des miroirs, des tables basses et des commodes. Un artiste avait peint des fleurs de toutes les couleurs et de toutes sortes sur les murs ; leurs tiges et leurs feuilles s'entremêlaient en un motif sans fin. Le sol était recouvert d'un tapis figurant des scènes de la vie des Bédouins. L'attention de Vanda se porta sur un gamin qui avait la main droite posée sur le haut de la tête d'un chameau agenouillé, et qui, dans sa main gauche, tenait une grande rose rouge épanouie.

La chambre sentait l'encens. L'odeur était si forte qu'elle en eut des vertiges, alors elle s'assit sur le divan et attendit sans broncher. Soudain, elle entendit un rire exubérant derrière la porte qui était face à celle par laquelle elle était entrée, puis une dizaine de filles déboulèrent dans la chambre. Elles étaient très légèrement vêtues, certaines d'entre elles portaient de longues robes transparentes. Immédiatement, elles entourèrent Vanda, terrorisée, elles se mirent à la toucher et à lui parler dans plusieurs langues. Elles lui racontaient, lui expliquaient quelque chose, mais Vanda ne comprenait rien. Aussi vite qu'elles avaient surgi, elles disparurent quelque part à l'intérieur du bâtiment. D'où on pouvait entendre, c'est du moins ce qu'il sembla à Vanda, un bruit d'eau qui tombait.

La porte par laquelle étaient sorties les filles resta ouverte. Elle réfléchit un moment puis elle les suivit. Elle arriva dans une autre pièce, de celle-là, dans un couloir éclairé par des torches, ensuite elle partit dans la direction où elle entendait des rires et, réellement, des bruissements d'eau aussi. Elle s'arrêta net, ne pouvant en croire ses yeux. Devant elle se trouvaient des bassins d'où tombait de l'eau et elle se rappela qu'elle avait accompagné Hanuma dans un lieu semblable. Là-bas aussi, l'eau coulait du bassin le plus haut vers celui du milieu avant de tomber dans le plus bas. Dans le premier, l'eau était basse, elle était plus profonde dans celui du bas.

Ce qui tout à la fois l'avait effrayée et agréablement excitée, c'étaient les filles qui étaient venues la voir un peu plus tôt, toutes froufroutantes. En ce moment, elles étaient nues, elles riaient et se poursuivaient comme des gamines taquines, elles s'ébrouaient, patouillaient dans une eau limpide et visiblement très chaude puisque fumante. Deux d'entre elles accoururent vers Vanda comme si c'était une partie du jeu et l'entraînèrent dans une eau peu profonde. Une autre se joignit à elles et, plus tard, Vanda ne put se rappeler comment elles avaient réussi à la déshabiller et comment elle s'était soudain retrouvée dans la piscine où, en riant et en papotant avec vivacité, elles l'aspergeaient, la caressaient et l'embrassaient malicieusement sur les épaules et même sur tout le corps. Elle avait la sensation d'avaler une boisson à la fois douce et amère, d'avoir froid et aussi agréablement chaud. Peu à peu, ce qui lui procurait plaisir et détente se mit à l'emporter. Elle s'abandonna innocemment aux caresses et la tension née de la peur disparut.

Après l'avoir aspergée et alanguie par leurs cajoleries, elles l'invitèrent, toujours avec l'air de jouer, à s'asseoir sur un grand coussin et deux filles plus belles l'une que l'autre la séchèrent avec de grandes serviettes colorées, ensuite elles la massèrent avec des huiles fortement odorantes. Elle ferma les yeux de plaisir et se laissa complètement aller. Les deux filles riaient sous cape et leurs doigts, la pulpe de leurs doigts, étaient dotés d'un pouvoir extraordinaire. Ensuite elles apportèrent une chicha, une pipe à eau et l'encouragèrent à essayer elle aussi. Elles tentèrent longuement de la convaincre, sans succès. Mais quand elles cessèrent de faire pression sur elle, Vanda tendit la main vers le tuyau à embout. Les filles éclatèrent de rire, lui prodiguèrent des encouragements, alors Vanda commença à aspirer la fumée de la pipe. Elle avait déjà fumé chez Hanuma – pas beaucoup mais quand même –, c'est pourquoi elle le fit facilement. Quand les filles virent qu'elle tirait bien, elles la laissèrent seule et elles rejoignirent les autres.

La griserie arrivait. Les visages disparaissaient dans les brumes et en sortaient, les murs de la piscine se rétrécissaient et s'élargissaient, le lit ballait comme une barque, et une musique paradisiaque arrivait d'on ne sait où, qui l'emportait loin, très loin. La peur se volatilisa et, avec elle, la tension. Et quand un eunuque apparut devant elle, elle n'y trouva rien d'étrange ni d'effrayant. Il la souleva comme si elle était une poupée et l'emporta. Il la déposa sur un divan et ses mains, ou celles d'un autre, la vêtirent d'une étoffe fine. Puis ce Noir costaud la déplaça encore une fois et la porta quelque part… quelque part… et finalement l'installa sur un grand lit à baldaquin. À peine son corps se fut-il enfoncé dans la mollesse qu'un profond sommeil la saisit.

Elle fut réveillée par le soleil qui brillait sur son visage. Elle tressaillit et se redressa subitement. Ma mère, où est-ce que je suis, elle était effrayée. Elle ressentait une sourde douleur dans sa tête et tout lui semblait curieusement éloigné, irréel. Alors qu'elle tentait de se rappeler comment elle était arrivée dans cette chambre somptueuse et ce qu'elle y faisait, la Française apparut soudain derrière elle. Elle l'interpella de façon assez brusque, revêche :

— Mais qu'est-ce que tu fais ici ?

C'est seulement à ce moment-là qu'elle regarda autour d'elle et qu'elle eut peur. Elle se trouvait dans une chambre qui, à un cheveu près, était semblable à celle d'une photo qu'elle avait vue chez Hanuma, et sa maîtresse lui avait dit que c'était la chambre à coucher de la reine Farida, la première épouse du roi Farouk.

— Je ne sais pas comment je suis arrivée ici, dit-elle à la Française et, indécise, elle sortit du lit.

Elle avait le vertige et faillit tomber.

— « Je ne sais pas ! Je ne sais pas ! » ricana l'autre. Si toi tu ne sais pas, qui le saura, hein ? Bon, allons !

Elle l'attrapa par la main et la tira rudement vers la sortie, puis dans l'escalier et les couloirs. C'est ainsi que Vanda se retrouva dans sa chambre, là où elle avait dormi, en fait divagué, les premières nuits.

— Voilà le déjeuner ! S'il reste une miette sur le plateau, Zeinab te battra jusqu'au sang !

Et, sur cette menace, elle s'éloigna à la hâte.

Vanda, assise sur le divan, tentait de se rappeler ce qui s'était passé quand elle était arrivée au bain turc. Elle rassembla les événements par petits bouts mais elle ne put se rappeler comment elle s'était retrouvée dans cette somptueuse chambre. Elle avait horriblement mal à la tête et il lui sembla qu'elle était dans deux endroits différents en même temps, ici dans sa chambre et quelque part ailleurs... Comme si elle avait du brouillard dans le cerveau ; ses pensées étaient si confuses qu'elle était incapable de les relier.

Elle s'assit à la petite table pour manger. Non parce qu'elle avait faim mais parce que cette femme le lui avait ordonné. Est-ce que cette Française est maintenant ma maîtresse ? songea-t-elle apathique. Si elle l'est, alors je dois obéir, se dit-elle et elle mangea, mangea jusqu'à ce que les plats soient vides.

— Je dois manger jusqu'à la dernière miette, marmonna-t-elle en vidant l'assiette sur laquelle il y avait une pâtisserie aux noix et aux amandes.

Ensuite, tout étourdie, hébétée, elle s'allongea sur le lit et glissa immédiatement dans un sommeil lourd et tourmenté.

Le soir tombait quand Soraya la réveilla. Elle dut secouer assez fort la jeune fille pour l'extirper de l'entrelacs de ses cauchemars. Elle lui fit signe de s'habiller et, par gestes, lui fit comprendre qu'elle devait se presser. Les vêtements que Soraya lui avait apportés étaient si inappropriés, et en plus de ça, ils étaient transparents, que Vanda se sentait plus nue qu'autre chose. Soraya la fit asseoir à la table basse et lui peigna les cheveux ; elle les sépara en deux et les tressa avec des fils d'or. Puis elle la maquilla, fixa un bijou sur son front, des boucles en perle à ses oreilles, elle lui passa deux bracelets aux poignets et finalement la parfuma. Quand tout ça fut accompli, elle la fit tourner et la regarda d'un air satisfait. Elle pouffa de rire et tenta de lui dire où elle allait l'emmener et ce qui allait se passer. Vanda ne comprit rien. Soraya, en souriant coquettement, la fit sortir de la chambre et l'emmena dans l'escalier.

Elles arrivèrent dans un salon somptueusement aménagé où des filles étaient assises ou allongées sur des couches basses. Elles riaient et bavardaient avec des clients. Les hommes étaient de tous âges, tous sans aucun doute distingués car ils portaient des vêtements de prix et on pouvait aussi conclure de leurs manières qu'ils étaient issus des plus hautes catégories sociales. Bon, peut-être y avait-il parmi eux un commerçant qui avait fait fortune vite fait et qui avait appris les bonnes manières des autres plutôt que de ses parents.

La Française se pressa à la rencontre de Vanda, toute troublée, elle la prit par le bras et l'emmena vers une table dans un coin du salon. En chemin, Vanda apprit son nom. Un des invités l'avait en effet appelée :

— Jeannette, tu ne vas pas me l'amener ? Est-ce que je ne la mérite pas ?

— Cette perle est malheureusement destinée à quelqu'un d'autre, mon cher Fouad. Vraiment, je regrette.

Près d'une table sur laquelle brûlait une petite lampe verte, Jeannette ordonna à Vanda :

— Assieds-toi ici et quand un homme viendra, souris-lui et sois aimable ! Tu as compris ? Si tu fais des difficultés, Mula t'emmènera chez Toufik et il embellira la peau de ton dos au fouet. Et ensuite, on t'enfermera dans une cave, nue, et tous les hommes qui sont dans le salon et beaucoup d'autres encore pourront te regarder à volonté et se moquer de toi. Nous nous sommes comprises, ma belle Vanda ? Oh j'allais oublier ! Tu ne t'appelles plus Vanda ! Dorénavant, tu es Francesca !

Cela dit, elle rejoignit en riant les filles et leurs admirateurs.

Vanda se mit à trembler de tout son corps. Elle se sentait mal et elle était à deux doigts de vomir. Elle était pâle et très faible.

Des hommes arrivaient, dont beaucoup portaient des tarbouches. Les yeux brillants, ils regardaient les jeunes femmes, s'asseyaient près d'elles, plaisantaient, buvaient du thé ou fumaient du narguilé et, Vanda le remarqua, déposaient dans leurs mains divers présents. Celle qui était assise à côté d'elle reçut un bracelet avec trois sequins sur lesquels étaient gravées de petites pyramides.

Oh mon Dieu ! Vanda était effrayée. Où est-ce que je suis tombée ?! Et qu'est-ce qui m'arrivera si je me révolte ? Si je dis que je ne veux pas faire ça ? Et puis, je ne sais même pas ce que je dois faire. Je n'avais même pas de bon ami et maintenant on m'offre un amant, un galant, pour des sous. Marie, Joseph, aidez-moi ! Car moi, je ne serai pas capable de faire ça, je vais m'évanouir ou bien je vais me tuer. C'est vrai, je vais mettre fin à mes jours. C'est mieux que de tomber dans cette honte et de se vendre. Tout se sait, et ça aussi, on le saura, que Vanda est devenue une putain. Que dira ma mère ? et mon père ?! Vanda, une putain !

Elle était épouvantée et tremblait comme un roseau au bord de l'eau.

Les hommes venaient, s'asseyaient et ensuite partaient dans leur chambre avec la fille choisie. À l'autre bout du salon, un disque tournait sur un gramophone ; une jolie voix de femme, d'une infinie tristesse, chantait son chagrin, sa désolation. Tout d'abord Vanda n'entendit pas cette musique et ce chant mais, par la suite, la tristesse déchirante dans la voix de la chanteuse pénétra sa conscience, ses pensées, ses sentiments. Quand elle lui prêta attention, elle eut peine à retenir ses larmes.

Elle tressaillit quand un gros homme terriblement laid s'arrêta à sa table. Il avait au moins deux fois son âge. Il aurait pu être son père, peut-être même son grand-père. Il s'installa, avec sa moustache tombante, son double menton et ses yeux globuleux et se mit à baragouiner en arménien. Même si elle ne comprenait pas un traître mot, elle devinait qu'il lui faisait la cour et vantait sa beauté. Il parlait de plus en plus rapidement, de façon de plus en plus empressée et le feu dans ses yeux devenait violent et concupiscent. Au bout d'un moment, il fit mine de se lever pour l'emmener dans sa chambre parce qu'il l'avait choisie et qu'il avait donné beaucoup de pièces d'or pour elle, la perle d'entre les perles.

La jeune fille se sentit alors si mal que le salon vacilla devant ses yeux et que tous les visages se fondirent en une seule grimace brumeuse et noire. C'est juste à cet instant que Mahmoud Saleh Pacha apparut inopinément ! Il repoussa le vieillard libidineux, appela Jeannette et négocia quelque chose avec elle ; sur ces entrefaites, le gros lard ronchonna mais aucun des deux autres n'y prêta attention. Jeannette résista d'abord, finalement elle se tourna vers l'Arménien et lui expliqua dans sa langue pourquoi il n'aurait rien du marché conclu. Il se fâcha d'abord mais, en entendant le nom de Mahmoud Saleh Pacha, il se tut immédiatement, s'excusa et débarrassa le plancher en vitesse.

Maintenant Jeannette disait à Vanda que Mahmoud Saleh Pacha était son sauveur et qu'elle devait le remercier. La pauvre Vanda ne savait pas si elle devait se réjouir ou se désoler. Quoi qu'il en soit, son sauveur lui plaisait incomparablement plus que le gros et puant Arménien.

Mahmoud Saleh Pacha prit un siège et la pria de ne pas avoir peur de lui.

— Je suis ici par hasard, non comme client de Mme Jeannette, dit-il. Je cherche un ami car un accident s'est produit dans sa famille et j'ai pensé que je le trouverais dans ce salon. Bon, lui, je ne l'ai pas trouvé, c'est vous que j'ai trouvée. Si vous le permettez, je vais vous accompagner dans votre chambre mais je ne resterai pas. Je dois retrouver cet ami ce soir ! En ce qui vous concerne, ma chère Vanda, je me suis arrangé avec Mme Jeannette pour qu'on vous laisse tranquille. Cependant, n'oubliez pas : mon offre tient toujours. Si vous vous décidez pour moi, j'en serai très heureux. Depuis l'instant où je vous ai aperçue, je pense à vous. Il y a peu de filles belles qui aient aussi la beauté du cœur et de l'âme. Donc, Vanda, réfléchissez bien et faites part de votre décision à Mme Jeannette. Je vous attends.

Il la prit par le bras et la fit sortir du salon. Le disque tournait toujours et la voix mélancolique chantait maintenant un héros de l'oasis, Meluham, et la mort de son étalon, Jildrim.

*

Le temps passait et de nouvelles « *Goriciennes, Slaves, Slovènes** » arrivaient des vapeurs pendant que d'autres, qui s'étaient acquittées de leur charge dans diverses villes d'Égypte et qui, grâce à elle, avaient sauvé la ferme ou permis l'achat de nouveaux champs et pâtures, repartaient; certaines seulement pour pouvoir revenir. Elles allaient et venaient, comme les hirondelles, les grues et autres oiseaux. Ce qui leur remplissait le cœur de joie, c'était le retour à la maison. Beaucoup d'entre elles n'avaient atteint leur but, et avec lui le plus grand bonheur, que lorsqu'elles avaient trimé et gagné assez de *funts* pour pouvoir repartir la conscience tranquille dans leur village, ne serait-ce que quelques semaines ou quelques mois. Rentrer signifiait que leurs rêves s'étaient réalisés. Repartir en Égypte voulait dire que le monde sombrait de nouveau dans la pénombre.

C'est ce que pensaient ou ressentaient nombre de Slovènes, dont Merica. Ana n'était pas de cet avis, c'est pourquoi elle la contredisait :

— Oui, pour certaines, dit Ana à Merica alors qu'elles discutaient de ce sujet sur le marché français. Tu le sais bien! Certaines s'y font vite, elles s'habituent et sont aussi heureuses que si elles étaient chez elles et même plus; d'autres pleurent sans cesse et souffrent jusqu'au dernier jour. C'est plus facile pour les premières, les plus joyeuses. Je sais que pour toi, c'est difficile. Tu prends tout trop au sérieux, Merica.

— Je ne manque de rien, dit Merica. Ils se conduisent bien avec moi, ils m'aiment bien. Mais quand même, tout me ramène à la maison, comme si j'étais à moitié ici et que l'autre moitié était restée à Prvačina, là-bas près d'Ivan et de Mihec. Mais qui sait; je me sentirais peut-être mieux s'il n'y avait pas ce Pitr, enfin Pierre. Il ne me laisse pas tranquille. Maintenant, sa sœur s'y met ! Longtemps, elle a été contre son frère, ils se sont même disputés parce qu'il ne cessait de m'importuner. Maintenant, tout s'est retourné dans sa tête et elle me dit, avec prudence et circonspection, que je pourrais peut-être réfléchir. Mais réfléchir à quoi, Ana, dis-moi à quoi ? Je suis mariée, j'ai un enfant et je devrais changer d'avis. C'est impossible, c'est fou !

— Est-ce que ce Pierre est beaucoup plus âgé que toi ?

— Mon Dieu, Ana, il ne s'agit pas de son âge. Son âge ne me gêne pas. Pas plus que sa boiterie.

— Et quoi alors ? L'argent, sa fortune ?

— Ne te moque pas de moi. Tu sais bien que je ne peux pas répondre à son amour.

— Mais pourquoi est-ce que tu es aussi contrariée ? Tu devrais être heureuse qu'un homme aussi distingué s'intéresse à toi, non ?

— Si j'étais seule, si je n'avais pas…

— Bien sûr, je comprends. Toi, tu es tellement sensible. Fragile comme un flacon de parfum. Pourtant, regarde les autres ! Certaines se compliquent la vie à en perdre la tête et d'autres trouvent facilement des solutions pour, comme ça, ménager la chèvre et le chou.

« Tu connais Katja Peskova et son mari, enfin, son ex-mari maintenant, Tone Karbonajo. De Kamenica. Est-ce que tu sais que Katja s'est mariée avec un ingénieur qui s'occupe d'irrigation ? Elle travaillait comme bonne d'enfants chez le frère de cet ingénieur. Ensuite, cet Égyptien, il s'appelle Ali Mustafa Halib, s'est amouraché de Katja. Il était terriblement amoureux et il ne l'a pas laissée tranquille tant qu'elle ne s'est pas décidée pour lui.

— Oui, et alors son mari, Tone Karbonajo ? Et leurs deux enfants, Anica et Mirče ? Elle les a carrément gommés ? Elle les a jetés au feu ?

— Attends que je te raconte ! Katja est allée chez elle et elle a dit à son mari qu'elle était amoureuse de cet Égyptien et qu'elle voulait l'épouser. Tone est monté sur ses grands chevaux, il a crié, hurlé, il a appelé ses oncles et ses tantes, sa mère et le curé et ça a été la révolution à Kamenica. Mais elle, Katja, a maintenu sa position, elle n'a pas bougé d'un millimètre. Si bien qu'ils ont discuté le bout de gras pendant un certain temps et ça s'est terminé comme ça, Tone Karbonajo a porté sur le vapeur, sur ses épaules, il a porté un tonneau de cinquante litres de vin, puis encore deux jambons, une caisse de saucisson et une fiasque de *žganje*. Il a transporté tout ça de la gare jusqu'au vapeur où il a tout chargé. Et ils sont partis, elle, lui et leurs enfants. Ils sont arrivés à Port-Saïd. Là-bas, ils ont attendu l'ingénieur, cet Ali Mustafa Halib. Les deux hommes se sont serré la main et sont devenus amis.

— Tone, le mari de Katja, est venu en Égypte, à Port-Saïd ? Avec Katja et leurs deux enfants ? Il a serré la main de... l'amant de sa femme ? Il s'est entendu avec lui ?

— Oui, bien sûr. C'est de ça que je te parle, de ceux qui savent résoudre les problèmes pendant que d'autres, d'un seul problème, en font cent. Écoute ! Ils se sont serré la main et ça s'est terminé comme ça, Katja a épousé l'ingénieur et son ex-mari est employé chez lui comme spécialiste des pompes à eau. Tu sais que Tone est mécanicien de métier.

— Oui, et ils vivent comment ? Où est-il, lui, et où sont les enfants ?

— Merica, tu es bien pressée. Doucement, pour que les écheveaux de cette histoire ne s'embrouillent pas pour moi aussi. Donc, j'en étais restée où ? Ah oui, Katja a donc divorcé de Tone – pas à l'église, seulement civilement – et elle s'est mariée avec l'ingénieur. Les deux enfants vivent avec leur mère et leur beau-père, l'Égyptien. Tone, l'ex-mari et père des enfants, vit dans la même maison, dans une annexe pour les domestiques, et il est employé dans l'entreprise de l'ingénieur comme spécialiste des pompes à eau. Pour qu'il n'ait pas trop de regret pour Katja, son ex-femme, Ali Mustafa lui a donné une jeune et belle Arabe, elle s'appelle Sherine. Et aujourd'hui, il vit avec cette jeune fille dans l'annexe de la villa, il voit ses enfants tous les jours, ils vont chez lui, ils passent aussi certaines nuits chez lui, mais elle, elle dort avec l'ingénieur et cet Ali Mustafa a adopté les enfants, Anica et Mirče. Maintenant, Katja est enceinte et elle va donner un fils ou une fille à son deuxième mari.

— Jésus Marie Joseph ! Comme cette affaire est bizarre et compliquée. Je ne comprends pas vraiment. Et comment Tone a-t-il pu accepter ça ?

— Comment ça, comment ? Mais parce qu'il le fallait. Elle a tenu bon, elle a été assez forte et tout s'est bien terminé. Tone Karbonajo est maintenant heureux avec la jeune Sherine, et elle, elle est heureuse avec son Ali. Anica et Mirče ont un père et une mère et même un beau-père.

L'ingénieur Ali Mustafa sera bientôt un père heureux. C'est possible que ça arrive aussi à Tone, que lui aussi ait un enfant avec cette jeune Arabe. Tu vois, Merica, comme la vie peut être simple. Moi aussi, je pense que je vais faire quelque chose comme ça.

— Toi ? Mais quoi, est-ce que toi aussi tu t'es entichée de quelqu'un ?

— Pas encore, mais peut-être que ça va venir. J'en ai plein le dos de Rihard et de sa mère. Qui continuent de m'écrire que je dois leur envoyer plus d'argent. Ils n'en ont jamais assez. Et je sais exactement où va l'argent. Il disparaît au fur et à mesure en vin et en *žganje*. Tout ce que j'envoie, ils le dilapident. Ensuite ils racontent dans le village que je ne leur envoie rien. Rien. Ils mentent et me rabaissent devant les autres. Alors que je leur envoie tout ce que je gagne. Vraiment, vraiment, Merica, un jour, ça va déborder et moi aussi je ferai quelque chose comme Katja Peskova.

— Bon oui, je comprends. Mais moi je n'ai aucune raison de ce genre. Mon Ivan et sa mère Valerija sont bons envers moi, ils sont convenables et honnêtes.

— Bien sûr, comme j'ai dit, ça dépend des gens. Les uns font comme ça, les autres autrement. Maintenant, je dois y aller, tu sais.

— Cours donc, je sais que, là-bas, tu es *capo* et que tu as un plein panier de soucis. Adieu Ana !

— Viens quelquefois me voir, Merica !

— Attends, Ana ! Et pour Vanda ? On a appris quelque chose ?

— Rien, Merica, rien. Elle s'est enfoncée dans les marais du lac Mariout. Aucune trace d'elle.

— Pauvre Vanda. Elle était si contente.

Merica se pressa en direction du numéro 3 de la rue du Palais. Tout au long du chemin, elle se demanda ce qui n'allait pas chez elle et pourquoi il lui fallait tant souffrir. Qui a raison ? Moi ou ceux qui vivent comme bon leur semble ? se demandait-elle.

Elle se dépêcha jusqu'à la villa, elle était assez fatiguée. Avant de rencontrer Ana au marché, elle avait été à l'asile où comme d'habitude elle avait rempli son sac de livres. Elle était la lectrice la plus zélée de toutes les Alexandrines.

Chez elle, dans sa chambre, elle posa les livres empruntés sur la petite table en lisant les titres à voix haute :

— James Oliver Curwood : *Kazan, chien-loup* ; Fran Detela : *Une petite vie* ; F. M. Dostoïevski : *L'Idiot* ; Gabriel Scott : *La Petite Étrangère* ; Jules Verne : *Sauvés* ; *Jésus-Christ* de Didon ; les *Poésies* de Simon Gregorčič ; Alojzij Bolhar : *La Mère* ; F. Lampe : *Histoires tirées de la Bible*…

Elle sortit de la pile les *Poésies* de Gregorčič et se mit à feuilleter le livre. Elle y trouva une feuille pliée couverte d'une belle et lisible écriture. Elle l'ouvrit et lut le titre : « Au-delà de la mer ». Entre parenthèses, il était écrit : « *Žaljski*[9] ». Elle commença à lire et, avant d'avoir fini, elle était en larmes. Elle avait l'impression d'avoir écrit elle-même ce poème. Elle lut quelques vers à voix haute :

Il n'y a plus de chaume dans le champ,
Ančka traverse la mer,
Va là-bas dans le lieu
Où on vit plus heureux.

9 Pseudonyme de Fran Zbašnik, poète slovène.

Si on vit ici plus heureux, pourquoi est-ce que j'ai toujours envie de repartir là-bas dans les champs, près de la serfouette et du râteau ? Et elle se tourna vers la cinquième strophe :

Elle pense, pense… elle réfléchit,
Elle veut de plus en plus d'argent.
Inutile de pâtir ici,
Elle aussi doit partir.

Non et non ! se dit-elle. Je ne suis pas venue pour m'enrichir. Pas moi, d'autres peut-être. Mais il n'y en a pas beaucoup ! Moi, je suis venue pour ne pas perdre mon toit !

Elle posa la feuille et prit le livre d'Alojzij Bolhar, *La Mère*. Et là où il s'ouvrit, elle lut ces pensées, ces vers :

Mères…
Fontaines de la vie, sources de la fidélité,
Des flammes pures d'une sainte vestale,
Vestales, béni soit Votre nom !

Dans le désert Agar se meurt épuisée,
Elle allaite son enfant avec du lait mort…
Agar, béni soit ton nom !

L'oiseau pélican a exposé son poitrail,
Il a versé son sang pour nourrir ses petits…
Pélican, béni soit ton nom !

Ici elle était brisée. Les reproches qu'elle s'adressait lui piquaient le cœur comme un bourreau aurait pu le faire avec son épée : le pélican s'est blessé la poitrine pour donner son sang à ses petits, mais moi et nous toutes, les Sandrines, on verse notre sang dans la bouche d'enfants étrangers et les nôtres, là-bas au pays, crient, pleurent après nous, rêvent de nous, mais nous, on est ici dans cette maudite Afrique pour qu'un jour, oh mon Dieu, un jour, un jour… ils aient une vie meilleure. Mais est-ce qu'ils l'auront ? Est-ce qu'ils seront heureux ? Est-ce qu'ils ne nous maudiront pas toute leur vie parce qu'on les a abandonnés quand ils avaient le plus besoin de nous, quand ils étaient comme des pousses, comme de minuscules brins fragiles ? Quand on sera de nouveau près d'eux, quand la maison sera sauvée, le toit sur leur tête, sauvegardé, quand les dettes seront réglées, quand ils auront des chaussures aux pieds et de beaux vêtements sur eux… est-ce qu'ils nous aimeront toujours ? Est-ce qu'ils nous respecteront, nous affectionneront encore ?

Elle prit le livre de Jurij Trunk, *En Orient*. Une image de saint Antoine de Padoue s'en échappa, qu'elle ramassa et examina. Le saint tenait le petit Jésus dans ses bras, à ses pieds se trouvaient plein d'angelots. Il était écrit : « S. Antonio da Padova ». Elle retourna l'image. Le dos était couvert d'une écriture minuscule très soignée.

Se Dio ti dà a soffrire
Qualche cosa, accettala
Umilmente, pensando che
Essa ti torna a vantaggio.
Se egli ti fa prosperare,
Non ti lasciar sedurre
Dalla superbia o da altri
Vizi ; perché questo sarebbe
Usare dei benifizî di Dio

Per offenderlo[10].

Alors elle se souvint soudain des rêves étranges qu'elle avait faits la nuit précédente… Des *Goriciennes, des Slaves, des Slovènes**, des Austriaches, des Alessandrines accouraient de toutes les rues d'Alexandrie… Elles arrivaient de la rue Sultan-Hussein, la rue des Abassides, rue des Pharaons, rue Goussio, rue des Ptolémées, rue Neroutsos-Bey, rue des Fatimides, rue de Corinthe, rue du Musée, rue Young, rue de Belgique… et certaines de rues plus riches : de la rue du Palais, de la rue el-Rassafa, rue de Héliopolis, rue Fouad-Ier… Elles se rassemblaient en une caravane qui n'en finissait pas. Sans chameaux, seulement avec de petits ânes, elles s'engageaient dans la traversée du désert marin.

Merica s'approchait de celle qui conduisait la caravane des femmes et des mères ; c'était une femme grande, forte, déterminée, et elle lui demandait soucieuse :

— Comment traverserons-nous la mer avec ces petits ânes ? Ce n'est pas possible ! On a besoin d'un vapeur ou au moins d'une barque, pas d'ânes !

La meneuse de la caravane la regardait avec colère et la houspillait :

— Les vapeurs ont tous coulé, les barques aussi. Il nous reste les ânes et ceux-ci, comme l'histoire nous l'apprend, vont partout, ils portent des charges comme personne d'autre. Donc, nous partons avec les ânes.

— Jésus, mais comment ? regimbait Merica.

10 « Si Dieu t'impose de la souffrance / Accepte-la humblement / Et pense que / Ce sera récompensé / Mais s'Il t'offre du succès / Ne te laisse pas aller à l'orgueil / Ni à d'autres faiblesses / Ça signifierait / Que tu as profité de Sa bonté / Pour l'offenser. »

— Prenez des branches de palmier et n'ayez crainte ! Nous passerons car la mer se fendra. Nous toutes, les affligées de ce temps, des temps passés et à venir, nous passerons cette mer et l'autre et tous nos malheurs seront oubliés, mais les pièces d'or doivent rester ici puisque, là-bas, nous n'en aurons plus besoin !

Ainsi parlait cette femme grande, forte et courageuse. Merica s'insérait dans la caravane et se résignait à son sort. Elle se disait : Advienne que pourra. Il n'y a pas pire que la mort. On ne peut que mourir, mais il n'y a pas pire.

À la tête de la caravane, les femmes se mettaient à chanter et un chant étrange, joyeux et follement courageux se propageait tout au long de la chaîne de voyageuses. Et la caravane prenait la route. Merica aussi chantait. Plus elle chantait, plus c'était facile…

Elle se souvenait soudain de ces rêves. Ils étaient si puissants qu'elle se sentit mal. Elle s'appuya contre le mur, ferma les yeux et se dit : Bizarre. Celle qui, dans mes rêves, nous conduisait ressemblait à une fleur du Sahara. À une fleur de pierre. Sa peau était si brune et son visage, si dur et si ridé. Qu'est-ce que tout ça peut vouloir dire ?

Dans le couloir, Shadia l'appela :

— Meriah, presse-toi ! On y va !

Ils avaient l'intention d'aller à Chatby, à la piscine pour enfants qui se trouvait près du Fort Silsileh ; ils s'y promèneraient seulement car le temps n'était pas à la baignade. Là-bas, Thomas et leur chiot Larry pourraient courir tout leur content et dépenser leur trop-plein d'énergie. Ensuite ils iraient au jardin zoologique à Nouzho.

— Jésus ! (Elle était épouvantée.) J'avais complètement oublié ! Encore une fois ! Et maintenant ils vont être en colère contre moi, comme toujours.

Elle saisit ce dont elle avait besoin, courut dans le couloir et dégringola l'escalier jusqu'à la sortie. Tout le monde l'attendait et le moteur de la nouvelle auto des Cherington pétaradait désagréablement.

*

— Regardez ce que j'ai reçu !

La septuagénaire Marija Celestinova montra en souriant aux femmes de l'asile une carte postale et une lettre. Elle avait reçu les deux de son ancienne protégée, Sekla, qui, mariée à un Norvégien, vivait maintenant là-bas, dans le Nord. Merica prit des mains tremblantes de la vieille femme la lettre écrite en français et elle la lut à haute voix à toutes celles qui étaient dans la salle.

« *Ma chère tante, avec mes meilleurs vœux pour un joyeux Noël et pour la nouvelle année ! J'espère que tu te portes bien. Je t'envoie une photo avec de la neige et une petite église. Cette année, ici, on n'a pas de neige mais il fait très froid. Pour Noël, on restera ici : ma mère, mon oncle et mon cousin Paul qui a maintenant vingt-deux ans. Il étudie à l'université et il travaille à temps partiel à la poste. Il est allé en excursion avec d'autres étudiants. Fabian a quatre ans et demi et Oliver, treize ans et demi. Après Noël, ils iront en Angleterre avec leur père pendant dix jours, ensuite ils rentreront à Oslo. Cris est instituteur et il a beaucoup de vacances. C'est un très bon père et il te salue, chère tante, ta Sekla !* »

— C'est bien qu'elle t'écrive, dit Ana. Tu es contente, hein ?

— Et comment ! Cet été ils sont venus me chercher et ils m'ont emmenée en Suisse dans un grand hôtel au bord du lac. J'ai oublié comment il s'appelle. C'était beau.

— Nos enfants… *té*, ceux dont on était les *dadas*, les mères de lait, les bonnes d'enfants, ils nous aiment presque plus que ceux à qui on a donné la vie, dit Francka Perperjeva.

On sentait beaucoup d'amertume dans ses paroles.

— Oh, mais ce n'est pas vrai ! protesta Merica.

— Mais ça pourrait l'être, dit d'une voix apathique Tončka Malencetova. Et ça n'est pas étonnant. On est plus avec eux qu'avec les nôtres. Et quand on rentre chez nous, on ne sait plus qui on aime le plus ; les nôtres ou ceux qui sont devenus nôtres.

— Quand tu laisses ton nourrisson à la maison pour venir ici, tu allaites un étranger, tu lui donnes ton lait, ton sang, ta vie, ça dure deux ans et même plus et ensuite tu t'en occupes encore quelques années et quand, à ses cinq ans, tu repars chez toi, ton propre enfant ne te connaît pas et toi, tu ne le connais pas non plus. Vous vous regardez comme des étrangers. Puis passe un an ou plus, tu t'attaches à ton enfant, lui te reconnaît comme sa mère, alors ils viennent et te disent qu'on est de nouveau endettés et qu'il faudra encore repartir, sur le vapeur, en Égypte. Tu dis non et non, mais tu sais bien qu'il faudra prendre le bateau ; sinon le champ partira, le toit partira… Tu y vas, hein, tu y vas et alors, encore une fois les années passent…

Ici la voix manqua à Francka, la douleur lui coupait le souffle.

Petra Frletova coupa le pénible silence.

— Bien sûr, c'est comme ça. Et alors, il peut t'arriver la même chose qu'à Lojzka Pilova, par exemple, et à bien d'autres ; qu'on ne veut plus t'accepter dans la maison où tu es née et tu restes pour toujours à Alexandrie, ici, chez les sœurs, rue Menasce, ou bien à Kaiser Wilhelm Heim, là-bas près du Cricket Club ou dans une autre maison et tu attends, tu attends… alors les enfants étrangers, ceux pour qui tu as été une maman de remplacement viennent te chercher et ils te témoignent de l'amour et de la considération. Ils t'emmènent à Venise, à Innsbruck, à Opatija, à Rhodes, à Karlbad, sur la Côte d'Azur ou bien dans un chalet tout près d'ici sur la côte égyptienne… et les tiens, tu n'as aucune nouvelle des tiens.

— Oui, bon, mais ce n'est pas toujours comme ça, objecta Ana. Il n'y a pas beaucoup de cas comme Marija ou Lojzka. Vous devez reconnaître que la plupart rentrent chez elles et qu'ensuite tout s'arrange. Ce n'est pas comme ça ?

Les femmes acquiescèrent.

Augŭstina Frančeškinova dit alors que c'était plus facile pour celles qui n'étaient pas mariées. Toutes celles qui avaient laissé leurs enfants et leur mari devaient endurer ce calvaire de Dieu, ou plutôt du diable.

Comme si le hasard voulait démentir son affirmation, Valentina Oreškova apparut à cet instant et les femmes se turent. Elles connaissaient toutes son cruel destin. Valentina est à l'asile depuis plusieurs années et, depuis tout ce temps, elle n'a adressé la parole à personne, même pas aux sœurs. Tout ce qu'elle peut faire, c'est hocher la tête ou la secouer. Son regard est sombre, lourd, profond comme l'eau d'un lac sans fond. Tous les jours, elle reste assise dans le vestibule à attendre que quelqu'un sonne à la porte. Elle est préposée à l'accueil comme l'avait été pendant un temps Louis, le porteur d'eau. Quand Valentina entend la sonnette, elle se lève lentement et va ouvrir au nouveau venu. Elle ouvre la porte et la referme.

Ensuite, elle retourne dans l'entrée, s'assoit sur sa chaise et, immobile comme un sphynx, attend le coup de sonnette suivant. Alors, de nouveau, elle se lève, file jusqu'à la porte d'entrée, tourne la clef, fait entrer le nouveau venu et referme la porte. De la première à la dernière heure. Elle ne regarde pas par terre, elle ne regarde pas l'allure des visiteurs ; elle les regarde tous dans les yeux et il n'y a personne qui ne frissonne devant ce qu'il perçoit dans les ténèbres de son âme.

Voici l'histoire de Valentina Oreškova : elle est arrivée à Alexandrie quand elle était jeune, elle avait vingt et un ans. Elle était bonne d'enfants chez un industriel anglais, Kipling. Cette famille était connue pour ses fêtes tapageuses ; dans leur immense villa luxueusement aménagée, on mangeait, buvait, dansait, on s'amusait de toutes les façons possibles et impossibles. Ils avaient un gigantesque parc et deux terrains aménagés pour le tennis et le cricket. Et même une piscine et une merveilleuse fontaine où l'eau jaillissait à plusieurs mètres de hauteur pour retomber sur le dos d'élégants dauphins. Sur les terrasses, on jouait au poker, au bridge, au tarot et à d'autres jeux jusqu'au petit matin…

Un jour de juin, à l'époque où tous les jardins et parcs d'Alexandrie se coloraient du rouge des fleurs de flamboyants, Valentina fit la connaissance d'un officier anglais, Douglas Williams, dans le jardin, juste devant la somptueuse fontaine. Ce fut peut-être la faute de l'instant où ils s'aperçurent ou bien de l'endroit et du parfum du jardin ou encore d'autre chose, qui le saurait ; ils se regardèrent juste et instantanément ils se reconnurent. Ils furent attirés l'un par l'autre comme les deux pôles d'un aimant et ils se mirent immédiatement à discuter avec entrain et il ne sembla bizarre à personne qu'ils se comportent comme des amoureux qui s'étaient vus quelques jours plus tôt. Il n'y eut aucune entrée en matière dans leur relation, pas de préliminaires, pas de précaution, pas de vérification. Cette nuit-là, ils se retrouvèrent en cachette dans sa chambre et s'aimèrent de façon si torride, si violente, que Julia, l'amie des Williams, la femme d'Edvard Kipling et mère de l'enfant dont s'occupait Valentina, les entendit. Le matin au petit déjeuner, elle prit un malin plaisir à se moquer de leur nuit passionnée.

L'amour qui avait explosé comme de l'essence enflammée était si fougueux qu'il débordait de partout. Trois mois après leur rencontre, Valentina déménagea chez Williams. Elle était déjà enceinte. Son fils naquit le 9 mars. Ils l'appelèrent Robert. Alors que l'enfant avait huit mois, il s'avéra, du jour au lendemain, que Williams était marié et qu'il avait deux enfants ; toute sa famille vivait en Angleterre. Et Williams disparut. Il avait été muté et Valentina se retrouva à la rue avec son bébé. Elle se réfugia chez son amie Nefreta ; celle-ci leur offrit le gîte et le couvert pour qu'elle et son fils ne meurent pas de faim. Le malheur qui avait frappé Valentina ne fit que s'aggraver. Peu après, son fils tomba malade, il fit une fièvre extraordinairement forte et mourut en quelques jours.

Alors Valentina perdit la tête. Elle erra dans les rues à la recherche de Williams, un enfant imaginaire (une sorte de poupée de chiffon) dans les bras, à qui elle offrait devant tout le monde ses seins pleins de lait. Sœur Elizabeta la trouva devant l'église Sainte-Catherine, égarée, en loques, sale. Elle persuada la mère supérieure de la prendre sous leur toit.

— Mais provisoirement, dit la supérieure. Tu dois comprendre, on n'est pas un asile d'aliénés. Et surtout on n'a pas d'argent pour la nourrir et l'habiller. Bon, qu'on la garde tant qu'on n'a pas d'autre solution.

Ensuite il se produisit un miracle sous la forme de son ex-patronne, Mme Julia Kipling. Quand elle apprit où était sa bonne d'enfants, elle rendit visite à la révérende mère et lui promit de payer le séjour de Valentina à l'asile.

— Tant qu'elle vivra chez vous. Je paierai jusqu'à sa mort, dit-elle et elle signa un document.

Pour ses frais d'entretien, c'était réglé, mais Valentina ne retrouva pas sa lucidité. Lorsque sœur Elizabeta l'avait trouvée devant l'église, elle n'avait pu en tirer un mot. Elle était devenue muette pour toujours, c'était tout. Elle gardait le silence. Elle ne se révoltait pas, elle ne causait aucune difficulté aux charitables sœurs. Aucune. Silencieuse comme une ombre, elle errait dans les couloirs de l'asile et, parfois, on la voyait s'agenouiller devant l'autel, regarder l'image de la Mère de Dieu de Sveta gora, elle bougeait les lèvres mais on n'entendait pas le moindre son, pas même un chuchotement.

C'était un peu plus difficile pendant la pleine lune. Alors, elle allait et venait nerveusement en cherchant quelque chose dans tous les coins de l'asile avec tant de fièvre qu'elle donnait envie de pleurer de compassion et de chagrin. Ça durait trois jours, quatre au plus. Ensuite elle se calmait et restait assise pendant des jours dans le vestibule à ouvrir et fermer la porte.

Un jour, un voyant, pater Kornelij, vint en visite. Quand il aperçut ses yeux, il se mit à pleurer comme un enfant. Il ne savait rien du malheur de Valentina mais ce qu'il avait perçu dans ses yeux l'avait tellement touché qu'il eut du mal à s'en remettre. Il dit à sœur Elizabeta que Valentina pleurait des larmes de sang qui ne pouvaient s'échapper d'elle, c'est pourquoi elles gouttaient sans cesse sur son âme épuisée.

Valentina arriva donc près des femmes rassemblées, elle s'arrêta un peu devant l'arbre de Noël qu'elles décoraient, elle fixa un moment la crèche, ensuite elle sortit, silencieuse comme un fantôme, laissant derrière elle quelque chose de douloureusement énigmatique.

— Elle est vraiment *malurosa*, dit l'Istrienne Jucka et, sans savoir pourquoi, elle se signa.

— La mer est cruelle pour les Sandrines, soupira Merica tout en se demandant ce que faisaient les siens en ce moment.

Son Ivan, son fils Mihec, Valerija, sa belle-mère, et son jeune frère Jurij. Ils étaient sûrement rassemblés autour du feu pour prier, se dit-elle et elle fut prise d'une brûlante nostalgie.

— Est-ce qu'on chante ? proposa d'une voix encourageante Jucka qui ne supportait pas la tristesse.

— Et qu'est-ce qu'on chanterait ? demanda Merica d'un air maussade.

— On pourrait chanter en décorant l'arbre, dit Avgustina, guillerette.

Elles avaient un véritable arbre de Noël : un petit, minuscule genévrier. C'était Marjeta Lovšinova qui l'avait apporté par le vapeur la semaine précédente. Elle avait demandé à son frère de lui en chercher un. Elle avait enveloppé l'arbuste dans un morceau de toile et l'avait apporté à Alexandrie. Pour l'heure, elles y suspendaient des biscuits préparés par leurs soins et d'autres friandises arabes achetées à la pâtisserie Mohamed. Sœur Agata s'était procuré des boules de couleur et une étoile de Noël.

— Bon, est-ce qu'on va chanter quelque chose ? ronchonna Jucka. Si on ne chante pas tout de suite, on va surir et Jésus nous chassera du temple. Lui a été joyeux jusqu'à son dernier souffle !

— *Té*, arrête un peu, Jucka ! Il était joyeux ? Il était sur la Croix et il souriait, c'est ça ? se moqua Francka.

— Bien sûr qu'il était joyeux car il retournait chez son père. Il rentrait chez lui, vous comprenez ça ? C'était son retour à la maison !

L'Istrienne était catégorique.

— Bon, ça va, tu as peut-être raison. Bien sûr, il rentrait chez lui, dit Merica et elle sentit combien elle aurait été heureuse si à cet instant elle devait mourir et, l'instant suivant, se retrouver dans sa maison près de son Mihec…

— Vous êtes encore jeunes, dit Marija Celestinova, mais vous voyez déjà la vie en noir. Jucka a raison. Si on chante, la lumière s'allumera dans nos cœurs et, tout de suite, il fera plus clair et plus chaud.

— Bon, chantons alors ! gringotta Jucka et elle entonna : « L'alouette chante, turlutte… »

Bien sûr, elle chantait comme une gamate mais ça ne gênait personne.

Un peu à contrecœur, les femmes firent chorus mais, par la suite, le chant l'emporta sur l'amertume. Quand elles eurent terminé celui-là, elles en entonnèrent un autre : « L'eau de la Soča bruissait, la lune brillait dans le ciel… »

Elles interprétèrent encore quelques chansons, ensuite elles passèrent, comme ça, inopinément, à un chant d'église : « Marie, vers toi nous crions, enfants d'Ève exilés, vers toi nous soupirons, gémissant et pleurant dans cette vallée de larmes… »

On voyait bien que ce chant ne plaisait pas du tout à Jucka. Quand elles eurent fini de gémir leur chant, elle dit, un peu sarcastique :

— Ce n'est pas étonnant que Marie soit toujours triste puisqu'elle n'a autour d'elle que des pleurnicheuses !

— Jucka, tu crois que la vie est comment ? Que ce n'est qu'une plaisanterie, que des sourires et des fêtes ? Regarde autour de toi ! Sur cent personnes, il y en a cinq qui sourient, toutes les autres pleurent. Et toi, tu nous dis qu'on doit être joyeuses, se fâcha Roška.

— *Ma* pourquoi je vous dis ça, hein ? Parce que la charge qu'on porte est dix fois plus lourde si on est triste et cent fois plus légère si, malgré tout, on est joyeuses.

— Jésus, qui pourrait te comprendre ?! dit Avgustina.

— Écoutez ce que je vais vous raconter ! C'est l'histoire de deux hommes qui portaient sur leur dos une pierre du même poids. L'un ne pensait qu'à la pierre et à son poids et la charge était toujours plus lourde. Le deuxième se réjouissait du soleil qui brillait, des papillons qui voletaient autour de lui et des parfums que répandait le vent du printemps – et il oublia la lourde pierre ; il ne s'en souvint que lorsqu'il arriva au but. Là, il jeta la pierre et se mit à siffler gaîment. Et l'autre, arrivé au but, était tellement claqué qu'il ne pouvait pas sourire, encore moins siffler. Vous avez compris ce que je vous dis ?

Bien sûr, elles avaient compris, mais comprendre est une chose et être faite du même bois que Jucka en est une autre. Elle prenait tout ce qui lui arrivait du bon côté, elle voyait partout la volonté de Dieu et ne voyait pas pourquoi elle devrait se tracasser avec ce qui est juste et ce qui ne l'est pas, ce qui est bon ou mal. Elle aussi vivait tout ça, la tristesse et la joie, mais elle ne se tourmentait pas avec les questions du pourquoi ou du comment.

Sœur Elizabeta se mêla à la conversation :

— La vie a ses bons et ses mauvais côtés. Comme les gens de chez nous. Si on regarde en général, alors il est sans doute vrai qu'il y a plus de difficile que d'agréable. Mais avec l'espoir et la confiance en la sagesse de Dieu, on peut alléger bien des fardeaux. Mais maintenant, mes chères Sandrines, l'heure de la prière est venue. Alors, allons à la chapelle.

En entrant, elles entendirent un vieux cantique, celui que Marija Zornova préférait, elle demandait toujours qu'on le chante avant les litanies.

Marie cheminait de par le monde,
Sur sa route elle rencontra trois cordurièras.
Que faites-vous, que cousez-vous, vous les trois cordurièras *?*
Nous travaillons, nous cousons le manteau de Jésus,
Alors faites-le, cousez-le sagement et fidèlement
Car le calvaire de Jésus vous sauvera.

Marie cheminait de par le monde,
Sur sa route elle rencontra trois charpentiers.
Que faites-vous, que fabriquez-vous, vous les trois charpentiers ?
Nous travaillons, nous fabriquons la Croix de Jésus.
Alors faites-la, fabriquez-la sagement et fidèlement
Car le calvaire de Jésus vous sauvera.

Marie cheminait de par le monde,
Sur sa route elle rencontra trois forgerons.
Que faites-vous, que forgez-vous, vous les trois forgerons ?
Nous travaillons, nous forgeons les clous de Jésus.
Alors faites-les, forgez-les sagement et fidèlement

Car le calvaire de Jésus vous sauvera.

Le silence régna ensuite pendant un certain temps puis on entendit le marmonnement des litanies. Monotone et à peine audible.

Seigneur, aie pitié de nous.
Jésus-Christ, aie pitié de nous.
Seigneur, aie pitié de nous.
Jésus-Christ, aie pitié de nous.

Pendant qu'elles psalmodiaient dans la chapelle, sœur Franka et Marta Grčarjeva se querellaient dans le jardin. Franka tentait de persuader l'obstinée Marta que toute chose avait ses limites et, qu'elle, Marta donc, elle devait, pour l'amour de Dieu, elle devait un jour ou l'autre comprendre ça.

— Tu as fait de l'asile un jardin zoologique ! On t'a permis d'avoir des lapins, des poules, des chiens, des chats, des pigeons, une chèvre et un petit mouton, mais un cochon, Dieu du ciel, un cochon, tu ne peux pas l'avoir ici, dans l'asile Saint-François. Ça pue comme la peste !

— Sœur Franka, écoutez ce que je vous dis ! Est-ce que saint François n'avait pas autour de lui tous les animaux de ce monde, et des cochons aussi ? Lui les aimait tous de la même façon, il ne faisait pas de classement. Et qu'est-ce que ça fait s'il pue un peu ? Nous, on a toujours eu des cochons, toujours, pourquoi on ne pourrait pas en avoir ici, dans le jardin du plus grand saint de tous les animaux et de tous les gens ? Hein, pourquoi ?

— Tu es vraiment une poule idiote ! Non pas une poule, une chèvre ! On ne t'a rien dit quand tu as amené un chien battu avec la queue coupée, rien quand tu as récupéré cette chèvre à qui il manquait une patte. Et rien quand tu as rapporté une chatte à qui les minots avaient crevé les yeux. Quand tu as introduit en douce des pigeons qui avaient les ailes cassées et qui ne pouvaient pas voler, on ne t'a encore rien dit, et quand tu as fait entrer en cachette un petit mouton qui ne pouvait pas marcher car il était, paraît-il, paralysé, on a encore gardé le silence. Mais que maintenant tu ramènes un cochon qui grogne, qui pue et pousse des cris perçants, écoute bien, folle Marta, ça, c'est vraiment trop ! La sœur supérieure m'a envoyée te dire : ou bien ce porc sort d'ici ou bien c'est toi ! Décide-toi ! Avant demain matin !

— Alors je m'en vais ! Moi et tous mes animaux. Je prendrai aussi le cochon et je dirai au très saint François comment vous êtes ! Que vous n'êtes absolument pas ses sœurs car vous avez peur de je ne sais quoi. Alors quoi, si eux n'aiment pas les cochons, hein, alors quoi ? Nous, on aime tous les animaux, les cochons aussi qui…

— Oui, bon, les cochons aussi qu'on abat tous les ans et qu'on boulotte et qu'on gruge toute l'année, morceau après morceau, hein ? siffla la sœur furieuse avant de partir en trombe.

À la porte, elle lança encore par-dessus son épaule :

— Avant demain matin ! Si le cochon est encore là, tu prendras la porte ! Voilà, c'est notre dernier mot !

Marta Grčarjeva était si énervée qu'elle en tremblait. À l'asile, elle avait été pendant quelques années aide-cuisinière, femme de ménage, assistante jardinière. Elle avait fait tous les boulots, par nécessité. Et elle était laide, si laide que c'en était gênant de la regarder. Elle avait un nez immense, si long qu'il atteignait presque son menton. Et elle avait… bon mais ça n'est pas important. Elle était aussi toute petite, minuscule et même si insignifiante que c'était étonnant qu'elle soit venue ici, à Alexandrie et que quelqu'un l'ait engagée. Elle avait assurément eu une énorme chance que les religieuses, quand elle avait successivement perdu tous ses boulots, probablement en raison de son esprit querelleur et aussi de sa laideur, que les religieuses donc l'aient prise sous leur protection et lui aient permis de se créer dans l'asile son propre asile d'amour pour les animaux de toutes sortes et de toutes tailles…

Il paraît que, même enfant, elle n'avait jamais reçu le moindre amour, mais dorénavant, selon une logique curieuse, incompréhensible, elle en distribuait à tous ces malheureux animaux et, miracle plus grand encore, elle en recevait d'eux, de l'amour, oui…

Cette affaire, à savoir le conflit entre elle et sœur Franka, se termina par la disparition on ne sait où du cochon. Bien sûr, Marta Grčarjeva resta et elle continua affectueusement, si affectueusement qu'on en avait les larmes aux yeux, à s'occuper de tous ses animaux ; elle s'y employait jour et nuit et ne permettait pas qu'il leur arrive quoi que ce soit de mal. Seuls les œufs allaient à la cuisine, les animaux jamais…

*

Les gens faits d'un seul tenant sont rares, se disait Ana pour se justifier. La plupart sont faits d'éléments différents qui peuvent se battre entre eux. Voilà pourquoi parfois, en un seul jour, je change trois fois d'avis. C'est comme ça.

Elle pensa à Marija Pušpanova et à son Ali Ibrahim. La première fois qu'elle avait pressenti ce qui se passait entre eux, elle avait été scandalisée et avait sévèrement condamné Marija. Un peu après, elle s'était dit que c'était le problème de Marija et qu'elle ne s'en mêlerait pas. Puis elle avait comparé Ali Ibrahim à Tone Vranov, l'ex-bon ami de Marija, et elle s'était dit que par rapport au Soudanais, Tone était un moineau face à un vautour. Et quand un soir, tout à fait par hasard, elle les avait entendus s'aimer passionnément, ça l'avait bouleversée et elle avait senti une chaleur dans son ventre comme lorsque, sur le vapeur *Helouan*, le Tsigane Romuald avait joué du violon en la dévorant de ses yeux brûlants. Et ce jour-là, comme à l'époque, elle était tombée dans un étrange état d'excitation. Et elle avait reconnu qu'elle enviait Marija Pušpanova et qu'elle aussi voulait avoir quelqu'un contre qui elle pourrait se serrer, avec qui elle se sentirait bien…

Peut-être est-ce à cause de son tempérament (sur lequel le curé Ivan Dobravec avait attiré son attention) qu'elle ne resta pas froide quand, au bout d'un an à Alexandrie, Georges Chevalier, un des habitués de l'hôtel, commença à la courtiser. C'était un petit constructeur de bateaux dans le sud de la France. Son père était français, sa mère, grecque. Il venait régulièrement à Alexandrie, il restait deux semaines à l'hôtel, parfois plus. Le temps de régler ses affaires et aussi de prendre du bon temps ; il joignait l'utile à l'agréable.

Au premier contact, Ana lui avait plu. Quand il l'avait rencontrée devant son appartement et qu'on la lui avait présentée, un sourire avait immédiatement éclairé son visage et il l'avait saluée avec effusion.

— Ça me fait plaisir, un grand plaisir, qu'il n'y ait plus cette coquette ! Devant elle, j'ai toujours eu le sentiment qu'elle voulait obtenir mes faveurs à toute force. Bizarre, non ? Elle faisait toujours des allusions… Mais vous êtes sans doute slovène, n'est-ce pas ?

— Comment avez-vous deviné ? Est-ce que c'est écrit sur ma figure ? Oh bien sûr, mon français… dit-elle en souriant.

— C'est vrai que vous avez un petit accent slave. Mais vous les Slovènes, vous avez quelque chose que les autres n'ont pas, dit Georges Chevalier. Vous avez une culture et une obligeance naturelles que moi je qualifie de distinction. Et ça parce que, même quand vous êtes femmes de ménage, vous restez, de façon incompréhensible, supérieures. Vous êtes des dames, quelque chose comme ça. Vous conservez votre dignité et vous faites sentir votre fierté à tout le monde.

— Vous parlez sérieusement ou vous plaisantez ? demanda Ana, perplexe.

— Je ne plaisante pas le moins du monde. Bien sûr, il y a des exceptions. Il y en a pas mal. Mais ce que j'ai dit vaut pour la majorité d'entre vous. Pour vous, c'est certain. Si une aristocrate, en raison de circonstances malheureuses ou de mauvais desseins du destin, devait gagner son pain quotidien en étant femme de chambre, bonne d'enfants ou quelque chose du genre, elle se comporterait exactement comme vous qu'on appelle les Goriciennes. Il y a quelque chose de noble et de grand dans votre façon de travailler.

Ana était troublée et, tout à coup, elle ne savait plus comment se comporter avec ce Français. Elle rougit, prit l'excuse d'un travail urgent et disparut dans le couloir. Dans sa chambre, elle but un petit verre de *žganje* en se disant : Ce Français se moque sûrement de moi. Mais moi, je vais lui faire voir. À partir de maintenant, je serai particulièrement froide. Aucun sourire, aucun compliment !

C'était facile à dire, difficile à faire ! L'après-midi, elle le rencontra à l'entrée de l'hôtel et un sourire se dessina, contre sa volonté, sur son visage. Elle s'inclina même un peu, comme ça, un petit peu, de manière à peine visible. Après le dîner, alors que les clients, assis dans le salon, buvaient du zibib, du whisky, du cognac Napoléon, ou autre chose, fumaient des cigares ou la pipe et bavardaient avec leur dame, le petit Miki vint trouver Ana et lui dit que « ce monsieur là-bas » l'invitait à sa table. Il fit un geste vers un coin du salon où Chevalier, assis, lui souriait d'un air engageant.

— Jésus, qu'est-ce qu'il me veut ? Il y a ici Johnny et là, Mirella. Et moi, je ne suis pas serveuse !

Bien que fâchée, elle se pressa tout de même en direction du client.

— Vous désirez ? dit-elle aimablement, mais avec une perplexité sensible dans la voix.

— Mademoiselle Ana, est-ce qu'il serait indélicat de ma part de vous prier de vous asseoir un instant ici avec moi ? demanda-t-il presque en chuchotant.

Elle jeta un coup d'œil dans le salon. Le directeur Juan Carlos n'avait pas l'air d'être là, c'est pourquoi elle dit : « Seulement un instant ! » en s'asseyant sur le bord de la chaise.

— N'ayez crainte, mademoiselle. Juan Carlos est mon ami. Il n'y aura pas de problème s'il vous voit assise à ma table. Mais nous pouvons aussi lui dire que j'ai exigé de vous des renseignements, n'est-ce pas.

Il avait dit cela en souriant d'un air espiègle.

Ana était sur des épines. Elle ne pouvait s'imaginer ce que cet homme voulait d'elle. Mais lui se mit à parler si franchement et sans détour qu'elle en vint à transpirer dès les premières phrases.

— Vous connaissez sans doute mon nom. Vous savez aussi que mon entreprise fabrique des voiliers et des petits vapeurs. Je fais des affaires avec des courtiers d'Alexandrie, c'est pourquoi vous me voyez souvent ici, dans cet hôtel. Je ne suis pas marié et je n'ai pas d'enfants. De vous, je sais tout. S'il vous plaît, ne soyez pas gênée. C'est mon caractère. Je n'aime pas les détours. Pour moi, les rapports entre les gens sont aussi l'affaire d'arrangements commerciaux. Même quand deux personnes sont amoureuses, pendant un certain temps elles s'observent, inconsciemment bien sûr, pour voir si elles peuvent aller ensemble ou non. Pour moi, l'amour dans sa conception romantique ou disons idéaliste n'existe pas. Tout est commerce. Les relations amoureuses entre deux personnes sont du commerce. Réussi ou non.

« Bon, je vais faire court. Donc sans philosopher.

« Je vous ai vue cinq fois et j'ai eu assez de temps pour vous étudier. J'ai aussi posé des questions sur vous. Actuellement, c'est à la mode de dire que je vous ai pour ainsi dire passée aux rayons X. Je constate que chez vous le rapport entre la raison et les sentiments est absolument idéal. Vous mettez votre cœur en pâture comme si c'était une jument qu'il fallait débrider. Mais quand on a profité du petit trot et du galop, il faut rentrer docilement à l'écurie. Je parle ici de l'autre partie de votre personnalité. Elle s'appelle la raison. Elle est tellement plus forte que les sentiments qu'elle peut, à tout moment, les surveiller et les dominer. Donc, une proportion idéale pour un homme qui s'occupe de gestion d'affaires.

« Vous vous demandez sans doute ce que je veux en fait de vous et pourquoi je vous raconte tout ça. Madame Ana, c'est simple : je vous offre le mariage et en même temps je sollicite votre aide pour diriger mes ouvriers et aussi certaines de mes affaires. Donc, somme toute, je vous offre aussi du travail.

« Évidemment, je n'attends pas que vous me répondiez aujourd'hui. D'ici la fin de mon séjour à Alexandrie, vous avez le temps d'approfondir votre réflexion ; deux bonnes semaines.

« Voilà, maintenant, excusez-moi de vous avoir volé un précieux temps. Ah, encore une chose : je sais que vous êtes mariée. Si vous vous décidez pour moi, nous paierons votre mari, nous emmènerons votre fille en France. Je suis prêt à l'adopter.

Tous deux se levèrent, lui s'inclina poliment, elle était si troublée qu'elle ne prononça pas un mot et ne fit aucun signe. Elle lui tourna le dos et s'enfuit.

Toute la soirée, elle ne pensa qu'à ce que lui avait dit le Français.

Il est toqué, s'emporta-t-elle. Complètement toqué ! Offrir le mariage à une femme de cette façon ! Ah, à une femme ! Mariée et mère de famille ! Comme si on était dans un magasin ; lui, l'acheteur, moi, la marchandise qu'il veut acheter. D'ailleurs, il l'a dit, tout est commerce, même l'amour… Jésus, quelque chose comme ça ! Et quelles bêtises il a débitées : qu'il paierait mon mari. Comment ça, il le paiera ? C'est-à-dire qu'il me rachètera. Quand il ira voir Rihard pour négocier avec lui, combien celui-ci voudra-t-il pour moi, sa femme ? Oh mon Dieu, ça alors !

Elle était outrée. Mais le lendemain, cette offre qu'elle repoussait avec détermination se mit à s'imposer de façon très agaçante. Des idées lui traversèrent l'esprit :

Quel âge a ce Georges ? Une quarantaine d'années sûrement, peut-être quarante-cinq. Et moi, j'ai un peu moins de trente ans. Donc entre nous, ça fait une dizaine, peut-être… bon, au plus, quinze ans de différence. Ce n'est pas une beauté, mais moi non plus. Il est certainement très riche. S'il a une usine de voiliers et de vapeurs. Il n'a ni femme ni enfants. Hum… Mais est-ce que je dois le croire ? Jésus, comment elle a fini, Valentina Oreškova !

Et mon Rihard et sa sorcière de Tereza ? Mais bon, puisqu'ils ne font que se saouler. Lui boit, sa mère boit, sa sœur Jozefa boit aussi. Moi, je leur envoie des sous et eux, voilà ! Si, au moins, ils ne racontaient pas que je ne les aide pas. Et Verica ? Il dit que je pourrais la prendre avec moi, qu'il l'adopterait ou quelque chose comme ça.

Jésus, est-ce que je divague ? Bien sûr que je divague. Sûrement qu'il se moque de moi. Je n'ai jamais entendu dire qu'un homme demande une femme en mariage de cette façon. Qu'il lui demande comme ça après l'avoir vue quelques fois si elle veut être sa femme et travailler avec lui. *Ma* je ne vais plus y penser. Non et non. Il est trop fou.

Bon, on verra ce qui sortira de ça. Je peux demander à Merica. Aujourd'hui, c'est dimanche et je la verrai sûrement à l'asile, à la chorale. Je lui demanderai ce qu'elle pense de cette offre de mariage à une femme mariée et honnête…

L'après-midi, elle se dépêcha d'aller rue Menasce, Merica était bien là. À la pause entre les répétitions de théâtre et de chant, elle lui proposa d'aller dans le jardin et lui raconta ce qui lui arrivait. Merica pensa d'abord qu'elle plaisantait mais quand elle comprit que ce n'était pas une blague, elle redevint sérieuse et dit assez fermement :

— Ana, mais comment tu peux penser à une telle bêtise ? Tu es mariée, tu as Verica, tu as une maison et, là-bas, tu as tous les tiens. Est-ce que toi aussi, tu as perdu la tête ?

Elle la houspilla. Et lui enjoignit de ne plus penser à ça. Car c'est impossible qu'elle, qui a un mari, même si c'est un ivrogne, épouse un Français qui fabrique des bateaux là-bas on ne sait où.

— Ana, il se moque de toi. Il veut t'humilier. Tu verras. Tu te souviens de ce qui est arrivé à Bernarda Lipnikova. Celle qui travaillait chez le commerçant Panelopes.

Bien sûr qu'elle se rappelait cette histoire, les Alexandrines en avaient parlé pendant longtemps.

Bernarda Lipnikova travaillait comme cuisinière chez un commerçant grec veuf. Tout de suite à son arrivée à Alexandrie, il se mit à la courtiser, elle le repoussa aussi gentiment et poliment que possible. Il lui semblait trop vieux. Mais Panelopes avait un fils très beau, rusé et dépravé, Nicophoros. Et lui, le père, avait aussi un esprit abject. Il prenait plaisir à se moquer de ses subordonnés, souvent de manière cruelle. Il avait maintenant, en plus de cette passion ou de ce défaut de caractère, une autre raison ; son honneur d'homme était touché. Et c'est ainsi qu'un soir ils convinrent que le fils séduirait la Slovène et qu'il ferait semblant d'être amoureux d'elle. Tous dans la famille, le père et les sœurs, allaient collaborer chacun à sa guise, à cette grande comédie, comme ils appelaient le complot.

Au début, Bernarda fut prudente et elle ne fit pas immédiatement confiance à son séducteur, mais le jeune homme joua si bien son rôle d'amoureux qu'au bout d'un certain temps la fille tomba dans le panneau. Peu à peu, elle s'amouracha très sérieusement de lui. Quand elle remarqua que les autres membres de la famille acceptaient leur amour et l'approuvaient, même le père qu'elle avait repoussé, elle capitula et attendit impatiemment le mariage et la suite. Nicophoros réunit des invités qui arrivèrent chez eux pour le faux mariage et, pendant la fête, la beuverie et la consommation du dîner prénuptial, il apparut, et de la plus cruelle des façons, que tout ça n'était qu'une farce, une comédie et que le beau et plaisant Nicophoros n'était absolument pas amoureux d'elle. Tous dans la famille et les faux invités, saouls et repus jusqu'à vomir, se tordirent de rire sans fin comme des sauvages.

La chance dans cette malchance fut que sœur Elizabeta ait été avertie de cette « comédie » dès le lendemain. Elle alla immédiatement chercher Bernarda, la colla dans un fiacre et la ramena à l'asile. Là, on la consola et on tenta de guérir ses blessures mais Bernarda ne put se remettre. Tous les jours, elle s'enfonçait de plus en plus dans le marécage de l'apathie. La fille avait visiblement perdu sa joie de vivre. Finalement, elle refusa de manger et de boire. Elle ne se leva même plus. Elle restait couchée, les yeux fermés, et s'éloignait dans les ténèbres d'outre-tombe.

Face à cette détresse, sœur Elizabeta se souvint de Neža Klementinova qui savait soigner par les mains et la prière. On disait qu'elle avait le don de guérir les malades. Et ça, depuis qu'un miracle s'était produit à Lourdes. Un vrai miracle.

Neža était arrivée à Alexandrie vingt ans plus tôt et elle était cuisinière chez le commerçant Osman Malak Awad. D'abord, tout alla bien, ensuite du jour au lendemain elle eut terriblement mal à la colonne vertébrale. Elle souffrait tant que parfois elle se roulait par terre en criant à pleins poumons : « Ô Marie de Sveta gora, aide-moi ! » Au fil des mois, son état ne s'améliora pas, il empira. Son patron était un homme bon, au cœur compatissant, et il l'autorisa à accompagner les sœurs borroméennes à un pèlerinage à Lourdes. Celles-ci l'avaient invitée dans l'espoir que Notre-Dame de Lourdes ait pitié d'elle. Neža partit « sans le moindre espoir », comme elle le raconta plus tard. À Lourdes, pendant la prière devant la grotte, elle sentit soudain dans sa colonne vertébrale une chaleur qui crût en une véritable fièvre et, quand la fièvre céda, un fort courant électrique parcourut tout son corps, si fort qu'elle trembla ostensiblement. Ensuite, elle entendit une voix qui lui disait :

— Neža, ta colonne vertébrale est redevenue jeune. Et Dieu miséricordieux t'a donné, en plus d'une colonne vertébrale en bonne santé, une force dans les mains. Dorénavant, tu pourras guérir avec tes doigts et des prières. Tu placeras tes mains sur les malades et ainsi tu les guériras. Cependant, Neža, n'oublie pas, tu ne dois jamais utiliser ce pouvoir d'origine divine dans une mauvaise intention et tu ne dois jamais toucher le moindre sou. Le don de guérir t'a été accordé car tu as cru et tu as été fidèle et endurante même dans les pires moments. Maintenant va, et que la grâce de Dieu soit avec toi !

C'est ce que lui dit une voix qu'elle seule entendit. D'abord, elle n'y crut pas car, un peu plus tôt, elle avait si mal au dos qu'elle avait peur de bouger un doigt de pied. C'est pourquoi elle fut très prudente. Elle s'appuya délicatement sur ses mains pour se relever. Elle ne souffrit pas comme d'habitude, donc elle s'enhardit et se redressa un peu plus. De nouveau, elle ne sentit aucune douleur. Alors elle se leva lentement, fit quelques pas, se pencha, se balança à droite et à gauche, et ensuite elle se mit à danser et à chanter à tue-tête : « Alléluia, alléluia ! »

C'est ainsi que Neža guérit miraculeusement et, sur le chemin du retour, les femmes qui l'accompagnaient chantèrent des prières de remerciement et d'autres chants. À partir de ce jour, même les domestiques du commerçant Osman, quand elles souffraient de quelque chose, s'exclamaient ou soupiraient: « Marie de Sveta gora, aide-moi ! » Quand le patron Osman les entendait, il ne se fâchait pas alors qu'il était musulman et qu'eux, les domestiques, l'étaient aussi. Il souriait et disait que Dieu est Un, mais qu'il a de multiples noms, autant qu'il y a de croyances en ce beau monde.

Par la suite, Neža Klementinova alla partout pour soulager les gens malades par l'imposition des mains et la prière. Elle en guérit beaucoup et elle permit même à Faïka, la première épouse de son patron Osman, de mettre au monde un fils, toujours par l'imposition des mains et la prière. Même si Osman n'avait pas menacé son épouse de répudiation, c'est-à-dire d'annulation de l'union conjugale, Faïka fut extraordinairement heureuse en emmaillotant le petit Amin, en bonne santé et grassouillet.

Neža Klementinova fut bientôt si renommée qu'on l'appela à l'aide de tous les coins d'Égypte et qu'on l'invita en France, en Italie et aussi en Suède et en Allemagne. À l'époque où sœur Elizabeta la cherchait, elle revenait justement de Styrie où elle avait délivré Frederika, la comtesse de Kranigfeld, de terribles rhumatismes. Quand, à l'époque, elle avait entendu de quoi il s'agissait, elle s'était retirée dans sa chambre et y était restée pendant un bon moment. Ensuite, elle en était finalement sortie et avait dit qu'elle irait voir la malade car telle était la volonté de Dieu. Elle avait insisté : « De Dieu et pas de la mienne. »

Elles trouvèrent Bernarda dans sa chambre. Elle était couchée, aboulique, dans l'obscurité et au premier regard elle semblait dans un état désespéré. Elle était apathique et comme morte. Sœur Elizabeta demanda à Neža si elle devait sortir. Celle-ci secoua la tête et chuchota :

— Allez près de la table et priez. C'est comme ça que vous m'aiderez le plus.

Ensuite, elle se mit au travail. Elle tira les rideaux afin que le soleil de l'après-midi éclairât la chambre. Elle avança vers la mutique Bernarda, déboucha un petit flacon d'huile d'olive et versa sur son index quelques gouttes. Elle les frotta entre le pouce et l'index puis, avec une grande concentration, elle se mit à masser le front de Bernarda. Elle faisait ça lentement et comme si elle ne touchait pas son front. En même temps, elle priait à mi-voix dans une langue qui était absolument inconnue à sœur Elizabeta mais qui lui évoquait l'hébreu ancien.

Bernarda était allongée, les yeux fermés, tout indiquait qu'elle n'avait pas conscience de ce qui se passait. Sœur Elizabeta marmottait son chapelet et, du fond de son âme, implorait Dieu de ramener la malheureuse à la vie.

Neža Klementinova cessa de murmurer dans une langue inconnue. Elle déplaça sa main du front de la jeune fille vers sa poitrine mais sans la toucher. Quand sa main droite passa au-dessus de ses seins, là où devait être le cœur, sœur Elizabeta vit clairement une pluie dorée bruiner de sa main droite sur Bernarda. Une fine bruine dorée. Ça dura quelques secondes, ensuite Neža retira sa main et sœur Elizabeta entendit clairement une voix qui n'était pas celle de Neža. Elle était forte et affectueusement impérieuse :

— Bernarda, allons, lève-toi, c'est le matin et les vaches attendent que tu les emmènes paître !

La jeune femme ouvrit les yeux et dit d'une voix ensommeillée :

— Oui, mère, tout de suite !

Après ce jour, la jeune femme trahie et désespérée retrouva vite sa joie de vivre. Tous les jours, elle allait mieux et, en une bonne semaine, elle redevint telle que les sœurs de la Charité l'avaient connue à son arrivée en Égypte.

« Dieu soit loué ! » murmurait toujours sœur Elizabeta quand elle voyait Bernarda.

Les sœurs lui trouvèrent ensuite un travail chez une vieille Juive qui s'occupa d'elle comme une mère et qui, n'ayant pas d'enfant, l'adopta quelques années plus tard. Elle la maria avec son cousin et tous émigrèrent par la suite en Amérique.

— J'ai pensé à ce qu'avait vécu Bernarda Lipnikova, oui. Mais j'ai vraiment l'impression que cet homme est sérieux. Et s'il est vraiment sérieux ?

Ana, indécise, hésitait, elle se tourna avec espoir vers Merica.

— Cet Anglais qui me courtise est sérieux lui aussi, *ma* moi je ne me tracasse pas avec ça. Je sais que ce n'est pas possible, ce n'est absolument pas possible, point. Ana, sois raisonnable, mon Dieu !

— Oui, tu as raison. (Elle soupira et calma Merica qui était énervée.) Bien sûr, il n'est pas sérieux. Ces messieurs se moquent de nous, je sais. Il y a déjà eu beaucoup de cas de ce genre, n'est-ce pas ?

Apaisées, elles repartirent vers l'harmonium autour duquel étaient réunies les autres femmes. Sœur Jolanda tourna sa feuille et entama un air et certaines se mirent à chanter :

— « Elle a sarclé les fleurs, chanté à pleine voix, elle est devenue toute rouge quand il est arrivé devant elle… »

*

Trois jours avaient passé depuis que Mahmoud Saleh Pacha avait ramené Vanda dans sa chambre après l'avoir sauvée du gros lard libidineux. La jeune fille n'en finissait pas de réfléchir à ce qui lui arrivait et à ce qu'elle devait faire. Peu à peu, elle relia les événements passés et l'affaire devint de plus en plus claire. Depuis qu'elle était à Alexandrie et qu'elle était employée comme *dama di compagnia* chez Hanuma, elle avait vécu sans réfléchir. Elle avait laissé les choses lui arriver tout simplement; elle n'y avait pas pensé, elle ne les avait pas examinées dans le détail. Elle avait accepté les faits et cru naïvement que tout allait bien, que sa maîtresse l'aimait sincèrement et donc qu'elle s'occupait d'elle, la protégeait. C'était, bien sûr, d'une grande naïveté. Sa jeunesse, son manque d'expérience l'excusaient en partie. Mais seulement en partie, car on l'avait avertie, sois prudente, et elle n'avait pas tenu compte de ces mises en garde et des signes que lui donnait la vie. Le sentiment de sécurité qui, chez elle, dans son village, était à la mesure de la réalité était trompeur ici, à Alexandrie.

Maintenant, elle se souvenait d'événements qui, lorsqu'ils s'étaient produits, auraient dû la faire réfléchir. En effet, Hanuma l'avait emmenée, petit à petit et de façon préméditée, dans les eaux des plaisirs suaves. Elle l'avait persuadée de s'exposer nue dans le jardin alors qu'elle savait que son ami, son amant secret, Edward Orfali, l'observait. Vanda l'avait fait pour sa maîtresse, pour elle et seulement pour elle. Celle-ci, en effet, s'était plainte, d'une voix faussement abattue, que l'amour de son Edward se refroidissait, alors qu'elle ne voulait le perdre pour rien au monde car elle l'aimait tant que son départ signifierait pour elle la mort…

— Si toi, avec ton jeune corps, tu pouvais l'exciter un peu, il se réchaufferait en tant qu'homme, alors il serait peut-être plus affable avec moi et il ne m'abandonnerait pas, lui avait-elle dit pour la persuader.

— Je ne vous comprends pas. Qu'est-ce que je peux faire pour vous aider ? avait demandé la jeune fille.

— Oh, c'est très simple, avait chuchoté Hanuma d'une voix mystérieuse. Il y a un tamarin près de notre petite piscine et un flamboyant y fleurit aussi. Quand la pleine lune brillera, déshabille-toi et ensuite glisse-toi lentement dans l'eau. Tu dois faire ça très, très…

— Comment ça, me déshabiller ? Complètement ? Je dois être nue ? Complètement nue ?

— Bien sûr, tu te déshabilles lentement, tu comprends ? Lentement, et comme si tu le faisais en cachette, en craignant que quelqu'un t'observe. Comme si tu volais quelque chose. Comme si tu faisais quelque chose d'interdit, qu'on ne doit pas découvrir. Tu vois de quoi je parle ?

— Maîtresse, moi je ne pourrai pas faire ça. Je ne me suis jamais mise nue à l'extérieur. Même à la maison, quand je me lave, je me lave d'abord jusqu'à la taille et ensuite je couvre le haut et ensuite j'enlève ma jupe et…

— Ah Vanda, ça, c'était chez toi ! Maintenant tu es en Égypte, à Alexandrie, ce n'est pas chez toi, et ici d'autres règles de comportement sont en vigueur. Complètement différentes, tu comprends ?

— Maîtresse, moi je ne sais pas… moi je ne pourrai pas…

— Vanda, je te demande rarement de faire quelque chose pour moi. Maintenant je t'en prie, vraiment, je te prie de m'aider. Si tu ne le fais pas, je perdrai l'homme que j'aime à la folie. Il ira en voir une autre, plus jeune, plus belle…

— Oui, mais qu'est-ce qui se passera s'il vient vers moi, s'il m'attaque ?

— Sotte ! Il ne ferait ça pour rien au monde. Edward respecte et idolâtre le corps féminin. Le corps féminin est quelque chose de sacré pour lui. Je te dis la vérité ! Tu n'as pas à craindre qu'il t'arrive quoi que ce soit. Il ne te touchera même pas. Mais quand il verra comment tu te déshabilles, comment tu enlèves une partie de tes vêtements et comment tu t'approches prudemment de l'eau et que tu t'y enfonces… l'ardeur le saisira et il courra vers moi, moi je l'attendrai et ce qu'il aurait pu donner, à toi ou à quelqu'un d'autre, il me le donnera car il sera troublé, chaud, terriblement excité. Tu m'as comprise ?

— Oui, oui, mais tout de même, je pense…

— Vanda, je t'en prie. Tu vois, je te supplie, fais ça pour moi, Hanuma, ta maîtresse qui t'aime, qui t'adore…

— Je sais, je vais essayer mais…

— Oh, pas de mais !

Alors une idée traversa la tête de Hanuma et elle fit cette proposition :

— Tu sais quoi ? Cette nuit, quand mon mari sera absent, nous irons toutes les deux au jardin. Ce n'est pas encore la pleine lune, il en manque encore un peu, mais ça ira quand même. Tu vois, moi, je me cacherai comme si j'étais lui, mon chéri, et, près de la piscine, tu feras tout ce que je viens de t'expliquer et tu penseras que ce n'est pas moi qui t'observe mais lui. Un homme, quoi ! C'est bon ? Nous ferons un exercice, la générale avant la première. Ça marche ?

Ça sembla à peu près acceptable à Vanda et elle acquiesça. À la tombée de la nuit, quand la lune presque pleine apparut au-dessus du désert, elles se rendirent dans le jardin, Hanuma se cacha derrière la porte de la terrasse et Vanda, toute tremblante, se dirigea vers le bassin. Soudain, tant de sang afflua dans son corps que sa tête se mit à bruire et que le jardin vacilla. Puis elle eut chaud, très chaud, comme si son sang s'enflammait dans ses veines. Elle se mit à transpirer et elle aurait voulu retirer ses nippes au plus vite et se glisser dans l'eau froide. Elle commença, pas vraiment lentement, à retirer ses vêtements. Alors elle entendit la voix de Hanuma qui la réprimandait :

— Pas si vite ! J'ai dit lentement, lentement, prudemment, furtivement, comme si tu avais peur… regarde autour de toi, aie l'air de vérifier si quelqu'un t'observe. Comme ça, oui Vanda, très bien. Parfait, c'est ça, c'est ça, c'est vraiment très bien. Où vas-tu mettre tes vêtements ? Laisse-les glisser tout simplement par terre, oui, comme ça. Comme s'ils tombaient de toi. Mais qu'est-ce qui ne va pas maintenant ? Ah, pas si vite. Recule et recommence. Cette partie est la plus importante. Regarde autour de toi pour vérifier que tout va bien et déshabille-toi prudemment, déshabille-toi comme si tu étais prête, à chaque instant, à remettre en vitesse tes dessous. Parfait. Voilà, bien, finalement tu as compris.

Ensuite, elles répétèrent l'exercice toutes les nuits. Puis vint le soir de la pleine lune, la nuit était argentée.

La pauvre Vanda ne savait pas que, depuis la première répétition, l'amant de Hanuma l'avait observée, toute la soirée, tous les soirs où le mari de la maîtresse n'était pas chez lui parce qu'en voyage d'affaires à Paris… Bien sûr, la nuit où la lune fut pleine comme un melon, il l'observa encore, caché derrière une porte, et ensuite il monta avec Hanuma dans la chambre à coucher où ils firent un tel raffut que Vanda, qui entretemps se rhabillait en fut toute remuée. Une ardeur l'envahit mais elle ne savait pas ce qui lui arrivait. Elle se glissa dans sa chambre, se déshabilla une nouvelle fois et se mit à se caresser; comme Hanuma, en vraie maquerelle, lui avait souvent suggéré de le faire. Ce faisant, Vanda pensait ardemment à elle, mais encore plus à son bel amant, elle aurait aimé être à sa place et que ce qui, doux et suave, arrivait à sa maîtresse lui arrivât à elle…

Maintenant, Vanda se souvenait, elle se rappelait aussi les paroles de Hanuma sur le rapport que la femme doit avoir avec son corps. Comme si elle était assise à ses pieds comme elle était alors, elle l'entendait murmurer d'une voix pleine de volupté contenue:

— Ton corps est une rose. Grande, belle, rouge foncé, une rose au parfum capiteux. Et de même que le jardinier prend soin de la rose dans son royaume botanique, la femme doit prendre soin de son corps. Elle doit l'aimer, le caresser, le chérir et en être fière. Le corps, Vanda, n'oublie pas : le corps est la plus puissante arme dans le combat avec l'homme. C'est grâce à notre corps que nous séduisons et nous ensorcelons l'homme. Nous conquérons sa forteresse sans qu'il le sache. Quand il fait avec notre corps ce qui lui chante, nous lui permettons tout; nous cédons à tous ses caprices, même s'ils sont bizarres ou spéciaux. En agissant ainsi, nous l'embobinons avec douceur et ruse sans même qu'il s'en rende compte. Nous l'entortillons complètement et il est comme dans un cocon. Il est envoûté, pris, attaché, impuissant, alors que lui pense exactement le contraire. Laissons-le dans cette conviction, dans ce mirage. Ainsi nous rassasions sa fierté d'homme et son orgueil. Mais en réalité, Vanda, n'oublie pas, en réalité, nous sommes les maîtresses du jeu. C'est nous qui décidons ce qu'il va faire et comment il va le faire. Et nous n'y parvenons que grâce à nos beaux corps et à une seule condition, obligatoire et fatale pour lui : nous nous soumettons complètement à lui, nous nous donnons entièrement à lui. Si on est capable de le faire, il tombe dans le piège, il s'y laisse prendre et pendant toute sa vie, il n'a pas conscience d'être prisonnier. Est-ce que tu sais de quoi je parle, douce jeune fille ? Je parle des secrets que tu utiliseras pour gagner, pour être reine ou princesse.

Leïla, l'amie de Hanuma, était du même avis. Quelques semaines après que Vanda eut aperçu sous la table les photos d'un enfant qui, le pénis dressé, pissait sans vergogne sur des fleurs, elle leur montra (elle avait alors introduit Vanda dans le secret) des photos de femmes et d'hommes nus. Au début, Vanda rougit violemment, mais au bout d'un moment, il lui avait semblé tout à fait normal d'observer ce genre de photos et d'autres, encore plus excitantes. Excitantes, c'est ça. Le soir, quand elle était seule dans sa chambre, ça bouillait en elle, elle pensait fiévreusement à ces photos et avait des difficultés pour s'endormir. Et quand elle s'endormait, son sommeil était nerveux et peuplé d'égarements ininterrompus…

Alors qu'un jour, au crépuscule, elles tournaient les pages d'un grand album et qu'elles ricanaient de façon polissonne devant des images spéciales, elles entendirent des cris venant d'en bas. Ils étaient si perçants que Vanda en eut des frissons dans le dos. Elle bondit, toute paniquée. Leïla la repoussa sur sa chaise et lui dit de ne pas s'effrayer.

— Qu'est-ce qui se passe en bas ?

La jeune fille tremblait.

— Rien de mal et rien qui puisse être dangereux pour nous, la calma Leïla. Les Coptes, des chrétiens, ont une salle en bas. En ce moment, ils chassent les mauvais esprits d'une femme, c'est elle que tu entends crier.

— Comment ça, ils chassent ? Et qui fait ça ? demanda-t-elle d'une voix toujours tremblante.

— Ils chassent les démons d'une Copte, disons, par la prière, l'exorcisme, la croix et l'eau bénite, dit Leïla en esquissant une grimace. C'est un de leurs mystiques qui fait ça, ils l'appellent chasseur de démons.

— On va voir comment ils font ?

Hanuma était tentée.

— Non ! Il vaut mieux pas. Moi, une fois, j'ai regardé et ensuite je n'ai pas pu dormir pendant plusieurs nuits, dit Leïla. Le plus terrible c'est quand les *sheitans* s'emparent de l'âme d'une personne. Ils la tarabustent et la harcèlent sans pitié. Ils exigent d'elle des actions inhumaines et elle résiste. Elle crie, enrage, se met en fureur... Mais plus elle résiste, plus ils la tourmentent avec d'autant plus de passion et de plaisir. Ils la frappent avec un fouet fait de peau humaine, ils plantent leurs ergots en os dans ses veines, ils attachent une bride et lui font traverser les pires déserts, ils l'entraînent dans les gouffres les plus profonds. Et ils la forcent à boire son sang et le sang des autres et à déchiqueter des nourrissons avec les dents. Les *sheitans* sont les êtres les plus terribles et les plus sanguinaires du monde. Malheur à toi s'ils te possèdent, s'ils prennent le dessus sur toi.

— Et comment ça se passe ? Comment c'est possible qu'ils nous dominent, qu'ils pénètrent en nous ? demanda Vanda toute tremblante.

— Je ne sais pas. Ou peut-être que je sais. Je pense qu'il s'agit de passions qu'on ne connaît pas ou qu'on ne peut satisfaire. Quand le diable est en toi, tu dois lui donner à manger et à boire. Si tu ne le fais pas, il se déchaîne. Pour ainsi dire, il s'échappe de sa cage et te saisit à la nuque. Alors, tu ne t'en libères pas facilement. Il te traque et te contraint de la plus terrible des façons.

— Tu penses que c'est vrai ? demanda Hanuma.

— Comment ça, vrai ? Je ne comprends pas ce que tu veux dire, dit Leïla.

— Ce dont tu parles ; que certains ont des diables en eux, enfermés dans des cages et à qui ils doivent donner de la nourriture ; que, s'ils ne le font pas, les diables enragent, cassent leur cage et les attaquent. Tu penses que c'est vraiment comme ça ?

— Je ne sais pas, peut-être. Il me semble que oui. C'est ce que d'autres aussi m'ont dit. J'ai vu beaucoup de cas semblables, oui, beaucoup de possédés. Quand ensuite j'ai pensé à ces femmes – il n'y a presque pas d'hommes –, j'ai constaté que c'étaient des femmes qui avaient en elles beaucoup de passions qu'elles niaient, qu'elles refoulaient. Parce qu'elles ne se laissaient pas aller, les monstres tiraient profit de leur première inattention et s'échappaient. Et une fois qu'ils étaient dehors, il était extraordinairement difficile de les amadouer et de les remettre sous les verrous.

Vanda était bouleversée. Elle demanda à Leïla :

— Est-ce que ces *sheitans* sont aussi en moi ? En moi aussi ?

— Ils sont en chacun d'entre nous ; plus forts chez les uns, plus faibles chez les autres. En ce qui te concerne, attends que je réfléchisse un peu. Oui, il me semble, c'est ce que je sens, qu'il y en a en toi. Et ils sont forts. Pense à les nourrir tant qu'ils sont encore dans leur cage ! Si tu leur donnes régulièrement ce qu'ils exigent, ils ne sortiront pas ; si tu les affames, ils se mettront certainement en fureur et s'échapperont…

Elle voulut demander quelle nourriture elle devrait leur offrir pour qu'ils la laissent tranquille, mais Zbeda, la domestique de Leïla, entra à ce moment-là. Elle annonçait une visite. Elle échangea en vitesse quelques mots avec Leïla et celle-ci hocha la tête. La domestique sortit puis revint immédiatement avec une jeune Arabe. Leïla invita la visiteuse à la suivre dans une autre chambre et elles disparurent par une porte peinte en noir. Elle resta entrouverte si bien qu'on pouvait entendre leur bavardage. Vanda demanda à Hanuma ce qui se passait et sa maîtresse lui expliqua que Leïla était aussi herboriste et que cette Arabe était certainement venue chercher un philtre d'amour.

— Un philtre d'amour ? s'étonna la jeune fille.

— Tu ne sais pas ce que c'est ? Si tu es amoureuse d'un homme qui ne t'aime pas, qui te fuit, Leïla te prépare une boisson magique avec des plantes et d'autres substances. Si celui qui ne t'aime pas en boit un peu tous les jours, il s'amourache de toi et tout va bien. Tu comprends ?

Vanda se rappelait maintenant qu'elle avait entendu parler de ça chez elle, dans son village. On appelait sorcières ou magiciennes les femmes qui faisaient ces breuvages. Leïla est donc une de ces magiciennes ? se demanda-t-elle. Bien sûr qu'elle l'était. Si elle fait des philtres d'amour, elle sait certainement exercer la magie. Et si elle sait faire ça, elle peut aussi me jeter un sort, se dit-elle.

Pendant qu'elle se tracassait avec ce genre de soupçons et de peurs, des cris, venus du bas, retentirent de nouveau.

Ils étaient si terribles, si bestiaux qu'elle se mit à trembler de tout son corps. Hanuma remarqua son malaise et entreprit de la consoler.

— Vanda, ça ne peut pas t'arriver à toi. Les *sheitans* dominent les femmes qui s'opposent à leur force. Et toi, tu ne t'opposes pas, tu es docile, tu apprends vite… Donc tu n'as rien à craindre.

— J'apprends vite ? Qu'est-ce que j'apprends vite ? demanda la jeune fille.

Hanuma répondit par un rire, doucement séducteur et suggestif. Ensuite elle dit :

— Tu sais que, dans l'argent de la pleine lune, ton corps était si divin que même moi qui suis une femme j'aurais pu m'éprendre de lui.

La jeune fille respira profondément et son cœur se mit à battre si fort qu'elle le sentit dans les veines de son cou. Maintenant elle comprenait qui étaient les *sheitans* et elle comprenait mieux ce qui se passait là-bas.

— Mais il faut donner un peu à manger à ces démons, n'est-ce pas ?

Elle cherchait une issue et un apaisement.

— Ça dépend de quel genre ils sont. Les uns sont plus gentils, d'autres, plus sauvages. Ils se collent à toi dès ta conception. Pendant le développement dans le ventre maternel, ils se rassemblent en foule autour du fœtus et entrent en force. Si la mère est assez forte, elle les expulse. Si elle est faible, elle ne peut fermer la porte de son vagin et ils filent dedans et se nichent dans le petit être en formation. Tu vois, c'est comme ça. Bon, ce qui est très important, c'est où vit la femme enceinte ; dans quel endroit, donc dans quelle maison et à quelle époque l'enfançon s'installe en elle. Il y a beaucoup de secrets qu'on appréhende à peine. Pourtant n'oublie pas : s'ils s'installent en toi, et cela sans ta permission et sans que ce soit ta faute, ne les affame jamais et ne les provoque pas !

Leïla revint avec l'Arabe souriante et réconfortée. À la porte, elle dit quelque chose et la femme poussa une sorte de hennissement. Ensuite elle partit.

Après avoir réfléchi à ça et à d'autres événements, Vanda se décida : Si je refuse l'offre de Mahmoud Saleh Pacha, ils me jetteront dans les pattes d'un autre pareil à ce gros lard. Si je me décide pour Mahmoud, il me protégera mais j'atterrirai dans un harem et je serai une de ses femmes. Mais si je m'enfuis et que je me réfugie chez les sœurs de la rue Menasce, alors, alors…

Cette dernière éventualité ne lui plaisait guère. Elle s'était éloignée de l'autel, de la prière, des longues litanies et des saints. C'était étrange car, quand elle était arrivée en Égypte, elle n'aurait pas hésité un seul instant. Elle aurait tout de suite couru chercher de l'aide ou au moins des conseils chez les sœurs de Saint-François. Pour l'heure, elle était fortement attirée par d'autres sphères. Ce qui occupait les cercles et les mondes des sœurs de Charité, elle connaissait, elle était née avec, elle avait grandi avec. Et ce que recelait le monde dans lequel elle arrivait lui semblait magique et atrocement attrayant. Elle avait franchi la frontière de l'un à l'autre sans s'en rendre compte. Le retour n'était pratiquement pas possible. Comme dans un rêve s'ouvraient à elle des mondes bourrés de présages tentants, de langueurs et d'images dont elle n'avait fait que rêver jusque-là. C'étaient des régions extraordinairement intéressantes et inhabituelles, pleines de surprises, de beautés inconcevables et de plaisir. Tout ça l'attirait plus qu'elle n'osait se l'avouer. Hanuma et Leïla avaient éveillé en elle ce qui dormait jusque-là. Elle avait l'impression que ce qui, auparavant, existait quelque part là-haut, dans le paradis céleste, dans ses rêves et ses visions avait déménagé ici en bas, tout en bas… Elle ressentait de manière toujours plus intense sa féminité ; qui grandissait, s'ouvrait, se dilatait, revendiquait… Et c'est ainsi qu'elle sut qu'elle ne s'enfuirait pas. Il était presque certain qu'elle allait accepter l'offre de Mahmoud et qu'elle deviendrait l'une de ses femmes. Et tout ce que précédemment elle invoquait contre cette décision, à savoir la maison, sa famille, son éducation depuis l'enfance, le saint patron de son village, le curé et surtout sa pieuse tante Maksimiljana qui était nonne chez les carmélites… tout ça se dissipait, perdait sa force.

Évidemment, elle avait des doutes, elle en avait pas mal. Chez elle, elle avait entendu raconter l'histoire de sa voisine, Milena Baškova. Elle aussi était partie en Égypte dès son plus jeune âge, elle aussi était belle ; pas aussi belle que Vanda, mais suffisamment pour qu'un propriétaire d'immenses plantations de coton et de riz tombe amoureux d'elle. Il était donc fortuné. Les sœurs de Saint-François avaient trouvé à Milena un emploi de bonne d'enfants chez un commerçant italien, Antonio Camaglieriu. Elle s'occupait de son fils de cinq ans, Dionisi. Un jour, dans le jardin du commerçant, le richard Fathi Saad Mula l'aperçut ; il était chez Camaglieriu, pour affaires évidemment. Depuis des années, il lui vendait sa production de coton et de riz. C'est dans cette intention qu'il s'était présenté rue Échelles-des-Céréales, à Minet el Bassal. Et il s'éprit sur-le-champ de Milena. Ensuite, pendant longtemps, il tourna autour d'Antonio qui, en plus d'être un client de longue date, était aussi une sorte d'ami et d'allié, pour le convaincre, moyennant un pot-de-vin bien entendu, de faire pression sur sa bonne d'enfants afin qu'elle lui cède ; autrement dit, qu'elle devienne sa troisième épouse.

Milena résista par tous les moyens mais finalement, quand Fathi Saad Mula lui offrit cinquante pièces d'or, elle capitula. Et ça parce que, chez elle, ils avaient de graves difficultés ; comme beaucoup, eux aussi s'étaient encroumés à cause des taxes élevées et des intérêts des emprunts, leur meilleur champ allait être vendu aux enchères, ce n'était qu'une question de temps. Avec l'argent que lui offrait Fathi Saad Mula, les siens pourraient régler leurs dettes et il leur resterait encore des sous. Donc, elle se sacrifia, littéralement. Elle prit l'argent et épousa le gros propriétaire. Peu après le mariage, elle constata que son mari était terriblement jaloux, seulement d'elle, pas de ses autres épouses. Il la traquait partout et ne la laissait jamais seule ; même pour aller aux toilettes, elle était accompagnée de la grosse Mahuma, la gardienne de sa fidélité et de sa pureté.

La jalousie du riche fermier ne faiblit pas avec le temps, au contraire. Pendant des heures, il lui répétait avec exaltation qu'il l'aimait passionnément, ce que ça signifiait pour lui et qu'il perdrait la tête si un homme la touchait. Finalement il se méfia même d'Aziza et d'Amina, donc de femmes ; de sa première et de sa deuxième épouse.

Comme il ne trouvait rien de tangible, aucun indice que Milena était infidèle ni qu'elle regardait d'autres hommes, il se mit tout simplement à imaginer des preuves. Face à ses chimères, Milena était impuissante, il lui était impossible de prouver que ses affirmations n'étaient que le délire de son cerveau dérangé. Pour obtenir ses aveux, il entreprit de la martyriser. Il interdit à tous, dans la maison et dans le domaine, de lui parler. Il l'enferma dans une chambre sans eau ni nourriture pendant plusieurs jours. Il l'attacha au lit et il allait la regarder comme une sorte de trophée. Il s'asseyait près d'elle, la caressait et lui disait des mots doux. Mais chacun de ses mots portait en lui des pointes cachées et des hameçons empoisonnés... Finalement, il s'oublia au point de la faire fouetter pour un badinage fictif avec Ibrahim, le garçon d'écurie.

Ce fut la goutte d'eau qui fit déborder le vase, cette nuit-là, Milena s'enfuit. Après trois jours passés à se cacher, elle finit par arriver à moitié morte chez les sœurs de la rue Menasce. Tout en se tordant les mains, priant et pleurant, sœur Elizabeta appela sœur Bernarda qui était une sorte d'infirmière. Jusqu'au lever du soleil, elles lavèrent ses plaies à l'eau de camomille et appliquèrent sur sa peau déchirée une pommade de souci. Ensuite elles la cachèrent chez les carmélites car elles craignaient que cet Égyptien idiot et malfaisant la trouve chez elles et la kidnappe. Il la chercha en effet à l'asile, il y fit guetter ses mouchards et tâcha, à coups de pots-de-vin, d'obtenir des renseignements.

Quand son dos eut cicatrisé, les sœurs envoyèrent discrètement Milena au Caire où les religieuses du cru lui trouvèrent un travail bien payé chez l'ambassadeur anglais. Là-bas, elle fut en sécurité. Mais longtemps après avoir échappé à ce riche dérangé, elle continua à trembler sans pouvoir dormir tranquille. Il lui fallut une bonne année pour être à peu près apaisée et ne pas tressaillir quand elle apercevait quelqu'un qui ressemblait à son bourreau.

Pas plus qu'une autre, cette histoire n'effraya Vanda. Sa décision venait de l'intérieur, du tréfonds de son âme ; et, dans ce cas, les arguments de la raison n'ont aucune valeur. On est alors entre les mains du destin qui poursuit des buts impénétrables. La raison peut crier, l'homme va son chemin, même s'il sait qu'il est risqué et peut-être même funeste.

*

Henry Cherington avait une réunion d'affaires au palais de Ras el Tin et il emmena Merica et Thomas. Pendant que lui rencontrait le ministre des Finances, Merica et le petit Thomas jouèrent à chat entre les palmiers et les autres arbres des jardins autour du palais. Maintenant, Thomas était un petit garçon qui aimait très fort Merica et elle le lui rendait bien. Il l'interrogeait sans cesse, tout ce qui bougeait ou restait tranquille l'intéressait, il voulait aller au fond des choses. Il était à la période des pourquoi et des comment. Merica répondait à toutes ses questions quand elle connaissait la réponse ; mais si elle était embarrassée, elle lui disait qu'elle demanderait à son père ou à l'oncle Louis qui était une véritable encyclopédie.

En courant et se cachant, ils s'approchèrent de la mer. Elle était agitée, de grosses vagues se brisaient contre les rochers et les passerelles. Mais le ciel était dégagé et pur.

Merica regarda son étendue illimitée et la nostalgie la gagna de nouveau.

Là-bas, loin, si loin, il y a ma patrie, ma maison, il y a mes amours, se dit-elle. Thomas remarqua qu'elle était absente et il lui demanda :

— Qu'est-ce que tu regardes ? Qu'est-ce que tu vois là-bas de l'autre côté de la mer ?

— Je ne vois rien, Tommy, rien, dit-elle.

— Alors pourquoi tu regardes là-bas si fort ? dit le petit curieux.

— Comme ça.

— Non, pas comme ça. Dis-moi pourquoi tu regardes tant de l'autre côté de la mer ?

— Tu ne comprendrais pas, mon petit bonhomme.

— Si, si. Moi, je comprends tout. Allez, dis-moi !

— Tommy, là-bas, très loin, au bout de cette grande mer, là-bas, c'est chez moi, il y a ma maison, là-bas, il y a aussi un petit garçon comme toi.

— Ah ton fils ? Mihec ? Celui dont tu m'as souvent parlé ? Ton Mihec ?

— Oui, mon…

— Dada, dis-moi qui tu aimes le plus : moi ou celui, celui, l'autre…

— Les deux, j'aime les deux, dit-elle alors qu'une pierre se posait sur sa poitrine.

— Tu ne peux pas en aimer deux pareil. Tu aimes l'un plus, l'autre moins, renâcla Thomas.

— Bon, c'est toi que j'aime le plus.

— Et pourquoi tu m'aimes plus que Mihec ?

— Pourquoi ? Parce que je suis avec toi et que lui, Mihec, mon Mihec est si loin, si horriblement loin et que je ne peux pas le serrer dans mes bras, je ne peux pas lui faire de caresses… Et je ne peux pas non plus lui tirer les oreilles et je ne peux pas le taper sur le derrière…

— Ah, pour ça ? Moi, tu peux me punir car je suis là près de toi, n'est-ce pas ? Mais Dada, si lui, Mihec, fait des siennes là-bas et que toi, tu ne le vois pas et tu ne l'entends pas, tu ne le punis pas, est-ce que c'est pour ça que tu ne l'aimes pas autant que moi à qui tu peux tirer les oreilles et taper sur les fesses ? Mais tu vois, je ne comprends pas pourquoi…

— Thomas, tais-toi. J'ai mal à la tête à cause de tes éternels pourquoi et de tes continuelles questions. Tu sais quoi, c'est moi qui vais te demander quelque chose. Je peux ?

— Demande donc !

— Tommy, pourquoi l'âne a-t-il de si grandes oreilles ?

Le gamin éclata de rire.

— Tu ne sais pas ça ? Vraiment, tu ne sais pas ? L'âne a de grandes oreilles pour entendre l'herbe pousser et aussi ce que les pierres se disent entre elles.

— Oh, incroyable ! Je pensais qu'il avait de grandes oreilles pour pouvoir couper l'air.

— Couper l'air ! Hou, mais tu ne sais vraiment rien.

— Parce que toi, tu sais tout !

— Bon, demande-moi encore. Allez, vas-y !

— Sais-tu pourquoi le cheval court plus vite que le chameau ?

— Le cheval court plus vite que le chameau… ? Ha, ha, tu ne sais même pas ça ! Le cheval court plus vite parce qu'il n'a pas de bosses.

— Bien sûr, c'est compréhensible. Si tu as une bosse et même deux, alors tu ne peux pas courir vite car elles te freinent.

Merica entrait dans son jeu.

— Dada, attends, je vais encore te demander quelque chose. Dis-moi pourquoi le serpent n'a pas de pattes.

— Ah, il n'en a pas ? Ça, je ne le savais pas.

— Bien sûr que tu le savais. Maintenant tu dis des bêtises parce que tu ne sais pas répondre, c'est ça ?

— Pourquoi le serpent n'a pas de jambes ? *Yoy*, mais pourquoi est-ce qu'il n'en a pas ? Mais tu sais que je ne sais pas.

— Je savais bien que tu ne saurais pas. Ça, ce n'est pas toi qui me l'as dit, c'est oncle Pierre. Je te dis pourquoi il n'en a pas ?

— Oui, dis-le. Et vite !

— Le serpent n'a pas de pattes car il les a prêtées au mille-pattes. Et celui-ci ne veut pas les rendre. S'il les rendait, il serait serpent et le serpent serait mille-pattes.

— Hum, c'est terriblement savant. Mais tu vas encore me demander quelque chose ?

— Oui, dis-moi pourquoi il n'y a pas d'eau dans le Sahara.

— Parce que le sable a tout bu, c'est ça ?

— Ha, pas du tout. Il n'y a pas d'eau parce que les démons boivent toute l'eau qui est tombée du ciel.

— Les démons ? Qui sont ces démons ? Et qui t'a parlé de ça ?

— Hum, quelqu'un. Oui, quelqu'un. Les démons sont des monstres qui vivent dans le sable. Ils y ont leur maison et leurs rues. Ils ont aussi des rivières et des champs.

— Thomas, tu sais plus de choses que ton oncle Louis. Même lui ne saurait pas ça !

— C'est sûr. C'est Shadia qui m'a dit ça, et c'est son père qui lui a dit, et le père de son père à son père. Tu comprends ?

— Oui, bien sûr. Bon et alors ?

— Non, je ne te demande plus rien. Maintenant, toi, tu me poses des questions.

— Bon. Dis-moi pourquoi tu es Thomas et non par exemple Johnny ?

— Pourquoi ? Pourquoi ? Hum… Ah, je sais ! Parce que tu n'es pas Margareth mais Mary. Tu vois, c'est pour ça !

C'est alors que Merica aperçut un nuage noir au-dessus de la mer.

— Thomas, tu vois ce nuage ? Qu'est-ce que c'est, dis ?

— Où ? Où ? Ah, je le vois. Je ne sais pas ce que c'est. Peut-être la fumée d'un vapeur ?

— Non, ce n'est pas ça. C'est autre chose. Mais qu'est-ce que ça pourrait être ?

Ils regardèrent attentivement le petit nuage qui s'élargissait et se rétrécissait et qui, sembla-t-il à Merica, s'approchait à grand-peine, millimètre par millimètre.

— Il ne vient pas d'un vapeur, assura Thomas. Puisqu'il n'y a de vapeur nulle part.

— Bizarre. Qu'est-ce que c'est donc ?

Ils regardèrent la mer agitée et soudain Merica tressaillit, elle gémit et dit avec tristesse :

— Tommy, ce sont des oiseaux migrateurs. Ça doit être des oiseaux.

— Des oiseaux migrateurs ? Qu'est-ce que c'est ?

Merica lui parla des oiseaux qui, chaque année, juste avant l'hiver, émigrent des régions du Nord vers celles du Sud, plus chaudes. Pendant qu'elle lui expliquait ça, le petit nuage s'était approché de la terre ferme. Quand il ne fut plus qu'à environ cinquante mètres du palace, Merica mit ses mains sur sa poitrine et poussa un soupir :

— Oh mon Dieu, ce sont des hirondelles.

C'étaient en effet des hirondelles. On voyait bien qu'elles s'approchaient de la côte à grand-peine. Et elles perdaient vite de l'altitude. Quand elles eurent atteint la terre ferme, la plupart continuèrent au-dessus des maisons et des rues, mais celles qui étaient à bout de forces tombèrent carrément dans l'herbe ou dans les frondaisons. Comme si elles pleuvaient du ciel. Merica était bouleversée. Elle oublia Thomas et courut d'un oiseau à l'autre. Ils étaient étendus sans force sur le sol, ils tremblaient, leur petit bec ouvert. Elle prit de l'eau dans sa main et la porta aux oiseaux fatigués et morts de soif.

Thomas qui, par extraordinaire, ne disait rien l'imita et tous les deux portèrent de l'eau.

Puis Merica comprit qu'elle ne pouvait les désaltérer tous et que ces oiseaux étaient plus fatigués qu'assoiffés, il leur fallait donc prendre un peu de repos le temps de recouvrer leurs forces ; ensuite, ils s'élèveraient et continueraient leur vol par-delà la ville jusqu'aux canaux et au lac Mariout.

Elle s'assit par terre et, soudain, éclata en sanglots au moment où elle pensa : Peut-être que parmi ces oiseaux l'un vient de notre étable, de mon village.

Thomas, debout devant elle, la regardait avec surprise. Comme elle continuait de pleurer, il se renfrogna et lui demanda :

— Dada, est-ce que les hirondelles qui sont tombées vont mourir ? C'est pour ça que tu pleures ?

Merica se rendit compte de la situation ; elle maîtrisa ses sentiments, essuya ses larmes et serra contre elle le petit garçon aux cheveux blonds.

— Ce n'est pas pour ça, dit-elle, mais parce que je ne sais pas si ces oiseaux auront assez de force pour revenir dans six mois à l'endroit d'où ils se sont envolés.

— Tu sais, dit le gamin en lui caressant les cheveux, s'ils ont volé jusqu'ici, ils pourront certainement retraverser la mer et rentrer. Tu verras qu'ils seront assez forts. Ici, ils vont se rassasier et boire beaucoup et ensuite ils se réenvoleront !

Elle le regarda avec reconnaissance puis le serra encore plus contre sa poitrine.

C'était la deuxième fois qu'elle pleurait au bord de la mer. La première fois, c'était quand Pierre l'avait persuadée de l'accompagner jusqu'à la corniche. C'était un dimanche après-midi, elle avait sa journée, elle était de bonne humeur et elle avait accepté l'invitation. Ils s'étaient longuement promenés en bord de mer. Ensuite, ils étaient partis à la citadelle de Qaitbay, jusqu'à l'endroit où se trouvait autrefois le fameux phare.

Il lui avait parlé des films qu'il avait vus à Paris. C'est Greta Garbo qui l'enthousiasmait le plus, il était presque autant emballé par Katharine Hepburn et Mary Pickford. « *New York-Miami*, ce film est phénoménal ! » Il était excité. Ensuite, il s'était rendu compte que Merica ne savait pas de quoi il parlait.

— Excusez-moi, Mary, mais est-ce que vous êtes déjà allée au cinéma ? lui demanda-t-il.

— Un de mes compatriotes a un cinéma ici, à Alexandrie. Il m'a invitée, enfin pas seulement moi, toutes les Slovènes, à aller voir un film, un film qui, je crois, s'appelle *La Première Aube* ou quelque chose comme ça. J'aurais pu voir ce film gratuitement, mais je n'y suis pas allée. Les autres y sont allées, pas moi.

— Et pourquoi ?

— Je ne sais pas. Mais je n'y suis pas allée.

Elle savait évidemment pourquoi elle ne s'était pas jointe à ses compatriotes. Simplement parce que sœur Valentina avait dit qu'un film était une œuvre du diable et non de Dieu. « Il a inventé ça pour séduire les foules, avait dit la sœur. Tu verras, ce n'est qu'un début ! Et qu'est-ce qu'il va encore imaginer. Le scandale, Merica, un grand scandale arrive dans ce monde. Avec lui, bien sûr, aussi de grandes épreuves pour les élus. Tu sais que les faibles tombent, les forts vainquent, n'est-ce pas ? »

Oui, c'était pour ça qu'elle n'avait pas accepté l'offre de Karl Obersnel qui avait son cinéma en ville. Plus tard, quand Marta, Milka, Valerija, Jolanda, Angela, Bernarda et Cirila lui avaient raconté, enthousiastes, le film qu'elles avaient vu, elle avait regretté d'avoir écouté la religieuse. « Mais il n'y avait rien de choquant dans ce film alors ? » avait-elle demandé à ses compatriotes. « *Ma* qu'est-ce qui aurait pu être choquant ? Est-ce que l'amour qui s'oppose aux forces du mal est choquant ? demanda Cirila Merkcova. Dans ce film, tout était propre, hein, Valerija ! » Elle cherchait une confirmation auprès des autres. Toutes acquiescèrent, pourtant Merica eut l'impression qu'elles cachaient quelque chose…

Et quand Pierre lui avait parlé de cinéma, elle avait vraiment été gênée. Mais, dès qu'il avait constaté que Merica n'avait aucune idée des films, il avait rapidement changé de sujet de discussion. Tout en papotant, ils en étaient arrivés au rôle qu'avaient les Slovènes en Égypte. Pierre avait de nouveau fait une gaffe. Il avait dit :

— Vous les domestiques, bien sûr, vous faites un travail très utile et bien méritoire, notamment les nourrices et les bonnes d'enfants.

Merica avait rougi et dit d'une voix exagérément ferme qu'elles, les Slovènes, n'étaient pas des domestiques.

— Les domestiques, ce sont les autres, les Arabes, les Égyptiennes, les Soudanaises… Nous, on n'est pas des domestiques car on ne lave pas, on ne repasse pas, on ne porte pas l'eau, on ne nettoie pas les sols, on ne lave pas la vaisselle et on ne fait pas ce que font les serviteurs et les bonnes ! avait-elle dit avec emportement.

Pierre avait été un peu affecté par cet emportement. Il s'était excusé, il ne pensait pas à mal en disant le mot « domestique », et il savait ce qu'il en était.

— Évidemment – il essayait de s'en sortir –, vous les Slovènes, vous êtes très respectées, très recherchées car vous êtes…

Il énuméra ensuite une série d'adjectifs, qui tous, l'un après l'autre, glorifiaient les compatriotes de Merica, elle y compris évidemment.

Et ils avaient clarifié qui était servante, disons domestique, et qui ne l'était pas.

Pierre avait alors craint de dire encore quelque chose de travers et il s'était tu pendant un certain temps, ensuite, en quelque sorte par mégarde, il s'était aventuré là où il n'aurait pas dû. Il lui avait demandé si maintenant, après sa longue absence (il était resté sept mois en Amérique), il y avait plus d'espoir pour son pauvre cœur, très malade…

Merica avait tout de suite su où il voulait en venir et lui avait dit qu'ils avaient déjà éclairci ce point et qu'elle le priait de ne plus lui en parler.

— J'étais persuadée que vous aviez pris votre parti des faits, que donc vous n'entreteniez plus un espoir qui n'a aucune chance de se réaliser, avait-elle dit aussi doucement qu'elle le pouvait ; et elle avait ajouté d'un ton plus ferme : Moi, je suis fidèle à mon mari. Je ne peux faire autrement. Ivan est un homme simple mais moi, je l'aime.

Et alors il s'était produit quelque chose de tout à fait inattendu. Pierre s'était tourné vers elle et avait dit d'une voix tremblotante de sentiments contenus :

— Mary, personne au monde ne pourrait être plus patient que moi. J'attends humblement devant votre porte. Je ne crie pas, je n'exige pas. J'attends, j'attends seulement… Et je vous offre tout, ma fortune, des voyages en Europe, en Amérique, en Asie… dans le monde entier. Je vous offre de vous élever, de vous extraire d'un milieu auquel vous n'appartenez pas en raison de votre beauté et de votre richesse intérieure. Je veux vous épargner les humiliations, je veux vous préserver de la pauvreté qui vous contraint à vendre ce qu'on ne doit pas vendre. Je vous donne tout ce que j'ai. Absolument tout ! Et vous me dédaignez et vous vous comportez comme si j'étais le dernier des derniers.

Elle avait senti la colère monter en lui, se transformer en une insurmontable bêtise, en une horrible injustice…

— Mais qui êtes-vous, Mary, qui ? Vous arrivez d'un milieu paysan malpropre, vous avez parcouru des milliers de kilomètres pour gagner ici quelques malheureuses livres sterling. Et pourquoi on vous paie, Mary ? Qu'est-ce qu'ils vous paient avec ces livres ? Ce que vous donnez a-t-il même un prix ? Peut-on même le monnayer ? Ici, vous donnez à un enfant étranger ce qui n'appartient qu'à un seul être au monde, à votre fils, celui que vous avez conçu, que vous avez porté neuf mois, que vous avez enfanté dans la douleur…

À ces mots, Merica avait poussé un cri, elle l'avait bousculé et fait tomber et elle l'avait fui comme s'il était un animal venimeux et dangereux. Elle avait couru, couru et couru, on aurait dit qu'elle avait perdu la tête. Les gens qu'elle croisait se retournaient sur elle mais elle ne les voyait pas. Elle ne s'était arrêtée que lorsque la citadelle de Qaitbay avait été cachée par les maisons. Elle s'était effondrée comme un sac vide. Elle n'avait plus la moindre force, la moindre pensée non plus. Elle resta accroupie contre un mur en pierre, sous l'auvent d'une fenêtre, les larmes jaillirent de ses yeux mais elle ne savait pas qu'elle pleurait. Ses larmes coulaient. Le monde sombrait quelque part, disparaissait dans les ténèbres, il s'évanouissait. Elle ne sentait pas le sol sous ses pieds, l'existence de son cœur non plus. Tout s'éloignait, s'enfonçait dans le néant.

Elle ne tressaillit qu'à un bruit qu'elle entendit près d'elle. Pierre avait arrêté la voiture le long du trottoir, il s'approchait en boitillant et il lui disait quelque chose. Elle le voyait comme dans un brouillard et lui aussi, comme le reste, s'effaçait. Il lui faisait signe avec la main, mais elle ne savait pas pourquoi il faisait ça. Il lui disait quelque chose, il tentait de la persuader mais ses paroles se perdaient.

Elle se remit alors à courir. Pierre s'élança derrière elle mais il fut bientôt distancé. Elle courut, courut, arrêta le premier fiacre qui l'emmena jusqu'à la villa des Cherington. Là, elle s'enferma dans sa chambre et tomba dans la stupeur ; ce n'est qu'au bout de quelques heures qu'elle fut suffisamment remise pour se lever et aller se laver. Therese l'avait appelée. Elle avait suivi sa voix docilement et elle avait fait tout ce qu'elle avait à faire, comme un robot.

Après ce jour, elle n'avait plus vu Pierre pendant plusieurs mois. Sa sœur avait essayé de savoir ce qui s'était passé entre eux mais Merica n'avait rien voulu dire. Elle n'avait fait que répéter : « Il n'y a rien eu, rien… »

Pendant l'été, elle vécut quelque chose d'encore plus choquant. Comme si le destin s'acharnait, elle accumula malheur sur malheur.

Fin juin, les Cherington rendirent visite à Violeta et Clarence Gaston à Ramleh. C'étaient des amis de la famille. Ils emmenèrent Merica. Pendant le voyage, Therese dit à Merica que les Gaston avaient aussi une bonne d'enfants slovène. « Si je ne me trompe, elle est d'un village proche du tien », avait-elle précisé.

Et en effet, c'était Malka Čotarjeva, cette Malka qui, par amour pour Isaac Sarin, l'enfant malade dont elle avait été la nourrice, avait abandonné son mari, son fils Lojzek et sa fille Angelca. Et son fils lui avait tellement reproché son deuxième départ en Égypte que, par la suite, quand elle était rentrée chez elle après la mort du petit Juif, il n'avait plus voulu lui parler. Ensuite, ses rapports entre elle et son mari s'étaient dégradés, elle s'était sentie comme une brebis galeuse dans sa propre maison et elle avait profité de la première occasion pour fuir en Égypte. Elle était devenue bonne d'enfants chez les Gaston à Ramleh et c'est là que Merica la trouva lors de la visite en question.

Même si elles n'étaient pas parentes, mais seulement des connaissances, elles furent ravies de se retrouver. Elles avaient fait connaissance à l'asile Saint-François ; là, elles avaient chanté dans la chorale et Malka avait même joué Marie dans une petite pièce préparée par sœur Jolanda. Et sœur Elizabeta avait parlé à Merica du destin malheureux de Malka.

Elles n'étaient donc que deux Slovènes mais, en ces circonstances, c'était suffisant pour qu'elles se fassent confiance et qu'elles s'éloignent dès que possible au bout du grand jardin pour être seules et y échanger des nouvelles. Malka était la tante de Vanda par le père, c'est pourquoi elle voulait savoir si Merica avait entendu parler de la disparition de la jeune fille. Bien sûr, elle en avait entendu parler chez les sœurs. Et elle savait aussi que la police égyptienne la cherchait. Elle est sûrement dans un harem, elle réfléchissait à voix haute.

— Mais si on l'a vendue quelque part en Syrie ou au Liban, alors elle est perdue pour l'éternité, dit-elle.

Ensuite elle demanda à Malka directement :

— Et toi, tu vas rester ici en Égypte jusqu'au jour du Jugement dernier ? Est-ce que tu ne préférerais pas rentrer ?

Malka pâlit.

— Où devrais-je rentrer, Merica, où ? Quoique, *té*, tu sais, j'ai reçu hier une lettre de mon mari. Il l'a envoyée à mon nom à l'asile car il n'avait pas mon adresse. Et les sœurs m'ont donné la lettre dimanche quand je suis allée là-bas. Maintenant je ne sais pas ce que je dois faire. Depuis deux semaines, je me tourmente et, vraiment, je ne sais pas ce qui serait raisonnable. Tiens, lis la lettre et donne-moi un conseil. Moi, je ne suis pas capable de faire la différence entre ce qui est bien et ce qui est mal.

Elle tira une lettre chiffonnée de sa poche.

— Lis et dis-moi ce que tu penses de ce que mon Mario m'écrit, demanda-t-elle d'une voix frêle.

Merica s'appuya sur le tronc d'un poivrier et lut lentement la lettre du mari à la femme qu'il avait perdue :

« *Malka, moi, je t'écris maintenant cette lettre pour te dire qu'en ce moment à la maison on est tous en bonne santé et qu'on va assez bien. Lojz et Angelca aussi. À l'école où ils vont il y a des problèmes,* ma *c'est pas de ça que je vais te parler maintenant. Les fascistes tracassent les enfants parce qu'ils savent pas parler italien. La dernière fois, Lojz a été battu jusqu'au sang car il a dit que lui était pas italien mais slovène. Moi je sais pas ce que tout ça donnera – sûrement rien de bien.*

Tu nous manques terriblement à tous. Hier soir, Lojz est venu pleurer à mon côté dans l'étable. Il pleurait, pleurait et il voulait pas dire pourquoi il reniflait. Ensuite il a gémi « maman, maman ». Tu vois qu'il a besoin de toi et qu'il regrette qu'il a pas voulu te parler. Angelca comme d'habitude dit rien, elle regarde par terre et dit rien. Mais je sens que tu lui manques à elle aussi, terriblement, et qu'elle a envie que tu reviennes. Moi je fais comme je sais et comme je peux. J'ai appris à coudre, aussi à repasser et à laver aussi bien sûr.

Je lave avec de la cendre. Mais le soir, c'est le plus dur. Ils viennent près de moi, je dois leur faire un peu des caresses et leur lire des contes. Ensuite, ils se calment et vont dormir.

À moi aussi, tu manques, Malka. Et je crois que ce serait une belle chose de ta part que tu reviens, alors on serait de nouveau ensemble. Lojz est plus fâché contre toi et je sais qu'il t'attend avec impatience. Si tu reviens, on ira voir Marie de Sveta gora et on la priera pour qu'elle nous aide et ensuite, on aura plus ces lourdes pierres dans nos cœurs.

Malka, réfléchis et reviens car on a tous bougrement besoin de toi et on attend avec impatience que tu reviens. Tu verras que tout sera comme avant que tu repartes en Égypte.

Le blé a bien donné cette année, le vin aussi, les pommes de terre plus mal. En tout cas, on a pas faim. Et aussi, je pars vendre à Gorica de la salade et des haricots, des pommes de terre nouvelles, des petits pois et des œufs et ce genre de marchandise. Je vais vendre aussi à Trieste. Et toi tu nous envoies des sous. Pour ça, Malka, on t'est sincèrement reconnaissants car sans eux on pourrait pas se permettre la farine blanche et les raisins secs pour les fêtes.

Malka, tu sais qu'on t'aime, c'est pourquoi maintenant tous ensemble on t'appelle tous à revenir dans ton pays.

Pour l'instant, ce sera tout. Porte-toi bien, garde la santé et reviens au plus vite !

Mario »

Quand elle eut fini de lire, Merica dit, sans prendre le temps de réfléchir, comme ça lui venait :

— Malka, rentre tout de suite chez toi. Ce que ton mari a écrit, c'est un dernier appel à l'aide. Si tu ne rentres pas maintenant que leur cœur est ouvert et aimant, ils vont se braquer et ensuite vous serez tous malheureux jusqu'à la fin de vos jours.

Tout en parlant, elle replia la lettre et regarda Malka dans les yeux. Elle y vit des larmes et sentit une grande douleur mais aussi du soulagement. Malka, au bout d'un moment, dit d'une voix grave et affligée :

— Je sais que tu as raison, Dieu vient de parler par ta bouche. Oui, je vais rentrer. C'est sûr. Avec le premier vapeur.

— Dis à ces Anglais que tu dois repartir tout de suite car ton fils est gravement malade. Ce ne sera même pas un mensonge. Si tu ne retournes pas vers lui, Lojz va vraiment tomber malade et mourir. Donc, d'une certaine façon, c'est la vérité que tu vas leur dire. Va, Malka, vas-y !

Malka étreignit Merica, ensuite elles se mirent à pleurer chacune sur son sort et toutes les deux sur leur sort commun.

À leur retour, une surprise les attendait à la maison. Le plus jeune frère de Therese, Raul, qui étudiait la physique à la Sorbonne, était arrivé de Paris en avion. C'est sa mère qui lui avait donné ce prénom. Le frère de la grand-mère, l'Italienne Laura, s'appelait en effet Raul…

Merica avait à peine aperçu ce Raul qu'il lui avait semblé odieux. Il avait un comportement prétentieux, arrogant même. Quand on lui avait présenté la nourrice de Thomas, donc elle, Merica, il l'avait regardée de haut comme si elle était un déchet, en même temps il avait dit, d'une façon vraiment humiliante : « Tu as de beaux yeux et un petit corps encore plus beau ! » Et il l'avait pratiquement déshabillée du regard. Merica avait rougi et Therese avait dit à son frère qu'il devait se comporter en gentleman.

Par la suite, tout tourna autour de ce Raul. Claire et Kelly étaient folles de leur jeune oncle qui était, et ça, elles le répétèrent souvent, « si phénoménalement spirituel, plaisant et moderne ». Le déjeuner fini, elles allèrent s'asseoir avec lui dans l'auto que Raul avait empruntée, avec pas mal de difficultés, au mari de sa sœur. Le chauffeur Abdallah lui avait à peine remis les clefs que déjà il bondissait sur le siège comme un sportif de haut niveau, et les jeunes filles se joignirent à lui en pouffant de rire ; Kelly à l'avant bien sûr, Claire derrière. Therese sermonna son frère :

— Raul, je t'en prie, ne fais pas le fou ! Alexandrie n'est ni Paris ni Londres non plus ! S'il te plaît, conduis prudemment ! Pense que mes deux filles, deux jeunes vies, sont assises près de toi. Tu as entendu, Raul !

Raul avait écouté mais tout ce qu'elle lui avait recommandé était entré par une oreille et sorti par l'autre. Tant qu'on pouvait les voir, il conduisit en effet lentement mais, une fois qu'ils eurent tourné et qu'ils se retrouvèrent sur la longue et droite rue Fouad, Raul appuya sur le champignon et ils foncèrent comme poussés par un coup de vent. Il se fraya un chemin entre les piétons, les charrettes tirées par des ânes ou des chevaux, entre les fiacres à trois piastres et quelques rares automobiles, tout en klaxonnant furieusement et donnant à voir à tout le monde qu'il était important et qu'il avait la priorité. Claire et Kelly exultaient, criaient et, dans les situations vraiment dangereuses, se cachaient les yeux. Voilà donc comment ils roulèrent dans cette rue et dans d'autres, ensuite, ils firent demi-tour pour se rendre à la plage de sable de Borg el Arab, où ils batifolèrent dans les vagues puis, Dieu merci, ils revinrent sans problème devant le grand escalier de la villa Cherington. Les filles étaient toutes rouges, essoufflées et échevelées. Elles mentirent à leur mère en disant que Raul avait conduit correctement et qu'il n'y avait pas de meilleur chauffeur que leur oncle. Henry Cherington n'était pas de cet avis ; la pipe entre les dents, il fit le tour de la Chevrolet et, bien sûr, comprit ce qu'avait été cette conduite « correcte ». Il ne dit rien, il fronça seulement les sourcils en secouant la tête, de mauvaise humeur.

Après la balade en voiture, la frénésie continua. Raul alla se changer ; il revint en pantalon blanc, chemise blanche, sandales blanches, une raquette de tennis à la main. Presque en même temps apparurent Kelly et Claire dans le même uniforme. Ils partirent jouer sur le court des Kipling et rentrèrent un peu avant le crépuscule. Ils étaient fatigués et affamés. À table, ils se comportèrent comme des galopins. M. Cherington toussota plusieurs fois en guise d'avertissement, mais ça ne servit à rien. Therese lui souffla :

— Oh, ne sois pas pointilleux. Aie un peu de patience, ils sont jeunes.

Après le repas, ils se transportèrent sur la terrasse et jouèrent, excités et assez chamailleurs, au crib, au piquet, et à la fin au bridge. M. Cherington participa à ces jeux pendant un moment mais il jeta rapidement les cartes sur la table en disant qu'il ne jouerait plus avec de tels impertinents.

— Non seulement tu ne sais pas jouer mais, en plus, tu triches. Tu sais, Raul, ça, c'est le comble !

Raul ricana sans vergogne et dit qu'il jouait comme les Parisiens.

— Vous, à Alexandrie, dans cette Afrique noire perdue, vous vivez hors du temps, persifla-t-il encore.

Kelly prit immédiatement le parti de son oncle mais Claire dit que son père avait raison et qu'on ne devait pas tricher au jeu, notamment quand on joue en famille ou avec des amis.

— Arrête, Claire, tu racontes des bêtises ! se moqua Raul. Le jeu, c'est le jeu. Et le jeu, c'est comme la vie. Celui qui s'en tient aux règles qui ont, de tout temps, été établies pour qu'on les enfreigne, celui-là perd toujours. Les faibles et les pauvres d'esprit perdent, les premiers n'ont pas de courage et les autres, pas d'intelligence. Nous, nous ne voulons pas perdre, n'est-ce pas, Kelly ! asséna-t-il encore.

John Danforth, le cousin de Therese, avait remplacé M. Henry au jeu et ils continuèrent en riant, en s'esclaffant et en faisant des remarques assez inconvenantes.

À plusieurs reprises dans l'après-midi, Merica et Raul s'étaient rencontrés et l'étudiant l'avait tout le temps regardée avec insistance et, à chaque fois, Merica avait eu l'impression qu'il la déshabillait. Elle avait rougi et il lui était devenu encore plus antipathique.

Avant d'aller se coucher, elle entendit par hasard Raul qui tentait de persuader Kelly de l'accompagner dans la cabane de jardin pour fumer la chicha.

— J'ai un excellent tabac ! (Il tentait de l'entortiller.) Et pas seulement du tabac, j'ai aussi du haschich. Bon, tu viens ? Tu fais semblant d'aller dormir et ensuite tu me suis. Oui ?

— Raul, sûrement pas. Si tu veux fumer, vas-y. Moi, je n'y vais pas. Appelle Abdallah, lui aussi aime fumer du haschich.

— Kelly, ne sois pas aussi chichiteuse ! Nous fumerons un peu puis nous irons dormir. Bon, allons-y !

— Non ! coupa Kelly, puis Merica l'entendit courir dans l'escalier pour rejoindre sa chambre.

Ce Raul est vraiment un vaurien, se dit Merica en se dirigeant vers la chambre d'enfant.

Thomas dormait comme un bienheureux. Elle lui caressa les cheveux et poussa un soupir. Elle resta un moment près du lit à écouter le silence. Elle alla à la salle de bains, se déshabilla et se doucha. Ensuite, sur la pointe des pieds, elle jeta un coup d'œil à Thomas et se coucha. Elle dormait dans la chambre d'enfant, pas dans la sienne. La sienne, elle ne l'utilisait que lorsqu'elle voulait savourer un moment de solitude, être seule avec elle-même. Dans la journée, jamais la nuit. Elle s'allongea donc dans son lit un peu à l'écart de celui de Thomas. Avant de sombrer dans le sommeil, elle eut une pensée pour Malka et ses difficultés.

En plein milieu de la nuit, elle fut réveillée par une pression sur son corps. Elle pensa que Thomas s'était glissé dans son lit. Parfois, quand quelque rêve désagréable le tracassait, il se faufilait près de sa *dada*. Pourtant, il l'appelait toujours avant et lui demandait la permission. C'est pourquoi Merica lui dit d'une voix endormie :

— Tommy, tu as encore fait un rêve ?

À cet instant, des mains la saisirent qui, assurément, n'étaient pas celles de Thomas et quelque chose de grand et lourd se jeta sur elle et lui saisit la poitrine, les mollets et l'entrejambe. Immédiatement elle pensa : Raul !

C'était bien Raul. Avec une force insensée, il se colla sur elle et quand elle se mit à crier, il lui posa la main sur la bouche en jurant grossièrement. Thomas, réveillé, se mit à pleurer. Raul retira un instant sa main de la bouche de Merica et la frappa furieusement plusieurs fois sur le visage et les yeux. Les coups étaient si violents qu'ils firent tourner la tête de Merica et que sa résistance faiblit. L'étudiant parisien tenta d'en tirer profit. Déjà il lui enserrait les jambes quand, tout à trac, une énergie farouche s'empara d'elle. Elle se recroquevilla, le poussa brusquement et, avec vigueur, le bouta du lit si bien que son corps dégringola avec fracas sur le sol. Elle avait quelques secondes d'avance et elle quitta sa chambre précipitamment en criant autant qu'elle le pouvait.

Toute la maison fut immédiatement sur pied. Les lumières s'allumèrent et, dans le salon où Merica avait couru, arriva à toute allure le concierge Boulos, aussitôt suivi de Souleyman, le domestique. Bientôt tout le monde fut là et la honte fut terrible. M. Cherington cria sur sa femme. Kelly et Claire étaient muettes et pâles le long du mur, le petit Thomas arriva en pleurant, il se précipita immédiatement dans les bras de Merica toute tremblante, le chauffeur Abdallah et les autres domestiques accoururent aussi.

L'affaire se termina ainsi : M. Cherington fit sortir du salon toute la domesticité, ensuite on alla chercher Raul et, devant toute la famille, Cherington lui dit qu'il n'était plus le bienvenu et qu'il devait partir immédiatement. Sa sœur Therese prit son parti. Elle tenta d'abord de le défendre maladroitement, ensuite elle reconnut que c'était sa faute et qu'elle allait immédiatement le faire sortir de la maison et qu'il irait dormir à l'hôtel.

Raul, à la surprise générale, ne manifesta aucun regret, aucun sentiment de culpabilité, il n'avait absolument pas honte. Il souriait d'un air moqueur et dit que les domestiques à Paris et ailleurs dans le reste du monde, depuis toujours et partout, étaient la propriété légitime de leurs maîtres et que lui aussi était en quelque sorte le maître de Merica et qu'il pensait qu'elle le savait, et qu'il était extraordinairement surpris par tout ce cirque.

— J'ai voulu la prendre car elle m'appartient selon une règle non écrite qui vaut dans le monde depuis qu'il existe, dégoisa-t-il en les regardant d'un air provocateur et moqueur. Une domestique est une sorte d'esclave, n'est-ce pas. Et avec les esclaves, on peut faire ce qui nous chante… déblatéra-t-il encore sans honte.

M. Cherington l'interrompit d'une voix coupante comme une épée :

— Raul, rassemble tes affaires et disparais ! Ce que tu dis te met dans une situation extrêmement pitoyable et dégradante. Le temps où étaient en vigueur les règles non écrites auxquelles tu te réfères est révolu. En plus de ça, notre Mary n'est pas une domestique mais une nourrice, donc la mère de lait de notre Thomas ! Tu vois de quoi je parle ?

— Mère de lait ? Oh Lucifer, qu'est-ce que c'est maintenant cette comédie idiote ?! s'esclaffa Raul.

Les nerfs de M. Cherington lâchaient et Therese sut alors que son fou de frère devait quitter immédiatement la maison, faute de quoi il arriverait le pire. C'est pourquoi elle le saisit par la main et le traîna littéralement hors du salon.

Ensuite Cherington ordonna à ses filles d'aller dormir et il accompagna Merica et Thomas dans leur chambre. Tout au long du couloir, il se tut et, arrivé à la porte, il dit d'une voix accablée :

— Mary, je regrette beaucoup ce qui s'est produit. Je suis coupable d'avoir cédé à ma femme. Je pressentais de quoi était capable cette canaille. Je m'excuse au nom de notre famille et j'espère que vous vous rasséréنerez et que vous ne partirez pas ailleurs. En effet, nous vous apprécions beaucoup et vous savez que nous vous aimons. Thomas est fou de vous. (Alors il s'arrêta un peu et demanda presque bredouillant :) J'espère qu'il ne s'est pas passé le pire ? Ou bien ?

Merica secoua la tête et dit d'une voix abattue :

— Monsieur, il ne s'est rien passé, Dieu merci, rien. Ne vous inquiétez pas, je vais me remettre. Et bien sûr, je ne laisserai pas Thomas seul, en tout cas, pendant encore un petit moment.

Cherington fut satisfait de la réponse. Il hocha la tête en disant qu'il la dédommagerait d'une manière ou d'une autre pour sa compréhension. Ensuite il partit.

Merica dut d'abord apaiser Thomas. Il la bombarda de questions et, même si elle tremblait comme une feuille dans la bourrasque, elle s'efforça de satisfaire sa curiosité tout en le tranquillisant. Elle lui dit que Raul avait trop bu et qu'il était donc fort saoul et qu'il avait voulu dormir avec elle, comme toi, dit-elle, comme toi tu veux quelquefois dormir dans mon lit.

L'explication sembla assez acceptable au gamin, notamment quand elle lui dit qu'elle n'autorisait que lui, le petit Thomas, à dormir dans son lit. Ceci lui parut absolument formidable, il s'apaisa vite et s'endormit.

Merica, quant à elle, ne put dormir. Elle tremblait de tout son corps. Elle n'avait encore rien vécu de tel. Elle s'apaisa vers le matin pour glisser dans un sommeil lourd.

Le jour suivant, il régna dans la maison une ambiance de mort. Tout le monde était abattu, surtout Therese. Elle ne dit rien à Merica, pas un mot. Elle tournait autour d'elle comme si celle-ci était en porcelaine et quand elle devait lui parler, sa voix se faisait basse, humble et contrite. Triste aussi et colorée de culpabilité.

*

Sœur Elizabeta dit aux femmes rassemblées le dimanche après-midi à l'asile que Louis, le fils de la malheureuse Vanda Kriška, était mort.

— Vous le connaissez, n'est-ce pas ? Celui qui portait de l'eau dans les rues en affirmant qu'il la prenait à la fontaine sainte de Karakojuul, une oasis qui se trouve à cent kilomètres d'Alexandrie. Le pauvre, maintenant il est mort. Il est venu mourir ici, chez nous. Hier soir, il s'est présenté avec son cliquetis d'étain. Il m'a dit qu'il ne lui restait qu'une goutte de la sainte eau et qu'il l'apportait à notre mère supérieure. Ensuite, il s'est assis sur le banc dans le vestibule, s'est appuyé contre le mur, a fermé les yeux et moi je suis partie à la cuisine lui chercher quelque chose à manger. Il était déjà tard. Quand je suis revenue avec de la soupe aux légumes réchauffée et du pain, j'ai posé tout ça sur la table, là à l'accueil. Tout en allant, je lui ai dit de venir manger ce que je lui avais apporté. Quand je suis repartie dans le vestibule, il était toujours appuyé contre le mur, la tête tombant sur sa poitrine. J'ai pensé qu'il s'était endormi. Je l'ai touché en lui répétant d'aller manger avant que sa soupe refroidisse. Mais il s'est écroulé à mes pieds. Il était mort alors que moi je pensais qu'il dormait. Le pauvre. Il a bourlingué toute sa vie dans Alexandrie et ses environs, il livrait l'eau mais à la fin, il est venu mourir chez nous. On l'enterrera demain. Que celles qui peuvent avoir leur après-midi viennent.

À l'heure de l'enterrement du porteur d'eau, il y avait beaucoup de Slovènes, dont quelques hommes. Était venu Viktor Terčonov, le mécanicien le plus connu et le plus prospère d'Alexandrie. Toutes les personnalités de la ville faisaient réparer leur voiture chez lui, on se déplaçait même du Caire, de Port-Saïd, de Jaffa et d'autres villes ou bien on venait le chercher. On disait qu'il travaillait pour le roi, sa Chevrolet et sa Rolls-Royce. Était venu aussi Berto Mavrič, un maître du fer forgé. Les villas et les palais les plus en vue à Alexandrie et dans d'autres villes d'Égypte faisaient parade des portes d'entrée et des clôtures qu'il avait artistiquement forgées. Baloh, propriétaire d'une brasserie, était là, et Karl Obersnel, le propriétaire d'un cinéma, était également présent. Étaient même venus le richissime Dickinson et sa femme Franka, le comte Pero Bartolić et sa femme Hedvika.

Sœur Elizabeta ne pouvait en croire ses yeux. Mais qui était ce Louis ? se demandait-elle. Elle interrogea sœur Doloroza.

— Et quoi, on enterre un saint ?

Doloroza sourit et dit que personne ne connaît la liste des véritables saints.

— Nous avons notre liste, Dieu en a une autre, chuchota-t-elle.

C'était une magnifique journée de fin février. L'herbe entre les tombes poussait dru et l'air était chargé de l'odeur caractéristique de ce moment où une vie nouvelle s'éveille. Cet air doux mais toujours vif soufflait sur le cimetière latin – lieu saint de tous les Alexandrins et Alexandrines. Pater Anastazij accompagna le défunt dans l'autre monde avec ces mots :

— Notre Louis n'est plus. Pendant des années, il nous a apporté la sainte eau et nous l'a offerte pour quelques piastres. Il affirmait qu'il la puisait à la fontaine de Karakojuul, mais personne évidemment ne le croyait. Moi non plus. Pourtant il disait la vérité car, quand on buvait cette eau, on buvait en même temps une eau minérale curative. Nous savons bien que les perles naissent d'une blessure intérieure, d'une douleur cachée, de ce qui fait mal et qui brûle.

« L'âme de Louis est maintenant délivrée. Le sens de sa conception et de sa vie nous restera à jamais obscur car le Seigneur, Créateur du monde visible et invisible, achemine les fils dorés de la vie à travers les buissons, à travers les ronces, à travers les couronnes d'épines. Oui, aussi à travers la fange ! Lui comprend ce qu'il ne nous est pas donné de comprendre. Notre temps est court, à peine aussi long qu'un seul de Ses pas.

« Il y a des années, Louis m'a confié un secret. Il a déclaré que l'eau qu'il puisait à la fontaine n'était visible que par lui. Quand j'ai voulu savoir où était la source, il a précisé qu'elle était infiniment loin et en même temps près. Il m'a dit : "La nuit je laisse le bidon là-bas ; il goutte dedans tant de cette eau sainte qu'au matin le bidon en étain est plein à ras bord."

« On ne peut qu'imaginer où était sa source.

Le père bénit le corps et prononça les paroles rituelles, ensuite on fit glisser le cercueil dans l'ouverture rectangulaire. Alors il y eut un chuchotis parmi les femmes. Elles se concertaient, elles chuchotaient, ensuite elles se mirent en cercle et un chant se mit à pleurer au-dessus des tombes des riches et des pauvres : « Tout bas, tout bas, tout bas… »

Plus tard, devant l'église du cimetière, pater Anastazij demanda à Merica pourquoi elles ne lui avaient pas dit qu'elles chanteraient.

— Vous avez chanté quand il était déjà dans sa tombe, lui fit-il remarquer.

Merica s'excusa :

— Je ne sais pas, personne n'avait pensé que ce serait bien de dire adieu à ce martyr en chantant. C'est seulement après que vous avez si bien parlé de lui qu'on a eu honte et on a chanté, oui, un peu trop tard…

— Ce n'est jamais trop tard ! dit rapidement le pater et il tapota Merica sur l'épaule. Tout va bien, là-bas, ils n'ont pas notre temps, ils ont le leur.

Merica repartit avec Marija Štirnova et Helena Golobova. Comme les autres Alexandrines, elles s'arrêtèrent chez les sœurs. Là, on leur servit du thé et des biscuits. C'était une sorte de repas du septième jour. Elles burent leur thé en silence. Quelque chose planait sur elles ; un silence serein d'où pleuvinait la paix.

Elles ne s'attendaient pas à ce que la mort de ce vieillard étrange les touche autant. Tout le monde le considérait comme un drôle de bonhomme. Il apparaissait ici et là, toujours dans les moments funestes, mais ça, elles ne l'avaient pas remarqué à l'époque. Maintenant qu'il était parti, les souvenirs affluaient.

Helena Golobova dit à Marija :

— Quand mon mari Osman Mohamed Saleh m'a répudiée parce que je ne pouvais pas avoir de fils, car Dieu ne le voulait pas, je suis partie et j'ai pleuré comme une Madeleine et ce Louis est apparu devant moi par surprise. D'une voix douce comme une bruine d'automne chez nous dans le Goriško, il m'a dit : « Helenca, bois un peu de mon eau et tu verras que tu iras mieux ! » C'était idiot mais j'ai obéi et j'ai pris trois gorgées. Et tu vois, comme par miracle, ça a été moins difficile et plus tard tout s'est arrangé. Osman, avec qui j'avais été mariée et qui m'avait répudiée, a pris une autre femme, la belle et jeune Saliba ; celle-ci lui a donné deux fils. Pourtant regarde ce qui s'est passé : même après avoir pris une autre épouse, Osman est venu me voir toutes les semaines et il continue ; Saliba et ses fils Abdulah et Gawad qui me considèrent comme leur tante me rendent aussi visite et nous vivons bien, personne ne manque de rien. Si je tombe malade, tu sais que je travaille à l'hôpital, là-bas comme Marija Pušpanova, et que j'ai affaire aux choses les plus sales et, bien sûr, parfois aussi j'attrape quelque chose, *ma*, alors ils viennent tous me voir et ils me soignent et se font du souci pour moi. Tu vois ce qu'a fait l'eau de Louis !

— Tu crois que c'est l'eau qui a fait ça ?

— Oui, c'est certain ! Avant de prendre ces trois gorgées, je pensais que j'allais devenir folle de malheur. Tout de suite après, ça m'était presque égal. C'est comme si la paix était entrée en moi. Une paix qui a absorbé cette terrible tristesse et cette insupportable douleur.

— Tu as peut-être raison, après tout, dit Merica.

Katica Pepčeva arrivait à pas glissants dans le couloir et, de loin, elles l'entendaient adresser sa plainte aux murs sourds et aux pierres muettes de la rue : « Tout allait bien tant que j'ai pu gagner des sous. Ils ont payé les dettes, rénové la maison, fait une étable, acheté les trois meilleurs champs… et j'ai payé l'école de mes deux frères. L'un est curé, l'autre docteur. Quand je suis devenue vieille et que je n'ai plus envoyé d'argent… »

— Partons avant qu'elle nous vole nos derniers espoirs, dit Ana.

Elles se levèrent vite et se retirèrent dans le jardin.

Là, elles trouvèrent Jucka qui bricolait dans les parterres. Tončka Malencetova lui demanda pourquoi elle n'était pas venue à l'enterrement. L'Istrienne se releva lentement, se cambra et dit que le cimetière était aussi dans ce jardin. « Là où il y a de la terre, il y a un cimetière », voilà ce qu'elle dit. Remarquant qu'elles étaient toutes abattues, elle leur proposa de prendre des pots, d'aller chercher de l'eau et d'arroser ce qu'elle venait de semer et de repiquer. Elles la regardèrent d'abord un peu bizarrement, ensuite elles lui obéirent et, quand elles eurent arrosé les fleurs, elles sentirent la joie revenir en elles et leurs âmes être de nouveau légères comme des papillons. Un peu plus tard, elles purent plaisanter et rire.

— Oui, sans eau, il n'y a pas de vie et sans joie, il n'y a pas d'eau, dit Jucka et toutes s'arrêtèrent.

— Qu'est-ce que tu racontes, Jucka? demanda Avgustina très étonnée.

— Rien de spécial, une bêtise, ricana la petite Jucka.

— Hou, c'est une bêtise vraiment raisonnable, marmonna Francka Perperjeva.

C'est ainsi qu'elles arrosèrent les fleurs, les légumes et aussi des buissons d'ornement avant de se disperser aux quatre coins d'Alexandrie. Le soir approchait. Un petit vent frais et vivifiant arrivait de la mer.

*

Depuis une bonne semaine, Vanda était au palais de Mahmoud Saleh Pacha. Ils l'avaient amenée là dès qu'elle avait informé Mme Jeannette de sa décision.

Pour qu'elle apprenne les secrets de l'amour et les règles de conduite dans le harem, on lui donna une professeure qui n'était autre que Fauzia, cette femme corpulente qu'elle avait vue dans la même salle que les danseuses du ventre. Fauzia avait la cinquantaine, elle n'était pas belle, très sévère et exigeante. Immédiatement, elle dit à Vanda qu'elle était envoyée par Mahmoud Saleh Pacha et qu'elle devait être contente que cet homme distingué l'ait choisie, elle et non une autre. Elle lui rappela que Mahmoud Saleh Pacha était une personnalité appréciée à la cour, que le roi le consultait toujours quand il devait prendre des décisions importantes et que, en plus du palais où se trouvait actuellement Vanda, il en possédait encore deux autres et que chacun d'entre eux était absolument superbe.

— S'il t'a choisie, c'est que tu dois avoir quelque chose de spécial. Bon, j'aimerais savoir si tu vaux autant que mon ami t'apprécie.

Fauzia vérifia d'abord sa connaissance de l'arabe et du français.

— Compte tenu du temps que tu as passé en Égypte, je dois reconnaître que ce n'est pas mal. Hanuma m'a déjà dit que tu ramasses les mots comme une poule affamée le grain. Bien, vraiment bien. Et ta prononciation aussi est parfaite. Tu as sans doute une bonne oreille pour les langues.

Fauzia était donc satisfaite de sa connaissance des langues mais le reste ne lui plaisait pas du tout. La démarche de Vanda lui semblait pataude, pas le moins du monde féminine, et sa connaissance des arts de l'amour, désespérante.

— Ma chère, tu n'as pas la moindre idée de la façon dont une femme doit se comporter si elle veut que son mari grogne comme un lion rassasié et satisfait. Tu ne connais rien non plus à la danse, au maquillage, à la magie de la séduction, ni à la manière de faire tinter les cymbales de l'amour-propre masculin. Donc, j'ai devant moi un travail rude et très pénible. J'espère seulement que tu apprendras ces artifices aussi vite que les langues.

Dès lors, elle vint chez elle tous les jours et, au bout de quinze jours, elle dit à la jeune fille qu'elle avait vraiment tous les dons et qu'elle n'avait encore jamais eu d'élève comme elle.

— Avant même que j'y pense, tu sais déjà ce que j'attends de toi. Je vois que mon bel ami ne se trompe pas. Ce serait d'ailleurs une honte pour un homme si éduqué et si intelligent s'il en était autrement.

C'est vrai, Vanda avait changé à une vitesse incroyable. Elle-même ne comprenait pas comment c'était possible. Simple paysanne un peu plus tôt, bourrée de peur et de timidité, elle s'était muée de chrysalide en papillon voletant, espiègle et joueur. Tout ce qui, auparavant, avait donné contenu et sens à sa vie s'était, disons, effacé. Parfois, elle s'arrêtait un instant et se demandait quel était le monde réel, celui d'avant ou celui dans lequel elle naviguait toutes voiles dehors. Le monde d'avant avait rapidement disparu. Comme s'il n'avait jamais existé, comme s'il n'était qu'un rêve lointain et pâle…

Un après-midi, Leïla vint la voir à l'improviste. Vanda fut à la fois effrayée et ravie de cette visite. Au début, elle ne savait comment se comporter devant cette sorcière. Car elle était persuadée qu'elle était une sorcière. Elle savait aussi quel rôle important elle avait joué dans son enlèvement. Avec Hanuma bien sûr. Elle était donc assez embarrassée. Mais Leïla savait enchanter; elle était enjouée comme une enfant, joyeuse, légère, dotée d'un rire communicatif et d'une humeur espiègle… et elles bavardèrent bientôt comme deux vieilles amies; mieux, comme deux alliées. Et Vanda la sentit réellement comme telle.

— Je t'ai apporté ça, dit-elle au bout d'un moment et elle déposa devant elle un petit paquet décoré de minuscules fleurs. C'est du thé, du thé que tu dois boire chaque soir avant de t'endormir. Regarde, tu mets ça pour une tasse. Attention, pas plus, pas moins. J'ai encore autre chose pour toi, mais je l'ai donné à ta servante. Après ton bain, elle te massera avec de l'huile de pavot et d'autres fleurs. Ça sent bon et c'est efficace.

« Maintenant, dis-moi si tu te souviens de Miki, ce garçon que toutes les deux nous avons… non, Hanuma était aussi avec nous; qu'on a aperçu devant la statue de

Mohamed Ali et pour qui tu t'es prise d'affection sur l'instant. Tu te souviens ? Tu as joué avec lui comme s'il était ton fils ou plutôt comme si tu avais le même âge que lui. Tu étais enchantée, près de lui tu avais l'air aux anges. C'est le fils du domestique d'un hôtel ; son père s'appelle Saïd Abdel Karim. Ton maître te l'offre, lui, Miki, ce garçon. En ce moment on le baigne et on le parfume, il sera ton homme de compagnie, pour le plaisir et le réconfort.

— Cet adorable gamin va venir chez moi ? Mais pourquoi ?

— Pour te tenir compagnie. Et pour le plaisir. Comme toi tu étais domestique et *dama di compagnia* de la belle Hanuma, lui sera ton jeune accompagnateur. Tu n'es pas contente ? Mahmoud ne pouvait pas te faire de plus beau cadeau. Tu verras combien de plaisir et de rire ça t'apportera. Il est malin, rapide comme l'hirondelle, joueur comme un jeune renard.

— Bien, si ça doit être comme ça.

— Ça ne doit pas, sotte ! C'est une chance, c'est une fleur de jasmin, c'est l'odeur du vent qui souffle à travers les plumes du tamaris. Bien sûr, tu ne sais pas de quoi je parle. Dans un mois, quand peut-être nous nous reverrons, tu ne parleras que de lui. Tu seras entichée de lui et tu ne pourras même plus envisager la vie sans ce gamin.

— Et son père ? Est-ce qu'il sait où est Miki ?

— Comment ça, est-ce qu'il sait ?

— Ben, oui…

— Oh, bien sûr, il le sait. Puisque Mahmoud Saleh Pacha l'a acheté.

— Acheté ?

— Bien sûr. Il a payé et le père était incroyablement content que son fils aille vivre dans une maison si distinguée et dans une société où il recevra attention et éducation.

Au moment de partir, Leïla dit :

— Et Hanuma ? Dois-je la saluer ?

Il y eut un instant de silence. Il sembla à Vanda que quelqu'un venait, vite et bien, de troubler une eau parfaitement pure. Toutefois, elle se reprit, elle dit de la saluer et ajouta qu'elle pouvait lui rendre visite si elle le voulait.

— Elle a été très affectée parce que soudain tu n'étais plus là. Elle était très attachée à toi, je pense qu'elle était éprise de ta beauté. Elle n'a toujours pas de nouvelle dame de compagnie. Elle dit qu'elle ne trouvera pas une Vanda de sitôt. La première fois qu'elle t'a aperçue à l'*Hôpital Égyptien**, tu l'as émue sur-le-champ, tu l'as touchée au cœur…

— Leïla, c'est bon. Ce n'est plus la peine…

— Mais dans quelle chambre magnifique tu vis ! Je n'en ai jamais vu de plus belle !

— L'exagération est agréable surtout quand on veut flatter quelqu'un. C'est vrai que la chambre est l'une des plus belles du palais. Mais elle n'est pas plus belle que la chambre de Mona ni, d'ailleurs, que celle de Surena.

— Je n'ai pas vu leur chambre. En tout cas, elle est exactement comme celle de Muala, la fille du frère de Mahmoud. Donc Vanda, remercie Allah de t'avoir donné cette beauté qui t'a fait admettre dans ce paradis.

— Je n'ai jamais pensé que j'étais je ne sais quelle beauté. Mais si tu le dis, ça doit être vrai puisque tu as vu bien des aurores.

— Et aussi des soirées… sourit Leïla et elle se pressa dans l'escalier couvert d'un tapis perse rouge carmin.

Au milieu de l'escalier, elle s'arrêta, regarda vers le haut, là où était Vanda, et elle lui cria :

— Chauffe-toi, ma belle, tant que brille un agréable soleil ! Des nuages peuvent s'approcher et le cacher ! Vanda, profite des plaisirs de la vie !

Dès avant cette injonction, disons cet avertissement, Vanda avait bien sûr décidé de remplir son verre à ras bord. Elle se souvenait des mots que son père répétait continuellement quand sa mère le réprimandait parce qu'il prenait un plaisir exagéré à manger et encore plus à boire du vin. Il disait : « Marta, on ne vit et on ne meurt qu'une fois. Donc tant que tu vis, profite autant que tu peux. »

Jésus, ma mère ! Un petit instant, elle eut un pincement au cœur. Tôt ou tard, ils apprendront où est leur Vanda. Qui sait ce que dira ma mère, et mon père, et ce que penseront tous les autres. Mais qu'est-ce que ça peut me faire ! Chacun fait son lit comme il veut se coucher. Moi, je l'ai fait comme ça, que les autres le fassent autrement.

Elle retourna dans sa chambre et s'étendit sur sa couche somptueuse. Elle tâta la soie et le velours, elle découvrait la volupté, elle ferma les yeux en frissonnant car sa première nuit d'amour s'approchait.

Avant cet événement, Mahmoud Saleh Pacha la présenta à sa mère Afifa. Elle ressemblait étrangement à Fauzia, sa professeure des secrets de harem. Elle était pareillement petite et corpulente mais elle n'était pas sévère, Vanda remarqua tout de suite que c'était une brave femme, qu'elle était sympathique et compréhensive. Elles devinrent amies sur-le-champ et, d'une certaine manière, alliées aussi. Comme Vanda était encore une très jeune fille, Afifa se chargea de la protéger de Mona et Surena, la première et la deuxième épouse de son fils. Elle avait beaucoup apprécié que Vanda parlât couramment arabe. Elle avait vraiment plaisir à papoter avec elle.

La première nuit d'amour se passa ensuite comme dans un rêve.

Après le dîner, ils s'étaient assis sur la terrasse, avaient bu du thé et bavardé. Ensuite Mahmoud l'avait prise par la main et emmenée comme une petite fille dans la chambre à coucher. Il avait été incroyablement tendre et compréhensif. Il avait fait disparaître sa peur et sa tension avant que ne se produise le plus important, la première fois. Alors elle se donna à lui comme une fleur au soleil.

Le jour suivant, elle gambada dans le parc avec le jeune Miki, elle eut l'impression d'être redevenue une petite fille. Ils se cachèrent et poussèrent des cris d'enthousiasme. Quand ils eurent bien fait les fous, Vanda s'allongea sur les coussins, elle appela Miki près d'elle et lui dit de caresser ses cheveux.

— Avec quoi dois-je te caresser ? demanda le gamin.

— Avec tes doigts, petit bonhomme !

— Comme ça et comme ça ? demanda-t-il en caressant le visage et les cheveux de Vanda avec la pulpe de ses petits doigts.

— C'est divin, soupira-t-elle.

Ensuite, elle le prit dans ses bras et quelque chose s'éveilla en elle, comme un pressentiment, une nostalgie impénétrable et chimérique.

— Miki, combien tu as de frères et de sœurs ?

— Trois frères et une sœur et un Miki, dit-il en riant sous cape.

— Tu as quel âge, vraiment ? Neuf ans ?

— Je ne sais pas, maîtresse, on ne me l'a pas dit. Peut-être huit, je ne sais pas.

Soudain, de façon impulsive, elle attira le garçon sur son ventre. Une grande douceur fit trembler son corps. Elle le fit rouler sur elle en riant.

Le gamin fut d'abord surpris, ensuite une joyeuse folie le saisit lui aussi et il se mit à rouler sur elle comme un petit serpent en se frottant à sa peau chaude et tendre. Au bout d'un moment, ils restèrent allongés, essoufflés, l'un près de l'autre.

— Mets ta main ici, écarte les doigts, comme ça, oui, et maintenant tourne ta main comme si c'était une roue. Mon ventre est doux comme une éponge, hein ? Et vivant comme la queue d'un petit chien, hein ? Ici, sur mon nombril fleurit la plus belle fleur du Sahara. N'est-ce pas ? Tu la vois ?

Le gamin acquiesça et tourna la main sur le ventre. Ça lui rappela la petite brebis que son père lui avait apportée. Ce petit ventre était doux et, comme cet agneau à l'époque, cette douceur lui procura une douce émotion.

Mahmoud Saleh Pacha observait leur jeu et il sourit, satisfait. Il avait l'impression que c'étaient des animaux joueurs. Ce gamin est vraiment un bel enfant. Magnifique ! se dit-il satisfait par le dénouement des événements. Il avait pensé qu'il aurait beaucoup plus de problèmes avec Vanda avant de l'apprivoiser. Un charmant petit être. Docile, obligeante et assez raisonnable, conclut-il. Les souvenirs de la nuit précédente étaient on ne peut plus agréables.

*

Georges Chevalier offrit cinq cents livres sterling à Ana. Il les déposa tranquillement sur la table. Ana resta sans voix. De sa vie, elle n'avait jamais vu autant d'argent.

— Qu'est-ce que ça veut dire ? demanda-t-elle, le visage tout rouge.

— Je vous donne ça pour vous convaincre que ma proposition est sérieuse. Prenez cet argent, allez chez vous et arrangez les choses avec votre mari. J'ai parlé à Juan Carlos, il vous donne un mois de congés payés. À votre retour, vous serez toujours *capo delle cameriere* ; mais si vous avez réussi à régler les affaires chez vous, à vous entendre avec votre mari, nous nous marierons et alors vous ne travaillerez plus à l'hôtel. Vous m'accompagnerez en France et vous reviendrez à Alexandrie en tant qu'Anne Chevalier.

Elle le regardait incrédule et, pendant un long, très long moment, elle resta muette. Ensuite elle saisit l'argent, le mit dans la poche de sa blouse de travail et dit fermement :

— D'accord, je pars par le premier vapeur et je rentrerai dans moins d'un mois.

Et c'est ce qui se passa. Elle voyagea en seconde classe, elle avait une cabine, elle était bien habillée et elle évoluait à l'aise parmi la bonne société. Souvent, pendant cette traversée, elle se rappela son premier voyage et celui avec Merica et Vanda plus tard. Hum, c'est le jour et la nuit. Il n'y a pas de comparaison.

À Trieste, elle prit un taxi pour se rendre dans son village. Elle n'avait pas annoncé son arrivée, ils furent tous terriblement surpris. Tous, non, puisque Rihard n'était pas encore revenu de l'auberge. Mais il y avait Tereza et Verica, sa fille.

La belle-mère attaqua tout de suite :

— Alors comme ça, on se balade par-ci par-là et on gaspille l'argent ! Et la damote prend même un taxi. Hum, un taxi ! Pour se faire remarquer et pour que les autres disent qu'Ana Ceričeva s'est bien enrichie là-bas à Alexandrie. Mais moi je dis que ça, c'est jeter l'argent par la fenêtre pour faire l'importante.

— Vous pouvez déblatérer autant que vous voulez. On va faire le ménage dans cette maison et régler les comptes. Allez chercher votre fils, pour qu'on puisse discuter avant qu'il soit saoul, dit-elle.

Bien sûr, la belle-mère aurait trouvé déshonorant de rendre service à la rosse fainéante qu'était pour elle la femme de son fils unique. Et elle s'embarqua dans ses sempiternelles récriminations ; ce fut une série ininterrompue d'insultes, de mensonges et d'insinuations. Pendant que toutes les deux se disputaient et mettaient en avant leur bon droit, Verica souffrait beaucoup. Elle se fourra dans un coin et écouta leurs cris en tremblant. Mais peu à peu, sans savoir comment, elle se glissa dans les bras de sa mère et se blottit contre elle. Ce qui fit du bien à Ana. Elle étreignit Verica et répondit de plus en plus rarement à sa belle-mère qui l'attaquait avec hargne. Quand finalement Rihard arriva en titubant, elle fut soulagée même si elle savait que la bagarre ne faisait que commencer.

Rihard se balançait sur le seuil, se demandant si ce qu'il voyait était réel ou si c'était seulement l'effet de l'alcool. Mais il fut rapidement persuadé que c'était la véritable Ana, sa femme, en chair et en os, qui se tenait devant lui.

— *Orka malora*, mais qu'est-ce que tu fais ici ?! Et pourquoi tu n'as pas écrit que tu arrivais ? Qu'est-ce que tout ça veut dire ? Hein ?

Ana décida de porter un coup rapide et décisif.

— Je suis venue chercher Verica ; elle va venir avec moi à Alexandrie. Et je vais divorcer de toi car je ne veux plus vivre avec un ivrogne !

Un silence de mort se fit. Verica se serra encore plus fort contre sa mère, elle tremblait encore un peu.

La belle-mère coupa le silence par un cri sauvage :

— Je savais bien que tu étais une putain. Tu t'es acoquinée avec un Noir et maintenant tu t'achètes une conscience en voulant emmener Verica. Nous ne te la donnerons pas, non ! Et tu ne peux pas non plus divorcer de ton mari, de mon fils. Ce que Dieu a lié, aucun diable ne peut le défaire.

— Eh bien, on verra ça, dit Ana.

Ensuite, elle jeta un coup d'œil à son mari saoul et ressentit un tel dégoût qu'elle eut envie de vomir.

— Tereza, vous voudriez combien pour votre fils ? Disons s'il était possible de l'acheter, plutôt de le racheter ?

De surprise, la belle-mère resta la bouche ouverte. Elle ne pouvait croire ce qu'elle avait entendu. Ensuite elle dit, venimeuse :

— Tu sais quoi, je le vendrais bien pour cent mille pièces d'or. Si bien sûr tu les mets sur la table et ça tout de suite, immédiatement.

— Cent crottins de cheval, oui, mais pas une pièce car il n'en vaut même pas la moitié d'une et parce que je ne les ai pas, glapit Ana. D'ailleurs, est-ce que Marija Kankova n'est pas toujours célibataire et libre ? Si vous vous débarrassez de moi, si vous me libérez, elle pourra s'installer dans cette maison, proposa-t-elle, tout en pensant en même temps qu'une chose pareille était impossible.

— Moyennant quoi nous, on pourrait te libérer, noble dame ? demanda la belle-mère hargneuse en insistant sur le « nous ».

— Je renonce à la maison, la terre, au trousseau que j'ai apporté, à tout. La seule chose que je prendrai, disons que je ne laisse pas ici, c'est Verica. Vous pouvez me libérer avec elle, dit Ana, encore une fois sans y croire.

Il se passa alors quelque chose d'étrange. Le visage de la belle-mère s'éclaira, elle se leva, les poings sur les hanches, elle regarda son fils ivre et lui demanda :

— Rihard, qu'est-ce que tu dis de ça ?

Rihard fit un sourire idiot et dit que ça lui était tout à fait égal.

— Mettez-vous d'accord entre vous, les bonnes femmes. Moi, d'Ana, qui est censée être ma femme, je n'ai rien. Même pas une bagatelle, s'esclaffa-t-il dans sa soûlerie.

La belle-mère sourit aussi, d'un sourire grossier et insultant. Ensuite elle jeta un coup d'œil rapide vers Ana et proposa :

— C'est bon, faisons affaire. Demain, on ira à Gorica chez l'avocat, là tu signeras que tu renonces à tout comme tu l'as dit un peu avant, et tu signeras aussi que tu nous enverras autant de sous par an qu'à cette heure. Et nous, on t'autorisera à prendre avec toi cette morveuse. Mais divorcer, ça, tu ne peux pas car il faut pour ça une autorisation du pape lui-même. Si ça te va, on se serre la main et c'est fini !

Ana réfléchissait fiévreusement, pesait, repesait. Ensuite, elle demanda à Verica qui était toujours blottie contre elle si elle voulait venir avec elle à Alexandrie. La fillette la fixa de ses yeux clairs et hocha la tête avec conviction.

— Bon, j'accepte. Demain on ira à Gorica et je signerai tout ça, dit-elle, et elle ajouta rapidement : Je ne pourrai pas vous envoyer autant que maintenant car Verica sera chez moi et nous aurons beaucoup de frais. Là-bas, elle devra aller à l'école, et tout ça, ça coûte.

— Je m'en fous. Si tu ne signes pas, on ne te donnera pas Verica ! dit fermement Tereza.

— Je vous enverrai la moitié de la somme actuelle.

— Pas question.

— Les trois quarts.

— Autant qu'à cette heure et fin de la discussion !

Alors Ana fit comme si elle ne savait pas quoi penser, ensuite elle soupira profondément et se rendit :

— Bon, soit. Pourtant c'est mal et injuste de votre part.

— Qui a voulu avoir Rihard à tout prix, hein ? Et qui s'est battu avec Marija Kankova pour lui ? Moi ou toi ?

Ce que venait de dire la belle-mère était vrai. Elle s'était battue pour lui de toutes ses forces, avec ses poings et ses dents. Mais qui alors savait que de cette belle chrysalide sortirait pareil ivrogne ? Elle n'avait pas été la seule à tourner autour de Rihard, il y en avait même eu pas mal. Marija Kankova, bien sûr. Comment ne se seraient-elles pas disputées pour lui qui était le plus bel homme de la paroisse ? Grand, de belle prestance, une moustache noire sous un nez d'aigle et une voix qui, à elle seule, attirait et collait les femmes comme de la glu. Ensuite, qu'était-il advenu de tout ça ? C'est vrai que, quand elle l'avait séduit, elle aurait dû remarquer ce que la boisson signifiait pour lui. Maintenant elle se souvient que jamais il ne buvait le vin ou le schnaps par gorgées comme les autres, mais qu'il sifflait le verre entier.

— Bon, bon, ça va. Je signerai, pourtant ce n'est pas juste, dit-elle alors parce qu'elle voulait que ce tripatouillage finisse au plus vite.

Elle était morte de fatigue après la dispute avec la belle-mère et aussi après le long voyage.

Dans le lit, Verica se colla contre elle comme une tique. Ana sentait vraiment que la pauvrette buvait son amour. Elle la prit dans ses bras, la serra fort, elle était à deux doigts de pleurer. Mais ça n'arriva pas.

Elle ne se souvenait pas d'avoir jamais versé une larme. Elle n'avait même pas pleuré la première fois qu'elle était allée en Égypte comme nourrice. Là-bas on lui avait donné un bébé, le petit Samuel, et elle lui avait offert ses seins sans vouloir y penser. Elle avait été remuée, bien sûr, mais ce sentiment ou la foule de ces sentiments douloureux, tout ça était loin, quelque part au fond d'elle. Elle ne s'était pas laissé perturber pour ne pas souffrir. Elle avait eu la chance d'avoir su s'étourdir toute seule et elle avait enduré même si la douleur était insupportable et quelque part ici, tout près. Tout près, oui, mais pas en elle. C'est pourquoi elle n'avait pas mouillé son oreiller comme beaucoup d'autres nourrices l'avaient fait… Et c'est pourquoi une croûte s'était déposée sur son cœur comme elle l'aurait fait sur le tronc d'un chêne.

Le jour suivant, ils allèrent à Gorica chez l'avocat Caharija et là, à sa grande surprise et contre toute attente, on dressa un document officiel qui stipulait qu'Ana Cerič renonçait pour toujours et à jamais, c'est-à-dire jusqu'à sa mort, à tous les biens mobiliers et immobiliers, donc à tout sauf à sa fille. Immédiatement après la signature, Ana quitta Rihard et sa mère pour aller rendre visite à ses parents à Renče. Alors qu'elle s'éloignait, elle entendit ce que la belle-mère disait à son fils. Elle disait : « J'étais loin de penser qu'elle était aussi timbrée. Elle a sûrement perdu la boule à cause de la chaleur en Égypte. »

La mère d'Ana revenait juste de l'église ; elle n'avait pas été à la messe mais elle avait balayé l'église et remplacé les fleurs fanées par des fraîches. Et elle avait épousseté les statues des saints. Elle était ravie de voir sa fille ; elle savait qu'elle venait mais Ana lui avait demandé dans sa lettre de ne le dire pour rien au monde à son mari et à sa belle-mère. Elle courut chercher le père qui changeait les piquets dans le vignoble. Ensuite, ils s'assirent à la table et Ana leur raconta tout, sauf ce qu'elle avait signé le matin à Gorica.

Sa mère dit :

— Dieu merci, Verica part avec toi. Moi, tu le sais, j'ai voulu plusieurs fois la prendre chez moi, mais cette vieille sorcière n'a jamais voulu. Tout le monde sait que tous les deux et aussi sa tante Jožefa la négligeaient. Ils l'enfermaient dans la maison et ils partaient toute la journée. Est-ce que je sais où ils allaient bourlinguer. Et elle devait travailler comme si elle avait quinze ans. C'est vraiment bien qu'elle parte avec toi.

Le père, plus perspicace, sentit que leur fille leur cachait quelque chose. Il essaya de la faire parler mais elle ne se laissa pas faire. Elle raconta qu'elle était dorénavant chef de tous les domestiques de l'hôtel Cecil, qu'elle avait sa chambre et aussi une bonne paie et qu'elle n'aurait pas de problème pour entretenir sa fille.

— Et elle ira à l'école, dit-elle. D'abord dans la nôtre, l'école des sœurs, ensuite dans une autre pour apprendre un métier. J'aimerais qu'elle devienne au moins employée de bureau pour qu'elle n'ait pas besoin de trimer et d'être humiliée comme moi.

Ensuite elle leur demanda si Pepo, l'artiste, était toujours vivant.

— Quel Pepo ? demanda le père.

— Pepo, celui qui fait de si belles statues et des tombeaux.

— Ah, Pepo Repčev ? Bien sûr. Mais tu ne penses quand même pas que nous allons mourir bientôt ?

plaisanta le père, puis il lui dit tout ce que Pepo avait sculpté ces temps-ci. Une fontaine pour les Slavčevi, *ma* tu verras comme c'est beau ! Il y a des cruches et les raisins sont tels qu'on les arracherait de la pierre ! Il a fait le portail des Abramovi, tout le monde va le voir, on vient même de Trieste pour admirer son chef-d'œuvre.

Ana leur raconta alors l'histoire de Rutka Nemcova. Ils furent émus aux larmes. Et ils l'accompagnèrent chez Pepo. Tout de suite après avoir débarqué à Trieste, Ana avait vendu à un orfèvre les trois colliers de Rutka, les cinq bagues et deux bracelets. Les lires qu'elle avait obtenues pour les bijoux de Rutka, elle les donna à Pepo en lui transmettant le dernier désir de Rutka avant de mourir. Pepo, l'air grave, prit les lires et promit qu'il ferait au défunt Jakob un monument comme personne n'en avait nulle part ailleurs. Il rangea dans sa poche la feuille maladroitement écrite par Rutka. Y était noté ce qu'il devait graver dans la pierre à côté de son nom et des autres renseignements. À savoir : « Dieu a donné, Dieu a repris. » Ana, sa mère Amalija et son père Miha, tous virent des larmes dans les yeux de l'artiste.

Alors qu'ils quittaient sa maison, Miha, le père, dit :

— Qui aurait pu penser qu'un homme qui toute la journée sculpte la pierre et se bat contre sa dureté ait le cœur si tendre ?

Amalija dit que c'était tout à fait compréhensible.

— Pourquoi compréhensible ? demanda Ana.

— C'est un artiste, non ? Il ne pourrait tirer de telles merveilles de la pierre s'il avait un cœur aussi dur qu'elle.

Miha acquiesça :

— C'est juste.

Et la mère dit :

— Tu as vu, comme il est blanc à force de tailler la pierre, de la limer et de la polir ? Comme un meunier.

Ana hocha la tête puis elle compléta :

— Oui, et il est sec comme une momie.

Sa mère ne comprit pas de quoi elle parlait.

— Une momie, qu'est-ce que c'est ?

Ana fit un geste de la main.

— C'est un mystère des pierres égyptiennes.

Ana avait encore quelque chose en tête. Elle devait aller chez le curé Ivan Dobravec. Chez lui, elle paya sept messes pour le repos de l'âme de Rutka et elle se confessa. À lui, elle avoua tout ce qu'elle avait caché à sa mère, à son père, à son mari et à sa belle-mère. Le curé l'écouta, il l'écouta en silence. Il ne prononça pas un mot, il lui donna l'absolution et la bénit. Ce n'est que lorsqu'elle prit congé devant l'église qu'il lui demanda quelle était la religion de Georges.

— S'il est français, il est certainement chrétien comme moi, dit-elle.

— Tu as dit que sa mère était grecque. Donc, il peut aussi être orthodoxe. Bon oui, mais ça n'a pas d'importance. Tu sais, si je ne connaissais pas ton mari et ta belle-mère, je t'aurais sans doute condamnée. Mais comme ça… je suis au courant. C'est bien que ta Verica parte avec toi. Là-bas avec ce Français, ça ira, c'est sûr, ça ira. Tout dépend de toi. Je crois, quelque chose me le dit, que tu vas tout réussir et que tu seras heureuse sur tes vieux jours. Je sens aussi que nous nous reverrons et que je… Oh, excuse-moi, je me laisse emporter. Qu'est-ce que je sais ? Je ne sais rien. Je suis le serviteur de Dieu qui sait seulement qu'il ne sait rien.

Ana dit en riant :

— Monsieur le curé, comment savez-vous que vous ne savez rien si vous dites que vous ne savez rien ?

— Eh oui, bien sûr. Laissons ça, ma chère Ana. Que Dieu soit avec toi et fais bon voyage !

Ils se firent un signe de la main et Ana s'en fut. Oui bon, qui sera sera, se dit-elle, prête à tout affronter.

Avant de rentrer, elle devait encore trouver Štefanija, la fille de Rutka, et son fils Berto. Tous les deux étaient mariés et avaient des enfants. Štefanija vivait à Dornberk et Berto, à Gorica. Leur mère, disons son amie turque, Babayana, lui avait donné trente-neuf pièces d'or ottomanes à leur intention, elle y avait donc ajouté une des siennes afin de partager équitablement.

Berto la reçut froidement et ne lui demanda rien. Il prit les pièces, les jeta dans un tiroir, ensuite il dit qu'il devait aller travailler. Il était facteur. Tout ça se fit debout.

Ce fut différent chez sa sœur Štefanija. Elle s'intéressa beaucoup à ce qui était arrivé à sa mère. Elle rapporta à Ana avec quelle impatience Jakob, leur père, avait attendu leur mère.

— Un jour, après la messe, je l'ai vu assis derrière la maison ; il relisait la lettre de maman, qu'il avait toujours dans sa poche, elle était usée comme une vieille guenille. Il n'avait pas remarqué que je l'observais et il pleurait comme un enfant. Ses larmes tombaient sur la lettre, alors il m'a tellement fait pitié que je suis allée vers lui et je l'ai pris dans mes bras. Ensuite nous avons pleurniché tous les deux et nous nous sommes apitoyés l'un sur l'autre. Eh oui, mon pauvre père. Il l'a attendue jusqu'à sa mort, il nous a toujours dit du bien d'elle et voulait nous persuader qu'elle reviendrait. Quand nous avons été un peu plus grands et que nous avons compris ce qui se passait, nous avons essayé de le convaincre d'oublier maman.

Berto lui a dit directement qu'il était fada. « Maman en a pris un autre là-bas et elle ne reviendra pas. Possible aussi qu'elle ne soit plus vivante. Vous voyez bien qu'elle n'écrit plus rien. Depuis des années. » Mon père s'est tellement mis en colère contre lui qu'ils ne se sont pas parlé pendant une semaine.

« Berto ne lui a jamais pardonné. Si au moins elle n'était pas venue au village dans cette auto noire avec les deux enfants du prince syrien ! Mon frère et moi, pieds nus, sales, dépenaillés, et ces deux minots en souliers et beaux habits. Et maman était comme une dame, comme une petite damote de la ville. Quand ils sont repartis, Berto a disparu pendant trois jours et trois nuits. Il a terriblement souffert parce que maman s'était seulement un peu montrée, en plus avec ces enfants étrangers, et qu'ensuite elle était partie avec eux dans un monde inconnu. Elle l'avait laissé et moi aussi, bien sûr, et mon père, le pauvre. Ç'aurait été mieux qu'elle ne s'exhibe pas. Moi, je ne sais pas ce qu'elle cherchait. Elle s'est promenée comme un paon dans la maison et dans le village.

« C'est vrai qu'alors, avec ce chauffeur, elle avait apporté un tas de beaux vêtements et plein d'autres choses, à mon frère et à moi, elle nous a donné à chacun trois pièces d'or et elle a offert une montre avec une chaîne en or à notre père. C'est vrai. *Ma* qu'est-ce que ça veut dire, puisqu'elle ne nous a pas donné ce dont on avait le plus besoin. Quand elle est sortie de la voiture, je tremblais à cause de la tension et de l'attente et j'ai pensé qu'elle allait me prendre dans ses bras, me serrer contre elle mais elle m'a seulement regardée et a dit, étonnée : “Oh, comme tu as grandi !” Et elle s'est tournée vers mon frère, lui a caressé les cheveux et lui a dit la même chose : “Berto, comme tu as grandi !” et elle n'a plus fait attention à nous. Mais les deux gamins qu'elle avait amenés, elle n'arrêtait pas de les appeler affectueusement et de s'occuper d'eux comme si elle les avait mis au monde.

« Elle n'est restée à la maison que quelques heures, elle a dit qu'elle devait rentrer le plus vite possible à Venise et ils sont repartis le même jour, vers le soir. Et pendant ces quelques heures, en gros, elle n'est pas restée avec nous ; elle devait rendre visite à la moitié du village, là-bas, elle a parlé comme un moulin, mon frère et moi, nous nous tenions à côté d'elle et nous attendions qu'elle se consacre enfin un peu à nous… *Ma* elle ne se souciait que de ces deux enfants, je ne sais plus comment elle les appelait.

« Mais notre père, que la terre lui soit douce, lui passait tout, il lui pardonnait tout le temps. Il devait l'aimer de façon surhumaine. Berto, lui, la maudissait. Tant qu'elle a continué à écrire et à envoyer de l'argent, non ; mais quand elle n'a plus donné signe de vie, il s'est mis à la haïr épouvantablement. Il me disait des choses qui ne sont pas racontables.

« Mais mon père, ô mon Dieu, notre père ! Il nous disait tout le temps qu'elle était sûrement en prison, qu'on l'avait injustement condamnée pour on ne sait quoi, qu'elle ne pouvait plus nous écrire. Mais quand ils la relâcheraient, elle reviendrait à la maison et on serait de nouveau heureux. Jésus Marie, notre père ! Il nous donnait le bain, lavait nos nippes, repassait, raccommodait, faisait la cuisine, cherchait nos poux, nous mettait au lit, il nous racontait des histoires, assez souvent il était si fatigué que, avant d'en terminer une, il s'y reprenait à trois fois, mais nous étions cruels, nous voulions écouter l'histoire jusqu'au bout. Le pauvre. Pendant l'hiver, il était descargaire au port de Trieste, au printemps et en été, il partait avec les femmes vendre des pommes de terre, de la salade, du chou, des œufs, des haricots… tout ce qu'on récoltait.

Et tout le temps, il l'attendait ! Ana, pendant toutes ces années, il a espéré qu'elle allait revenir. Et maintenant ? À quoi bon ces pièces d'or ? Quand elle était à la maison, quand parfois elle nous faisait des caresses, chaque caresse valait tout cet or. Même si, ouais, les pièces d'or arrivent au bon moment, on est en crise, on est pressurés de tous les côtés.

« Mon père ne lui en a jamais voulu, on voit bien qu'il l'aimait terriblement et qu'il l'a attendue jusqu'à sa mort. Mais Berto était très fâché contre elle. Il ne pouvait lui pardonner. Encore à cette heure, il ne l'a pas fait. D'autres sont parties mais elles sont revenues et ensuite tout est à peu près rentré dans l'ordre. Mais elle, soudain, elle a cessé d'écrire et elle n'a plus envoyé d'argent non plus. Maintenant je comprends pourquoi tout ça est arrivé. Pourtant, ce que je pense, c'est qu'elle aurait dû écrire au père, lui dire ce qui lui arrivait et le délivrer de cette attente éternelle. Je ne crois pas que le monument de Pepo diminuera sa responsabilité. D'après moi, il va plutôt l'augmenter.

Ana essaya d'atténuer la faute de Rutka :

— Tu sais, Štefanija, votre mère n'a pas été la seule que ce monde a rendue folle. Marjetka Batonova a laissé à la maison cinq enfants et son mari Herman et elle a épousé un veuf, un banquier anglais.

— Oui, c'est vrai. Mais elle est revenue. Elle a bien discuté avec son mari, elle lui a sincèrement avoué qu'elle était amoureuse de ce veuf et que rien ne pouvait changer ça et elle lui a promis qu'elle enverrait de toute façon de l'argent pour les enfants et aussi qu'elle viendrait les voir au moins une fois par an. Elle a tenu parole. Elle venait avec d'énormes malles pleines de vêtements pour les enfants et elle envoyait régulièrement des sous. Et ses enfants, encore à cette heure qu'ils sont grands, vont voir leur mère et son mari, cet Anglais, au Caire. Avec ce veuf, elle a aussi eu deux enfants et les uns et les autres s'aiment et sont comme une grande famille. Pratiquement, Marjetka est restée leur mère et elle a aidé son ex-mari autant qu'elle a pu. Ça fait une énorme différence…

— Attends, Štefanija ! On est tous différents. Tu ne peux pas comparer ta mère avec Marjetka ! Ce sont des caractères différents. Si tu avais vu ta mère là-bas, à l'hôpital, si tu avais vu ça et si tu avais entendu l'histoire de sa bouche et senti ses remords, sa douleur et son désespoir… Štefanija, ta mère était comme une petite coquille sur la mer écumante. C'était plus fort qu'elle, c'était plus fort. Elle ne s'en est pas tirée. Elle était faite ainsi, elle était faite de cette argile-là. C'est comme si une force sombre et terrible avait eu pouvoir sur elle… Elle a été faible, sans énergie. Elle était dominée par une puissance qui a fait d'elle ce qu'elle voulait.

« À l'époque, quand elle est arrivée avec ce chauffeur noir et qu'elle ne t'a pas prise dans ses bras, qu'elle ne t'a pas serrée contre elle… je ne sais, je ne sais pas ce qui s'est alors passé en elle. Peut-être qu'elle était complètement secouée, elle avait peu de temps, quelques heures ; les autres à Venise l'attendaient, les femmes à Alexandrie l'avaient sûrement chargée d'aller là et là, de dire ça et ça à leurs proches, de leur remettre ce qu'elles lui avaient confié… Et je ne sais pas, elle était peut-être gênée d'arriver ainsi dans le village comme une princesse. Peut-être qu'elle était toute troublée parce que, ici, c'était le village et qu'elle arrivait d'un grand hôtel luxueux de Venise et du vapeur où tout étincelait de cristal, d'or et d'argent, et la différence entre le village et ce monde était tellement énorme qu'elle n'a pas pu s'y retrouver, et tout s'est sûrement mélangé dans sa tête, elle n'a pas su quoi faire et comment se comporter… Et en ce qui concerne les deux gamins, ceux dont elle s'occupait, tu dois comprendre qu'elle était préoccupée ; malheur à elle s'il était arrivé quelque chose à l'un d'eux dans un milieu qu'ils ne connaissaient pas ! Elle tremblait certainement pour eux. S'ils s'étaient ne serait-ce que salis ou s'ils avaient déchiré quelque chose, elle aurait sûrement été réprimandée par ses patrons.

— Mais j'ai dit, Ana, j'ai dit… Dieu me pardonne ! On ne devrait vraiment jamais juger son prochain.

En disant ça, elle se signa rapidement.

Quand Ana partit, elle avait une pierre sur le cœur. Elle aussi était une Alexandrine et elle venait juste de détruire son nid pour pouvoir en bâtir un autre en France ou en Égypte, probablement meilleur, plus heureux. Mais elle se consolait et s'excusait : Moi, j'emmène Verica. Et Rihard ressemble au mari de Rutka comme un hanneton à un cheval, pensa-t-elle avec colère avant de se presser pour aller rendre visite à Eva, son amie d'enfance.

*

Merica était assise sur un banc devant l'église Sainte-Catherine. Elle relisait, pour au moins la dixième fois, la lettre de son mari. Elle s'arrêtait toujours à la partie où il parlait de leur fils Mihec :

« *Si tu voyais quel champion il est devenu, chère Merica ! Et beau comme un petit ange. Il a les cheveux un peu bouclés, il est blond comme les blés et il a les yeux bleus, si beaux que tout le monde les admire. Ta sœur Zofka dit qu'ils sont bleus et purs comme le ciel après l'orage. Il arrête pas de sauter partout, il tient pas en place, comme s'il avait du mercure dans le derrière, et c'est un vrai moulin à paroles. Mille questions à l'heure ! Tu vois, la fois dernière, il m'a posé des questions sur toi. Des questions à en plus finir. Je lui ai tout expliqué mais il était pas satisfait. J'ai dû lui montrer des photos et il a dit que tu étais belle, plus belle que Marie dans notre église. D'un seul coup, il a commencé à pleurnicher en demandant quand tu allais revenir. Il a dit que la mère de Robert est revenue et aussi la mère de Marjetka et que c'est pas bien et pas juste que tu veux pas rentrer.*

Tant bien que mal, je lui ai dit que tu pouvais pas venir maintenant mais que tu rentrerais bientôt. Et bientôt, c'est quand ? il a demandé en tapant des pieds.

Ah Merica, on t'attend tous avec impatience. Mais on sait que tu dois encore rester un moment. Écoute, je dois te dire qu'on a acheté le champ de Nace Greh, celui de Bezovlak. Je sais que tu seras contente quand tu le verras et que tu pourras dire que ce champ est à nous à cette heure. Si on pouvait encore acheter le vignoble de France à Hruševje, alors on aurait vraiment atteint notre but. C'est une terre qui donne le meilleur malvoisie. Mais on achètera pas ce vignoble car il est temps que tu rentres. Tu manques très fort à Mihec et moi aussi j'attends avec impatience de te voir et de te serrer dans mes bras.

Dans ta dernière lettre, tu demandes... »

En posant la lettre, elle aperçut sœur Rozalija. Elle taillait les ceps et remplaçait les poteaux pourris ; dans le jardin qui appartenait à l'église, elle avait un petit clos de vigne et, tous les ans, elle produisait quelques dizaines de litres de vin rouge. C'était du vin de messe pour pater Anastazij, pour pater Kerubin... mais aussi un supplément au déjeuner et une consolation dans un pays où ils étaient encerclés par la mer du peuple arabe et de ses coutumes. Leur monde était une sorte d'oasis où le jardin de l'église attenait aux rues et autres bâtiments, là était la fin de leur royaume et là commençait un pays aux habitudes différentes, à l'esprit différent.

— Je peux vous aider, sœur Rozalija ? s'écria Merica en se levant.

— Tu portes de trop beaux vêtements pour les salir ou les déchirer. En plus, je n'autorise personne à entrer dans ce petit vignoble, sauf moi… dit-elle en riant.

— Ha, ha, personne n'est assez saint pour ces ceps divins, hein ? plaisanta Merica.

— Même moi. Mais ici, je ne travaille pas pour mon compte mais pour la grâce de Dieu, dit-elle en ramassant par terre ce qu'elle avait coupé.

Merica la comprenait. Sœur Rozalija était franciscaine et tous ceux qui appartenaient à cet ordre étaient attachés à la nature et au dénuement.

Elle revint à sa lettre et à ses proches. C'est alors que Marija Pušpanova la détourna de sa brûlante nostalgie. Elle arrivait par le chemin gravillonné. À ses côtés courait un petit gamin à la peau sombre, qui s'accrochait à sa jupe en pleurnichant. Dans ses bras, elle tenait un nourrisson : un petit biquet assez noir.

Merica trembla. Ana lui avait raconté toute l'histoire de Marija. Il y a peu, elle lui avait dit que Marija Pušpanova était complètement désespérée. Ali Ibrahim, le Soudanais dont elle était tombée amoureuse et qu'elle avait épousé, s'adonnait de plus en plus à la boisson et elle, elle trimait à l'hôpital et, en plus de ce travail, elle lavait la vaisselle dans un hôtel. Ainsi elle réussissait à peu près à joindre les deux bouts pour qu'ils ne meurent pas de faim. Si elle n'avait compté que sur la paie d'Ibrahim, ils seraient morts d'inanition.

— Tu vas où, Marija ? demanda-t-elle assez bêtement.

Bien sûr, elle savait qu'elle allait chercher consolation, espoir et force à Sainte-Catherine.

— Voilà mon fils Omar et celui-ci, qui vient juste de naître, c'est Aziz. Moi je suis chrétienne, tu le sais bien sûr… Mes fils sont musulmans, c'est ce que mon mari a exigé. Mais il n'a rien contre le fait que je les emmène à Sainte-Catherine. Il est même content d'avoir un peu de tranquillité. Tu vois comme Omar est fatigant.

— Bien sûr, bien sûr. Je comprends. Va donc. Il y a de la place pour tous dans les champs de la miséricorde divine, dit Merica, le cœur serré par la détresse qui émanait de cette femme et de ses enfants.

Avant de s'asseoir sur le banc du jardin de l'église et de tirer la lettre d'Ivan de son sac, elle était restée longtemps agenouillée devant Notre-Dame du Carmel et elle avait prié et pleuré.

Ces états d'esprit douloureux apparaissaient tout d'un coup absolument sans prévenir. Comme le brouillard par temps d'automne, l'angoisse, la tristesse et la douleur se glissaient en elle. Rien ne pouvait y faire. Alors son âme soupirait et se lamentait sans fin. Si elle priait, le temps de souffrance intérieure s'écourtait ; si elle ne priait pas, sa souffrance devenait de plus en plus forte et profonde. Elle ne savait pas s'expliquer pourquoi ça lui arrivait. Quand son âme était complètement plongée dans le chagrin, elle avait l'impression que ce n'était pas sa souffrance, son angoisse, sa peur… mais qu'elle accueillait en elle la détresse ressentie par quelqu'un qu'elle ne connaissait absolument pas ; elle ne le connaissait pas de façon tangible mais elle était proche de cette personne ou des gens en général comme s'ils étaient réellement ses frères et sœurs. Parfois la pression était si forte qu'elle tombait par terre, tremblante, elle avait alors l'impression qu'elle allait se consumer ; qu'elle ne supporterait pas tout ça et que son cœur allait flancher, qu'elle allait mourir.

C'est ainsi que maintenant, sans en avoir conscience, elle prenait sur elle, comme un aimant, toute la souffrance de sa malheureuse compatriote Marija Pušpanova. Sa vie était lourde comme du plomb, elle était perdue dans un désert sans fin.

Elle revint à l'église, s'inclina devant l'image de saint François et lui dit dans un chuchotis qui rappelait le vent traversant un bois de tamarin :

— Cher Frančišek, toi qui as vaincu l'orgueil de ce monde, qui as eu pour amis fidèles et confiants les animaux, et aussi Jésus-Christ, regarde là-bas, la pauvre Marija Pušpanova avec ses deux enfants noirs. Jamais elle n'osera rentrer chez elle dans son village avec eux. Elle a pris son parti d'un exil éternel, d'une malédiction à cause du manque d'amour et de l'aveuglement de ses proches et de tous les autres. Mais toi qui comprends ce que notre raison limitée ne peut saisir, tu sais qu'elle n'est pas coupable et que c'est le plan de Dieu qui s'est réalisé. Donc, cher Frančišek, va vers elle, prends-la dans tes bras et console-la. Répands dans son cœur l'amour qui est plus fort que la méchante bêtise de l'être humain.

Elle priait ainsi saint François en tremblant de tout son corps. Avant de s'agenouiller, elle avait entendu les pleurs pénibles du petit Omar ; ensuite ces pleurs avaient cessé. Merica était persuadée que Marija était sortie car elle ne voulait pas troubler le recueillement des autres fidèles. En passant devant les bancs vers la sortie, elle aperçut une scène si belle qu'elle en resta interdite. Sur le dernier banc étaient assis Marija Pušpanova et ses deux enfants. Omar dormait, roulé en boule sur ses genoux, il ressemblait à un petit chien apaisé. L'autre fils, le petit Aziz, s'était également endormi. Et Marija elle aussi dormait. Elle avait la tête inclinée sur ses enfants et elle dormait.

La pauvre s'est endormie à cause de ses difficultés, de la fatigue et de la tristesse, se dit Merica en s'éloignant en silence.

Sœur Rozalija s'occupait toujours de sa vigne. Merica voulut passer sans dire un mot, mais elle l'appela.

— Merica, viens, je vais te donner un peu de consolation.

— Oh, sœur Rozalija, je suis pressée.

— Tu ne te presseras plus quand tu seras près de Dieu. Allez, viens et ne discute pas !

Elle l'emmena à l'intérieur de la maison dans la salle des franciscaines.

— Assieds-toi et attends-moi ! lui intima-t-elle.

Ensuite elle disparut et, quand elle revint, elle plaça devant Merica un morceau de pain et un verre de vin.

— Parce que tu as voulu m'aider à la vigne, tu as gagné une collation. Regarde, un verre de vin de messe et un morceau de pain cuit par sœur Hildegarda. Bois et mange et ça sera plus facile, gazouilla gaîment Rozalija.

Merica fut d'abord gênée mais, après quelques gorgées de vin, elle se détendit et soudain une telle gaîté la gagna qu'elle aurait volontiers poussé des cris de joie.

— Bon, tu t'es régalée, n'est-ce pas ? s'amusa la productrice de vin.

— Sœur Rozalija, c'est comme si je renaissais, voilà comment je me sens, dit Merica.

Autour d'elle, tout était rempli de la lumière du soleil et toutes les couleurs étaient plus belles, plus fortes. On aurait dit qu'une musique que l'oreille ne pouvait percevoir flottait dans l'air, pourtant elle en entendait une autre en elle. Comme si elle était de nouveau une petite jeune fille, elle se leva en sautillant, remercia la sœur et partit, légère, dans la rue. Ensuite, elle vécut toute la journée et les quelques jours suivants dans un état d'exaltation bienheureuse.

*

Ce dimanche après-midi, la joie régnait au club yougoslave de la rue Tewfik. S'y trouvaient des Dalmates, des Serbes, des Macédoniens et aussi des Alexandrines, jeunes et moins jeunes. Donc des bonnes d'enfants, des habilleuses, des couturières et aussi quelques nourrices… mais aussi des hommes slovènes qui travaillaient à Alexandrie comme chauffeurs, concierges, mécaniciens, menuisiers, forgerons… et les plus notables d'entre eux : ceux qui, dans cette ville égyptienne, avaient réussi en tant que commerçants, employés de banque, courtiers, brasseurs, fabricants de glaces et autres. Ils célébraient l'anniversaire du roi Pierre II. L'ambassadeur avait pourvu au banquet et aussi à l'orchestre qui jouait maintenant avec entrain. Ils dansèrent, burent, chantèrent et s'amusèrent énormément. Certains jouèrent aux échecs, d'autres s'assirent dans des coins, pour discuter autant qu'on le pouvait dans ce vacarme ou bien pour jouer au bridge.

Certaines danseuses étaient des filles d'Alexandrines : leur mère qui avait choisi de rester pour toujours ou pour longtemps en Égypte était allée les chercher à Gorica ou dans la région de Vipava ou bien leur avait payé le billet pour qu'elles voyagent seules ou avec des Alexandrines qui revenaient. Certaines des filles qui dansaient ou s'amusaient autrement étaient nées à Alexandrie, au Caire, à Port-Saïd ou ailleurs. Elles étaient les filles d'Alexandrines qui avaient épousé des Grecs, des Anglais, des Français… mais il y en avait aussi qui avaient été conçues dans des mariages ou relations mixtes, elles étaient à moitié coptes, arabes, à moitié syriennes, libanaises ou autres.

Une société très bigarrée était donc réunie cet après-midi-là, rue Tewfik.

Parmi les gens rassemblés, il y avait aussi le comte Pero Bartolić et sa femme Hedvika. Ils discutaient avec animation avec Georges Chevalier et sa fiancée Ana Cerič. Hedvika affirmait que toutes les filles de Gorica et de Vipava et en fait toutes les Slovènes qui travaillaient en Égypte étaient de la main-d'œuvre bon marché, donc en quelque sorte des esclaves, dans le meilleur des cas des domestiques, mais Ana et son ami Georges s'opposaient à cette idée. Ana fit la démonstration de la différence entre les Alexandrines slovènes et les servantes et autres domestiques qui étaient en général basanés, disons des Soudanais et des Arabes, et qui faisaient les travaux les plus bas et les plus durs, travaux épargnés aux femmes slovènes.

— En gros, nous sommes nourrices ou bonnes d'enfants. Habilleuses aussi, *dama di compagnia* et autres du même genre, affirma Ana.

— Hum c'est probablement vrai, notamment ces dernières décennies, dit le comte Bartolić. Mais tout au début, donc dans la deuxième moitié du siècle précédent, notamment après l'ouverture du canal de Suez, les Slovènes faisaient aussi les tâches les plus basses. Pourtant si on revient aux temps actuels, si vous faites ce que vous avez énuméré, vous êtes toujours des domestiques…

— … d'un rang supérieur, ironisa Hedvika.

— Oui, on pourrait le dire comme ça, compléta Bartolić avant de continuer : Regardez ma femme, Hedvika. Elle aussi est une Slovène mais mariée à un comte et elle est devenue comtesse. Elle a commencé comme vendeuse de roses dans les restaurants, elle a aussi été danseuse, mais elle n'a jamais été domestique. Elle n'a pas voulu être bonne d'enfants ou quelque chose de ce genre. Elle visait plus haut et a atteint le milieu de la cible. La plupart d'entre vous, les Slovènes, se contentent de peu. Je crois que vous êtes trop humbles. Je pense maintenant à Giuliana Ginot, une danseuse exceptionnelle ; elle aussi est slovène mais elle a refusé d'être domestique. Elle a décidé qu'elle serait une artiste et elle a réussi. Les maisons les plus connues l'invitent et elle gagne si bien sa vie qu'elle a déjà une belle fortune.

— C'est ça, exactement ça ! confirma Hedvika avec enthousiasme. J'en ai connu et j'en connais encore combien qui se satisfont du statut de domestique. Quand elles ont vu que j'accédais à une meilleure société, une situation supérieure, elles m'ont tout de suite accusée d'être dépravée et m'ont prophétisé que je finirais mal. Elles m'ont dit qu'on devait être modestes, qu'on devait s'asseoir sur le banc du fond et attendre humblement qu'on nous appelle, qu'on nous donne de l'avancement. Mais moi qui ne me suis pas conformée à ça, j'étais pour elle un débris et même une putain, dit Hedvika et on pouvait sentir de la colère dans sa voix et aussi de l'amertume.

— La modestie est pourtant une forme particulière de noblesse, objecta Ana. Être modeste, mais consciencieuse, fidèle, honnête…

— Ah quelle honnêteté ! s'exclama Hedvika. *Questo mondo è per i furbi e per i corragiosi cara mia*[11] *!* C'est comme ça ! C'est comme ça et ça continuera. Avec l'honnêteté et le travail, tu n'atteins que la condition de servante respectée, mal payée et très recherchée. Mais pas plus, c'est sûr ! Maintenant, la question est évidemment ce que l'on veut, ce qu'on désire atteindre.

Le comte Bartolić interrompit sa femme trop agressive :

— Hedvika, n'exagère pas. Moi aussi à mon arrivée en Égypte, j'étais *niko i ništa*[12]. Tout ce que j'ai atteint et ce que je suis aujourd'hui, je l'ai acquis grâce à la loyauté, avec application et, Dieu merci, grâce aux talents que je possédais. Avec la ruse, je dois l'avouer, on va loin mais à la fin, il faut tout de même régler les comptes.

— Les comptes ? Quels comptes ? objecta Hedvika.

Georges entra alors dans le débat. Il dit :

— Le comte Pero a raison. Mon expérience de la vie me prouve que le travail honnête et fidèle est, quoi qu'on fasse, le seul chemin fiable et sûr vers le succès. Tout le reste engendre certes des fruits mais ces fruits portent en eux de petits vers, ils sont d'abord invisibles mais peu à peu ils se mettent au travail et ils percent tout ce qu'on a obtenu par le mensonge donc la tromperie.

— Bah, tout ça c'est du vent, rigola Hedvika – il y avait cependant, caché dans son rire, un doute sur son bon droit et même de la peur.

— C'est vrai, nous sommes des domestiques, dit soudain Ana. Au fond, nous sommes peut-être des nigaudes. Maintenant je vais vous raconter autre chose. Je vais

11 « Ce monde est fait pour les rusés et les courageux, ma chère ! »

12 « Rien ni personne. »

vous parler d'une de mes connaissances, Jucka Peroš, une Istrienne. En dernier lieu, elle travaillait chez un Juif allemand, Simon Frischkopf. En une nuit, il a perdu tous ses biens. Il avait acheté des actions frauduleuses et il a tout perdu. Et que s'est-il passé ensuite ? Écoutez ! Ce Juif était seul, il n'était pas marié, Jucka a eu pitié de lui et elle est repartie travailler à l'hôtel Summer Palace comme femme de chambre. En plus, elle était un peu bonne d'enfants chez un Grec. Et alors, imaginez, avec l'argent qu'elle gagnait, elle a entretenu son ancien patron, ce Juif donc. Elle a trimé comme une folle, elle courait partout comme une fourmi, malgré ça, elle continuait de plaisanter, son rire faisait la joie de tous autour d'elle et alors, il y a une semaine, alors qu'elle voulait monter dans le tramway, son cœur a soudain lâché. Donc avec sa fidélité, son honnêteté, son travail et sa pitié, voilà ce qu'elle a gagné : la mort. Ça aussi, c'est une partie de notre réalité. Peut-être qu'il y a quelque vérité dans le fait qu'avec son seul travail on ne va pas loin, et avec une humilité et une honnêteté excessives non plus.

— Mais je ne vous ai pas dit que l'homme ne doit pas être humble, fidèle, travailleur, plein d'abnégation… et toutes les autres belles qualités, mais il doit être au moins un peu inventif, donc intelligent pour ne pas dire rusé, triompha Hedvika. La vie est pour moi une immense table garnie de bonnes choses. On peut y prendre ce qu'on veut. Mais on peut aussi attendre les miettes qui en tombent. Bien sûr, dans ce monde, tout a un prix, rien n'est gratuit. Plus on prend de la table de la vie, plus le risque est grand. Mais si on est fort et courageux, et aussi assez intelligent, pour ne pas dire rusé, le compte, à la fin, sera positif. Ça vaut le coup d'être courageux et de jouer de grosses cartes !

Georges, entretemps, avait allumé sa pipe et soufflait la fumée odorante. Mi-sérieux, mi-plaisant, il dit :

— Cette Jucka, cette Istrienne est morte pour ce monde. Elle a donc perdu au jeu, mais qui sait, peut-être qu'ensuite elle est née dans un autre monde comme fille de roi, ce qui est beaucoup plus que comtesse.

Pero Bartolić fut plutôt fâché par cette remarque et, évidemment, Hedvika enragea. Elle commenta sévèrement la réflexion ambiguë de Georges :

— Les rusés prennent les imbéciles dans leurs filets. Il existe deux filets : l'un est utilisé par les églises du monde entier et l'autre par la politique. Des rêves ! Ces rêves perfides et mensongers auxquels tant de croyants naïfs se laissent prendre !

Et alors elle raconta l'histoire d'une Goricienne, Emilija Bavcon, qui travaillait chez son amie Margaretha, la femme du banquier Spencer.

— Mon amie est une femme méchante, horriblement méchante. Je me demande toujours comment une femme aussi méchante a pu attraper et charmer un Anglais aussi instruit et bien élevé qu'Emmanuel Spencer ! Un jour que je lui rendais visite, elle m'a dit : « Tu vois cette domestique ? C'est une sotte de Slovène. Tu veux voir à quel point elle est sotte ? Regarde, par mon valet Hanan, je vais lui faire savoir ça : Si tu supportes tous les caprices et lubies de notre maîtresse, elle te récompensera richement. Elle veut seulement mettre à l'épreuve la patience, la fidélité et la persévérance de ses employés. S'ils supportent toutes ses tracasseries, toutes ses brimades, elle les récompensera très richement et à partir de ce moment-là, elle ne leur fera plus de difficultés. Elle appelle ça : un apprentissage du service dur mais juste. Gagnera celui qui tiendra le coup ! »

« C'est ce que le valet lui a dit. Et ensuite, l'expérience a commencé. Margaretha, mon amie, a mis à l'épreuve cette Slovène de la manière la plus terrible. Elle faisait exprès de renverser du café sur les rideaux fraîchement lavés ; elle laissait tomber une jatte de sauce sur le tapis ; elle l'a accusée d'avoir, par négligence, cassé un vase qu'elle a dû payer avec ses gains, la vaisselle n'était pas assez lavée et la Goricienne devait encore et encore la relaver ; la pauvre faisait les poussières dix fois par jour… Et elle l'a ainsi tracassée sans fin. La malheureuse pleurait, mais elle faisait la poussière, elle lavait les rideaux, le sol, la vaisselle… mais elle n'a pas donné sa démission. Vous imaginez, elle n'a pas dit qu'elle en avait assez de ces brimades. Jamais, jamais ! Quand ensuite elle, c'est-à-dire la maîtresse, au lieu d'une gratification, lui a donné congé, Emilija s'est tenue devant elle comme si elle avait eu une attaque. Elle ne pouvait absolument pas croire qu'elle n'était pas récompensée pour sa fidélité, sa patience et son application, mais qu'au contraire elle était congédiée, donc punie et jetée à la rue. Je la vois comme si ça arrivait à cet instant. L'expression stupide de son visage et ce qu'elle a dit. Elle a dit tout bas à travers les larmes : "Pourquoi vous me donnez congé, pourtant j'ai tout…" Elle n'a pas pu en exprimer plus. Elle s'est effondrée.

« Mais elle, mon amie, lui a dit, songez à ce qu'elle lui a dit : "Emilie, si tu m'avais jeté à la figure que j'étais une affreuse et méchante sorcière et que tu en avais assez de moi et que tu me donnais ta démission et que tu partais, je ne t'aurais plus tracassée ni humiliée. Tu l'aurais emporté sur moi et moi je t'aurais respectée. Mais comme ça, jusqu'à la fin, tu es restée une sotte et moi je n'aime pas ça." Voilà ce qu'elle lui a dit puis elle l'a chassée.

— Et alors ? Qu'est-ce qu'il lui est arrivé ensuite ? demanda Georges Chevalier.

— Je ne sais pas. Elle était comme un chat qu'on jette soudain dans l'eau bouillante. Je ne sais pas ce qui est arrivé ensuite. En tout cas, elle a décampé.

— Je connais cette Margaretha ! riposta Georges Chevalier. Très bien même. Il n'y a pas dans ce monde de personne plus horrible. C'est l'essence de la méchanceté. Quand elle dit qu'elle l'aurait récompensée si elle s'était opposée, elle ment de façon cynique. Je ne serais pas étonné d'entendre dire un de ces jours que le diable lui-même l'a prise pour l'adorer et nettoyer sa queue.

— Donc sœur Elizabeta a raison, dit Ana. Elle dit qu'on doit parfois se fâcher avec Dieu si on veut avoir quelque chose dans la vie.

— Et toi, Hedvika, tu as dit à plusieurs reprises que cette femme était ton amie. Mais comment peux-tu avoir pour amie quelqu'un qui est plus *sheitan* qu'humain ? demanda Georges Chevalier assez indigné.

Hedvika fut un instant embarrassée, ensuite elle déclara cyniquement qu'elle préférait se lier à ce genre de personnes qu'à des sottes comme cette Goricienne.

Ana était très affectée mais elle dit immédiatement qu'elle connaissait l'histoire d'une Margaretha bien différente.

— Il y en a des comme ça, bien sûr, dit-elle, le souffle court, énervée. Mais il y a aussi des patronnes différentes, plus humaines.

« Une femme de mon village, Elica Vankova, était nourrice chez un magnat du coton, Civriani, elle allaitait sa fille Patrizia. Au bout de quelques années, il s'est trouvé qu'Elica a perdu tous ses biens et c'est Patrizia qui est venue en aide à ses enfants, Filip et Antonija, donc leur sœur de lait. Quand elle a entendu dire qu'Elica, sa *dada*, sa nourrice, avait perdu sa maison et tous ses champs et qu'en une nuit elle s'était retrouvée à la rue avec son mari et ses enfants, elle lui a tout de suite envoyé une lettre de garantie et l'argent pour la traversée en bateau. Tous sont venus à Alexandrie, pauvres comme des souris d'église, et alors cette Patrizia leur a procuré un logement, du travail à Elica et son mari, elle, elle a été bonne d'enfants de son fils et lui, magasinier dans l'entreprise de son père. Et, à Filip et Antonija, son frère et sa sœur de lait, elle a payé des cours particuliers de langue. Elle a payé pour eux et ensuite, quand ils ont su assez de français, d'anglais et d'arabe, elle leur a trouvé du travail, l'un est employé à Attarin, l'autre à Labban.

— Et qu'est-ce que vous voulez exactement dire avec cette histoire ? dit Hedvika de mauvaise grâce.

— Ce que je veux dire ? Eh bien, qu'Elica Vankova a été récompensée pour son dévouement, son honnêteté, pour son amour et sa modestie. Et que parmi les riches il y a des gens qui ont du cœur, dit fermement Ana.

— En fait, c'est un cas isolé de compassion chrétienne. Seulement ça et rien d'autre, riposta Hedvika avec dédain. Cette Patrizia a en effet fait une bonne action. La question étant, est-ce que, au fil du temps, elle a récolté du blé ou des chardons ? Je sais par expérience personnelle et par des cas dans mon entourage proche et lointain que le chemin de l'enfer est pavé de bonnes actions. L'homme est un être cruel, primitif et ingrat, c'est la loi. Celui qui la respecte se protège, celui qui l'ignore creuse sa tombe.

— Hedvika, je t'en prie, arrête ! On va penser que je suis marié à un être sans cœur. Et tu ne l'es pas ! Et le mieux est qu'on change de sujet, intervint le comte Bartolić dans le débat qui devenait critique.

Ils parlèrent alors des spéculations en Bourse et de ce qui se passait en Yougoslavie, dans le Royaume des Serbes, Croates et Slovènes…

Mais Hedvika ne pouvait s'accommoder d'une défaite. Ça la démangeait vraiment. Elle choisit le bon moment, intervint pour tenter de ramener la conversation sur le thème précédent. Elle dit d'une voix anormalement haute :

— À propos ! Puisqu'on en est aux rapports entre les peuples du Royaume de Yougoslavie… Dans une organisation politique aussi grande que le Royaume, on verra qui est né subalterne, valet, esclave… et qui est né maître. Ah, je reviens au problème de domestiques ! (À ces mots, elle se tourna agressivement vers Ana et attaqua :) Tu dis que vous, les Slovènes, vous êtes sages, propres, honnêtes, fiables, aimables, naturellement intelligentes… et que tout le monde vous respecte pour ça et que vous êtes la main-d'œuvre la plus recherchée en Égypte. Mais il est bien connu que vous êtes aussi sages et dociles et obéissantes quand les maîtres exigent de vous des faveurs particulières. Avant tout, ces riches Arabes…

À ces mots, ils se turent tous et un embarras désagréable s'installa. Chevalier jeta un coup d'œil à Ana. Elle était rouge comme un dindon et il craignait qu'à ce moment on en arrive à un éclat et un scandale. Mais Ana se maîtrisa vite. Elle répondit à Hedvika d'une voix calme, exagérément froide :

— Pour autant que je sache, Hedvika n'est pas Hedvika mais une certaine Amalija ou Malka de Bled. Est-ce que je me trompe peut-être ? Et cette Amalija, à son arrivée à Alexandrie, a d'abord lavé la vaisselle dans un hôtel malfamé, ensuite elle est devenue danseuse de rue et vendeuse de roses rouges, puis accompagnatrice spéciale de jeunes messieurs distingués, et ensuite elle a progressé dans…

— Ana ! l'interrompit vivement Georges Chevalier.

Le comte Bartolić se leva rapidement, s'inclina devant sa femme Hedvika et lui chuchota à l'oreille :

— Belle dame, je t'invite sur la piste de danse. Tu entends, ils jouent notre chanson. Viens, ma coquille de perle !

Cela dit, il la saisit par le bras et l'entraîna vers la piste de danse. Quand ils eurent terminé, ils ne revinrent pas à la table où ils étaient précédemment mais ils s'assirent à la table du vice-consul qui justement brillait en racontant des histoires plus ou moins salaces.

*

À la mi-juillet, la chaleur devint insupportable. La ville et ses environs étaient plongés dans une brume frissonnante et vibrante. Ceux qui étaient venus du Caire avec l'espoir qu'il y ferait plus frais s'étaient trompés. À onze heures, l'atmosphère était déjà si surchauffée que les rues étaient vides. La ville tout entière était silencieuse, elle avait baissé la tête et cessé de respirer.

Quand tout, même les murs de brique, fut pétrifié, la cloche de l'abattement coiffa la ville. C'est à cette heure-là que Merica alla sur la terrasse et regarda par-dessus les toits plats. Elle aperçut alors, au-dessus d'Alexandrie et de la mer, les villages des régions de Gorica et de Vipava à l'envers. Lentement, comme dans un rêve, ces localités glissaient dans le ciel. Prvačina, Renče, Bilje, Miren Šempas, Rihemberk, Batuje, Dornberk, Gradišče, Oševljek, Mohorini, Vogrsko, Volčja Draga, Bukovica, Žigoni, Martinuči, Škrbine, Kostanjevica, Opatje selo…

Et de même, les montagnes, sommets tournés vers le bas dérivaient au-dessus d'elle : Caven, Kucelj, Sinji vrh, Nanos, Trstelj…

Elle regarda cette scène grandiose sans avoir un seul instant l'idée que ce pouvait être une illusion. Pour elle, tout ce qui se passait était réel. Aussi vrai que les rues d'Alexandrie et les toits plats des maisons. Ensuite apparurent les *campanaus*, eux aussi dérivaient au-dessus de la ville, tournés vers le bas ; leurs croix touchaient les minarets. Certains *campanaus*, les plus hauts, traversaient les minarets sans les endommager.

Soudain, Merica se rendit compte qu'Alexandrie bougeait aussi, elle glissait dans la direction opposée à celle des petits villages, des montagnes et des églises, à la même vitesse. Comme deux mondes indépendants qui, tout en restant l'un près de l'autre, se déplaçaient cependant chacun dans sa direction.

Ensuite se dessinèrent peu à peu des visages de son village ; eux aussi voguaient au-dessus de la ville, semblables à d'immenses draps ou plutôt à des voiles. Apparurent des familles, les Mežnarjevi, les Bavconovi, les Čečkotovi, les Severjevi de Frata, de Hrib, les Mrkčevi, Zankavi, Bulotavi, Najčtavi, Černitavi, Nackavi, Mrščevi, Batičevi, Malencetavi, Frajtarjevi, Ipavkini, Lukčevi…

Ils la regardaient du ciel sans la saluer même si elle leur faisait signe des deux bras avec enthousiasme. Comme des saints insensibles à ce monde, ils arrivaient et disparaissaient au-dessus du désert.

Merica perdit connaissance, elle s'écroula, mais ses visions ne s'interrompirent pas, elles continuèrent vers le cimetière latin, le lieu sacré de tous les Alexandrins et Alexandrines. C'est là qu'elle se retrouva et ses rêves mouvementés se poursuivirent comme dans un film : sur la tombe fraîche de Jucka, elle déposa des œillets dont elle savait avec certitude qu'elle venait de les cueillir dans son jardin au village. Elle se pencha sur la terre couverte d'une poussière de sable et demanda à Jucka comment c'était là-bas dans son monde. Jucka lui dit que c'était beau comme le paradis et qu'elle n'avait plus besoin de travailler.

— Ici, il n'y a pas de maître ni de maîtresse. Il n'y a que des fleurs et nous, les petites âmes qui récoltent les senteurs divines et qui les déposent sur des autels dorés.

— Salue mes défunts, lui demanda Merica.

Mais avant que Jucka puisse lui répondre, c'est Louis qui se retrouva devant elle avec un bidon plein d'eau. Mais cette eau n'était pas comme celle de la terre, c'était une lumière vivante.

— Tu as soif? Tu veux boire ? demanda-t-il d'une voix vibrante.

Elle acquiesça et il lui remplit un verre de cette lumière de perle. Elle le saisit à deux mains et but, but, but…

— Viens, je vais te montrer quelque chose, dit Louis quand elle eut bu la dernière goutte.

Il l'emmena devant une tombe sur laquelle était inscrit : « La première douleur que tu m'as causée fut aussi la dernière. » Elle lut et se remémora la mort de Mirijana.

Mirijana était la fille d'une Alexandrine, Marjuča Skobčeva de Tolmin. Elle était née avant la guerre à al Manshiyyah, son père s'appelait Ahmed Khalil. Mirijana était une fille si belle que beaucoup d'hommes étaient amoureux d'elle avant même ses quinze ans. À dix-huit ans, elle épousa un médecin, Zohri Mohamed Osman. Quand elle eut vingt ans et trois mois, elle tomba malade du foie et elle mourut au bout de trois semaines d'une forte fièvre. Mohamed alla pleurer sur sa tombe pendant deux ans, ce n'est qu'au bout de ce temps-là qu'il se consola. Ce qui était écrit sur sa tombe était la stricte vérité. La première douleur qu'elle lui avait causée avait aussi été la dernière...

Louis dit à Merica de regarder la tombe de Mirijana et de lui dire où était la douce jeune fille belle comme un ange. Elle s'inclina devant une plaque et ce qu'elle découvrit était si incroyablement beau qu'elle se mit à pleurer : elle vit Mirijana transformée en eau vive, bleu-vert, de leur Soča. Et cette rivière – miracle de Dieu – coulait sous le cimetière latin et disparaissait quelque part dans les dunes du désert... Merica était entraînée dans le courant de la rivière et, en même temps, emportée d'une curieuse façon à travers les tombes ; les noms sur les monuments défilaient si vite qu'elle avait des difficultés à les lire. C'étaient des prénoms et des noms d'Alexandrines, de religieuses et d'autres voyageurs qui étaient venus en Égypte et qui n'étaient jamais rentrés. Ils dataient de toutes les époques ; des temps avant l'arrivée de Merica et aussi des temps où elle ne serait plus en Afrique. Le passé se mêlait au présent et celui-ci empiétait sur l'avenir. Et de même que les époques se mélangeaient, de même les peuples s'entremêlaient dans ce cimetière, *LE CIMETIÈRE LATIN DE LA TERRE SAINTE**; le COEMETERIUM LATINORUM TERRAE SANCTAE... des tombes, des tombes, des chapelles mortuaires, des oratoires : des Italiens, des Anglais, des Français, des Espagnols, des Allemands, des Autrichiens, des Slovènes... Giovani Scarroza ; Veneranda Zadnik ; Giuseppe de Lucia ; Felix Laoun ; Atalide Messina ; Teresa Poparich ; Linda J. Saab ; Alice J. Saab ; Beata Gomišček ; Paulette Bassilios ; Anzelma Selič ; Salvatore de Maria ; Famille Boulos el Safaoui ; *Ici repose** Rime Adel Ghattas ; Palma Medico ; Emilio

Vidmar; *Qui riposa* Maria de Cheverny, *nata* Azzopardi; Famiglia E. Tabone; Famille Zackarie; Alojzija Kranjc; *Qui riposano* Eugenio D'Angelo, Concetta d'Angelo; Ivana Krpan ; *Ici reposent** : Hanna Zacharia, Adele Chafran, Victoria G. Chafran, Marie Chafran, Victoria G. Chafran, Marie Chafran… Ici repose Ivana Faganel; Podgornik Teresa, *deceduta il…*; *Qui riposa* Angela Gregorich ; Max Schwarz; Georges Elias Atta ; Veronika Čučnik ; Salvatore *e* Catarina Bottare ; *une tombe ouverte et profonde avec trois terrasses, soit douze cercueils au total… au fond de la tombe, du sable du Sahara que le vent a apporté parmi les défunts et qu'il a converti en inscriptions mystérieuses…* Et : *Qui riposa* Antonia Marusic, *nata* Kosovel : « *Mamma indimenticabile la tua vita non fu che un sacrificio per noi !* » *Famiglia* Antonio de Polo, Vandina Buccianti ; *Famiglia* Borghesano ; *Famiglia* Weiss ; Attilio, Luigino, Vittorina Carmine, Maria… Nemesio Ninci; *Famiglia* Max Trad; une grande tombe de la famille Fiore avec la statue d'une fille nue en grandeur nature : Vanda Fiore, Luiza Mieli, Armanda Fiore, Grazia Fiore, Ida Fiore, Alfredo Assont… « Elle était douée de qualités rares et elle est passée dans l'autre monde à seulement douze ans » – tes parents avec l'espoir que tu trouves la paix là où part ton âme pure… Walter Pace, Anna Geary; Joseph Zammit… *Qui riposa in pace* Amilcare Orfanelli, Assunta Orfanelli, Eduardo Orfanelli et Enrico Orfanelli; *Famiglia* Francesco Cassare ; Hanna Zacharia ; Emilio Vidmar ; Maria Zacharia ; Ernesta Mersiadis, *nata* Kosovel ; *Ici repose notre chère maman** Jožefa Kosič…

Palmiers, agaves, magnolias, tamariniers, myrtes, flamboyants; tous les parcs et jardins sont rouges d'innombrables fleurs ; glycine, acacia sauvage, sycomore, iris, roses, oliviers, ceps, jujubes, bougainvilliers… et les vents de sable qui grondent à travers les visions de Merica et les couvrent du sable de l'oubli éternel…

Ensuite pater Anastazij les emmène tous, morts et vivants, sur la pyramide à gradins et là, sur l'une des terrasses, il donne une sainte messe pour la paix et le repos des âmes qui ne parlent et ne comprennent qu'une langue, la langue de la poussière universelle. Depuis les minarets qui ont poussé autour des pyramides et qui ressemblent à une forêt de hauts palmiers, on entend les muezzins :

Lève-toi, beauté de la nuit, prends-moi dans tes bras;
levez-vous jeunes hommes des matins, après-midi et soirs,
venez, dépêchez-vous,
car les chameaux, les ânes, et les pouliches attendent
que vous partiez avec eux au-delà des rivières du Sahara dans les mondes
de grande miséricorde et de générosité d'Allah!

Le chant des muezzins était de plus en plus couvert par les voix inquiètes de Claire, Kelly et Therese :

— Elle s'est évanouie… Sans doute à cause de la chaleur… Doit-on appeler le Dr Wiser? Souleyman, emporte-la dans la salle de bains; l'eau la fera peut-être revenir… Oh mon Dieu, et si son cœur lâchait?

Thomas accourut alors. Sa voix inquiète ramena immédiatement Merica à la vie. Elle ouvrit les yeux, remua la tête et les mains, se mit en position assise et dit aux membres de la famille soucieuse que tout allait bien.

— J'ai été à la messe en haut des pyramides, dit-elle.

— La chaleur la fait délirer, dit Kelly.

Et Claire :

— Ce n'est pas étonnant, même ici à l'ombre, il fait près de quarante degrés!

Ils la rejoignirent dans la salle de bains où Therese l'aspergea d'eau froide. Immédiatement son esprit s'éclaircit et elle dit à sa patronne :

— Je ne sais pas si j'ai déliré ou si j'ai rêvé ou si j'ai peut-être vu des choses que seuls…

Elle se tut, fit un sourire affectueux à Thomas qui essuyait tendrement la sueur sur son front brûlant.

*

Peu après ces événements, Pierre, le frère de Therese, leur rendit une nouvelle visite.

Il avait été absent pendant un long moment. L'une des raisons était qu'il avait entendu parler des horreurs commises par son frère Raul. Il se montrait maintenant réservé avec Merica, comme si elle n'était qu'une lointaine connaissance. C'est seulement quand il eut remarqué qu'elle n'était pas fâchée contre lui et qu'au contraire elle se comportait de façon tout à fait détendue, bienveillante même, qu'il osa se rapprocher un peu d'elle.

Après le déjeuner, les Cherington se rendirent à la plage de Borg el Arab. Le temps semblait fait pour la baignade.

Kelly s'écria en direction de Pierre :

— Mon oncle, vous venez avec nous, n'est-ce pas ?

Pierre hésita un peu, ensuite il dit qu'en effet il y avait un temps pour tout et que c'était maintenant le temps de paresser sur la plage :

— Donc, je vais avec vous !

Dès qu'ils arrivèrent sur la plage, Kelly et Claire et leurs amies, Joséphine et Isabelle, s'élancèrent dans les vagues. Elles étaient maintenant toutes les deux étudiantes ; Kelly fréquentait la faculté d'économie, et Claire étudiait les langues. Elles avaient grandi et étaient devenues sérieuses.

Henry et sa femme Therese paressaient sous une tonnelle de toile, Merica et Thomas s'ébattaient sur le sable. Ils jouaient à un jeu appelé *jumping*. Le chasseur devait être à précisément dix pas de sa proie et ne pouvait chasser que lorsque celle-ci bougeait. Dès qu'elle se jetait au sol et restait sans bouger, le chasseur n'avait plus le droit de chasser, il était à l'arrêt. Dès que le chasseur avait compté jusqu'à neuf, celui qui était allongé devait courir pendant cinq secondes au moins, c'était obligatoire. Si le chasseur touchait sa proie pendant son déplacement, ils changeaient de rôle. Les petites pierres sous les lettres T et M indiquaient combien de points avait chacun d'entre eux. Bien sûr, c'était Thomas qui gagnait !

Pierre suivait le jeu sous une tente improvisée car il supportait mal le soleil. Il savourait la ruse de Thomas et se réjouissait d'observer Merica aussi vive qu'un jeune écureuil. Et de nouveau l'amour pour cette Slovène se réveilla en lui, dans toute sa force.

Après l'incident de la citadelle des Mamelouks, il s'était efforcé d'étouffer les sentiments qui bouillonnaient en lui à l'époque. Il s'était dit qu'il ne rendrait pas visite à sa sœur avant au moins six mois. Il avait tenu le coup assez longtemps. À cette époque, il s'était violemment battu contre lui-même. Il avait cherché en Merica tout ce qui pourrait l'éloigner d'elle, ce qui pourrait amoindrir son amour. Évidemment, il n'avait rien trouvé de mauvais, c'est pourquoi il avait imaginé des faiblesses. Il avait multiplié par cent les différences sociales et l'inégalité de leurs cultures ; mais jamais il n'y en avait eu assez pour qu'il se détournât d'elle. Il avait essayé de chercher des fautes dans sa connaissance des langues. Oui, ici, il avait plutôt bien réussi. Merica, en presque quatre ans, avait assez bien appris à parler l'anglais, le français et l'arabe (elle parlait déjà l'italien) mais elle ne maîtrisait les langues qu'à l'oral et seulement dans un usage quotidien usuel, courant. La seule exception était le français. Elle n'avait bien sûr aucune notion de grammaire.

Ensuite, il avait essayé d'utiliser contre son amour ce qu'il lui avait reproché à la citadelle ; à savoir que c'était immoral et contre-nature de donner (de vendre…) le lait maternel à quelqu'un qui n'est ni son fils ni sa fille. Quand il y pensait, il était pris à son propre piège. Il entendait une voix lui reprocher : « Si ton intention avait été noble, toi qui as tant d'argent que parfois tu en as la tête qui tourne, tu aurais pu lui offrir, disons, la somme qu'elle va gagner pendant toutes ces années comme nourrice et bonne d'enfants et tu aurais même pu la doubler ou la multiplier par dix et ainsi la libérer de son esclavage et elle aurait pu retourner tout de suite vers son mari et son fils. Alors que dis-tu de ça ? Bien sûr, tu ne le feras pas parce que tu veux l'arracher à sa famille et te l'approprier. Tu veux la soudoyer, en réalité l'acheter comme un quelconque bien au marché. C'est donc ça, mon cher Pierre ? C'était donc infiniment injuste de ta part de lui reprocher de vendre son lait et de lui dire que, d'une certaine façon, elle se prostituait, puisque tu savais évidemment qu'elle était dans cette situation par nécessité, sous la terrible pression de l'existence et que, de toute manière, elle était une victime. Tu vois, Pierre, à quel point tu es pervers ?! Immoral et injuste ! Bon, alors ? Que vas-tu faire ? »

Quand, maintenant, il l'observait pendant qu'elle jouait, il reconnaissait qu'il avait commis une faute. Il n'aurait pas dû venir à Alexandrie et surtout il n'aurait pas dû les suivre à la plage. La beauté de Merica et son innocence réveillaient en lui tous les sentiments violents qu'il avait, à force de volonté, partiellement étouffés. Il la désirait si fort qu'il en ressentit une douleur dans le ventre.

Le soir, il lui demanda un entretien. Il dit :

— Un dernier entretien, Mary !

Elle y consentit à contrecœur. Après ce qui s'était passé à la citadelle, et surtout après la tentative de viol dont Pierre n'était évidemment pas responsable mais son frère Raoul, la peur de tous ces hommes l'avait gagnée ; de tous ces hommes qui possédaient le pouvoir de la richesse et le pouvoir de leur situation sociale. C'est pourquoi elle consentit à contrecœur à ce « dernier entretien ».

Ils allèrent sur la terrasse, donc dans un endroit qui ne permettait aucun isolement car, de là, on accédait directement au salon où bavardaient les autres membres de la famille. Ils s'assirent et Pierre resta silencieux un certain temps. Ensuite il dit d'une voix tremblante et à peine audible :

— Mary, j'ai bien réfléchi. J'ai été absent pendant plusieurs mois et, pendant ce temps, j'ai analysé jusqu'au plus profond de moi mes sentiments pour vous. Je pensais, jusqu'à cet après-midi, que j'avais fait le point sur moi et sur ma relation avec vous. Mais ce n'est pas le cas. Je me suis aveuglé et, cet après-midi, je me suis rendu compte que je vous aime toujours aussi fort qu'avant et que je suis prêt à vous satisfaire en tout, donc à me livrer et à me soumettre à vous. Si, bien sûr, malgré des réserves nombreuses et de poids, vous vous décidez pour moi.

Il se tut un moment et ensuite dit d'une voix qui s'accusait amèrement :

— Et encore une fois, je vous présente mes excuses pour ce que je vous ai dit à la citadelle. J'ai honte. C'était infiniment injuste envers vous, Mary.

Il dit cela avec une immense peine et ensuite il se tut. Elle aussi gardait le silence.

Au bout d'un moment, il dit :

— Si aujourd'hui, maintenant, vous me dites que vous n'acceptez pas mon amour, alors je vous jure devant Dieu que jamais plus je ne vous importunerai. Ce qui signifie que je ne viendrai plus chez ma sœur tant que vous serez chez elle. Mais si vous me dites que malgré tout vous vivrez avec moi, alors ce soir sera le plus heureux de ma vie. Mary, je vous en prie, réfléchissez bien !

Dans le jardin, on entendit alors les rossignols. C'était étrange ; auparavant, ils s'étaient tus mais maintenant ils chantaient à pleine voix, comme si on venait de les réveiller. Pendant qu'ils gringottaient, on entendait à peine le murmure de la rue, de l'autre côté du haut mur.

Merica regardait le sommet des arbres. Là-haut, une lune énorme brillait entre les branches. Le jardin était baigné de sa lueur argentée. C'était magique et surnaturel.

Dieu du ciel, que dois-je répondre à cet homme ? Elle réfléchissait fébrilement, même si elle savait d'avance ce qu'elle allait lui dire. Avant les événements de la citadelle de Qaitbay et avant cette nuit horrible où j'ai tout juste échappé à Raul, j'aimais bien cet homme ; j'avais même commencé à m'éprendre de lui. Est-ce que, même, je n'étais pas amoureuse de lui sans oser me l'avouer ? C'est vrai, j'avais pitié de lui, d'abord à cause de sa jambe et surtout parce que je sentais combien il était seul. Terriblement seul. Ça et peut-être quelque chose d'autre m'attiraient. Mais ensuite tout a changé. À l'époque, à la citadelle, j'ai senti en lui quelque chose que je n'ai pas aimé du tout. C'était une sorte d'ombre, disons l'impression d'un visage monstrueux ou quelque chose de ce genre. Depuis ce jour-là, j'ai pris mes distances ; et plus j'ai pris mes distances, plus je me suis rapprochée d'Ivan et de Mihec… et comme il n'était pas reparu depuis tant de mois, j'étais convaincue qu'il avait abandonné ses plans, qu'il s'était démouraché ; oui, comme on s'amourache, on peut aussi se démouracher. C'est ce que j'ai fait après cet incident. Bon, du moins je crois que je l'ai fait…

Alors, Merica, comment tu vas lui dire ça ? Tu dois tout lui dire, cependant de façon à ne pas trop l'affecter, à ne pas lui faire trop mal.

Ça se mélangeait en elle mais soudain elle dit clairement et avec détermination :

— Monsieur Pierre, une fois pour toutes, je vous dis que je ne peux pas devenir votre femme. Non et non ! De plus, on ne vous l'a peut-être pas dit : dans trois semaines, je repars, je vais retrouver mon mari et mon fils. Je regrette, mais ça ne peut pas être autrement.

Cela étant dit, elle se leva et s'en fut.

Pierre alluma une cigarette au clair de lune. Il tira quelques bouffées et ensuite la jeta nerveusement au-dessus de la rambarde de la terrasse. Il se leva rapidement, donna un coup de poing furieux sur la table et dévala l'escalier jusqu'au parc.

Le jour suivant, il ne jeta pas un regard à Merica, ni au déjeuner ni à un autre moment. Il l'ignora complètement. Bien sûr, la sensible Therese le remarqua immédiatement.

— Pierre, mais tu ne bois pas ton thé ? Tu n'y as même pas touché, dit-elle très doucement, avec compassion.

Elle savait évidemment ce qui s'était passé. Et ça lui convenait. Au début, elle avait été fermement opposée à l'amour de son frère, ensuite, probablement par pitié pour sa souffrance, elle lui avait porté un vif intérêt et avait discrètement tenté de convaincre Merica d'abandonner son mari pour épouser Pierre. Pourtant, maintenant, ce matin, elle était soulagée parce que c'était la fin d'une histoire qui de toute façon ne pouvait pas bien finir. Et elle était, évidemment sans raison, fâchée contre Merica.

Pierre participa encore au déjeuner puis Abdallah l'emmena au port. Il partait pour la France.

*

L'adieu au petit Thomas fut assez pénible. Il ne pouvait ni ne voulait comprendre pourquoi sa *dada* devait partir en bateau. Pour lui, elle était sa mère, plus que Therese qui l'avait mis au monde. Merica avait été auprès de lui tous les jours et toutes les nuits, sa vraie mère n'ayant que peu de temps à lui consacrer. Sans en avoir tout à fait conscience, elle avait petit à petit abandonné à Merica tout ce qui relevait du domaine de la maternité. De temps à autre, elle jouait un moment avec son fils, elle lui caressait les cheveux, lui posait une question, mais elle n'avait pas su établir de relations profondes avec lui. Probablement parce qu'elle n'avait pas pu lui donner le lait qui est le lien le plus étroit entre une mère et son enfant. Peut-être était-ce un sentiment de culpabilité qui l'avait éloignée de lui et qui avait transformé son amour maternel en un détachement honteux voire en une sorte de colère ombrageuse… Combien y avait-il eu d'après-midi, et surtout de soirées, où elle n'avait pas été à la maison ? Son mari et elle participaient à différentes manifestations, allaient en visite et recevaient, alors la maman disparaissait souvent ; elle allait chez des amies et bavardait jusque tard dans la nuit ; elles jouaient au bridge ou à autre chose et papotaient jusqu'à une heure avancée.

— Dada, pourquoi dois-tu monter sur ce bateau ? Moi aussi je veux y aller ! ronchonnait Thomas en s'accrochant à elle comme une moule à son rocher.

— Tommy, je t'ai déjà expliqué tout ça et tu m'as dit que tu comprenais et que je pouvais aller voir mon fils Mihec. Nous avons bien parlé de tout ça et maintenant tu rends les choses difficiles. Si tu pleures, je vais pleurer moi aussi et nous serons tristes tous les deux. Mais tu ne veux pas ça, n'est-ce pas que tu ne veux pas ?

— Non, je ne veux pas. Mais si tu montes sur ce bateau et que tu t'en vas, alors tu ne seras plus avec moi. Alors, qui va dormir avec moi et qui jouera avec moi quand tu ne seras plus là ? Moi je ne veux pas que tu t'en ailles. Je ne veux pas !

— Mais Thomas, elle va revenir. Aujourd'hui, elle va un peu voyager en bateau, puis elle reviendra, tenta de l'apaiser Therese.

— Non, elle ne reviendra pas ! Je sais qu'elle ne reviendra pas !

— Tommy, je jouerai avec toi, je te le promets, dit Claire.

Il la regarda, incrédule, et fit une grimace.

— Toi, tu n'as jamais joué avec moi. Tu disais toujours que tu devais étudier et que tu n'avais pas le temps, objecta-t-il.

La sirène du bateau hurla pour avertir les voyageurs de se presser. Merica avait le cœur serré. Le son de la sirène était désespérément triste, si mélancolique et pleureur... L'*Ausonia* appelait les voyageurs pour un long, long voyage.

— Tommy, maintenant je dois vraiment y aller.

Elle le tenait dans ses bras, le petit garçon ne voulait pas la lâcher. Il se serrait contre elle en sanglotant, il haletait :

— Dada, non, non !

On dut l'arracher des bras de Merica, elle se mit à courir sur la passerelle, son cœur battait furieusement. La pression était insupportable.

Debout près du bastingage, elle agita son foulard. Son visage ruisselait de larmes. Eux étaient en bas, sous elle. Minuscules. Thomas était à peine visible. Elle savait que lui aussi pleurait. Même si tous lui disaient de faire signe à Merica, à sa *dada*, il ne voulut pas le faire.

Les marins retirèrent la passerelle et la sirène hurla de nouveau. Les moteurs grondèrent et le grand bâtiment flottant s'ébranla et lentement, insensiblement, s'éloigna.

— Oh mon Dieu, hoqueta Merica, comme j'ai mal. Quand j'ai quitté mon Mihec, j'ai souffert la Passion du Christ et maintenant que je laisse Thomas, j'ai encore une fois mal à en mourir. Mais qui suis-je et que suis-je ? Ô Marie, je n'ai jamais pensé que ma vie serait si dure.

Le bateau fit un demi-tour et les moteurs s'emballèrent. De même qu'il y a trois ans et demi, aux premières heures du matin, Alexandrie s'était approchée, elle s'éloignait maintenant peu à peu dans la touffeur brumeuse d'un octobre toujours chaud. La ville rapetissait, rapetissait, disparaissait, elle avait disparu. Et ensuite, ce fut de nouveau la mer, la mer sans fin, partout.

Elle aussi, comme Ana, avait sa cabine. Et elle était une dame bien habillée qui n'avait plus honte. Elle connaissait les langues et le monde ne lui semblait plus étranger et dangereux. Quand un vieux Français lui avait demandé comment aller à la cabine 18, tout de suite, elle avait entamé avec lui une conversation détendue sur la traversée, le temps et les voyageurs…

Beaucoup de choses étaient maintenant différentes. Mais, comme lors de son départ, ce n'était pas la paix. Ni le bonheur. De nouveau tout était désaccordé, douloureux. Malheureux.

Plus le bateau s'éloignait, plus elle pensait à Pierre ! Elle ne voulait pas, mais il s'imposait à elle. D'un côté, il y avait Pierre, de l'autre son Ivan. Ici l'Égypte, la France – là-bas Prvačina, la ferme pauvre, son mari et son fils qu'elle ne connaissait qu'en photo. Rien que le petit visage d'une photo faite chez un photographe à Gorica. Sur ce cliché en noir et blanc, il la regarde de ses grands yeux étonnés et effrayés. Il est assis sur une petite table, une jambe un peu pliée, en bottillons, culotte courte, pull-over sur une chemise blanche, petit nez, lèvres entrouvertes, front haut, cheveux légèrement bouclés... et des yeux qui la déroutaient et l'emplissaient d'un sentiment de culpabilité, inimaginable et terrible. Même si elle savait qu'elle n'était pas coupable car elle avait été obligée de partir, il le fallait sinon ils n'auraient plus de toit sur la tête ; elle savait tout ça mais cette culpabilité qui la rongeait n'avait pas reculé pendant son séjour à Alexandrie. Et maintenant qu'elle rentrait chez elle, cette culpabilité ne diminuait pas, elle augmentait. Pourquoi ? Pourquoi n'était-elle pas joyeuse, pourquoi n'était-elle pas heureuse ?

Oh ce Pierre ! Est-ce que ça n'aurait pas été mieux qu'elle se décide pour lui, qu'elle aille avec lui en France ? Qu'est-ce qui l'attend maintenant à la maison ? Mihec, qui ne la reconnaîtra pas et il faudra pas mal de mois avant qu'ils ne se sentent... et tout devra être reconstruit, devra pousser de la graine à la tige, au bourgeon et à la fleur...

Et son Ivan ? Qui sait comment il va l'accueillir et qui sait ce qui lui passera par la tête ?! Combien d'histoires a-t-elle entendu avant de partir et qu'elle a continué d'entendre là-bas, en Afrique ? Frančiška a dit qu'elle avait été fidèle comme ne peut l'être qu'un ange mais son Edoardo a commencé à la soupçonner, à fouiner, à la traquer... et, du jour au lendemain, ont surgi dans sa tête malade les dizaines d'amants qu'elle aurait eus en Égypte. Et tous étaient des Noirs puants ou des Arabes ; et elle s'était laissé tripoter, elle s'était vendue car il va de soi qu'une bonne d'enfants ne pouvait pas gagner autant. Elle avait envoyé deux fois plus de sous que Vida Kantetova avec qui elle était partie.

Et cet imbécile de Lucijan qui s'était mis en tête que sa jolie Petra...

Ma ah non ! Je ne vais plus penser à ça. Non et non ! Ça va me rendre folle. Où est-ce qu'il est écrit que mon Ivan commence lui aussi à me soupçonner, à chercher, fouiller, espionner ? Dans ses lettres, pas une fois il n'a laissé entendre qu'il penserait à quelque chose de ce genre. Jamais il n'avait eu un mot de soupçon.

... mais ce Pierre ?! Jésus, je n'en sais rien. Si je m'étais décidée pour lui, ma mère, comme je serais riche ! Je voyagerais dans le monde entier et je profiterais de la vie. Je serais une dame, une vraie. Car il m'a dit qu'il aurait embauché un professeur privé pour m'apprendre les bonnes manières et parler correctement le français, l'anglais, l'italien... J'irais au théâtre, à l'Opéra, à des dîners de gala, à des réceptions où on boit dans des verres de cristal et où on parle de politique, de culture, de peintres, de sculpteurs, de poètes, d'écrivains et de mode. Avant tout, de mode ! C'est de ça que les femmes discutent le plus, de ce qui est à la mode aujourd'hui et de ce qui le sera au printemps prochain ou pendant l'été. Et j'aurais deux ou trois armoires de vêtements, un plein coffret de bagues, de colliers, de boucles d'oreilles, de chaînes… Bon, mais maintenant j'en ai, moi aussi. Avant mon départ, Therese m'a offert une montre en or et ce beau médaillon et, à mes anniversaires, ils m'ont toujours acheté quelque chose, des chaînes, des broches avec des pierres précieuses, des bracelets à sequins… De Pierre, je n'ai jamais rien accepté. Même pas des fleurs. Mais j'ai été bête, non ? Bête ou raisonnable, je n'en sais rien. Sœur Elizabeta m'a dit que les cadeaux des hommes étaient toujours une sorte d'acompte, et une façon d'aveugler, d'entortiller et de gagner les faveurs. Elle disait que les cadeaux sont très dangereux et qu'il ne faut au grand jamais en accepter des hommes. En particulier de ceux qui ont des intentions cachées. Moi, je ne l'ai pas fait. Je n'ai accepté de cadeau que de Kelly, Claire et des patrons. Seulement d'eux.

Jésus, mon cœur me fait mal. Et j'ai une de ces pierres sur la poitrine !

Et où est-ce que je rentre maintenant, où ? Dans un village bouché, dans une maison où, c'est la campagne, tout est sale, tout est plein de mouches. Je retourne vers les vaches et les cochons et la serfouette. Et le râteau, la binette et la serpette… Jésus, maintenant il va falloir se remettre vraiment au travail. Mais est-ce que je saurai encore et est-ce que je serai encore capable de faire tout ça ? Est-ce que je saurai encore traire une vache ? Et racler le fumier dessous ? Avec les jolies mains que j'ai. Qui n'ont plus d'ampoules ni de durillons. La peau de ma paume est douce, veloutée. Au fond, là-bas, je ne travaillais pas. J'allaitais, j'emmaillotais, ensuite j'habillais, j'allais me promener avec un enfant, je le gardais, je parlais avec lui, je riais, je me fâchais… mais je ne me servais pas de mes mains. Je n'ai jamais eu besoin de repasser même un moucadou, de recoudre un bouton. Rien. J'étais comme une petite damote. Donc je n'ai peut-être plus de force dans les mains. Et tout va être difficile pour moi, au moins pendant un certain temps, jusqu'à ce que je me réhabitue.

Et Ivan ? De temps en temps dans ses lettres, il m'a fait savoir qu'il m'attendait avec impatience ; pas seulement comme mère, aussi comme femme. Jésus, est-ce que je serai encore capable de me mettre au lit et de me donner à lui ? Qu'est-ce qui me passera par la tête, quand il m'aimera ? Tout ce que…

Ma je lui suis restée fidèle. Absolument fidèle. Pas comme Pavla Robidova qui est tombée follement amoureuse de son patron, le Grec Triphon Nicophoros, un tyran et un vicieux, et qui s'est traînée derrière lui comme une somnambule. Il a fait d'elle ce qu'il voulait et ensuite il se vantait partout d'avoir une bonne esclave. Il ne disait pas qu'il avait une domestique ou une servante mais une esclave. Qu'elle faisait tout ce qu'il exigeait d'elle. Quand Ana m'a parlé de ça, j'ai eu envie de vomir. Et elle, cette Pavla, elle a complètement oublié les siens. Elle ne leur a plus envoyé d'argent, elle ne leur a plus écrit. Elle ne faisait que courir derrière ce Grec vicieux. Elle le suivait dans les rues en l'implorant, elle s'humiliait pour un seul de ses regards, pour une étreinte. Lui se moquait d'elle devant ses acolytes, avant tout des ivrognes, dans des gargotes de marins sur la côte. Une fois il a exigé de Pavla qu'elle danse nue devant eux. Et elle l'a fait. Ensuite il lui a dit qu'elle devait coucher avec un Égyptien ivre et elle y est allée. Elle faisait tout pour rester près de lui, pour qu'il ne la jette pas à la rue. Elle était vraiment son esclave, pire encore : une misérable loque avec laquelle il essuyait la poussière de ses chaussures. Finalement elle a perdu la tête et on a dû l'emmener à l'asile d'Helouan.

Les sœurs allaient la voir et priaient pour son âme. Pauvre Pavla. Elle ne verra plus jamais son village, il est proche de Trieste, j'ai oublié comment on appelle cet endroit.

Seigneur Jésus-Christ, qu'est-ce que cette pauvre femme a dû endurer ! Mais comment est-ce qu'il l'a si bien placée sous sa coupe ? Comment il a pu l'envoûter au point qu'elle ne savait plus qui elle était ni où elle allait et ni d'où elle venait ? Sœur Doloroza m'a expliqué que des hommes, et aussi certaines femmes, ont ce pouvoir d'aveugler quelqu'un, de lui retourner le cerveau et de le rendre complètement fou. Elle m'a dit qu'ils leur volaient leur âme. « Comment font-ils ça ? » j'ai demandé. Elle m'a répondu qu'il était possible de tout voler dans ce monde, même l'âme. « Si ça t'arrive, a-t-elle lancé, alors tu es comme un déchet, comme une coquille de noix, comme une feuille qui tombe d'une branche. Celui qui t'a pris ton âme peut faire de toi ce qui lui plaît et tu ne peux résister et tu ne sais absolument pas ce qui t'arrive. Tu souffres seulement, tu souffres terriblement, horriblement… »

Bon, à moi, Dieu merci, ça ne m'est pas arrivé. Où est-ce que j'ai mis cette image de Notre-Dame de Sveta gora que m'avait donnée notre curé ? Je l'ai peut-être oubliée dans le dernier livre que j'ai lu ? Son titre, c'était *Les Rubis du cœur*, oui. Ah, elle est ici, dans mon sac à main, dans mon passeport. Je sais que je l'avais mise à cet endroit pour ne pas l'oublier en Égypte. Eh, c'est pas pour dire, mais j'ai beaucoup prié et pleuré sur ces images et sur celle de saint Joseph.

Pierre ?! Après être parti par le vapeur et sans m'avoir saluée, il m'a envoyé une carte de Provence. Dessus, il y avait une belle jeune fille qui tenait un énorme bouquet de fleurs. Derrière, il avait écrit : « Mon cœur saigne sous mon manteau de soie ; la croix qui est en lui est en plomb gris… » Et ensuite, il avait noté son adresse. Probablement pour que je lui réponde.

Mais je ne l'ai pas fait. Et je n'ai pas non plus emporté cette carte avec l'adresse. Si Ivan la trouvait, qui sait ce qu'il penserait. Il pourrait faire traduire ces quelques mots français et ça mettrait le feu à la maison. C'est ce qui est arrivé à Katarina Soldatova. Elle n'avait rien à se reprocher, rien à se faire pardonner. Mais bien sûr, elle n'a pas pu prouver à son mari que ce bonjour sur une carte était juste comme ça, qu'il n'y avait rien de mal là-dedans, que c'était juste le frère de son patron qui la lui avait envoyée, le frère qui… qui… Jésus, tout ce qui me passe par la tête…

Et le vapeur continue d'avancer. Les moteurs grondent et la mer mugit aussi. Cette fois, je n'aurai peut-être pas le mal de mer comme quand on est parties à Alexandrie ? On dit qu'on s'habitue et qu'ensuite on est comme les marins. Les marins ? C'est vrai, nous les Alexandrines, on est comme les marins. On fait nos malles, on les défait. Ma valise est grande, énorme, ce n'est pas une valise, c'est une malle. Tout ce qu'ils m'ont donné ! Des vêtements pour tout le village ! De la porcelaine en masse, et trois pièces de beau tissu fin. Et je ne sais même pas quoi d'autre ! M. Cherington a soudoyé les douaniers pour qu'ils fassent les idiots et les aveugles. J'espère que les nôtres à Trieste ne feront pas de difficultés. Ils savent bien que tout ça a été durement gagné, gagné par le sang.

Tout ce qu'avait rapporté Terezika Beškova ! Un plein camion de marchandises ! Mais comment va-t-on transporter ma richesse jusqu'à Prvačina ? Oui, comment ? En train certainement. En train, bien sûr.

Ivan m'attendra sûrement à Trieste. Il sait le jour et l'heure. Il ne va probablement pas traîner Mihec avec lui. Comment est-il maintenant, mon Ivan ? Est-ce qu'il a vieilli ? On prendra le train, mais oui, maintenant j'ai des sous. À l'époque, on en avait à peine assez pour la charrette de Štefan…

Et qu'est-ce qui se passe au village, et dans les autres villages ?! On m'a écrit que les fascistes font le diable à quatre, qu'on ne peut plus écrire et parler notre langue. Il paraît qu'ils sont venus chercher Romana Lukčeva à minuit, ensuite, là-bas, à la police, ils l'ont attachée de telle façon qu'elle a été pendue la tête en bas toute une nuit et un jour. Les carabiniers rigolaient en passant devant elle. Le sergent craquait ses allumettes sur ses jambes et ses hanches et se moquait d'elle. Il cotcotait comme un coq au-dessus d'elle. Le soir, alors qu'elle était pratiquement inconsciente, ils l'ont détachée et ont exigé qu'elle leur dise qui était contre eux. Elle ne leur a donné aucun nom, alors ils l'ont de nouveau attachée et se sont encore moqués de la pauvre femme. Et ils soulevaient ses jupes… Mais elle ne leur a rien lâché. Ils l'ont ainsi torturée pendant trois jours et trois nuits, ensuite ils l'ont laissée rentrer chez elle à moitié morte. On m'a écrit que, chez elle, elle ne faisait que pleurer et trembler.

Ça aussi, ça m'attend là-bas, à la maison. J'espère qu'Ivan n'est mêlé à rien. Dans ses lettres, il n'était pas spécialement gentil avec ces ritals. On sentait bien qu'il les déteste.

Qu'est-ce que j'ai rêvé pendant ma dernière nuit à Alexandrie ! Jésus, ça alors ! Que la mer montait, qu'il y avait des vagues aussi hautes que le mont Čaven. Pendant que l'orage grondait, elles inondaient, avec une force terrible, tous nos villages et même Gorica, Vipava et

Ajdovščina. Ensuite, elles déferlaient sur le Nanos, mais celui-ci les repoussait. Moi, en rêvant, je pensais : Quelle chance que je sois restée à Alexandrie et que j'aie décidé d'aller à Lourdes avec Pierre. À Lourdes ? Mais pourquoi à Lourdes ?

Pierre ! Mais est-ce que je l'ai aimé ne serait-ce qu'un peu ? Quand on était en Normandie, sûrement. Quand j'ai pleuré et que j'avais envie de le prendre dans mes bras, de le serrer sur ma poitrine et de l'arracher à sa terrible solitude. Jésus, comme il me faisait pitié ! Et comme c'est bizarre. Il est riche comme Crésus et il ne trouve pas de femme qui pourrait l'aimer. Il m'a trouvée, oui, *ma* qu'est-ce que j'aurais fait avec lui ? Si je n'avais pas été mariée, peut-être…

Et il s'en est allé. Après le déjeuner, il a jeté quelques affaires dans ses valises et il est parti sans me regarder, il est passé devant moi comme si je n'étais pas là, il doit m'en vouloir beaucoup. Maintenant, je ne le verrai plus. À moins qu'il m'arrive la même chose qu'à Uršola Roženkrautova de Solkan. Une bonne année après son retour du Caire, un taxi est venu la chercher de Venise. Elle a dit à sa famille que ses patrons avaient envoyé leur chauffeur et qu'ils lui demandaient d'aller leur rendre visite. Pour qu'on se voie un peu, pour parler un peu. Ils m'ont sûrement apporté quelque chose ! C'est ce qu'elle a dit à son mari et à sa mère. Elle s'est bien habillée, a caressé les cheveux d'Helenca et de Simon et elle est partie. Ils ne l'ont jamais revue. La terre l'a ensevelie, la mer l'a submergée, elle a péri au cours d'un violent incendie, la chaleur du Caire l'a étouffée ou les sables mouvants du Sahara l'ont engloutie. Qui sait ? Ils ont pris des renseignements sur elle, ils sont allés à la police. Rien. Pas une trace. Par la suite, aucune lettre, aucune carte.

Ah, il peut aussi arriver autre chose : que Pierre vienne à Trieste ou à Venise et qu'il me rende visite ou envoie un chauffeur me chercher. Si ça arrivait, je ne partirais sûrement pas dans la voiture. Pour rien au monde, non !

Oh mon Dieu, comme cette mer est infinie. Où que je regarde, seulement la mer. Aucune île nulle part, aucune. Les vagues et la profondeur, la profondeur immense et d'énormes vagues…

Ainsi virevoltaient ses pensées pendant les jours de voyage.

Alors que le bateau voguait le long de la côte istrienne, quand pour ainsi dire elle était déjà chez elle, elle s'étendit sur une chaise longue et s'endormit innocemment sous le soleil chaud. Elle rêva qu'elle était sur la terrasse des Cherington et qu'elle voyait de nouveau ce curieux mirage : les petits villages, les champs, les vignobles, les prés, les petits bois, les collines et les montagnes, les rivières, les ruisseaux… tout était à l'envers et voguait sur Alexandrie comme si, là-haut, ce n'était pas un paysage mais seulement des nuages qui étaient comme… et ensuite : en bas, sous les pays qui naviguaient dans le ciel, Alexandrie se déplaçait aussi et en fait toute l'Égypte. Comme un énorme bateau, elle glissait dans la direction opposée, donc vers le nord. Les clochers des églises de son village touchaient les minarets et on pouvait entendre le puissant carillon et l'appel à la prière du muezzin.

Ensuite, dans ses rêves, tout prit une autre tournure et elle se retrouva à Trstelj où, au-dessus d'elle, en haut, dans les nuages, elle regardait bouger Alexandrie, le lac Mariout, la côte, le désert et le delta du Nil, les canaux, les marais, les champs cultivés, les plantations de coton, de bananes, de citrons, d'oranges et d'autres fruits… et elle voyait le Nil courir à travers les nuages, les minarets effilés du Caire et ses grandes rues apparaître dans le ciel, tout ça la tête en bas… et ensuite, ensuite, elle aperçut les pyramides qui naviguaient au-dessus de Prvačina, le sommet d'une pyramide toucha le clocher de leur église, alors les cloches sonnèrent fort, terriblement fort et, du coup, Merica se réveilla, elle sauta sur ses pieds et resta comme pétrifiée : ils passaient juste devant Savudrija et, là-bas, de l'autre côté de la baie de Piran, derrière Debeli rtič, on pouvait deviner le port familier dans la touffeur brumeuse.

— Seigneur Jésus, on est déjà arrivés ? demanda-t-elle d'une voix si haute que des Italiens, étonnés, se tournèrent vers elle. Oui, on est arrivés ! soupira-t-elle profondément pendant que son cœur bondissait dans sa poitrine.

Peu après, ils aperçurent Trieste. Et un peu plus loin, ils dépassèrent Debeli rtič et la ville s'approcha. Les docks, le port, les maisons et les rues qui partaient à droite et à gauche et filaient dans la montagne.

Elle courut à sa cabine, saisit ce qu'elle avait préparé et se précipita sur le pont. Maintenant, la ville était là juste sous son nez. Dans la lumière de fin d'après-midi, elle rayonnait, irréelle, l'air de sortir de ses rêves chimériques.

Merica tressaillit… Ivan m'attend sur le quai. Valerija est sûrement avec lui. Et Mihec ? Jésus, Mihec est peut-être là aussi. Il va me regarder, moi je vais le regarder et nous ne nous reconnaîtrons pas et nous aurons peur l'un de l'autre…

À ce moment-là, elle fut aveuglée par la lumière du soleil renvoyée par une grande fenêtre sur la côte. Une jeune femme aux cheveux noirs, amoureusement appuyée sur l'épaule de son amoureux, disait, et ça Merica l'entendit dans un murmure, elle disait : « … des rêves, oui. Mais qui sait, Liviano, ce qui est le plus réel : les rêves ou ce que nous voyons en ce moment devant nous ? »

Merica frissonna : bien sûr, un rêve est terminé, un autre commence ; au fond, il poursuit le précédent... Et peut-être que ceux qui sont maintenant terminés reprendront un jour là où ils se sont arrêtés.

La cloche du bateau prévint les voyageurs qu'ils devaient se préparer. Les marins de l'*Ausonia*, à l'avant du bateau, se tenaient prêts, d'un moment à l'autre, à jeter les cordages à ceux qui étaient en bas.

Alors Merica les aperçut. Ils étaient au premier rang de la foule qui attendait et ils lui faisaient signe. Mihec tenait dans sa main droite un mouchoir rouge qu'il ne cessait d'agiter. Ivan le tenait dans ses bras et lui montrait du doigt où elle se trouvait, elle, sa mère. Bien sûr, il ne pouvait la reconnaître, mais il choisit une des femmes qui se trouvaient le long du bastingage et les yeux de l'enfant s'élargirent d'excitation. Et il agita le bras encore plus fort.

On amarra le bateau, déploya la passerelle et les voyageurs se déversèrent sur le quai comme du grain s'échappant d'un sac par un trou. Ivan se dressa sur la pointe des pieds, Merica disparaissait et réapparaissait dans les vagues de la foule agitée. Ils s'approchaient l'un de l'autre, impatients, de plus en plus. Et arriva le moment où ils se trouvèrent les yeux dans les yeux. À cet instant, le monde entier s'évanouit pour Merica. Il ne resta qu'Ivan et Mihec. Elle avança vers eux. Elle tendit les mains et s'élança comme en apesanteur. Elle se mit à pleurer et les serra de façon si convulsive, si impétueuse que, pendant un instant, ils ne purent plus bouger. Elle les entourait de ses bras ; Ivan tenait Mihec sur son bras gauche, du droit il l'enlaça et la serra contre lui. Ainsi se fondirent-ils en une pelote orange bleutée, dans une explosion de lumière qui vibrait au rythme des cœurs agités et une éternité s'écoula avant qu'ils n'aient suffisamment savouré la proximité pour enfin se désenlacer.

Mihec qui était au milieu de cette étreinte et qui entendait cette femme, sa… maman… sangloter et répéter à l'infini « Ivan, Ivan, Ivan ! » fut d'abord étonné et troublé, ensuite lui aussi, sans savoir pourquoi, se mit à pleurer et à se serrer non contre sa mère mais contre son père. Cette mère, cette femme qui se trouvait là, pouvait bien être sa maman mais cette maman qu'il ne connaissait pas avait un chapeau bizarre sur la tête et elle portait des vêtements comme il n'en avait jamais vu au village, et cette femme qui devait être sa mère, qui était, comme l'avait dit son père, vraiment sa maman, enlève maintenant son chapeau et Mihec voit qu'elle a de longs cheveux ondulés et que des larmes coulent sur ses joues… Alors cette maman regarde Mihec à travers ses larmes, elle le regarde, elle sanglote encore plus et tend les bras vers lui, mais lui se détourne, il se serre encore plus contre son père, il ne veut pas aller vers cette femme, hum, cette maman, et même si son père l'encourage à se laisser prendre dans les bras car c'est ta maman, dit-il, ta maman ! Mais lui résiste, il est indécis, il ne veut pas.

Alors Ivan dit à Merica : Il ne faut pas lui en vouloir. Tu sais, il te voit pour la première fois. Bon, on va aller chercher tes bagages. J'ai engagé un porteur pour qu'il les transporte jusqu'au train. On doit être dedans, dans le train, dans le wagon, dans une heure. Jésus Marie, comme tu as changé. Je ne t'aurais presque pas reconnue. Tu es belle… Oh mon Dieu, comme tu es belle. Trop belle pour moi… Tu n'es plus du tout la Merica que j'ai connue. Tu es une autre, différente. C'est sûr, le temps fait son travail. Mais je vais m'habituer…

— Bien sûr que tu vas t'habituer. Quand j'aurai remis mes habits de paysanne, je ne te paraîtrai plus aussi bizarre, aussi différente. Ivan, les vêtements changent les gens, tu sais. Et toi non plus, tu n'es plus le même, toi aussi tu as changé.

— J'ai vieilli ?

— Pas vieilli, ça non. Tu fais plus homme, plus sérieux... je ne sais pas comment te dire. Mais tu es plus...

— Ah, laissons ça. Il y a presque quatre ans que nous ne nous sommes pas vus. Enfin, seulement sur les photos. C'était déjà ça. Mais quand on voit quelqu'un en vrai, c'est différent, non ?

Dans le train, Ivan lui décrivit tout ce qui avait changé chez eux. Tout ce qu'ils avaient refait dans la maison, pour combien ils avaient acheté le champ de Nace Greh, celui de Bezovlak, et à quel point il voudrait avoir le vignoble de Hruševje. Merica dit qu'à Alexandrie, avant son départ, ils lui avaient donné une belle prime, pas mal de livres et que, peut-être, ils pourraient acheter ce vignoble.

— Je sais que tu en as envie et que ce vignoble signifie pour toi plus qu'un champ ordinaire, dit-elle.

Ensuite, il lui raconta qui avait perdu sa maison ou un bout de terre à cause des taxes terriblement fortes, et il dit aussi en chuchotant, très prudemment, ce que les fascistes faisaient dans les villages. Il se dégageait de lui une telle haine que Merica en trembla.

Mihec était assis à côté de son père et Merica en face d'eux. Le gamin continuait à regarder par en dessous cette belle femme, cette dame qui devait être sa mère. Qui était sa mère. Il la regardait avec admiration, peur, réserve aussi... ensuite, inconsciemment bien sûr, il prêta attention à sa voix et, dans cette voix, il y avait quelque chose qui le charmait de plus en plus, qui l'emportait de plus en plus sur sa résistance, sur sa colère incompréhensible contre cette femme… et, lentement et sans en avoir l'air, il se mit à glisser de son père vers elle, vers cette femme. Il fit semblant de s'intéresser à quelque chose par terre, il se mit à tripoter un morceau de bois de ce côté-là et quelque chose qui bougeait près de la jambe de Merica… et lentement, lentement, lui-même ne sut pas comment, il se retrouva tout près de sa mère et soudain, comme par magie, dans ses bras.

Ça s'était fait comme ça : quand il s'était assez approché, Merica, instinctivement, pensant probablement pendant un court instant que c'était Thomas, l'avait tiré sur ses genoux tout en discutant avec entrain avec son mari, et lui s'était abandonné à ses bras, il n'avait bizarrement plus rien contre et il s'était confortablement niché dans son giron… Tout ça était arrivé parce que la voix de sa mère avait commencé à le charmer, elle l'avait attiré, d'abord faiblement, ensuite de plus en plus fort et enfin irrésistiblement. Maintenant qu'il était dans ses bras, il sentait que la chaleur qui émanait d'elle n'était pas seulement la chaleur de son corps mais quelque chose d'autre, quelque chose de plus fort… C'était une couleur, la couleur qu'il avait vue l'après-midi dans le ciel. Un bleu d'un genre spécial. Il la perçut alors qu'il se blottissait dans les bras de sa mère, comme s'il la voyait vraiment de ses yeux. Elle lui sembla douce comme du velours et il eut envie de plonger complètement en elle, de se livrer complètement. Il ressentit quelque chose qu'il ne connaissait pas encore. Ce qui émanait de sa mère était si doux, si tendre, et sûr, et heureux qu'il se laissa submerger et qu'il fourra sa tête dans sa poitrine, il enfonça son petit nez dedans et il huma l'odeur qui lui semblait soudain connue et incroyablement agréable…

— Regarde-le ! – Merica fit signe à son mari.

Ivan sourit de bonheur et il lui dit en chuchotant :

— Tu lui as terriblement manqué. Il demandait sans arrêt après toi. Et il se battait avec les minots qui l'asticotaient en disant que tu ne reviendrais jamais.

Ainsi niché dans les bras de sa mère, il s'endormit bientôt, terrassé par la fatigue car il avait pris la route avec son père avant l'aube. Le cliquetis monotone du train le fit basculer dans les rêves mais encore plus, comme un soleil invisible, la chaleur maternelle et ce qui en émanait.

Merica eut du mal à ne pas se remettre à pleurer. Ivan remarqua ses yeux pleins de larmes et, pour l'aider à surmonter ses émotions, il se hâta de discourir sur les villageois. Il lui parla de tous ceux qui s'étaient mis à boire parce que trop tourmentés par la solitude et aussi par la jalousie et il lui raconta ces méchants et horribles ragots qui se répandaient dans le village au sujet des Alexandrines. Il réussit à détourner l'attention de Merica et ils se mirent à papoter sur tout ce qui s'était passé, pendant son absence, dans leur village et dans les autres et sur ce qui les attendait chez eux, à la maison et dans les champs.

Le train psalmodiait sa monotonie avec régularité, lenteur, ténacité. Et ainsi tout s'apaisait et en quelque sorte se réconciliait, le fleuve retournait dans son lit et la vie dans ses ornières quotidiennes. C'est du moins ce qu'il leur sembla, cependant plus à Ivan qu'à elle.

*

Ensuite, les jours s'égrenèrent au rythme des travaux quotidiens de la ferme. Le début fut presque aussi difficile pour Merica que son arrivée à Alexandrie. Quand elle se réveilla, le premier matin après son retour, il faisait encore sombre et plutôt calme, elle sursauta ; elle prêta l'oreille pour savoir si tout allait bien avec Thomas et ensuite elle se rendit compte qu'elle n'était plus chez les Cherington mais chez elle, à Prvačina. Elle écouta le souffle profond et régulier d'Ivan et la respiration courte, saccadée, assez nerveuse de son fils. Ensuite les coqs se mirent à chanter, la vache poussa un mugissement dans l'étable, le chien des voisins aboya et leur chien Moro lui répondit.

— Jésus, je suis à la maison. Oh mon Dieu ! gémit-elle.

Bizarrement, elle n'était ni contente ni heureuse. Elle avait eu la même impression la veille quand, à leur arrivée à la gare, Štefan les avait emmenés en charrette, eux et leurs bagages, jusqu'à la maison. Tout avait paru bizarrement étranger à Merica, presque méconnaissable. Le village lui avait semblé ridiculement petit, carrément riquiqui, la rue par laquelle ils arrivaient avait l'air de sortir d'un rêve et les gens qu'ils rencontraient et que Merica reconnaissait bien sûr lui étaient étrangers ; bon, pas tout à fait étrangers mais tellement distants… En quelque sorte, les images ne coïncidaient pas et tout se mélangeait dans un fouillis désagréable ; ce qui, il y a quelques jours encore, était banal et ce qui, maintenant, aurait dû lui être agréable et la réconforter.

On est de nouveau là, gémissait-elle en son for intérieur. Ensuite, allongée en silence près de son mari, elle s'était demandé : Où es-tu, Merica ? Mais quoi, est-ce que ce n'est pas ce que tu voulais ? Est-ce que pendant toutes ces années tu ne brûlais pas de rentrer ? Tu priais, tu appelais à l'aide Notre-Dame de Sveta gora et tu ne désirais rien d'autre que de revenir chez toi, ici, dans cette chambre. Et maintenant, qu'est-ce qui ne va pas ? Ton rêve s'est réalisé, ton désir s'est accompli, et tu n'es pas contente. Quand Mihec, dans le train, s'est glissé dans tes bras et s'est serré contre toi, tu étais au septième ciel. Mais maintenant, qu'est-ce qui se passe maintenant ?

Une demi-heure plus tard, ils étaient à table pour le petit déjeuner. Du pain, du lait, du café d'orge avec de la chicorée et un œuf au plat. C'est Valerija, la belle-mère, qui avait tout préparé. En mangeant, ils discutèrent de qui ferait quoi.

— Toi, reste à la maison, dit Ivan à Merica. Tu dois te réhabituer tout doucement au travail à la ferme. Occupe-toi de Mihec et fais le ménage. Je vais ramasser les pommes de terre avec ma mère.

Merica jeta un coup d'œil à Valerija et remarqua que l'arrangement de son fils n'était pas à son goût mais elle ne dit rien. Depuis le temps qu'elle partait aux champs avec Ivan, c'était elle qui commandait, en douceur bien sûr, mais quand même, c'était un ordre :

— Occupe-toi de la Grise. Tu sais bien qu'il faut la mettre à la mangeoire le matin, hein ? Et nettoie un peu autour de ses pattes pour qu'elle ne se vautre pas dans la merde. Moi, j'ai déjà nourri les cochons. Va donc ramasser les œufs des poules et donne-leur à manger ce que j'ai préparé pour elles. Et tu nous apprêtes quelque chose, hein. Et fais un peu de ménage dans la maison…

— Maman, allez, on y va ! l'exhorta Ivan à qui la rudesse paysanne de sa mère ne plaisait pas.

Pourtant, il savait qu'elle avait raison et que, dans les tâches agricoles, il ne pouvait avoir ni de pitié ni de considération de politesse. Plus vite elle se réhabituera, mieux ce sera pour elle, pensa-t-il en balayant ses doutes, et il partit avec sa mère dans les matins humides mais ensoleillés. Ça sentait l'automne et il faisait déjà frais.

Quand ils furent sortis, Merica alla dans la chambre de Mihec. Les rayons du matin éclairaient son visage ; il semblait pâle et perdu au milieu du grand lit. Elle s'assit au bord, l'observa longtemps et, malgré elle, le compara à Thomas.

En ce moment, là-bas, il fait grand jour et chaud aussi, pensa-t-elle. Et qu'est-ce qu'ils feraient aujourd'hui si elle était au numéro 3 de la rue du Palais ? Oui, quoi ? Elle flânerait avec Thomas, ils partiraient se promener jusqu'au stade, ils joueraient dans le parc d'à côté… et ensuite, ils iraient probablement se baigner à Chatby. En revenant, ils s'arrêteraient à la pâtisserie de Youssef et s'offriraient une petite gourmandise. Thomas sourirait malicieusement car ce serait une infraction. Therese en effet interdisait les confiseries avant le dîner. Mais le chauffeur Abdallah ne les trahirait pas car lui aussi appréciait ces douceurs… Et quand, parfois, la maîtresse demandait si par hasard ils n'étaient pas allés chez Youssef, Abdallah affirmait toujours, tout à fait sérieusement, que non, ils ne s'y étaient pas arrêtés car il savait qu'il devait respecter strictement les instructions…

Mihec, sentant probablement qu'il était observé, commença à se réveiller. Sa respiration devint plus légère et saccadée, ensuite il ouvrit les yeux et, encore ensommeillé, regarda Merica. Pendant un moment, il se demanda qui était assis sur son lit, ensuite il se souvint que la femme qui le regardait était sa mère, qu'elle devait être sa mère. Et il se retourna, boudeur, il enfouit la tête dans son édredon et fit semblant de dormir, d'avoir envie de dormir.

Elle partit dans la cuisine et, en débarrassant la table, elle pensa avec amertume : Qui sait combien de temps il va falloir pour qu'il m'accepte comme sa mère et pour que moi aussi je l'accepte comme fils…

Elle s'examina. Elle ne portait plus de robe en soie ni de ruban dans les cheveux, plus de bracelets, de bagues ni de boucles d'oreilles. Elle avait seulement autour du cou la chaîne avec laquelle elle était partie en Égypte il y a des années. C'était Ivan qui la lui avait offerte pour sa fête tout de suite après leur mariage. Avec une croix assez grande, parée aux quatre extrémités de sortes de larmes. Elle alla vers le miroir et se regarda, contrariée, morose. Ensuite elle réunit ses cheveux en une seule tresse. Il faudra que je les coupe un peu, songea-t-elle tout en mesurant avec l'index et le majeur la longueur qu'il faudrait couper. Les cheveux longs ne sont vraiment pas pratiques pour travailler aux champs et à l'étable, se dit-elle et immédiatement elle pensa au travail auquel elle allait s'attaquer tout de suite après. La Grise qui venait de meugler l'orienta immédiatement vers l'étable.

Une odeur connue, familière et agréable, la saisit. Elle avança vers les animaux et leur caressa le col. La vache, de mauvaise humeur, se secoua à son contact et s'écarta d'un pas. Elle ne me reconnaît pas, bien sûr. Quand Merica était partie, elle avait deux ans mais aujourd'hui, c'est une belle laitière, bien nourrie, déjà grande. Elle m'a oubliée, se dit Merica et elle prit la fourche pour racler le fumier sous elle. La bête la regarda, surprise, et avec de la crainte dans les yeux. Merica lui fit une litière fraîche et lui apporta du fourrage. Elle resta près d'elle et l'observa pensivement pendant qu'elle broutait le regain… Une belle vache, vraiment belle ! Ivan aussi en faisait l'éloge. Qu'est-ce qu'il a dit déjà, elle donne combien de lait ?

Puis elle se retourna rapidement. Derrière elle, à la porte, se tenait Mihec, pieds nus et en chemise de nuit. Il la regardait de ses grands yeux clairs.

Merica était si contente qu'elle voulut immédiatement se précipiter vers lui mais quelque chose la retint. Elle dit :

— Ô, grand monsieur, vous êtes déjà debout ? Est-ce que tu pourrais m'aider, Mihec ? Tu apporterais un seau d'eau à la Grise ? Elle a sûrement soif.

L'enfant la regarda, drôlement étonné, et il dit qu'il ne pouvait pas apporter l'eau parce que le seau était trop lourd pour lui. Merica sourit en voyant qu'il avait pris au sérieux sa demande d'aide.

— Mihec, allons à la maison t'habiller et manger quelque chose, dit-elle en passant devant lui.

Il courut derrière elle.

Quand elle l'eut habillé, elle se sentit bizarre. Vraiment bizarre. Elle lui avait enfilé une culotte courte et une chemise à carreaux, ensuite elle avait cherché du regard ses souliers et, quand elle s'était rendu compte de ce qu'elle faisait, elle avait été décontenancée. Bien sûr, les minots paysans allaient pieds nus jusqu'à la fin de l'automne. Pas de socquettes, pas de chaussures évidemment !

— Et tu t'es lavé ? demanda-t-elle pour chasser son embarras.

Il secoua la tête. Elle le prit par la main et l'entraîna vers la cuvette où elle fit couler un peu d'eau. Il s'inclina de mauvaise grâce et quand elle lui lava le visage, il lui dit :

— Pourquoi je dois me laver ? Grand-mère ne fait jamais ça, jamais le matin !

— Tu dois te laver parce que… – elle allait dire qu'il devait se laver parce qu'il était sale mais elle se souvint que ce n'était pas vrai, alors elle continua – parce que le matin, l'eau te rafraîchit et chasse les mauvais rêves.

— Mais je n'ai pas fait de mauvais rêves ! opposa-t-il encore.

Et ensuite, il lui demanda :

— Et toi ? Tu as rêvé quelque chose de méchant ?

Elle secoua la tête même si, au même moment, elle se dit en un éclair que ses rêves n'avaient absolument rien de plaisant…

Après s'être assis à table et avoir commencé à manger un morceau de pain tartiné de crème fraîche, Mihec dévisagea soudain sa mère et lui demanda :

— Est-ce que maintenant tu vas rester pour toujours, ici, chez nous ?

La question surprit Merica. Elle sourit et lui répondit :

— Bien sûr, Mihec.

— Mais pourquoi ? demanda-t-il. Pourquoi tu vas rester ici chez nous ? Est-ce que tu ne vas pas repartir sur ce grand vapeur ?

— Non, je ne vais pas repartir. Je vais rester ici, parce que je suis ta maman ! dit-elle à moitié fâchée.

— Ma maman ? demanda l'enfant en lui jetant ce regard qu'il avait eu autrefois lorsque, soudain, il s'était détaché de son sein et l'avait regardée d'en bas, les yeux mouillés.

— Thomas, maintenant je vais rester ici pour toujours avec toi et avec ton père, dit-elle d'une voix tremblante.

— Mais je ne suis pas Thomas, moi je suis Mihec – il avait presque crié.

— Jésus ! Mihec, excuse-moi de tout mélanger. Bien sûr, tu es Mihec ! Allez, viens près de moi, s'il te plaît, viens !

— Non, non. Car tu m'as appelé Thomas. Et c'est qui ce Thomas ? C'est celui que tu gardais là-bas en Égypte ?

Merica baissa la tête sans répondre.

Leur chien Moro se glissa dans la maison, prudemment et en remuant fortement la queue. C'était un charmant bâtard. La veille, quand la charrette s'était arrêtée dans la cour et qu'elle en était descendue, il avait tout de suite accouru, l'avait reniflée et s'était mis à bondir joyeusement autour d'elle et à poser ses pattes sur sa belle robe si bien qu'on avait dû l'écarter de force et, comme il ne voulait pas se calmer, Ivan avait été obligé de l'attacher.

Maintenant, ce Moro traînait dans les jambes de Merica. Il s'allongea près d'elle et gémit à bas bruit. Merica était absolument ravie :

— Oh Moro, l'affreux ! Tu as faim, non ? Ma chère petite bête, attends, je vais te donner de quoi te mettre sous la dent !

Mihec se tourna et cria en colère contre le chien :

— Moro, dégage ! Sors !

— Oh oh, Mihec, pas comme ça ! le morigéna Merica. Il a été toute la nuit dehors, il nous a gardés et il vient maintenant pour sa récompense. Est-ce qu'il ne l'a pas méritée ?

Mihec secoua la tête, ça ne lui semblait pas juste que maintenant cette femme, sa jolie maman… donne à manger à ce chien, à ce glouton de Moro qui pourrait manger dix fois par jour et qui…

— Mihec, quand tu auras fini de manger, nous irons voir les cochons. D'accord ?

— Il y en a sept, tu sais. Sept. Ils sont tout mignons, lui expliqua-t-il.

Il avait l'impression d'être important car cette femme ne savait pas que leur truie avait mis bas il y a quelques jours et que tous les porcelets étaient beaux et en bonne santé. Mais lui évidemment le savait, c'est pourquoi il allait l'emmener et lui montrer comme ils étaient beaux.

Moro sortit de la maison en courant avec un gros morceau de couenne cuite. Il se réfugia dans sa niche où il se mit à gronder en guise d'avertissement. Et c'est ainsi que la vie de Merica, l'Alexandrine, commença à s'éclaircir et, à sa manière, à se compliquer aussi…

*

Quand elle entra, l'église Saint-André était presque vide, elle trempa ses doigts dans l'eau bénite et fit le signe de croix. C'était un bon six mois après son retour. Lentement, comme fatiguée à mort, elle contourna les bancs et alla s'asseoir au dernier rang sur le côté gauche. Là, elle resta un moment assise, ensuite elle se leva et se dirigea vers l'autel. Ici, elle s'agenouilla, ferma les yeux et se mit à sangloter.

Seigneur, Seigneur, pourquoi est-ce que tu m'as chargée de cette lourde croix ? Je ne suis pas assez forte pour elle, je ploie dessous, je tombe, elle va me briser.

Dis-moi, Seigneur, Dieu miséricordieux, pourquoi ça m'arrive ? Quand je suis partie à Alexandrie, je voulais passionnément rentrer et maintenant que je suis ici, à la maison, je n'ai ni la paix ni le bonheur. Pourquoi Seigneur est-ce que Tu me ramènes dans le monde où j'ai tant pleuré, tant souffert ? Pourquoi est-ce que Pierre m'apparaît en rêve ? Toujours dans le même rêve. Je le vois, perdu dans le désert, en train de mourir sous le soleil brûlant du Sahara. Il rampe sur les dunes, son visage est brûlé par le soleil, ses lèvres, gercées par la soif, ses yeux, morts à cause de la lumière aveuglante… Il avance centimètre par centimètre et demande d'une voix à peine audible : « De l'eau, de l'eau ! »

Et Thomas aussi apparaît dans mes rêves. Nous jouons à courir sur la plage, ensuite il se glisse dans mes bras et je le porte et je lui chante des berceuses comme s'il était toujours un bébé. Et lui se serre contre moi et sa bouche cherche mon sein. Quand je lui dis qu'il est grand, trop grand pour ça, il se met à pleurer et à se plaindre : « Dada, pourquoi tu as éteint la lumière ? Tu sais bien que j'ai toujours peur dans le noir. »

Seigneur, pourquoi, pourquoi est-ce que tout ça m'arrive ? Maintenant que je suis dans ma famille, que j'ai tout ce à quoi j'aspirais si fort ? J'ai Mihec, j'ai Ivan, j'ai nos montagnes, nos prairies, les champs, j'ai notre ciel et notre terre, mais quelque chose me tire, me ramène si atrocement en arrière. Si Tu ne m'aides pas, Dieu miséricordieux, je vais devenir folle, mon âme va se déchirer, mon cœur va éclater.

Elle pria et longtemps, longtemps, elle appela son Sauveur. Mais Dieu se taisait. Comme saint André, son saint patron. Comme la Sainte Vierge, et Jésus non plus ne prit pas la parole. Elle sortit de l'église, fatiguée, cent fois plus fatiguée qu'à son arrivée.

Quand, au fond, tout ça avait-il commencé ? Tout de suite après son retour, elle avait certes eu des difficultés mais avec le travail aux champs ; ses bras, ses jambes, ses reins, bref tout lui faisait mal. C'était compréhensible pour une bonne d'enfants qui s'était remise au dur travail de la ferme. Cependant, malgré les difficultés pour revenir sur la voie de sa vie d'avant, elle avait ressenti une sorte de paix, c'étaient la satisfaction, le bonheur et la joie. Tout ça était arrivé, bon, pas immédiatement, peu à peu, au bout de quelques semaines quand elle s'était réhabituée, qu'elle avait accepté son destin. Et alors qu'elle avait pris son parti de son retour et en fait de tout, quelque chose s'était infiltré, elle ne savait comment, infiltré goutte à goutte. Même si elle résistait, les souvenirs de sa vie à Alexandrie se réveillaient en elle. Plus forts et plus vivants chaque jour. D'abord, ils renvoyaient à des tableaux, à des photos, ensuite ils prirent petit à petit une autre dimension ; ils ravivaient tout ce que ses sens avaient enregistré, à chaque seconde, à chaque millionième de seconde, tout ce qui s'était passé en réalité quand elle était là-bas en Égypte… Lui revenaient les sensations, lui revenaient les émotions et, avec elles, les odeurs, les couleurs, les voix, les contacts et les sons. De façon mystérieuse, tout surgissait de l'oubli apparent et se mêlait à ce qu'elle vivait ici maintenant, dans son village. Malgré elle, elle se mit à comparer et à évaluer les deux mondes. Elle était troublée par ce qu'auparavant elle n'avait absolument pas remarqué ou pas voulu remarquer. Le monde paysan perdait chaque jour de sa valeur et l'autre, celui des Alexandrines, de la ville, des citadins, des riches… prenait une forme paradisiaque. L'envie de repartir en Égypte s'éveillait en Merica. Ça ressemblait à un appel venant de très loin ; d'abord à peine perceptible, il devenait chaque jour plus fort et ni son cœur ni son esprit ne pouvaient y résister.

Cette douleur, ce désir, cette nostalgie inconsolable, elle les cacha pendant des mois et des mois à Ivan, à Mihec, à sa belle-mère et même au curé. Pour y parvenir, elle dut jouer la comédie. Elle jouait le bonheur, la satisfaction, la paix intérieure, la joie, aussi l'abandon de son corps pendant l'amour… Elle jouait tout et plus ça durait, plus sa détresse empirait. Elle n'en pouvait plus. C'est alors qu'elle se rappela Pepca Lebanova, une Slovène d'Égypte du village voisin qui était allée en Afrique au siècle précédent ; elle était rentrée avant la guerre puis était repartie, ensuite elle était revenue aussitôt la guerre finie, elle était restée quelques années chez elle avant de retourner, cette fois-là pour un an seulement, et ensuite on l'avait trouvée bizarre dans son village tellement elle avait changé…

Les gens disaient que la pauvre était tourmentée et ils imaginaient toutes les raisons possibles et imaginables. La plus courante était qu'elle était amoureuse d'un Égyptien et que cet amour ne lui laissait pas de répit. Les ragots avaient gagné du terrain, on disait qu'elle vivait chez sa sœur comme une vieille femme. Son mari, paraît-il, ne voulait plus l'accueillir. Quand elle était revenue la première fois, il l'avait acceptée, mais quand encore et encore elle était repartie alors que ce n'était pas nécessaire, il lui avait finalement dit qu'elle n'avait qu'à rester là-bas et qu'il la mettrait à la porte si elle réapparaissait. Et quand, à son ultime retour, elle lui avait écrit, repentante, disant qu'elle aimerait revenir vivre avec lui et ses deux fils, alors vraiment « pour toujours, pour tout le temps », il lui avait répondu qu'il ne voulait pas la voir. « Marjo et Martin non plus ne veulent plus te voir ! Si tu te montres, tu dois savoir qu'on te fermera la porte au nez ! Tu es partie deux fois quand tu n'avais pas besoin d'y aller. Tu ne nous as pas écoutés quand on t'a demandé de ne plus repartir là-bas. Mais tu y es allée. Maintenant, restes-y ! Pas un de nous trois ne veut te voir, vivante ou morte ! »

C'est ce que lui avait écrit France, son mari. Et quand, malgré tout, elle était revenue, ils lui avaient vraiment claqué la porte au nez bien que, pendant tout ce temps, pendant toutes ces années, elle leur eût envoyé des sous régulièrement et assidûment. Après qu'ils l'eurent chassée de leur cour, elle était allée chez sa sœur. Celle-ci l'avait accueillie, lui avait donné une petite chambre et ses nourritures, juste ce dont elle avait besoin pour garder en vie son corps sec, pratiquement décharné.

Merica avait entendu les gens dire qu'elle restait assise des heures durant dans la coursive, habillée comme une vraie Égyptienne, qu'elle avait au moins deux bagues à chaque doigt, deux ou trois bracelets, des chaînes autour du cou, des boucles d'oreilles. Qu'elle restait des heures et des heures ainsi accoutrée dans la coursive, en fixant quelque chose au loin et qu'elle attendait, attendait... sans rien voir venir. Et les gens racontaient que les minots du village, au début, étaient allés chez elle pour la provoquer, se moquer d'elle. Mais elle avait su avoir raison de leur méchanceté, c'est-à-dire qu'elle s'était mise à leur raconter des contes de fées. Elle leur contait de vieilles fables égyptiennes et arabes, pas celles d'ici. C'était pour la marmaille quelque chose de très nouveau et de très mystérieux si bien que, depuis ce moment-là, ils restaient assis autour d'elle pendant des heures, tendant l'oreille à ses contes. On disait aussi qu'au début Pepca avait eu beaucoup de difficultés avec le curé. Il avait probablement craint qu'elle ne diffusât aux jeunes une autre foi, la foi musulmane. Mais quand il avait été convaincu qu'elle ne le faisait pas, qu'elle racontait seulement des histoires, il s'était calmé et n'était plus intervenu dans ses longs et parfois brûlants récits.

Un dimanche d'avril, Merica alla chez cette Égyptienne. Elle enfourcha son vélo et partit immédiatement après la messe. Quand Ivan avait grogné, où est-ce qu'elle allait se balader à cette heure, elle lui avait dit qu'elle devait absolument rendre visite à une Alexandrine car on lui avait donné quelque chose pour elle, là-bas en Égypte. Et elle était partie.

Elle aperçut Pepca sur son balcon en bois. Elle somnolait dans une chaise longue en se chauffant au soleil d'avril. Bien sûr, Merica se présenta d'abord à sa sœur Katarina. Elle lui dit qu'elle aimerait parler à Pepca.

— Elle est en haut dans la coursive. Et toi, tu es de la famille Turnova, hein ? J'ai connu le frère de ton père, celui qui est tombé quelque part sur le front de la Soča avec Lojzek, le cousin de Vanda Joštova. Et de quoi tu voudrais parler avec Pepca ? Ah oui, toi aussi, tu as été là-bas en Égypte ? Et comment ça va pour toi ? Pepca est maintenant très faible, je ne sais pas ce que ça va donner.

Elle regardait Merica d'un air pénétrant, essayant de comprendre ce que cette jeune femme voulait à sa sœur. Et elle lui demanda :

— Et qu'est-ce que tu voudrais savoir d'elle ? J'espère que tu n'as pas attrapé cette bactérie qu'on appelle la peste égyptienne, hein ?

Merica fut effrayée, elle tressaillit.

— La peste égyptienne ? Je n'ai jamais entendu parler de ça, dit-elle d'une voix faible.

— Si tu ne sais pas ce que c'est, tu vas le savoir ! dit Katarina en lui indiquant de la main où elle devait aller pour trouver Pepca.

La vieille Égyptienne sortit de son assoupissement aussitôt qu'elle entendit des pas dans l'escalier de bois. Elle se redressa et regarda Merica.

— Pepca, je suis venue chez vous pour que vous me disiez quelque chose, que vous m'expliquiez quelque chose. Il y a six mois que je suis revenue d'Alexandrie et maintenant…

— … je ne suis pas heureuse, c'est ça ? (La vieille femme avait fini sa phrase.) Assieds-toi, assieds-toi. Tu t'appelles comment et tu viens d'où ?

— Je m'appelle Merica, je suis de Prvačina. Je suis mariée à Ivan Turnovi, dit-elle craintive.

— Oh bien sûr ! J'ai connu ta famille. Assieds-toi donc, pourquoi est-ce que tu restes debout ? demanda-t-elle en s'emmitouflant dans sa couverture. Tu sais, j'ai froid, s'excusa-t-elle. Il fait encore frais, le soleil d'avril est faible et toi, tu es vraiment matinale. D'habitude ils viennent l'après-midi, vers le soir.

Elle pensait aux enfants. C'étaient les seuls qui venaient la voir et c'est pour eux qu'il y avait des chaises installées dans la coursive en bois.

Même si les gens blablataient beaucoup sur Pepca Lebanova, Merica fut tout de même surprise par son apparence. Immédiatement, elle lui rappela l'Égyptienne Fauzia qu'elle avait rencontrée une fois en se promenant avec Vanda sur la corniche ; à l'époque, la jeune fille lui avait dit que cette femme bizarre et intéressante qui descendait d'un fiacre s'appelait Fauzia et qu'elle était propriétaire d'une maison où se produisaient des danseuses du ventre et autres artistes. Elle était sa copie sauf que Fauzia était rondouillarde et petite. Pepca était maigre et assez grande. Mais Fauzia était à l'époque habillée exactement comme Pepca maintenant…

— Je suis comme un épouvantail, hein ? rigola Pepca.

— Oh, ça non, je n'ai pas…

— Merica, je lis les pensées aussi facilement que toi les livres, dit Pepca et elle cria en direction de la cour : Katka, prépare-nous un peu de tisane de menthe et de mélisse, et mets du miel dedans !

— Mais comment savez-vous que j'aime lire des livres ? C'est vrai que j'en ai lu beaucoup, dit Merica.

— Dans les livres, il y a tout ce que les gens devraient savoir sur la vie, dit Pepca. Bien sûr, pas dans tous. Il y a beaucoup de bêtises aussi. Mais il y a des livres que tout le monde devrait lire, toute la vie, de la naissance à la mort, dit-elle d'une voix que Merica aima sur-le-champ.

Malgré son âge, sa voix était toujours claire et tendre.

— Et quels sont les livres que les gens devraient lire ? Les Saintes Écritures ? demanda Merica.

— Aussi. Pourtant j'apprécie plus les contes. En eux, tout est caché mais évident… Ce sont les seuls vrais livres de sagesse ! dit-elle avec détermination.

— Oui, mais les Saintes Écritures et le Coran…

— Bah, là il y a eu bien des choses dénaturées, détournées, afin que ça plaise à quelqu'un à un moment donné. Mais personne n'a modifié les contes de fées. On les a écrits comme on les a entendus des vieux. C'est pourquoi il y a en eux tout ce dont l'homme a besoin au long de sa vie, affirma Pepca avec une grande conviction.

Ensuite, elle regarda Merica dans les yeux comme si quelque chose y était caché ; celle-ci eut l'impression qu'une lumière pénétrait au plus profond d'elle. Puis Pepca dit d'une voix pleine d'assurance :

— *Ma* toi tu n'es pas venue me voir pour écouter des contes, hein ? Tu es venue parce que tu ne trouves pas la paix. C'est ça, Merica ?

Elle acquiesça et ses yeux s'emplirent immédiatement de larmes.

— Quand j'étais là-bas, à Alexandrie, je pensais que j'allais mourir de nostalgie pour mon pays. Maintenant que je suis revenue et que je devrais être contente et heureuse, je ne trouve ni la paix ni la tranquillité, reconnut-elle.

— Eh Merica, je connais ça. Je connais. Trop bien même. Mais je ne sais pas en quoi je peux t'aider. Le malade est venu consulter un malade, ma chère. À ton avis, pourquoi moi je n'ai cessé de revenir ; de partir et de revenir ?

— Mais… vous étiez amoureuse de quelqu'un là-bas ?

— Tout comme toi. Oui et non. Il n'y a eu ni étreinte ni baiser, rien. *Ma* ce n'est pas ça, Merica. Il ne s'agit pas d'un homme, vraiment pas. C'est quelque chose d'autre et tu le sais bien. Ni ma raison ni la tienne ne peuvent saisir ça, encore moins le comprendre. Moi, j'ai vécu au Caire, toi à Alexandrie. Mais l'esprit qui planait au-dessus de nous était le même. Et moi, et sûrement toi aussi, d'une façon bizarre, il m'a charmée, ensorcelée, rendue esclave.

— *Ma* pourquoi ça n'est pas arrivé à Marija Zankova, à Klementina Jugova, Ivana Slamičeva, à Lojzka Mozetičeva, Marija Čebronova, Dominika Sandrinova… et à beaucoup d'autres ? Hein, pourquoi ?

La vieille femme répondit par une question :

— Quand la grippe arrive ou une autre maladie contagieuse, est-ce que tout le monde l'attrape ?

Merica garda le silence puis elle dit :

— Non bien sûr, seulement ceux qui…

— … ne sont pas résistants, qui sont trop faibles, qui n'ont pas d'anticorps en eux, pas de force pour tuer les bactéries quand elles se glissent en eux.

— Pepca, vous pensez ça sérieusement ?

— Mortellement sérieusement. *Ma* tu ne dois pas tout prendre au pied de la lettre. Quelque chose, qui n'est pas une bactérie, s'est introduit en toi et toi, tu n'as pas eu la force de la vaincre, de la détruire immédiatement. Moi non plus.

— Pourtant j'ai tant prié ! Appelé à l'aide.

— Merica, tu le sais bien : notre raison demande une chose, notre idiot de cœur, une autre. Les voies du cœur sont une énigme même pour les plus courageux. Personne n'ose regarder dans les profondeurs de lui-même. Nous ne faisons ça que lorsque l'ange de la mort nous appelle.

— Et alors ? Que dois-je faire ?

— Tôt ou tard, tu seras tentée d'y aller. Tu reprendras la route. Quand tu seras là-bas, tu voudras rentrer. Et quand tu seras ici, tu auras envie d'y repartir... et comme ça jusqu'à la mort.

— Non ! s'écria Merica. Non et non ! C'est un enfer, c'est pire que la mort !

Pepca se détourna. Elle ne voulait pas regarder ses larmes. Ensuite elles se turent.

Lis les contes, tu trouveras peut-être un remède à ta douleur, avait-elle envie de lui dire mais, au lieu de cela, elle lui conseilla :

— Vous avez toujours été très croyants, toute votre famille, et la foi fait des miracles... va donc en pèlerinage, va voir Notre-Dame de Sveta gora et la Vierge de Sveta Višarja. Va à Lourdes. Tu seras peut-être sauvée de cette malédiction, de ce terrible envoûtement.

— Pepca, il n'y a pas d'autre aide ? gémit Merica.

— Si, mais je ne sais pas si ça te conviendra, dit-elle d'une voix qui ne cachait pas l'ironie. Mon mari m'a aidée en me détestant à mort. Il imaginait un amant, pas un, une dizaine. Tous étaient des Arabes puants et des Noirs encore plus puants. Il n'a jamais pu comprendre ce qui m'arrivait. L'âme, Merica, l'âme. L'âme tombe amoureuse de quelque chose que les yeux ne peuvent voir, que les mains ne peuvent toucher. Quand, dans sa tête, France m'a transformée en putain, il m'a enlevé un poids du cœur. Ensuite je suis revenue, repartie plus facilement... Ils ne comprendront jamais, Merica, jamais.

Elle repartit plus malheureuse qu'avant la discussion. Elle sentait que, tôt ou tard, elle devrait en parler à Ivan. L'occasion se présenta avec une lettre ; Ana Ceričeva lui avait écrit. Le jour même, hasard vraiment extraordinaire, une lettre de Mme Therese, son ex-patronne, arriva.

Elle se retira dans une petite pièce au bout de la maison pour lire tranquillement les deux lettres. Elle ouvrit d'abord celle d'Ana qui venait de France. Sur le tampon de la poste, elle lut le nom de la ville : Marseille.

« *Merica,*

*Je pense beaucoup à toi et maintenant ça fait déjà pas mal de mois depuis qu'on s'est vues la dernière fois à Alexandrie. J'ai pas mal de nouvelles à te donner. D'abord que je me suis mariée avec Georges Chevalier. C'est cet armateur dont je t'avais parlé quand on s'est rencontrées devant l'*Hôpital Grec*. *Tu sais sûrement que je suis allée chez moi et que j'ai emmené Verica en Égypte, ça aussi tu dois le savoir. Georges et Verica s'entendent bien. Il parle beaucoup avec elle, donc il lui apprend le français, et ils vont tous les deux en promenade. Et il lui a acheté un cheval, imagine ! Pour monter à cheval. Un vrai cheval !*

L'argent est bien le maître du monde, ça se voit maintenant que Georges, avec son argent, a rapidement réussi à me faire obtenir un certificat de divorce, et nous avons donc pu nous marier à l'intérieur d'une immense église, cinq fois plus grande que notre Sainte-Catherine d'Alexandrie. On s'est mariés il y a une semaine et on est très heureux tous ensemble, moi, Georges et Verica. Il y a encore un secret que je vais te dire, c'est que je suis enceinte et que je vais avoir un bébé. Georges dit que ça lui est égal ce que ça sera, pourvu que l'enfant soit en bonne santé. Pourtant moi, je veux un garçon car je sais que Georges aimerait en avoir un à cause de l'héritage et de la reprise de l'usine, enfin, nos chantiers navals. Mais que sera sera, qu'il ou elle soit en bonne santé, n'est-ce pas.

Moi, je dirige son entreprise. Je commande et tout le monde m'obéit. Tous les ouvriers sont de bons travailleurs et il n'y a aucun embêtement important. En ce moment, nous faisons un grand vapeur pour un rital. Et nous en faisons aussi deux plus petits et un grand voilier.

On vit dans une maison qui est comme un palais et on a cinq domestiques. Moi, là-bas à Alexandrie, j'ai été femme de chambre et maintenant, j'ai ma femme de chambre, est-ce que ce n'est pas drôle, ma chère Merica ?

Tu veux sûrement savoir quand je vais accoucher. Ce sera dans six mois, à la fin octobre ou au début de novembre. Quand ça arrivera, je t'écrirai sûrement car ce sera un grand et heureux événement.

Merica, si tu as besoin de quelque chose, écris-moi. Écris-moi aussi comment c'est au pays et si toi, il te faut quelque chose, écris.

Maintenant je te salue du fond du cœur et je te souhaite de joyeuses Pâques et beaucoup de santé à toi et à ta famille.

J'allais presque oublier de te dire que la police a retrouvé Vanda Joštova. Elle vit dans un harem, elle est comme qui dirait la concubine d'un riche Égyptien et elle a eu un fils. Elle a signé une déclaration à la police comme quoi elle n'avait pas été enlevée et trompée mais qu'elle était avec lui par amour. Voilà, tu sais ce qu'il en est de la petite Vanda avec qui on est parties en Égypte.

Je te salue du fond du cœur,
Anne Chevalier »

Elle posa la lettre et réfléchit.

Eh bé, elle s'est vraiment mariée. C'est une femme courageuse. Elle rentre à la maison, elle donne un coup de balai, elle prend sa fille et elle s'en va. Bien sûr, Ana a toujours été décidée. Moi non. Je ne sais jamais si je dois être ferme dans mes décisions ou si je ne dois pas m'entêter. En voilà une qui est heureuse. Elle s'est débarrassée de ces ivrognes et elle a aussi sorti Verica de ce cercle infernal. Maintenant, c'est une dame. Une dame importante et tout le monde s'incline devant elle et la craint probablement. Les ouvriers certainement. Elle vit dans un palais et a des domestiques. Ils ont sûrement une auto et un chauffeur. C'est bien, pour elle, tout va comme sur des roulettes. Absolument tout. Je ne suis pas jalouse, non, pas du tout. Elle l'a mérité car elle s'est battue pour tout ce qu'elle a actuellement.

Et Vanda, concubine dans un harem, la malheureuse. Mais moi alors, moi ?

Un sentiment d'amertume la prit quand elle ouvrit la deuxième lettre. Elle était en anglais, d'une belle écriture soignée.

« *Ma chère Mary,*

D'abord nous te remercions pour ton aimable lettre. Je ne sais pas pourquoi, il m'a semblé, et à Henry aussi, qu'il émanait de ta lettre une sorte de tristesse. Tu ne la mentionnes nulle part, tu n'écris rien de tel mais on la sent tout de même. Mary, y a-t-il quelque chose qui ne va pas ? Quelque chose que tu ne peux pas nous écrire ? Bon, j'espère que nous nous trompons dans nos impressions, nos pressentiments.

D'abord je vais te parler de Thomas. Je t'ai déjà dit que tu lui manques beaucoup. Encore maintenant, il ne s'est pas complètement résigné. Encore maintenant, il demande après toi et essaie de me convaincre de t'écrire que tu dois revenir au plus vite. C'est toujours difficile pour lui.

Dernièrement, j'ai parlé avec mon mari de la question des dadas, *des nourrices. Nous avons tous les deux réalisé que c'est assurément une affaire très importante. Pour notre*

Thomas, tu es devenue une deuxième maman, une mère de lait comme disent les Arabes. Ce fait ne doit pas être sous-estimé. Avec le lait, tu lui as donné aussi de ta personne ; tes idées, tes sentiments, ta vie. C'est pourquoi il ne t'oubliera jamais. Même quand il sera grand. Je connais plusieurs cas de ce genre. Des Slovènes qui ont allaité des enfants au siècle précédent et qui sont maintenant presque des vieilles femmes sont toujours les dadas *de ces enfants, même si ce sont des hommes et des femmes qui ont eux-mêmes des enfants. Leurs grands enfants leur écrivent régulièrement, leur rendent visite et les emmènent en vacances et, de façon générale, prennent soin d'eux. Ce sera ainsi entre vous, Thomas et toi. Pour moi, c'est un peu dur de t'écrire ça, mais tu sais, tu me connais, je n'ai jamais fui devant la réalité. Mary, tu es devenue un membre de notre famille et ce sera comme ça tant que nous vivrons.*

Je dois encore te parler de Claire et de Kelly. Ce sont des étudiantes sérieuses. Très sérieuses. Et ici il y a un grand secret : Kelly est amoureuse ! Hou, si tu voyais comment elle est, maintenant qu'elle est amoureuse ! Elle marche comme si elle rêvait et son regard nous traverse, il traverse aussi les murs et les maisons… Claire la taquine et alors elles se chipotent assez souvent. Mais ça passe vite et ensuite elles redeviennent amies.

Chère Mary, je dois t'annoncer une bien triste nouvelle. Pierre, mon frère bien-aimé, est très malade. Les médecins disent qu'il a un cancer de l'estomac et qu'il ne vivra plus longtemps. Peut-être six mois, peut-être moins. Il est soigné à Londres. Je suis si malheureuse, Mary, si malheureuse. Mon frère n'a jamais eu de chance, depuis sa naissance. Je pleure tous les jours. Il paraît qu'à Vienne un médecin a découvert un nouveau traitement. Avec des rayons. En ce moment, nous cherchons à entrer en contact avec cet homme. Bien sûr, nous ferons tout pour aider notre pauvre Pierre. Je n'ose même pas penser à quel point il souffre.

Excuse-moi, Mary, de t'écrire des événements aussi durs et aussi tristes. Je sais que ton cœur est tendre et je sais que tu seras touchée. Mais je devais te le dire car nous savons que, quand tu es partie, ça a été difficile pour toi, aussi à cause de lui…

Ma chère Mary, nous te saluons et te souhaitons le meilleur à toi et à ta famille !

Therese »

Après avoir lu, Merica se couvrit le visage de ses mains et se mit à sangloter. Maintenant, elle savait pourquoi elle avait eu pitié de cet homme au premier instant où elle l'avait rencontré et pourquoi elle avait toujours senti qu'elle aurait dû l'aimer, qu'elle aurait dû le prendre dans ses bras et le serrer fort contre elle…

Oh mon Dieu ! Jésus, il a un cancer ! C'est la mort certaine. Une mort douloureuse, horrible. Que dois-je faire ? Quoi ? Ô Pierre, Pierre…

*

Ivan finit par remarquer que quelque chose n'allait pas chez sa femme. Elle était devenue triste, elle déclinait comme une plante en manque d'eau. Elle était pensive aussi, tellement absente qu'elle n'entendait pas quand on lui parlait et il fallait souvent répéter ce qu'on avait dit. Elle avait aussi changé par rapport à Mihec. L'enfant le sentit vite et un jour, il lui demanda :

— Maman, tu vas repartir en Égypte ?

Merica tressaillit. La belle-mère qui avait entendu la question de l'enfant se leva pour regarder Merica.

— Quelque chose ne va pas ? Tu es malade ? demanda-t-elle brusquement.

Merica se hâta d'assurer que tout allait bien et qu'elle n'avait pas à se faire de souci. Mais la belle-mère lui redemanda :

— Bon, qu'est-ce qu'il y a, hein ? Tu es enceinte ?

Merica secoua la tête avec fermeté.

— Quelque chose ne tourne pas rond, on le sent tous. Ça n'était pas comme ça au début mais, maintenant, tu es de plus en plus bizarre. Il doit y avoir quelque chose. Bon, tu vas me le dire ?

— Tout va bien, dit Merica et elle sortit de la maison.

Elle se réfugia dans l'étable, de là, elle s'enfuit dans le jardin et du jardin dans le vignoble derrière la maison. Là, elle s'assit sur une pierre, mais elle se releva tout de suite, elle se mit en route et marcha sans but. Le chemin grimpait et elle se retrouva soudain dans le champ qu'Ivan avait acheté à Nace Greh pendant qu'elle était en Égypte. Maintenant, ce champ était vert-doré du blé au printemps. Leur blé ! Elle ne put s'arrêter ici non plus. Une force irrésistible la poussait à marcher, à marcher.

C'était le printemps, toute la campagne était en fleurs, poussait, sentait bon, gazouillait, foisonnait. Soudain elle se rappela les lettres que lui avait écrites Ivan et elle entendit sa voix lire ce que sa main avait écrit : « Maintenant c'est de nouveau le printemps. Le bois d'acacia est tout blanc et sent le miel. Le poirier derrière l'étable est aussi en fleur. L'autre jour, je suis allé à Trstelj. Il faisait beau, on voyait jusqu'à Piran. J'ai regardé la mer et j'ai pensé à toi. Je me suis dit : Tu vois, elle est là-bas. Là-bas, loin. Ma très chère femme est là-bas. Merica, c'est tellement dur de t'attendre. Mihec aussi t'attend impatiemment. »

La voix était vivante, chaude et tellement aimante. Son cœur lui fit mal, elle pressa ses mains sur sa poitrine.

— Seigneur Jésus, que dois-je faire ? gémit-elle et elle se mit à sangloter.

C'est alors qu'elle aperçut une femme en longue robe blanche qui descendait dans sa direction. Elle marchait dans l'herbe, parmi les fleurs. Elle était pieds nus. Et belle, oh mon Dieu, comme elle était belle. De longs cheveux noirs, légèrement bouclés, tombaient sur ses épaules. Son visage était illuminé de l'intérieur et de l'extérieur, ses yeux sombres regardaient quelque part dans le lointain, au-delà de Merica, à travers elle aussi. Sa robe longue qui touchait le sol, large, d'un blanc immaculé, étincelait comme de l'argent !

Quand elle fut tout près, Merica reconnut sa voisine. Elle cria dans sa direction :

— Mirjana !

Mais la femme ne la regarda pas. Elle ne la voyait pas, ne l'entendait pas. Elle passa devant elle avec entrain. Elle était belle, belle, belle à faire mal.

Elle descendit vers le village et se perdit entre les maisons. Merica, comme dans un rêve, se précipita derrière elle. Elle se dit qu'elle irait tout de suite chez les voisins pour demander à Mirjana ce que ça signifiait, pourquoi elle était passée devant elle de cette façon. Comme si elle ne l'avait pas vue, pas entendue. Qu'est-ce qui arrive à cette Mirjana ? Est-ce qu'elle a perdu la tête ou quoi ?

Alors qu'elle se précipitait dans la cour des voisins, elle s'arrêta comme frappée par la foudre. Elle aperçut Mirjana devant le *putz*, mais cette Mirjana portait sa robe de travail habituelle, sa robe de tous les jours. Elle avait les cheveux coiffés en deux longues tresses, elle tirait de l'eau du puits pour laver la salade. Elle leva les yeux et quand elle vit l'expression ahurie du visage de Merica, elle sourit, embarrassée, et lui demanda :

— Merica, qu'est-ce qu'il y a ? Il est arrivé quelque chose ?

Merica resta debout devant elle, pétrifiée.

— Eh Merica, qu'est-ce qu'il y a ? Il t'est arrivé quelque chose ?

— Rien, rien… gémit-elle. Je réfléchissais, je réfléchissais à quelque chose… Est-ce que tu n'étais pas…

Ensuite elle se détourna et, toute chamboulée, repartit en direction de sa maison. Elle se cacha derrière l'étable, s'assit sous un buisson de sureau et, absolument effrayée, se demanda si elle était en train de perdre la tête. Je l'ai vue, elle était là. En longue robe blanche…

Au prix d'un grand effort de volonté, elle se domina et se calma, elle put alors rentrer à la maison et s'attaquer au travail quotidien.

Quelques jours plus tard, une grosse auto noire s'arrêta dans leur cour. En sortit un homme qui, dans un mauvais italien, demanda à Ivan effrayé si Marie Mauer habitait ici. Ivan, troublé, demanda :

— Vous voulez dire Merica Mavrič ?

L'homme acquiesça joyeusement et répéta le nom et le prénom qu'il avait écorchés. Alors qu'à son tour Ivan lui demandait, lui aussi dans un mauvais italien, qui il était et ce qu'il voulait à sa femme, Merica sortit de la maison. Elle aperçut l'étranger et il y eut un moment de silence et d'embarras. L'homme, visiblement grâce à une photo, reconnut la femme qu'il cherchait, il avança vers elle et lui dit en français :

— Bonjour, madame Marie. Excusez-moi de vous déranger, votre mari et vous, par mon arrivée soudaine. Car ce monsieur est votre mari, n'est-ce pas ?

Merica opina et lui demanda dans un beau et pur français :

— Vous m'apportez peut-être une nouvelle urgente ? Oh, excusez-moi, voulez-vous entrer ? Ivan, c'est…

L'homme se tourna vers Ivan, tendit la main et se présenta :

— Ishac Sasson !

C'était un Juif qui avait pas mal de sang égyptien.

Ivan bafouilla quelque chose et serra la main tendue. Il était terriblement gêné, tout à fait décontenancé.

Sur ce, ils entrèrent dans la maison. Merica fit asseoir l'étranger à la table et lui demanda s'il voulait un verre de vin de pays ou s'il préférait un petit verre de goutte. Il se décida pour le vin.

Pendant qu'elle ouvrait la bouteille et cherchait son meilleur verre, elle remarqua qu'ils étaient tous apeurés, terrorisés même. Ivan se tenait à la porte qui menait dans la pièce voisine ; il était debout, les bras croisés sur sa poitrine. Valerija était appuyée contre la *cosiniera* et, toute pâle, triturait un torchon de cuisine. Mihec s'était caché dans un coin d'où il observait le nouveau venu avec une grande curiosité.

La discussion entre Merica et l'étranger se faisait bien sûr en français et la famille n'en comprenait pas un mot. Enfin, deux seulement : « Venise » et « hôtel ».

— Madame Marie, c'est Pierre qui m'envoie, dit l'étranger avant de goûter le vin. À sa demande, on l'a transféré en avion à l'hôtel Greenwich de Venise depuis l'hôpital viennois où il a été traité sans succès pendant quinze jours. Je ne vous cacherai rien. Pierre qui est mon ami est en train de mourir. Son dernier vœu était que je l'amène à Venise pour qu'il vous revoie avant de quitter ce monde. Il m'a demandé de venir vous chercher. Comme ses jours, ses heures même, sont comptés, il faudrait prendre la route immédiatement. Tout de suite, maintenant.

Quand il eut fini de parler un silence pénible s'installa, Merica se sentit mal, la maison vacilla, le monde entier se mit à trembler. Elle resta silencieuse un long moment puis elle se tourna vers Ivan et lui dit :

— Cet homme est un ami de ceux chez qui j'ai travaillé à Alexandrie. Le frère de ma patronne est en train de mourir à Venise et il veut me voir avant d'expirer. Ses heures sont comptées, c'est pourquoi je dois partir tout de suite.

Ni Ivan ni sa mère ne dirent un mot, ne posèrent une question. Rien. Mihec aussi garda le silence.

Merica se tourna vers Ishac.

— J'ai besoin d'une demi-heure pour me préparer. Je pars avec vous !

Elle se précipita derrière la maison où elle se lava rapidement. Tout en courant dans sa chambre, elle demanda :

— Valerija, donnez à M. Ishac un morceau de pain et coupez un peu de saucisson. Il a certainement faim. Moi je me change. Je reviendrai demain ou après-demain.

Valerija prépara un en-cas ; au bout d'un moment, Ivan rejoignit Merica. En silence, il observait comment, rapidement, avec une assurance et un calme étonnants, elle s'habillait pour la ville. Donc avec un de ces vêtements qu'elle avait rapportés d'Égypte.

— Lui, c'est le frère de ta patronne ? demanda-t-il d'une voix étranglée.

— Pas de ma patronne, Ivan. Lui, c'est l'ami de son frère Pierre qui est en train de mourir à Venise. Il a un cancer.

— Et pourquoi tu dois aller là-bas, à Venise ? Pourquoi cet homme veut-il te voir, toi ?

Merica ne répondit pas. En peignant ses cheveux ondulés, elle vit Ivan dans la glace, il était derrière son dos, blanc comme de la craie.

Des étincelles bondirent entre ses cheveux et le peigne, on pouvait nettement entendre leur pétillement dans le silence.

Quand elle eut fini de se coiffer, elle ouvrit une petite boîte nacrée. Elle mit la chaîne en or avec la petite croix, le cadeau d'Ivan. Ensuite, des boucles d'oreilles. Elle prit la montre en or, cadeau de Therese, elle hésita un peu, puis la reposa dans la boîte et ferma le couvercle. Elle se leva, prit dans l'armoire un manteau de soie bleu, cadeau de sa patronne. Elle ouvrit un sac à main, y chercha quelque chose et le referma. En vitesse, elle se jeta un coup d'œil dans le miroir. La robe était rose tendre, le manteau, bleu ciel. C'est bon, se dit-elle.

C'est seulement quand elle eut fait tout ça qu'elle s'approcha d'Ivan et lui dit d'une voix faible comme un cep au printemps :

— Ivan, cet homme se meurt. Pierre est le frère de ma patronne. Il était amoureux de moi, mais moi je l'ai toujours repoussé. Entre nous, il n'y a eu ni étreinte ni baiser. Rien. Il en a beaucoup souffert. Maintenant, j'y vais pour lui dire adieu et pour qu'il me dise adieu.

C'est seulement après avoir dit ça qu'elle aperçut Mihec, caché derrière son père. Elle eut mal comme si on lui plantait un couteau dans le cœur. Elle dit à son fils d'une voix tremblante :

— Mihec, n'aie pas peur. Je ne repartirai pas à Alexandrie. Je vais seulement à Venise. Demain je serai revenue. Et ensuite, je n'irai plus nulle part.

Mihec lui jeta seulement un regard étrangement profond et impénétrable, ensuite il courut comme une flèche vers elle et serra convulsivement ses jambes. Son étreinte dura quelques longues secondes, puis il la lâcha et s'enfuit dans sa chambre.

— Maintenant je dois y aller !

Elle avait dit ça de façon à peine audible avant d'entrer dans la cuisine. Ishac Sasson se leva immédiatement.

Dehors, toute une marmaille entourait la voiture. Ils la touchaient et se regardaient dans son éclat. Quand ils aperçurent l'étranger et Merica habillée comme à la ville, ils se turent immédiatement et s'écartèrent. Ishac ouvrit la portière et aida courtoisement Merica à s'asseoir. Ensuite, il prit congé d'Ivan, remercia Valerija pour l'en-cas et voulut caresser les cheveux de Mihec, mais celui-ci bondit comme si la main de l'étranger était un serpent venimeux.

Le moteur râla, vrombit et ils partirent. Merica fit un geste comme pour faire signe, mais elle baissa immédiatement la main. Des gens, devant leur maison, la regardaient avec étonnement et même crainte.

Une longue queue de poussière se tortilla derrière eux.

*

Pierre avait été installé dans un appartement spécial. Le propriétaire de l'hôtel avait bien sûr été payé pour ce service exceptionnel et le personnel savait que le client était venu mourir chez eux et qu'il ne fallait pas en parler. Ils allaient et venaient discrètement. C'était un des termes de l'accord entre Ishac Sasson et Carl Pintorin, le directeur de l'hôtel.

On conduisit Merica et son accompagnateur près du moribond. Avant de s'arrêter devant une porte qui n'avait pas de numéro, Ishac prit Merica par la main et l'avertit :

— Madame, notre ami a beaucoup changé, vous devez vous y préparer.

Merica acquiesça alors qu'une grande faiblesse saisissait son corps et son esprit. Quand, tout de suite après, ils entrèrent, il lui sembla qu'elle ne sentait plus le sol sous ses pieds.

Ils se retrouvèrent dans une antichambre obscure ; la lumière du jour s'échappait comme une brume par la porte qui conduisait à l'autre pièce. Là, dans l'autre chambre, infiniment loin, c'est l'impression qu'eut Merica, Pierre était allongé dans un lit près de la fenêtre. Elle le vit se dresser sur ses coudes et regarder dans leur direction. Pendant un moment, il s'immobilisa puis il s'affaissa sur son oreiller en poussant un cri de joie.

Pierre avait en effet terriblement changé. Elle avait l'impression de voir allongé devant elle un squelette et non un être vivant. Et soudain elle brûla d'un amour jusqu'alors inconnu. Il venait d'on ne sait où, il l'envahissait. Elle saisit la main blanche et osseuse du malheureux Pierre et regarda ses yeux cernés. Elle se sentit tomber dans les abysses ; dans un gouffre sans fond. Qui l'aspirait sans qu'elle résistât.

Ils restèrent silencieux. Lui, allongé sur son lit, qui respirait avec difficulté, elle près de lui, pâle, épouvantée mais, dans sa faiblesse, infiniment belle et aimante.

Sa conscience de la situation fut alors si forte et si réelle qu'elle en perdit le souffle et que la lumière du jour se déroba. Elle glissa dans l'obscurité et pensa qu'elle allait s'évanouir.

— Mon amour… chuchota Pierre.

Et il répéta ça encore deux fois.

Maintenant elle savait clairement et avec certitude que toutes ces années elle s'était joué la comédie, elle s'était menti, elle avait regardé ailleurs. Elle se dit que cet homme ne lui faisait pas seulement pitié, qu'elle l'aimait parce qu'il était tellement malheureux, parce que… en fait, elle l'aimait, elle l'aimait aussi fort que lui l'aimait. Pourtant ses yeux n'avaient pas osé le voir et son cœur n'avait pas osé le ressentir. Elle s'était conduite comme un soldat blessé sur un champ de bataille ; il brave la douleur avec une telle volonté qu'elle disparaît. Maintenant, elle est là à côté de lui, brûlante, avide et terriblement ardente, mais lui ne la sent pas. La blessure est là mais la douleur est absente.

— Seigneur Jésus ! sanglota Merica et elle se mit à genoux près du lit.

Elle lui caressa la main en versant des larmes amères dans sa paume osseuse. Mais elle ne s'abandonna à ses sentiments que quelques instants. Elle se maîtrisa rapidement, essuya ses larmes et, Dieu sait pourquoi, dit à Pierre :

— Pierre, vous n'allez pas mourir !

C'était dit de façon insensée, aussi insensée que si quelqu'un, après avoir jeté des graines de froment dans le sable du Sahara, avait dit : « Qu'elles germent et fructifient ! »

Pierre sourit. Par ce sourire et par une étincelle presque éteinte dans les yeux, il remerciait Merica d'être venue.

Il mourut le jour même. Le soleil couchant éclairait la chambre quand son âme quitta son corps. À ce moment-là, Merica était assise près de lui et, comme il le lui avait demandé un peu plus tôt, elle lui lisait, d'une voix épuisée, un poème de Paul Verlaine :

Cette âme qui se lamente
En cette plainte dormante,
C'est la nôtre, n'est-ce pas ?
La mienne, dis, et la tienne,
Dont s'exhale l'humble antienne
Par ce tiède soir, tout bas ?

Le soleil éclairait le visage de Merica et le reflet de cette lumière sur sa robe rose colorait les lèvres pâles de Pierre, ses pommettes saillantes, son menton, son nez, ses yeux fermés et son front.

Elle tourna quelques pages et lut le poème intitulé « Je devine, à travers un murmure ».

Ô mourir de cette mort seulette
Que s'en vont, cher amour qui t'épeures,
Balançant jeunes et vieilles heures !
Ô mourir de cette escarpolette !

— Je te lis encore un poème ? demanda-t-elle avec un sentiment de culpabilité car elle avait lu celui qui parlait de la mort, de la fin de la vie.

Comme il ne répondait pas, elle répéta sa question un peu plus fort. Puis elle le regarda et elle sut que Pierre n'était plus. Il n'était plus dans son corps. Il planait dans l'espace juste au-dessus de son lit. Il flottait sous les toits et regardait, étonné, ce qu'il y avait sous lui. Il vit Merica qui regardait fixement le visage de quelqu'un qui était censé être lui. Il l'appela d'en haut : « Merica, je suis ici ! Ici ! »

Bien sûr, elle ne l'entendit pas.

Le soleil se coucha rapidement. Quelques secondes plus tard, il avait complètement disparu.

Il avait plongé dans la douceur de la mer. L'obscurité envahit bientôt la chambre. Ce n'est que lorsque la nuit fut tombée que Merica lâcha la main de Pierre et se leva. Exténuée, aussi vide qu'une coquille d'œuf, elle s'en alla à la recherche d'Ishac Sasson. Elle le trouva dans un coin du café de l'hôtel. Pensif, il regardait par la fenêtre en fumant la pipe. Quand il l'aperçut, il dit :

— Pierre est mort, n'est-ce pas ?

Elle acquiesça et s'assit à ses côtés.

*

Il s'ensuivit un retour long et pénible. Le retour de Merica auprès d'Ivan et de Mihec. Il fut plein de silence, de soupçons et d'humiliations et de vexations qu'il vaut mieux ne pas raconter. La plus venimeuse fut Valerija, sa belle-mère. Elle finit par se calmer lorsqu'elle apprit que cet amoureux de Merica, ce Pierre, lui avait laissé pas mal de sous dans son testament. « Assez pour que maintenant elle n'ait plus jamais besoin d'aller faire la nourrice en Afrique noire », racontait-elle aux femmes du village. Et en même temps, elle leur assurait de la manière la plus convaincante possible que Merica n'avait rien à voir avec cet Anglais, rien, absolument rien. « Ils étaient amis, il lui a appris le français », leur disait-elle.

Pierre avait effectivement laissé une véritable petite fortune à Merica. Dans une lettre qu'elle reçut après sa mort, c'est son avocat qui la lui adressa, Pierre écrivait : « Mary, s'il vous plaît, acceptez cet argent, ne le refusez pas. Acceptez-le pour que plus jamais vous n'ayez besoin d'aller à Alexandrie comme nourrice. J'aurais dû faire ça quand nous nous sommes disputés près de la citadelle de Qaitbay. Mais alors, je ne pouvais pas. Il n'y avait pas d'amour en moi, seulement un amour-propre blessé et dépité qui m'avait durci le cœur. Aujourd'hui, je voudrais réparer l'erreur que j'ai faite.»

Ces sous calmèrent la belle-mère et, à partir de là, elle regarda Merica autrement. Et cela, même si dans le village on racontait toute sorte de choses sur cet amour énigmatique.

Ensuite, l'un après l'autre, les jours passèrent. Ivan ne s'adoucit qu'avec difficulté. Il ne croyait pas sa femme. Il était persuadé qu'il y avait eu Dieu sait quoi entre eux. Mais quelque chose. Sûrement! C'est pourquoi il était grossier avec elle, il lui tournait le dos dans le lit. Et il la prenait comme si c'était une fille.

Merica se taisait. Elle ne se défendait d'aucune façon. Elle faisait les travaux les plus durs en attendant que la mer démontée des sentiments injustes et des reproches se calme et que l'amour flotte à la surface.

Sa nostalgie ardente de l'Égypte avait commencé à se calmer immédiatement après la mort de Pierre. Elle s'était desséchée et, un beau jour, elle avait disparu. Ne restait que sa tristesse pour Pierre. Peu à peu, elle se transforma en un cristal noir qui ressemblait beaucoup à une fleur du Sahara. Sauf qu'elle n'était pas marron, mais d'un noir étincelant et parfait sur toutes ses faces. Elle la posa sur un des autels de son cœur et ferma la porte de ce sanctuaire.

*

C'était en juin quand elle ratissait le foin. Il faisait chaud, étouffant, le tonnerre grondait quelque part au-dessus du Frioul. Tout le monde se dépêchait. Alors Merica se sentit si mal que ses jambes se dérobèrent. Elle tituba jusqu'au chariot pour s'y appuyer. Ivan l'avait vue et déjà il voulait l'enguirlander sous prétexte qu'elle fainéantait, lui dire qu'elle devait se dépêcher car il allait pleuvoir. Mais quelque chose lui vint à l'esprit. Il jeta son râteau et s'avança vers elle. Sans un mot, par un simple regard, ils se dirent tout.

— Quand ? demanda-t-il sèchement.

— C'est lorsque nous étions à Brstičje, quand ça t'a pris tout d'un coup. C'était seulement cette fois-là, juste une fois, énonça-t-elle avec difficulté.

— Donc tu vas accoucher en décembre ? C'est ça, en décembre ?

Elle hocha la tête.

— Jésus, mais pourquoi est-ce que tu ne me l'as pas dit avant ?

— Tu étais tellement… tellement en colère contre moi.

— Oh mon Dieu ! gémit Ivan.

Le tonnerre se rapprochait.

— Repose-toi, on va finir, dit-il et il courut prendre le râteau et la fourche.

— Qu'est-ce qu'elle a ? apostropha la belle-mère.

— Rien. Elle se sent mal, dit-il et il se pressa autant qu'il put.

— Ah, elle se sent mal… dit Valerija en regardant le ciel.

Il était noir et menaçant.

Ils venaient juste de pousser tout droit sous l'avant-toit le chariot chargé à bloc de foin à l'odeur entêtante quand il se mit à pleuvoir à verse.

— Merci mon Dieu, dit Ivan.

Mais il ne pensait pas au fait qu'ils avaient échappé d'un cheveu à l'averse. Il pensait à autre chose…

*

Le facteur pédalait si vite que ça fumait carrément derrière lui. Il déboula dans la cour des Turnovi, freina si bien qu'il culbuta presque et cria en direction de la porte :

— Merica, un télégramme !

Merica se précipita, un nourrisson presque nu dans les bras. Elle était en train de l'emmailloter quand Lučo était arrivé.

— Un télégramme ? s'étonna-t-elle. De qui ?

— De ces Anglais, il vient de Rome ! cria-t-il comme si Merica était sourde.

Il lui remit le télégramme, elle signa et alors qu'il était déjà sur son vélo, il se retourna et lui demanda joyeusement :

— Comment s'appelle ton *nistoun* ?

— Marko, il s'appelle Marko, dit Merica d'une voix toute chantante d'amour.

— Ah Marko, comme mon frère, mais espérons qu'il ne devienne pas un autre saint Marc, rigola-t-il.

— Qui sait ? Tout est possible en ce monde, dit Merica en se hâtant, le nourrisson dans les bras, d'ouvrir le télégramme.

Puis, toujours dans la cour, elle lut :

« Arrivons à Venise. Stop. Allons à Karlovy Vary. Stop. Te rendrons visite mercredi au village. Stop. Thomas impatient de te voir. Stop. Invitons toi et ta famille en Tchécoslovaquie pendant deux semaines. Stop. Nous réjouissons de te revoir. Stop. Therese Cherington. »

Merica poussa un cri de joie. Elle serra chaleureusement le nourrisson contre elle et se hâta vers la maison. On était en juin et les herbes hautes ondulaient dans le vent d'été.

Aller avec eux en Tchécoslovaquie, ça non, sûrement pas. C'est l'époque de la moisson et d'autres travaux urgents. Mais Mihec peut aller avec eux. Thomas et lui feront connaissance et peut-être qu'ils deviendront amis… Mihec ira, c'est sûr ! Valerija ne sera pas d'accord et Ivan ronchonnera. Tant pis !

Le souffle chaud de l'été passa sur la prairie non fauchée. L'herbe se courbait et ondoyait. Le vent changea alors de direction et se coucha tendrement sur les épis de blé ; il les caressa et quand il arriva à l'extrémité du champ, il rencontra un îlot de fleurs de pavot. Il tourna autour de leurs ailes rouges et Merica inspira l'air plein de senteurs.

Oh mon Dieu, comme ces fleurs sont belles ! Comme de petites poupées retournées qui montrent leur derrière, pouffa-t-elle et une idée lui passa par la tête : Ivan serait probablement heureux, très heureux, si je lui donnais encore un enfant, une fille…

Ensuite, elle s'inquiéta soudain : Comment va-t-il accueillir les Cherington ? Il continue de ne pas me croire et de ne pas me faire confiance. Il est content d'avoir Marko, très content, mais derrière, tout au fond, loin… il y a toujours une ombre et un froid. Ça restera probablement comme ça. Jusqu'à la mort. Avant que j'aille en Égypte, il n'y avait rien entre nous, absolument rien. Nos cœurs étaient blottis l'un contre l'autre comme deux colombes. Maintenant, entre eux, il y a les années d'Égypte qui ne pourront peut-être jamais s'effacer complètement. Il y a les Cherington, il y a Thomas, et bien sûr, le malheureux Pierre…

Elle rentra dans la maison, saupoudra de talc le nourrisson qui babillait, l'enveloppa dans un lange propre et ressortit dans la cour. Elle s'assit sur le banc sous le noisetier et lui donna le sein. Un courant électrique, bon et doux, traversa son corps. L'enfant buvait, buvait, le ciel était clair, pur, le vent, encore plus doux.

FIN

LA TRADUCTRICE

Andrée Lück-Gaye traduit du slovène. Diplômée de l'Institut National des Langues et Civilisations Orientales, elle y a appris le slovène, afin de pouvoir communiquer avec sa famille originaire de Prekmurje.

Elle a permis de faire découvrir aux lecteurs français de grands écrivains slovènes contemporains. Elle a notamment contribué à faire connaître l'œuvre de Boris Pahor et de Drago Jančar. En 2011, elle reçoit la Lavrinova diploma décernée par l'Association des traducteurs littéraires slovènes pour l'ensemble de ses traductions, en 2012 elle partage avec Drago Jančar le Prix Européen de la Littérature et le Prix de l'Inaperçu. En 2023 elle reçoit Le Grand Prix pour l'œuvre de traduction a été décerné par la Société des Gens de lettres et le ministère de la Culture.

Elle a traduit entre autres :

Au commencement du monde, Drago Jančar, Phébus, 2024
Le Vol de Bostjan, Florjan Lipus, Éditions Do, 2021
Et l'amour aussi a besoin de repos, Drago Jančar, Phébus, 2018,
Place Oberdan à Trieste, Boris Pahor, Éd. Pierre-Guillaume de Roux, 2018
Cette nuit, je l'ai vue, Drago Jančar, Phébus, 2014 (Prix du Meilleur Livre Étranger 2014)
Alamut, Valdimir Bartol, Libretto, 2012
Des bruits dans la tête, Drago Jančar, Passage du Nord Ouest, 2011 (Prix de l'inaperçu 2012)
L'Âge des choix, Les Immigrés, tome 3, le Seuil, 2011
L'Enfant de la guerre, Les Immigrés, tome 2, Le Seuil, 2009
L'Enfant de l'exil, Les Immigrés, tome 1, Le Seuil, 2008
La Loi du désir, Andrej Blatnik, Alterédit, 2005
Aurore boréale, Drago Jančar, L'Esprit des péninsules, 2005
L'Élève de Joyce, Drago Jančar, L'Esprit des péninsules, 2003
Arrêt sur le Ponte Vecchio, Boris Pahor, Éditions des Syrtes, 1999
Pèlerins parmi les ombres, Boris Pahor, La Table ronde, 1990

Déjà parus chez Agullo Fiction

Soufiane Khaloua
Chasseurs d'été
La Vallée des Lazhars

Sigitas Parulskis
Ténèbres et compagnie

Magdaléna Platzová
La vie après Kafka
Le Saut d'Aaron

Dragan Velikić
Bonavia
La Fenêtre russe
Le Cahier volé à Vinkovci

Yan Lespoux
Pour mourir, le monde

Faruk Šehić
Le Livre de l'Una

Sigbjørn Skåden
Veiller sur ceux qui dorment

Jurica Pavičić
La Femme du deuxième étage

Laura Mancini
Rien pour elle

Osvalds Zebris
À l'ombre de la Butte-aux-Coqs

Astrid Monet
Soleil de cendres

Maria Galina
Autochtones
L'Organisation

Joe Meno
La Crête des damnés
Le Blues de La Harpie
Prodiges et Miracles

Viliam Klimacek
Bratislava 68, été brûlant

Bogdan Teodorescu
Le dictateur qui ne voulait pas mourir

Dmitri Lipskerov
Léonid doit mourir
L'Outil et les Papillons
Le Dernier Rêve de la raison

Jaroslav Melnik
Espace Lointain

Saad Z. Hossain
Djinn City
Bagdad, la grande évasion !

S.G. Browne
Héros secondaires

Déjà parus chez Agullo Noir

Frédéric Paulin
Que s'obscurcissent le soleil et la lumière
Rares ceux qui échappèrent à la guerre
Nul ennemi comme un frère
La Nuit tombée sur nos âmes
La Fabrique de la terreur
Prémices de la chute
La Guerre est une ruse

Petra Klabouchová
Près du mur nord

Valerio Varesi
L'autre loi
La Stratégie du lézard
Ce n'est qu'un début, commissaire Soneri
La Main de Dieu
La Maison du commandant
Or, Encens et Poussière
Les Mains vides
Les Ombres de Montelupo
La Pension de la via Saffi
Le Fleuve des brumes

Alexandre Courban
Rue de l'Espérance, 1935
Passage de l'Avenir, 1934

Jurica Pavičić
Mater Dolorosa
L'Eau rouge

Maryla Szymiczkowa
Séance à la maison égyptienne
Le Rideau déchiré
Madame Mohr a disparu

Arpád Soltész
Colère
Le Bal des porcs
Il était une fois dans l'Est

Magdalena Parys
Le Prince
Le Magicien
188 mètres sous Berlin

Miguel Szymanski
La Grande Pagode
Château de cartes

Wojciech Chmielarz
Les Ombres
La Cité des rêves
La Colombienne
La Ferme aux poupées
Pyromane

Bogdan Teodorescu
Spada

Déjà parus chez Agullo Court

Michalis Makropoulos
L'Arbre de Judas
Eau noire

Thóra Hjörleifsdóttir
Magma

Maria Galina
L'Invisible est lumineux

Jurica Pavičić
Le Collectionneur de serpents

Rui Zink
L'Installation de la peur (nouvelle édition augmentée)

Maja Thrane
Petit Traité de taxidermie

Sigbjørn Skåden
Oiseau

Asja Bakić
Mars

Yan Lespoux
Presqu'îles

Achevé d'imprimer en juillet 2025
sur les presses de l'Imprimerie CPI Bussière
à Saint-Amand-Montrond (18200)
pour le compte de Agullo Éditions.

ISSN : 2551-5853
ISBN : 978-2-38246-137-2
Dépôt légal : Septembre 2025
Numéro d'impression : 2084366